KB075351

단테

Dante als Dichter der irdischen Welt

Erich Auerbach, 1929

세속을 노래한 시인

단테

에리히 아우어바흐 지음 | 이종인 옮김

연암서가

옮긴이 **이종인**─1954년 서울에서 태어나 고려대학교 영어영문학과를 졸업하고 한국 브리태니커 편집국장, 성균관대학교 전문번역가 양성과정 겸임교수를 역임했다. 현재 인문사회과학 분야의 전문번역가로 활동 중이다. 옮긴 책으로『에리스뮈스』, 『요한 하위징아』,『중세의 가을』,『호모 루덴스: 놀이하는 인간』,『평생독서계획』,『루스 베네딕트』,『문화의 패턴』,『폴 존슨의 예수 평전』,『신의 용광로』,『게리』,『정상회담』,『촘스키, 사상의 향연』,『폴 오스터의 뉴욕 통신』,『고전 읽기의 즐거움』,『폰더씨의 위대한 하루』,『성서의 역사』,『축복받은 집』,『만약에』,『영어의 탄생』등이 있고, 편역서로『로마제국 쇠망사』가 있으며, 지은 책으로는『번역은 글쓰기다』,『전문번역가로 가는 길』,『번역은 내 운명』(공저),『지하철 헌화가』등이 있다.

단테

초판 1쇄 인쇄 2014년 2월 20일
초판 1쇄 발행 2014년 2월 25일
지은이 에리히 아우어바흐
옮긴이 이종인
펴낸이 권오상
펴낸곳 연암서가
등록 2007년 10월 8일(제396 - 2007 - 00107호)
주소 경기도 고양시 일산서구 호수로 896번지 402 - 1101
전화 031 - 907 - 3010
팩스 031 - 912 - 3012
이메일 yeonamseoga@naver.com
ISBN 978-89-94054-51-3 03850
값 20,000원

인간의 성격은 그의 운명이다.

— 헤라클레이토스

이 책은 독일 출신의 미국 학자 에리히 아우어바흐(1892-1957)의 출세작이자 처녀작인 『단테: 세속을 노래한 시인 *Dante als Dichter der irdischen Welt*』(1929)을 완역한 것이다. 아우어바흐는 17세기 이탈리아 사상가 비코의 역사주의와 19세기 독일 철학자 헤겔의 관념철학으로부터 영향을 많이 받은 학자이다. 중세 로망스 문학을 연구하면서 성경이 미메시스에 미친 영향을 깊이 연구하여 피구라 리얼리즘을 정립했다. 여기 완역한 『단테: 세속을 노래한 시인』은 국내에서 처음 번역되는 것이며, 본격적인 단테 연구서가 국내에 드문 상황에서 이 대시인을 깊이 있게 이해하려는 일반 독자나 문학 연구자에게 도움이 되리라 생각한다.

아우어바흐의 생애

아우어바흐는 베를린에서 유복한 유대인 가문에서 태어나 처음에는 하이델베르크 대학에서 법학을 전공했다. 이어 제1차 세계대전에 참가하여 싸웠고, 종전 후에는 법학에서 로망스 문헌학(언어학)으로 전공을 바꾸어 1921년에 하이델베르크 대학에서 초창기 르네상스의 노벨라(짧은 이야기)를 연구한 논문으로 박사학위를 받았다. 그 후 6년간 공립 도서관의 사서로 취직하여 중세 문학에 관한 많은 문헌들을 읽었다. 그런 박람강기 덕분에 1929년에 처녀작『단테: 세속을 노래한 시인』을 펴냈다. 이 시기를 전후하여 각종 문학 관련 잡지에 글을 기고했고, 또 비코의『새로운 학문』을 독일어로 번역했다.『단테: 세속을 노래한 시인』은 곧 학계의 주목을 받았고, 아우어바흐는 에른스트 로베르트 쿠르티우스, 레오 슈피처와 함께 독일 문헌학의 전통을 이어받는 신예 학자로 떠올랐다.『단테: 세속을 노래한 시인』을 펴낸 그 해에 학문적 업적을 인정받아 마르부르크 대학의 오르디누스 교수로 취임했다.

1930년대는 독일에서 나치 정권이 등장하여 오로지 독일 문학의 정통성과 우수성을 학자들에게 강요하던 시기였다. 중세 유럽 문학을 전공한 아우어바흐는 이것을 받아들이기가 어려웠고 게다가 유대인이었기 때문에 신변의 위협마저 느끼고 있었다. 1935년 나치는 유대인들의 대학 교수 직위를 모두 박탈했고,

그래서 아우어바흐는 제3제국 밖에서 교수 자리를 알아보아야 했다. 그는 이스탄불 대학의 문학 교수 자리에 지원서를 냈는데, 이때 저명한 작가인 빅토르 클렘페러Victor Klemperer와 그 자리를 놓고 경합했다. 클렘페러는 훗날 『나는 증언한다』라는 나치 시대의 피폐한 생활상을 고발한 책으로 유명해진 작가이다. 아우어바흐는 1936년 독일을 떠나 터키로 갔고, 이스탄불 국립대학에서 1947년까지 유럽 중세 문학과 현대 문학을 가르쳤다. 이 기간에 대작 『미메시스』와 로망스 문헌학에 대한 핸드북, 기타 문학 관련 리뷰를 집필했다. 1946년에 『미메시스』가 발간되자 일약 국제적인 문학 연구가의 명성을 얻었고, 이런 평판 덕분에 미국으로 옮겨갈 수 있었다.

『미메시스』는 다른 연구서와는 달리 주석이나 참고 문헌이 전혀 달려 있지 않다. 오로지 작가가 텍스트를 읽고 자신의 생각을 적어 놓은 독창적 연구서이다. 제2차 세계대전 중의 터키에서는 관련 도서와 자료가 충분하지 않았고, 그래서 아우어바흐는 자신이 읽고 느낀 것만으로 이 작품을 써나가야 했다. 실제로 저자 자신도 이런 회고를 했다. "역설적으로 들릴지 모르겠지만, 이 책을 펴내게 된 것은 전문적인 연구 자료가 부족한 환경 때문이었다. 이 방대한 연구 주제에 대하여 관련 연구서들을 모두 섭렵한 후에 이 책을 쓰려 했다면 아마도 집필하지 못했을 것이다." 이 때문에 너무 저자의 인상에 의존한다는 비판도 받았지만 추후 그의 주장에 상당한 타당성이 있는 것으로 판명되었다. 『미메시스』는 짧은 기간에 쓴 것은 아니고 터키에 있는 10년 동안 틈틈이 20편의 논문을 써서 한 권의 책으로 묶은 것이다. 각 논문은 서로 내용이 다르지만, 호메로스에서 제임스 조이스에 이르는 서양 문학을 미메시스(리얼리티의 재현)라는 관점에서 통시적으로 관찰한 대작이다. 저자와 작품명을 목록처럼 길게 늘어놓는 일반적인 서양 문학사보다는 이 책을 한 권 읽는 것이 서양 문학의 진수를 더 잘 파악할 수 있다는 평가도 있다.

『미메시스』에 대한 학자들의 반응은 뜨거워서 미국 평론가 알프레드 캐즌은 "지난 50년 동안 이처럼 깊이 있는 연구서가 나온 것을 본 적이 없다."고 했고, 저명한 문학 연구가 르네 웰렉은 "불과 5백여 페이지의 책 한 권에다 이처럼 넓은 범위와 깊은 통찰을 담았다니 그저 놀랍기만 하다."고 말했으며, 예일 대학의 로즈먼드 터브는 "연구서, 그것도 번역된 연구서가 이처럼 흥미진진하고 재미있다니 정말 새로운 경험이다."라고 논평했다.

아우어바흐는 1947년 미국으로 건너가서 처음에는 펜실베이니아 대학에서 로망스 문학을 가르쳤으나, 3년 뒤인 1950년 예일 대학으로 옮겨가서 1957년 사망할 때까지 그곳에서 단테를 위시하여 중세 문학을 가르쳤다. 그가 박사 논문을 지도한 제자 중에는 20세기의 저명한 마르크시스트 문학 평론가인 프레더릭 제임스(1934-)가 있다.

『신곡』이 집필된 경위

1302년 3월 당시 37세이던 단테는 피렌체 내정에 개입하려는 교황을 만류하기 위하여 보니파키우스 8세를 만나러 갔다가 별 성과를 거두지 못하고 로마에서 돌아가던 중 시에나에 있었는데, 자신이 유형에 처해져서 영원히 고향 피렌체에는 돌아갈 수 없으며, 만약 돌아가면 사형에 처해진다는 불운한 소식을 들었다. 이 유형은 그가 사망한 1321년까지 20년 동안 해제되지 않았는데 단테 개인으로서는 커다란 불행의 시기였으나, 이런 불우한 환경이 『신곡』이라는 대작을 쓰는 배경이 되었다.(자세한 이력 사항은 책 뒤의 연보 참조)

비록 그런 유형이 갑작스러운 것이기는 했지만, 단테 본인이 전혀 그런 기미를 느끼지 못한 것은 아니었다. 그는 그런 소식을 접하기 전에 고향 피렌체에서 파란만장한 정치인의 삶을 보냈으므로 그런 결과를 어렴풋이 짐작했다. 단테는 1295년 공직 생활에 들어간 이후 토스카나의 정치적·재정적 문제에 자꾸 개입하려는 교황 보니파키우스 8세에 대하여 거침없는 비난의 말을 퍼부었다. 교황과 작당하여 피렌체에 개입하려는 프랑스 왕 필립에 대해서도 공격했고, 피렌체 내의 겔프당과 기벨린당에 대해서도 맹렬하게 비난했다. 그는 피렌체의 장관으로 근무하던 당시, 도시의 정치적 안정을 위하여 친구이며 시인인 구이도 카발칸티에게 유배령을 내리는 것도 주저하지 않았다.

공직에 입문하기 전에 단테에게는 결정적인 사건이 하나 있었는데, 바로 베아트리체를 만난 것이었다. 그는 어린 시절에 베아트리체를 피렌체 거리에서 한 번 만났고, 그 후 열여덟 살 때 또 한 번 만났다. 베아트리체는 그의 상상 속에서 사랑의 화신 혹은 섭리의 표시가 되었다. 그녀는 나중에 부유한 은행가인 시모네 데 바르디와 결혼했으나, 1290년에 24세의 나이로 사망했다. 이 러브 스토리는 단테의 『신생』에 아름다운 시로써 묘사되어 있다. 이 시들은 돌체 스틸 누오보라는 시체詩體로 쓰여졌는데, 단테는 프로방살 시인들과 선배 이탈리아 시인인 구이도 귀니첼리와 구이도 카발칸티의 영향을 받으며 이 시체를 스스로 체득하고 또 완성했다.

베아트리체의 사망 이후, 단테는 심한 좌절감을 느끼면서 철학에 몰두하게 되는데, 이 시기를 『신곡』에서 길을 잘못 들어 헤매던 때라고 묘사하고 있다. 그는 스승 브루네토 라티니의 가르침 아래 당시 프란체스코파와 도미니크파에서 가르치던 중세 철학과 신학을 배웠다. 스페인의 아랍인들을 통하여 유럽에 소개된 아리스토텔레스 철학, 그 철학의 해설자인 아베로에스, 이성과 계시를 적절히 혼융한 토미스트(토마스 아퀴나스) 철학, 그리고 지중해 일대에 널리 퍼져 있었던 저승 및 연옥 사상도 연구했다. 그는 철학을 공부하는 한편, 고대 로마의 고전들도 탐독하여 베르길리우스의 『아이네이스』, 오비디우스의 『변신』, 키케로의

『의무론』, 루카누스의『내전』같은 책들을 정독했다.

유배 초기의 몇 년 동안 그러니까 1303년에서 1307년까지 단테는『향연』이라는 논문집과『구어에 대하여』라는 논문을 썼다. 이 두 작품은 결국 미완성으로 끝났다. 유배 생활의 쓰라린 의미를 깊이 명상하고, 또 지상에서의 삶이 천상에서의 삶과 어떻게 연결되는지 관심이 많았던 단테는 그 두 작품에 대하여 절절한 집필 의욕을 느끼지 못했다. 그러다가 대작『신곡』의 구상이 불같이 일어남에 따라 그 두 작품을 젖혀 놓게 되었다.

그때 그의 영감을 휘어잡은 인물이 베아트리체였다. 단테는 일찍이 지상에서 완벽함의 모습(베아트리체)을 보았다. 그녀는 그를 축복했고, 아주 풍성한 은총으로 그의 정신을 채우고, 또 매혹시켰다. 그 결정적 사건에서 그는 세속적 현실과 영원한 원형의 합일이라는 비전을 보았다. 그때 이후 그는 지상의 쓰라린 역사적 리얼리티를 명상하면서 그 완벽함(신적 질서)을 함께 생각했고 역사적 현실이 그 완벽함으로부터 얼마나 멀리 떨어져 있는지 살폈다. 반대로 신적인 세계 질서를 명상할 때면 아무리 다양하고 변화무쌍하더라도 현실적 리얼리티의 양상을 함께 고려하는 것을 잊지 않았다. 토마스 아퀴나스가 아리스토텔레스 철학을 가져와 성 아우구스티누스의 기독교적 플라톤주의를 종합하려 했던 것처럼, 단테는 토미스트의 철학 체계를 가져와 코르 젠틸레의 신비주의적 이데올로기(정신적 사랑)와 종합하려 했다.

『신곡』은 「지옥」, 「연옥」, 「천국」의 3계로 형성되어 있고 각 계에는 33곡의 노래가 배정되어 있으며 「지옥」 맨 앞에 붙어 있는 서곡을 더하면 총 100편으로서 그 행수는 1만 5천 행이다. 『신곡』은 한 마디로 말하면, 여인의 사랑을 통하여 신적인 사랑으로 나아가는 이야기이다. 『단테』에도 디오티마의 얘기가 나오지만, 디오티마는 플라톤의 『향연』에서 사랑의 사닥다리를 가르치는 무녀이다. 사랑은 처음에는 육체적인 것으로 시작하여 점점 더 추상적인 고도의 사랑으로 나아가 완전한 신성에 합일된다는 것이다. 이성으로 상징되는 베르길리우스의 안내로 지옥과 연옥이라는 구체적 리얼리티를 접한 단테가 나중에 천상의 리얼리티에 접근하게 된다는 얘기는 멀리는 디오티마의 사랑의 사닥다리, 가깝게는 토마스 아퀴나스의 신학(그 중에 사랑의 이론)에서 가져온 것이다. 이 때문에 단테를 가리켜 중세 사상의 아름다운 완결편이라고 한다.

아우어바흐의 『단테: 세속을 노래한 시인』은 단테 이전의 시의 역사에서부터 시작하여 단테의 초기 시가 형성된 과정, 『신곡』의 주제와 구조, 그리고 미메시스 방식을 자세히 설명한다. 맨 마지막 장에서는 단테 이후에 리얼리즘이 전개되는 과정을 추론함으로써, 향후의 대작인 『미메시스』를 예고하고 있다.

이 번역본에 대하여

아우어바흐의 『미메시스』가 하도 명성이 높다 보니 『단테: 세속을 노래한 시인』은 그 그늘에 가려져 실제로 영어권에서도 1961년에 가서야 번역이 되었다. 그러나 제2차 세계대전 종전 이후 아우어바흐가 미국으로 건너가면서 미국 내에서도 단테 연구가 불붙기 시작했다. 당시 하버드에는 찰스 싱글턴(1909-1985) 교수가 있었고, 예일에는 아우어바흐가 있었는데, 이 두 학자가 미국 내 단테 연구의 쌍벽이었다. 싱글턴 교수는 얼마나 아우어바흐를 의식했는지, 그의 연구서 『단테 연구*Dante Studies I-II*』(1958)를 펴내면서 그 책에서 단 한 번도 아우어바흐를 언급하지 않았다. 싱글턴은 1975년에 『신곡』 텍스트와 주석을 6권으로 펴내어 현대의 단테 학자들은 주석에 관한 한 이 책을 많이 참고한다. 그러나 짧은 책 한 권으로 단테의 문학 세계 전반을 요약한 책으로는 아우어바흐의 『단테: 세속을 노래한 시인』만한 것이 없다. 그래서 모든 단테 연구서의 참고 문헌에는 이 책의 이름이 맨 앞에 등장한다.

미국의 저명한 문학 평론가인 마이클 더다는 최근에 새롭게 표지가 단장되어 나온 『단테: 세속을 노래한 시인』에 서문을 쓰면서 이렇게 말했다. "국제적으로 독창적인 문학 연구서라는 평가를 받은 『미메시스』는 그보다 앞서 나온 『단테』에 크게 빚지고 있다. 왜냐하면 이 책에서 이미 다루어진 여러 개념들, 가령 미메시스, 피구라, 스타일, 개인의 운명, 개인과 사회의 통합, 리얼리즘 등을 여러 작가들에게 확대 적용한 것이기 때문이다. 『단테: 세속을 노래한 시인』은 단테를 해설하는 가장 쉬운 책은 아닐지 몰라도, 단테를 가장 훌륭하게 설명한 책이다."

두 책을 정독한 옮긴이는 더다의 이러한 논평이 적절하다고 생각한다. 과거 학창 시절 20세기 문학 평론 수업에서 옮긴이는 『미메시스』의 제1장인 "오디세우스의 상처"를 읽은 적이 있었다. 그때 정말 박학다식한 문장이라는 느낌을 받았지만 그것이 서구의 리얼리즘과 어떻게 관련되는지 잘 이해하지 못했다. 그러나 『단테: 세속을 노래한 시인』의 제1장 "미메시스의 인간관"을 번역하면서 미메시스를 제대로 이해하려면 호메로스와 구약 성경을 반드시 알아야 한다는 것을 깨달았다. 또 그리스 비극과 신약 성경의 미메시스는 어떻게 다른지 명확하게 이해하게 되었다. 『단테』의 제1장을 확대 보충한 것이 『미메시스』의 전편(1~8장)인데, 기존에 나와 있는 국내 번역본(1979)의 고대 · 중세편에 해당한다. 이렇게 볼 때 『단테: 세속을 노래한 시인』은 『미메시스』를 읽는 데 하나의 길라잡이가 된다.(두 책의 상호 관계에 대해서는 이 책의 뒤에 붙어 있는 해설을 참조할 것)

따라서 두 작품 모두 생소한 독자는 이 『단테: 세속을 노래한 시인』부터 시작할 것을 권한다. 그러나 국내에 『미메시스』 번역본이 먼저 나왔으므로 이것을 이미 읽은 독자들은 『단테: 세속을 노래한 시인』을 읽으면서 두 책이 어떻게 조응하는지 살펴볼 수 있을 것이다. 특히『미메시스』의 제8장 파리나타와 카발칸테는 『신곡』의「지옥」편에서 가져온 에피소드를 바탕으로 피구라 개념을 설명한 것인데,『단테』에서 이미 그 아우트라인이 제시되어 있다. 위에서 마이클 더다가 말한 것처럼 이 책은 단테를 가장 훌륭하게 설명한 책이지만 그렇다고 해서 가장 읽기 쉬운 책은 아니다. 그 이유는 아우어바흐가 독자들이 이미『신곡』을 읽어서 그 내용을 다 알고 있고, 또 이 위대한 장시의 배경이 되는 아리스토텔레스 철학, 아퀴나스 신학, 기독교 교리 등에 대하여 상당한 지식을 갖추었다고 전제하면서 이 책을 썼기 때문이다. 그래서 형상과 질료, 존재와 본질, 종말론, 양성론, 영지주의, 구파와 신파, 지옥, 천국, 연옥 같은 용어가 무시로 등장한다.

옮긴이는 독자들의 편의를 위하여 이런 용어들과 주요 인물들의 간략한 풀이를 책 뒤에 넣어서 1300년대의 이탈리아와『신곡』의 배경을 파악할 수 있도록 배려하였다. 이 풀이를 작성하는 데는 찰스 스크리브너스 사에서 나온『중세 대사전』(1989, 전13권)에서 큰 도움을 받았음을 밝힌다. 또한 원서에는 없는 소제목을 책 중간에 집어넣어 가독성을 높였다. 이 책의 번역 대본은 랠프 만하임Ralph Manheim이 독일어 원본에서 영역한 *Dante: Poet of the Secular World*(The University of Chicago Press, 1961)이다. 저자 아우어바흐가 미국으로 건너간 이후『미메시스』와『단테: 세속을 노래한 시인』 영역본이 전 세계적으로 널리 읽히고 있으며, 아직도 쇄를 거듭하고 있다. 또 『단테: 세속을 노래한 시인』의 주제가 독일 문학이 아니라 이탈리아 문학이어서 굳이 독일어 원본을 고집할 필요가 없다는 판단도 작용했다. 국내에 나와 있는 『미메시스』 번역본도 그 내용이 독일 문학이 아니라 유럽 문학인데다 영역본의 우수성이 인정되어 영역본을 대본으로 삼은 것으로 알고 있다.

옮긴이는 이 책을 번역하면서 저자 아우어바흐의 박학다식함, 치밀한 논리, 단테에 대한 깊은 존경심에 감명을 받았다. 단테를 사랑한 시인, 저술가는 셀 수 없이 많다. 20세기에 들어와서 T. S. 엘리엇, 에즈라 파운드, C. S 루이스, 오시프 만델스탐 등이 단테에 대해 존경하는 마음으로 논평했다. 특히 러시아 시인 만델스탐은 엄혹한 스탈린의 독재 시대인 1930년대에 스탈린을 정면에서 비판하는 저항시를 썼다가 시베리아로 유배되어 그곳에서 사망했는데, 유배 길에 오를 때 오로지 『신곡』 포켓판을 가슴에 넣어 가지고 갔다고 한다.

옮긴이는 이 책을 번역하면서 『신곡』을 되풀이하여 읽었고, 그중에서도 「지옥」편을 더욱 흥미롭게 읽었다. 실제로 『신곡』을 읽은 독자들은 「지옥」은 흥미로운데 「연옥」과 「천국」은 추상적인 얘기가 많이 나와서 따분하다는 얘기를 해왔다. 우리가 살고 있는 이 세상(단테의 경우에는 피렌체)이 지옥에 가깝기 때문에 그런지도 모른다. 그러나 저자 아우어바흐는 『신곡』에서 지옥의 괴기한 이야기만을 읽으려 하고 연옥과 천국에 이르는 신학적 과정을 배제한다면 케이크에서 아이싱만 떼먹고 정작 케이크는 먹지 못하는 게 된다고 경고한다. 저자의 경고가 아니더라도 인간에게는 구체적 사물뿐만 아니라 추상적 관념의 인과관계도 알고 싶어 하는 초월의 욕망이 있는데, 그것이 지난 8백 년 동안 『신곡』을 읽게 만드는 추진력이었다.

제1장

미메시스의
인간관

그리스에서 처음 시작된 이래, 유럽 문학은 하나의 독특한 통찰을 지니고 있었다. 그것은 인간이란 몸(외양과 신체적 힘)과 정신(이성과 의지)으로 이루어졌고, 그 둘은 서로 떼어놓을 수 없는 일체이며, 인간의 개인적 운명은 그 일체감으로부터 나온다는 통찰이다. 그런 일체감은 하나의 자석이 되어 그 일체감에 걸맞은 행위와 고통을 끌어당긴다. 바로 이런 통찰을 바탕으로 하여 호메로스는 개인에게 벌어지는 운명의 구조를 인식할 수 있었다. 그는 몸과 정신의 일체감으로부터 나오는 행위와 고통을 창조하고, 또 그런 것들을 열거함으로써 아킬레스, 오디세우스, 헬레네 혹은 페넬로페 같은 캐릭터를 만들어냈다. 호메로스의 창조적인 정신 속에서, 등장인물들의 행위는 자연스러우면서도 필연적인 방식으로 전개되어 나간다. 그런 행위들은 아예 첫 번째 행위부터 그 등장인물의 성격을 드러내며, 그 첫 번째 행위를 바탕으로 하여 여러 유사한 행위들이 선후 관계를 유지하며 계속되는 가운데, 그 사람이 걸어가는 인생에 일정한 방향을 잡는다. 등장인물은 불가피하게 그런 사건들의 실타래 속에 엮여 들어가게 되고, 그것이 그 인물의 성격은 물론이요 운명을 결정한다.

호메로스의 미메시스

위에 인용한 헤라클레이토스의 격언에서 나오듯이, 한 인간의 성격은 그의 운명인데, 이런 운명관 덕분에 호메로스는 실제 생활을 미메시스(모방, 묘사)할 수 있었다. 여기서 우리가 말하는 리얼리즘은 고대 비평가들이 말한 그런 것이 아니다. 어떤 비평가들은 호메로스의 현실 감각이 뛰어나다고 말했는가 하면, 어떤 비평가들은 오히려 그런 감각이 너무 없다고 비판했다.[1] 찬반 어느 쪽이든 이런 비평가들은 호메로스가 서술하는 사건들의 개연성 혹은 신빙성에만 관심을 쏟았다. 하지만 우리는 사건 자체보다는 호메로스가 그 사건을 서술하는 방식에 더 관심이 많다. 그 사건들의 개연성과는 상관없이 사건들이 아주 분명하고 구체적으로 묘사되고 있어서 우리는 읽는 순간 그 사건들을 믿어버리게 되고, 과연 그런 사건이 현실에서 벌어질 수 있을까 하는 의문은 나중에 찬찬히 다시 생각해 볼 때에 비로소 떠오르게 된다.

고대의 관점에서도, 환상적이거나 기적적인 사건의 서술은 당연히 비현실적이라고 여겨졌다. 여기서 내가 취하는 리얼리즘의 의미는 그 사건의 묘사가 설득력이 있어서 정말로 믿고 싶은 마음이 드는 그런 리얼리즘이다. 따라서 그런 사건이 지상에서 관측되었는가, 아니면 그런 사건이 인간의 이성으로 믿어 줄 수 있겠는가 하는 것은 논외의 문제이다. 여기서 그런 리얼리즘의 구체적 사례로, 엠마오에 나타나신 부활한 그리스도의 모습을 그린 렘브란트의 드로잉을 들고 싶다. 이 그림은 **리얼리티**의 성공적인 미메시스이다. 기독교를 믿지 않는 사람도 자신이 눈으로 직접 보는 증거물(그림)에 깊은 인상을 받아, 그 기적적인 사건을 체험하게 된다. 이러한 리얼리즘(이 단어는 너무나 의미가 변화되어 이제는 좀 모호한 용어가 되었지만), 이러한 미메시스의 기술은 호메로스의 작품 도처에서 발견된다. 그가 환상적인 동화를 말하고 있을 때도, 등장인물의 자기 일체성(sibi constare: 자기에게 일치하다는 뜻의 라틴어)이 작동하여 그에게 벌어진 일들을 정당화시키거나, 아니면 그런 일을 만들어내도록 한다. 시인의 판타지는 어떤 행위가 되었든 그 행위를 통하여 인물의 성격과 운명을 창조한다. 관찰과 이성도 어느 정도 역할을 하면서 그 장면을 풍성하게 윤색하고, 또 적절하게 배열한다. 관찰은 혼란스럽고 풍부한 자료를 있는 그대로 받아들이는 한편, 이성은 만화경처럼 벌어지는 외양(겉으로 드러난 현상)을 따라가지 못하므로, 그것을 임의로 여러 개의 조각으로 분해한다.

호메로스의 창조적 정신은 이런 관찰과 이성만으로는 완벽한 마무리가 안 된다고 확신한다. 물론 관찰과 이성이 작품의 전반적 구조에 기여한다는 점은 호메로스도 인정한다. 그러나 등장인물의 특수한 운명의 뿌리에는 그의 성격이 자리 잡고 있고, 그 인물은 필연적으로 "그 자신에게 걸맞은(일치하는)" 운명을 맞이하게 된다는 확신은 변함이 없다. "그 자신에게 걸맞은"이라는 말은 그 사람의 전인全人을 가리키는 것이지, 그 사람의 어떤 특징적 속성 한 가지만을 가리키는 것이 아니다. 왜냐하면 어떤 추상적인 속성(가령 착한 사람, 혹은 용감한 사람)은 그 인물 전체와는 일치하지 않기 때문이다. 등장인물들이 서사시 속에 재현되어 자연스럽게 독자들의 믿음을 이끌어내려면, 좋은 일이 좋은 사람에게 생기고, 용감한 일이 용감한 사람에게 일어난다는 단순한 구도로는 약발이 먹히지 않는다. '아킬레스의 운명은 아킬레스에게만 생겨나는 것'이라는 종합적 전제를 깔고 있어야 한다. 아킬레스의 운명 앞에 붙는 디오스(dios: 신과 같은), 폴루메이테스(polumetis: 기민한) 같은 형용사는, 이런 형용사들이 아킬레스의 성격에서 어떤 부분을 차지하는지 아는 사람에게만 의미를 갖는다.

따라서 호메로스의 모방, 즉 고대 비평가들이 미메시스라고 이름붙인 것은, 외양(현실)을 있는 그대로 묘사하는 것이 아니다.

미메시스는 현실의 관찰에서 나오는 것이 아니라, 신화神話와 마찬가지로 인물들에 대한 사전事前 관념들로부터 나오는 것이다. 그 관념들은 시종일관하는 것이며, 그 일체감은 관찰이 시작되기 전부터 있었던 것이다. 그 인물들의 살아 있는 듯한 현존과 다양성은, 우리가 도처에서 발견하는 것처럼, 그들이 필연적으로 연루하게 되는 상황으로부터 나오며, 그 상황이 그들의 행위와 고통을 규정한다. 이처럼 인물에 대한 관념이 확정된 이후에 그 인물에 대한 자연스러운 묘사가 시작되는데, 시인은 일부러 애써서 그런 묘사를 할 필요도 없다. 그런 묘사가 시인의 입에서 아주 자연스럽게 흘러나오기 때문이다. 호메로스의 『오디세이아』 중 오디세우스와 나우시카가 만나는 장면의 미메시스는 일상적 사건들이 날카로운 관찰에 바탕을 두고 있지 않다. 그보다는 두 인물이 갖고 있는 본성과 본질, 그리고 두 사람에게 걸맞은 운명 등의 아프리오리(a priori, 先驗的) 관념으로부터 미메시스의 자연스러운 진실이 흘러나온다. 이런 관념이 작용하여 오디세우스와 나우시카가 만나는 상황이 생겨나고, 일단 그 관념이 자리 잡으면 허구를 진실로 바꾸어 놓는 서사가 저절로 뒤따라온다. 이렇게 하여 호메로스의 묘사는 있는 현실을 그냥 베끼기만 하는 것이 아닌 것이 된다. 시인은 실제 생활에서는 불가능한 사건을 얘기하고 있을 뿐만 아니라, 그 사건이 밝혀 주는 해당 인물의 사전 관념을 이미 머릿속에 갖고서 미메시스를 하고 있는 것이다.(→오디세이아)

서사시와 드라마의 차이

비극은 서사시적 신화에서 나왔다. 하지만 서사시와 구분되는 고유의 형식을 개발하면서 비극은 점점 더 현실적 결정에 집중하게 되었다. 등장인물과 그의 운명은 한 순간에 폭로되고 그 둘(인물과 운명)은 그 운명의 순간에 서로 떼어놓을 수 없는 온전한 하나가 된다. 호메로스의 서사시에서 등장인물은 점진적 해명의 과정을 통하여 그의 운명으로 다가가고, 그 주인공의 종말이 반드시 스토리 속에 등장하지는 않는다. 반면에 고대의 비극은 주인공의 종말을 폭로하는데, 이때 그는 자신의 다양성을 발휘할 수가 없고, 또 그런 종말로부터 도피할 수도 없다. 암호가 환히 해독된 상태로, 그의 처참한 운명은 낯선 이방인처럼 주인공 앞에 우뚝 선다. 그의 내밀한 존재는 공포감에 사로잡힌다. 비극의 주인공은 자신의 개별적 삶을 삼켜버리려고 하는 보편에 맞서서 자기 자신을 옹호하려 한다. 그는 그 자신의 다이몬(δαίμων, 운명)에 맞서서 승산 없는 최후의 싸움을 벌인다.

이러한 싸움은 특히 소포클레스 비극에서 아주 분명하게 드러나는데, 그 싸움에 뛰어드는 자들은 그들의 개성을 일정 부분 잃어버린다. 그들은 극단적 고난에 빠져서 최후의 투쟁에 휘말리고 그리하여 나이, 성별, 인생의 지위, 그들의 일반적 기질 등을 제외하고는 그들의 개성이 남아 있는 게 없게 된다. 그들의 행동, 말, 제스처는 전적으로 드라마의 상황에 의해 지배된다. 다시 말해, 그들이 휩쓸려간 싸움의 전략적 요구사항을 따르게 된다. 그렇기는 하지만 그리스 비극은 주인공에게 상당한 개성을 남겨놓았다. 특히 드라마의 시작 부분이 그러하다. 여기서 주인공은 아주 단단하고 건강하게 서 있고, 자신의 특수하고 우발적이며 현실적인 측면을 사실적이고도 위엄 있게 드러낸다. 나중에 그의 개성과 운명 사이에 갈등이 벌어져, 운명의 보편성이 점점 더 분명하게 드러날 때에도 그는 충동적으로 그 의지에 매달리든 혹은 영웅적으로 그 의지를 희생하든 자신의 특징적 의지를 유지한다.

하지만 여기에는 서사시적 자연스러움이 들어설 자리는 없다. 호메로스의 자연스러운 서사시는 일체감의 두 요소(개성과 운명)의 조화로부터 다양하고 새로운 형태를 매순간 이끌어내지만, 그리스 비극은 운명의 일방통행로를 달려간다. 예전에 서사시 속의 삶에서, 인간의 개성은 운명의 새로운 고비마다 풍성해졌지만, 여기 그리스 비극에서 인간의 행동은 경직되고 그의 색깔과 세부사항은 빈약해진다. 비극의 주인공은 그 자신에게 부과된 보편적 운명을 거부하지만 어쩔 수 없이 그것을 맞이하러 간다. 이제 그에게 남아 있는 것이라고는 가장 보편적인 것, 다시 말해 자신의 나쁜 운명을 향해 나아가는 것뿐이다. 그 과정에서 그는 자신이 쌓아 놓은 핵심 에너지를 낭비하고 탕진하며 그리하여 그 에너지는 아무런 유익한 열매도 맺지 못한다.

소피스트 개화 시대에 성격과 운명은 그 일체감을 잃어버렸다. 심리적 분석과 사건들에 대한 합리적 해석은 운명의 막강한 힘을 소산消散시켰다. 비극의 형식은 기술적 장치들의 도움으로 간신히 유지되었다. 그런 장치의 하나는, 종종 변덕스럽고 공허하며 기계적인 플롯 속에, 은밀한 심리적 통찰이 섞여들어 짜증나는 대조를 이루는 것을 들 수 있다. 동시에 코미디가 시작되었다. 이 코미디는 일상생활의 관찰과 모방을 담았고, 이례적인 모든 사항들에 대하여 합리적인 조롱(정당한 혹은 그렇지 못한 조롱)을 퍼부었다. 코미디는 나름대로 부침浮沈이 있었지만 계몽된 일반 대중의 지원을 받아서 성격의 아프리오리 일체감이라는 개념을 거부하게 되었다.

플라톤의 미메시스 비판

바로 이런 상황에서 플라톤은 자신의 미메시스 비판 이론을 개발했다. 플라톤은 감각적 현실을 음미하는 자신의 느낌과 자신의 시적 재능을 경멸했다. 그는 엄격하고 순수한 유토피아를 주장했기 때문에 예술이 일으키는 무분별한 정서를 비난했다. 이 문제에 대하여 오래 명상한 끝에 플라톤은『국가』10권에서 자신의 미메시스 반대 이론을 펼쳤다. 경험의 세계는 진리와 존재 그 자체인 이데아를 기만적으로 복사한 것으로서, 중요도에서 2위에 지나지 않는다. 그런데 현상계(경험의 세계)

를 모방하는 예술은 복사물을 또다시 흐릿하고 열등하게 복사한 것이기 때문에 등급이 더욱 떨어지고, 그리하여 진리로부터 3단계나 떨어져 있다.[2] 예술은 영혼의 저급하고 비이성적인 부분에 호소한다. 거기에서 시와 철학은 언제나 갈등을 벌인다. 그러므로 철학적 공화국에서는 시를 추방해야 마땅하다. 그는 비모방적 예술에 대해서는 제한적인 가치를 부여한다. 그러니까 확고한 전통에 의해 잘 단련되어 있고 변덕스러우며 기만적인 현상계에 굴복하지 않는 그런 예술은 인정하는 것이다. 이런 예술은 철학적 국가에서 시민의 미덕을 강화시킨다고 플라톤은 말한다. 하지만 이것은 진정한 창조예술에 대한 그의 비난을 더욱 강조할 뿐이다.

그러나 플라톤의 가르침은 모방 예술의 위엄을 파괴하지 않았다. 오히려 그의 가르침은 모방 예술에 새로운 목적의식을 부여했고, 또 새로운 힘을 주었으며, 그 힘은 그 후 여러 세기 동안 지속되었다. 이렇게 말한다고 해서 플라톤의 미메시스 비판이 진지한 게 아니었다는 얘기는 아니다. 그는 다른 대화들에서 영감을 칭송했고, 또 그 자신 미메시스의 기술을 능숙하게 구사하여 비판을 받기도 했다.[3] 하지만 이런 사실들이 우리의 믿음을 바꾸어 놓지는 못한다. 그는 이 문장(『국가』 10권)에서 미메시스 비판을 명시했고, 이것이 그의 이데아 이론을 순수하고 온전하게 만드는 데 기여했다. 플라톤 자신이 시적인 취향을 가졌고, 또 위험한 시련과 유혹을 겪었지만 그건 미메시스 비판과는 별개의 문제이다.

플라톤에게 말씀의 영향력은 그 말씀을 직접 말하는 사람(플라톤의 모든 저작은 대화 형식으로 되어 있고 대화의 주도자는 소크라테스임. -옮긴이)의 기억에 의해 더욱 깊게 채색되었다. 플라톤을 통하여 예술가와 예술 애호가들은 사물의 외양에 이데아가 현존해 있다고 생각하기 시작했고, 또 그것을 동경하기 시작했다. 시와 철학의 심연을 메워 준 것도 플라톤이었다. 그의 저작에서 선배철학자인 엘레아학파와 소피스트들이 경멸했던 외양(현상의 세계, 경험의 세계, 사물과 사람 등)은 다르게 해석되었고, 그 외양은 이데아가 반영된 이미지로 인식되었다. 그는 시인들에게 철학적으로 글을 쓰라고 권유했다. 사람들을 교육하기 위해 글을 써야 하지만 동시에 외양의 모방을 통하여 그 진정한 본질에 도달하고 나아가 사물은 완전한 이데아의 기준으로 측정해 볼 때 얼마나 불완전한 것인가를 보여 주어야 한다고 말했다.

플라톤 자신이 미메시스의 기술을 아주 깊이 있게 이해했고, 그 어떤 그리스인보다 미메시스의 기술을 잘 실천했다. 호메로스를 제외하면 시인 플라톤은 고대의 그 어떤 시인보다 더 큰 미메시스의 힘을 행사했다. 그의 대화편에 나오는 인물들은 생생한 개성이 부여되어 있다. 그 대화에는 다양한 움직임과 현실감각이 충만하다. 대화 속의 가장 추상적인 토론도 마법의 걸작이 되며, 그 감각적인 색깔은 감수성 예민한 독자의 마음에 스며들어 토론의 추상적 주제와 구체적 감각을 하나로 혼융시킨다. 플라톤의 시를 하나의 속임수 혹은 기만으로 보아서는 안 된다. 플라톤 사상의 핵심에 도달하기 위하여 그런 속임수와 기만을 내던져야 한다고 생각하는 건 엉뚱할 뿐만 아니라 말이 되지 않는다. 플라톤은 구체적인 사물을 사랑하면서 그것이 지혜로 가는 길이라고 믿었다. 그것은 디오티마(플라톤의 『향연』에 나오는 만티네아의 여인으로 소크라테스에게 사랑의 철학을 가르쳐준다. —옮긴이)의 대화에서 잘 드러난다. 그것(구체적인 것에 대한 사랑)은 아주 독특한 표현을 한다. 왜냐하면 플라톤이 볼 때 인간의 보편적 텔로스(telos: 목적)는 개인의 본성 및 인간의 운명과 갈등을 벌이는 것이 아니라, 오히려 그것들(본성과 운명)에 의해 형성되고 표현되기 때문이다.

이러한 본질과 운명의 일치는 라케시스의 왕좌 앞에 선 팜필리아 사람 **에르**가 말하는 신화 속에 잘 구현되어 있다. 에르는 망자들의 영혼이 새로운 삶으로 돌아가기 전에 그들의 운명을 선택하는 광경을 보았던 것이다.[4] 각각의 영혼은 저승에 가서도 개별적 특징을 유지하고 죽음도 그런 특징을 파괴하지 못한다. 여기에서 그리고 영혼이 이데아의 아름다움에 참여한다는 점에서, 플라톤 체계의 이원론은 극복된다. 이렇게 생각하는 플라톤, 그러니까 철학을 예술 속에 도입하여 더 심오하고 더 정확한 인식(사건들에 대한 인식)의 기초를 놓은 플라톤은 후대 사람들의 가습 속에 계속 살아 있다. 그의 풍부한 예술관은 그의 철학적 태도에서 나오는 것이다.

그가 창조한 대화의 형식에서는 엄밀하게 말해서 운명과의 만남도, 드라마적 상황과의 만남도 없다. 소크라테스 3부작인 『변명』, 『크리톤』, 『파이돈』에서도 운명과의 만남은 배경에 지나지 않는다. 그 대신에 진리가 재판관으로 등장한다. 조용하게 움직이는 대화 속에 모든 시대의 사람들은 진리의 재판관 앞을 지나간다. 소크라테스는 『고르기아스』의 말미에[5] 지하의 재판관들 앞을 지나가는 영혼들의 신화를 말했는데, 그들(모든 시대의 사람들)은 긴장한 채 재판관 앞을 지나가며 그들의 의욕, 헌신, 결단을 토로한다. 여기서 영혼은 그 용기와 고상함, 타고난 진리를 입증해야 한다. 운동 경기에서 육체가 그 힘과 기량을 증명하는 것처럼 말이다. 이 은밀하고 만질 수 없는 것들(의욕, 헌신, 결단)은 외양(겉으로 드러난 모습) 및 가장 분명한 감각 인식의 관점으로 제시되지만, 그것들은 동시에 가장 정밀한 저울에서 무게가 측정되고, 또 가장 정교한 측정 기술에 의해 정의된다.

이렇게 볼 때 철학적 예술 이론은 플라톤의 미메시스에서 끝나는 것이 아니라 비로소 시작되는 것이다. 이데아 이론은 그 안에 변모의 씨앗을 가지고 있는데 그 씨앗이 회화에서 어떤 의미인지 최근에 E. 파노프스키E. Panofsky에 의해 규명되었다.[6] 그리하여 예술을 철학적으로 설명하려는 사상가들은 조금씩 조금씩

플라톤의 이데아를 지상으로 옮겨 왔다. 그러니까 저 위의 하늘의 영역에서 영혼으로 이데아를 이동시키고, 다시 초월적 세계에서 내재적 세계로 이동시킨 것이다. 예술가가 모방(미메시스)하는 대상도 이와 유사한 변화의 과정을 거쳤다. 경험의 세계 속에 들어있는 대상을 영혼의 대상으로 이동시켰다. 예술가가 모방한 대상은 실제 대상 그것이 될 수는 없기 때문이다. 만약 그렇다면 예술 작품은 실제 대상보다 더 아름다워질 수가 없다. 예술 작품이 실제 대상보다 더 아름다워질 수 있는 것은 예술가의 영혼 속에 들어 있는 이미지 때문인데, 그 이미지는 대상에 내재된 이데아인 엔노에마ennoema가 바로 그것이다. 플라톤이 그처럼 칼같이 구분했던 모방된 대상과 진리(이데아)가 예술가의 영혼 속에서 하나로 합쳐졌다. 플라톤의 철학에서 저기 저 하늘의 영역에서나 만날 수 있는 더 완벽한 이데아가 실제와는 뚜렷하게 대조되는 내재된 이데아로 이동했고, 나중에는 예술 작품 그 자체로 이동했다.

(아름다운 여자는 '아름다움'이라는 이데아를 구현하는 구체적 대상이다. 그 아름다운 여자를 그린 화가의 초상화는 "실제와는 뚜렷하게 되는 대조되는 내재된 이데아"이다. 다시 말해 초상화 속의 여자는 실제 여자보다 더 아름다운 여자로서 아름다움의 이데아에 한발 더 다가선다. 그리하여 그 걸작 초상화는 내재된 이데아 그 자체가 되고 이것이 바로 예술의 본령이다. -옮긴이)

이렇게 하여 미메시스의 개념은 극단적 정신화(spiritualization)

의 과정을 거쳤고, 비록 플라톤의 이데아 이론에 뿌리를 두고 있으나, 플라톤의 가르침과는 정반대되는 결과를 가져왔다. 플라톤은 예술이 진리(이데아로)로부터 두 단계가 떨어져 있는 것이라고 말했지만, 예술 그 자체에 숭고한 이데아가 깃들게 된 것이다. 그러나 플로티노스에 이르러서 이 과정은 새로운 2원론과 새로운 문제를 제기한다. 왜냐하면 플로티노스는 창조적 예술가의 영혼 속에 들어 있는 원형(이데아)과 구체화된 예술 작품 속의 이데아는 서로 다른 것이라고 말했기 때문이다.

아리스토텔레스의 합리적 미메시스

이데아 이론을 수정하여 예술에 적용하려는 첫 번째 중요한 걸음은 아리스토텔레스의 미학이다. 그 미학이 이데아 이론의 역사적 발전에 미친 영향은 상당하지만, 플라톤 이론처럼 의미 깊은 것은 아니다. 특히 구체적 예술 작품에서 감수성(영감)과 형이상학(철학)이 작용하는 각각의 분야를 탐구하는 사람들에게 플라톤 이론이 더 중요하다. 자 이제 아리스토텔레스의 이론을 살펴보자. 그는 본질이 현상 속에서 스스로 실현된다는 이론을 내놓았다. 개별적 형태가 자기실현을 통하여 실재 혹은 실체가 된다는 이런 가르침은 미메시스의 개념에 새로운 철학적 정당성을 부여했다.

아리스토텔레스는 이런 변화 혹은 과정을 형상(form)이 질료

(matter) 속으로 들어가는 것으로 파악했으며, 여기에는 유기적 과정뿐만 아니라 인간의 예술적 창조도 포함된다. 예술적 활동에서 형상(eidos)은 예술가의 영혼 속에 들어있는 것인데, 여기서 우리는 위에서 언급한, 초월적 이데아가 내재된 이데아로 이동한다는 이론과의 상관성을 보게 된다. 그리하여 아리스토텔레스는 플라톤과는 다르게 시를 포이에틱poietic 철학으로 옹호한다. 시의 가장 높은 형태인 비극에서, 시는 어떤 정서들을 환기시키고, 또 극복한다. 이렇게 하여 시는 영혼에 해롭거나 도덕을 손상시키는 것이 아니라 오히려 영혼을 정화한다. 이렇게 볼 때 비극은 사건들의 베끼기인 역사학보다 훨씬 더 철학적이다. 비극에서 개인의 특수성은 보편성으로 확대되고 우연성은 개연성으로 바뀌기 때문이다.

(아리스토텔레스의 『시학』 제9장은 시인과 역사가의 차이를 논한다. 여기서 말하는 시인이란 곧 고대 그리스의 비극 작가 가령 소포클레스나 아이스킬로스 등을 가리킨다. 이 책에 의하면, 시인은 실제로 일어난 일을 다루지 않는다. 시인은 인간 생활을 지배하는 법칙에 따라서 일어날 법한 일 혹은 언젠가 일어날 가능성이 있는 일을 묘사한다. 다시 말해 헤로도토스 같은 역사가는 이미 일어난 사건들을 다루지만, 시인은 충분히 일어날 법한 사건들을 다룬다. 이렇게 하여 시는 역사보다 더 철학적이고 더 의미심장하게 된다. 역사는 특수한 사건을 다루지만 시는 일반적이면서 보편적인 사건을 다루기 때문이다. 그리하여 서사적 진실은 역사적 진실보다 힘이 세다. 시인은 본질적인 것, 일어날 법한 것에 관심이 많다.

시인이 시 속에 역사적 주제를 도입할 때에는 그 주제에 일관된 통일성을 부여해야 한다. 이 통일성을 위해 사건을 다소 과장하거나 부정확하게 처리하는 것도 허용된다. 시인은 비극 속에 반드시 플롯을 도입해야 하는데, 이때 가장 나쁜 플롯은 사건들이 에피소드처럼 산만하게 제시되는 것이다. 즉, 사건들이 서로 연계되는 명확한 인과관계를 갖추지 못한 경우이다. 가장 효과적인 플롯은 예기치 못한 것과 필연적인 것을 촘촘하게 병치시켜 연민과 공포를 불러일으키는 것이다. 잘 짜인 플롯일수록 사건의 반전을 도입하여 인식과 발견의 충격을 조성한다. 사건의 반전은 예기치 못한 것과 필연적인 것을 병치시키는 중요 수단이다. 『시학』 23장은 시인이 세부사항을 묘사하는 데는 부정확한 것은 괜찮지만 인물의 미메시스(재현)가 부정확한 것은 안 된다고 말한다. 이어 불가능하나 그럴 법한 것은 용납이 되지만, 가능하지만 그럴 법하지 않은 것은 용납되기 어렵다고 말한다. 카프카의 「변신」에 비추어 말한다면, 인간이 벌레로 변한다는 것은 불가능한 얘기이지만, 작품 속의 분위기에서 그럴 법하면 얼마든지 용납된다는 것이다. -옮긴이)

아리스토텔레스는 이데아가 형체를 갖춘 구체적 대상 속에 실현된다는 이론을 내세움으로써, 구체적 대상이 미메시스의 대상이 된다고 가르쳤다. 그리고 예술가의 창조적 에이도스(형상)와는 다르게, 형체를 갖춘 대상은 물질(질료)에 의해 구체화되기 때문에, 예술적 미메시스(아름다운 여자를 그린 초상화. -옮긴이)는 그 경험적 모델(실재하는 아름다운 여자. -옮긴이)보다 더 완벽한 형체를 갖추고 그리하여 더 높은 등급을 획득하게 된다. 그러나 아리스토텔레스의 이런 원칙들은 개별적 경우에 대한 합리적 통찰로부터 나오는 것이며, 플라톤이 일찍이 경험했던, 진리(이데아) 속에 자기 자신을 잃어버렸다가 그 후에 제 정신으로 다시 돌아오는 과정, 즉 본질에 대한 직접적 참여(이성에 의해서 설명되는 것이 아니라 직관에 의한 황홀한 깨달음 혹은 갑작스러운 통찰 등을 가리킨다. 이런 상태에서는 현실과 비현실, 비극과 희극의 경계가 사라져버린다. -옮긴이)로부터 나오는 것은 아니다. 아리스토텔레스는 합리적으로 규정할 수 없는 리얼리티의 어떤 부분을 탐구하는 것을 거부했다. 그는 그런 리얼리티를 우발적인 것, 다시 말해 법칙도 목적도 없는 것이라고 생각하여 배제했다. 그가 볼 때 합리적으로 설명할 수 없는 것은 단순한 우연 혹은 물질의 맹목적 저항이었고, 그 때문에 그가 생각하는 우주의 형이상학적 질서 속에서 가장 하급에 속했다.

플라톤의 "두 세계(현상의 세계와 이데아의 세계)"라는 2원론과 비교해 볼 때, 형상과 질료를 내세우는 아리스토텔레스의 2원론은 손쉽게 연결이 되는 듯하다. 왜냐하면 각각의 경험적 사물은 형상과 질료의 거리를 메워주기 때문이다. 그러나 이것을 사건들에 적용해 보면, 아주 우연하고 낯선 것이 인간에게 일어날 수 있음을 암시한다.(이 암시는 아리스토텔레스의 윤리학을 뒷받침하는 개념이기도 하다.)(→**아리스토텔레스**) 그는 이성으로 해결할 수 없는 것을 순수 물질 혹은 우연성의 필수적 요소라고 생각한다. 이러한 개념은 아리스토텔레스 같은 성격을 가진 사람에게만 자연스럽다. 그런 사람은 정의라는 합리적 개념으로 운명을 판단하는데, 이것은 비극적인 운명관과는 정반대되는 자세이다. 모든 현상을 이성으로 설명하려는 이런 자세는 플라톤의 두 세계 사상과는 사뭇 다른 것이다. 플라톤은 현상계(경험의 세계)를 환상이라고 여겼으며, 신화적인 빛이 현상계를 가끔씩 비추는 여지를 남겨 놓았던 것이다.

『시학』에 나오는, 시인과 실제 사건들과의 관계를 설명하는 아리스토텔레스의 사상은 이런 자세(모든 현상을 이성으로 설명)에서 나오는 것이다. 그는 **리얼리티**를 우리에게 일어나는 무질서하고 혼란스러운 모습 그대로 재현해서는 안 된다고 아주 분명하게 말했다. 이러한 미메시스 사상은 그 후 여러 세기 동안 하나의 규범으로 받아들여졌다. 아리스토텔레스가 볼 때, 실제 사건의 무질서하고 혼란스러운 측면은 그것을 관찰하는 사람의 부정확한 눈 때문에 그런 것이 아니라, 그 사건 자체가 무질서하고 혼란스럽기 때문이다. 따라서 시인은 실제 사건보다 더 우수한 사건을 창조해야 하고 비극은 실제 사건들을 교정해야 한다. 이렇게 하여 그는 시(비극)의 보편성을 역사의 특수성에 대비시키면서, 비극의 일관성은 주인공이 아니라 합리화된 사건에 바탕을 두어야 한다고 주장했다. 주인공은 서로 무관한 사건들에 휩쓸려 들어가지만, 사건은 등장인물로부터 독립되어 전개될 수 있기 때문이다. 이런 생각을 갖고 있었기 때문에 아리스토텔레스의 사상 체계에서 시적 가능성은 너무 경직되게 구획되었고, 또 제한적이다. 이것은 그 후의 시학 이론에 결정적 영향을 미쳤고, 고대의 시학 이론이 결코 뛰어넘지 못하는 벽이 되었다. 이런 미메시스 사항의 유일한 예외가 플라톤이다. 가령 우리는 『향연』의 맨 마지막에 나오는 아주 의미심장한 장면을 생각하게 된다. 이 장면에서 소크라테스는 절반쯤 잠든 아가톤과 아리스토파네스에게 동일한 사람이 희극과 비극을 둘 다 쓸 수 있다고 설명한다.[7)]

합리적 근거를 바탕으로 운명을 거부하는 자세는 아리스토텔레스 이후 기독교와 기타 신비 종교들의 발흥에 이르기까지, 고전 고대의 주도적 자세였다. 이런 태도는 견인주의 학파도 마찬가지로서, 그들의 세계 질서 속에서 이성은 자연과 동일시되었다. 자유라는 형이상학적 개념을 내세운 에피쿠로스학파도 운명의 필연성을 거부했다. 이 두 학파는 개인을 운명으로부터 보호하는 윤리적 이상을 신봉했다. 마음의 평정심을 일관되게 유지하여 그 어떤 일에도 동요하지 않는 사람을 현자로 여겼다. 현자는 외부 세계에 참여하기를 거부하고, 자신의 감정을 억제함으로써 외부 세계를 극복한다는 것이다.

위대한 시인 베르길리우스

후기 그리스의 합리주의는 로마 시가詩歌와 황금시대(고대 로마의 아우구스투스 황제시대에 번창했던 문학을 가리키는 용어로 이 시대의 대표적 작가로는 베르길리우스, 호라티우스, 오비디우스가 있다. -옮긴이)의 시학 이론에 주도적 영향을 끼쳤다. 그 사상은 키케로는 물론이고 후대의 호라티우스와 세네카에게 그대로 수용되었다. 그러나 로마의 운명과 사명이라는 주제가 제시되면서 베르길리우스와 타키투스에 이르러, 창조적 상상력의 도움으로 그 시대의 철학적 흐름인 운명 거부주의를 극복할 수 있었다. 그 결과 아프리오리의 단일성(성격과 운명의 합일성)을 갖춘 리얼리티의 이미지가 생겨났다. 베르길리우스는 후대의 독일 학자들에 의해 오해되고, 또 과소평가되었다. 그 잘못은 그들이 그를 호메로스와 비교하면서 두 가지 오해를 저지른 데서 비롯된다. 첫 번째 오해는 이 학자들이 무모하게도 호메로스를 문학 발전의 원시적 단계와 동일시했다는 것이다. 두 번째 오해는 베르길리우스가 지나치게 교양이 발달된 '고전주의' 시대에 살았기 때문에 그(베르길리우스)를 불신한 것이다. 이 젊은 학자들은 세련된 생활 조건과 조잡한 신인동형적 종교 형태로부터의 해방 등을 불신하면서 이런 것들이 시의 창작에 중대한 장애가 된다고 보았다. 이런 편견 때문에 많은 학자들이 베르길리우스 시의 완벽한 마법, 그 순수한 느낌, 그리고 그 시가 예언하는 정신적 소생을 제대로 보지 못했다.

베르길리우스는 북부 이탈리아에서 농부의 아들로 태어났다. 당시의 가장 수줍음 많은 사람도 심지어 당시의 정치적 지도자들까지도 그를 자연의 아들이라고 생각했고 그를 사랑과 외경의 눈빛으로 바라보았다. 그는 이탈리아 땅에 대한 깊은 애착에다 그 당시의 아주 수준 높은 문화를 결합시켰다. 이 두 가지 요소가 그의 내면에서 잘 융합되었다. 그래서 그가 노래한 전원적 전통주의는 완벽한 문화의 전형처럼 보이고, 그의 교양은 심오한 자연적 지혜(세속적이면서도 천상적인 지혜)의 인상을 준다. 역사철학의 관점에서 볼 때 한 아이의 탄생과 새로운 시대의 여명을 알리는 제4 농경시는 영감과 학식을 두루 갖춘 시로서 고대 지중해 세계의 문명인들이 갖고 있던 종말론적 비전을 탁월하게 구체화했다. 이 시는 중세의 현자들이 그릇되게 부여한 해석에 걸맞은 의미심장함을 갖추고 있다.(중세의 현자들은 이 시가 예수 그리스도의 탄생과 새로운 시대를 예고한다고 해석했다. -옮긴이)

베르길리우스의 비전을 기존의 **종말론**적 전통과 구분시켜 주는 것은 그 예술적 기법뿐만이 아니다.[8] 물론 그 기법도 상당히 중요하다. 그는 헬레니즘 지중해 세계의 모호하고, 산발적이며, 지하에 숨어 있고, 비밀스러운 지혜를 그의 시적 기교를 통하여 환한 대낮으로 끌어올렸다. 하지만 그는 이보다 더 중요한 업적을 달성했다. 그는 지중해 연안의 어두운 지혜를 가져다가, 오래 대망해온 신생 로마 제국의 세계 질서 속에다 구체적 형태로 제시했다. 이것이 그의 시가 갖고 있는 시적 위력과 예언적 힘의 뿌리이다. 경건한 아이네이아스는 고난과 혼란을 벗어나서 온갖 유혹과 위험을 이겨내며 자신의 정해진 목표에 도달한다. 이런 성격과 운명의 일치는 고대 문학에 아주 새로운 것이었다. 인간이 이 세속의 세계에서 숭고하고 거룩한 사명을 추구해야 한다는 아이디어는 호메로스의 서사시에서도 낯선 사상이었다. 여러 단계의 시련을 통하여 천상으로 올라간다는 사상은 오르페우스 신비 종교나 피타고라스 신비 종교에서 자주 등장하는 모티프였지만, 지상에서의 구체적 사명과 연결되는 법은 없었다. 아이네이아스는 자신의 사명을 생생하게 의식한다. 그 사명은 천상의 어머니(유노 여신)의 예언과 지하의 아버지가 들려준 말씀으로 계시된다. 그는 경건한 자부심과 함께 그 사명을 반드시 완수하겠다고 맹세한다. 아버지 안키세스의 예언과 율리우스(카이사르) 가계의 신격화는 우리에게 시시한 아첨으로 들리기도 한다. 하지만 이것은 베르길리우스의 수사법이 종종 무가치하고 사소한 목적들에 남용될 때에만 그러하다.(→아이네이스)

베르길리우스의 세계관은 그가 직시하는 역사 발전의 진리를 따라간다. 그 세계관은 그가 예상했던 것보다 훨씬 오래 지속되고, 또 영향을 미쳤다. 그는 진정한 예언자이다. 그가 예언자가 아니라면 예언자라는 용어는 그 의미를 상실한다. 이 세계의 역사 속에다 그는 최초의 위대한 러브 스토리(→디도)를 엮어 넣었고, 그 스토리의 형식은 지금까지도 유효하다. 모든 세부사항에서 성공을 거둔 것은 아니지만 그 러브 스토리는 전반적으로 볼 때 걸작이며, 유럽 문학에서 노래하는 연애시의 기본 모델이 되었다. 디도는 칼립소보다 더 심각하고 더 아프게 고통을 당한다. 그녀의 스토리는 중세에 전해진 위대한 감상시感傷詩의 전형이다.

이렇게 볼 때 베르길리우스는 여러 모로 유럽 문학의 중요한 이노베이터이다. 그의 영향력은 문학 이외의 분야로 뻗어나간다. 그는 아주 독특한 정치적 형태를 갖춘 유럽의 신화학자이고, 로마 종말론과 헬레니즘 종말론의 창조적 종합자이며, 감상적 연애시를 쓴 최초의 시인이다. 그는 자신이 활동한 문화권에서, 후기 그리스 철학의 운명 거부주의를 극복하고, 또 성격과 운명의 아프리오리 합일을 노래한 최초의 시인이었다.

그의 신학 사상에 약간의 불확실성이 있는 것은 사실이다. 그가 신격화한 것은 지상의 제도(로마 제국)이고, 또 그가 서사시 속에서 활용한 다양한 종교적 흐름들은 그 제도에만 봉사하는 것도 아니다. 그가 제시한 저승 — 로마 제국의 위대함과 앞으로의 번영을 예고하기 위해 제시된 저승 — 세계에서, 정화와 윤회의 전통적 교리들은 일관성 있게 전개되지 못했다. 그 망자의 영역은 단지 예술적 도구에 지나지 않는다. 고대의 사자관死者觀이 그러하였듯이, 베르길리우스가 그려내는 망자의 영혼들은 부분적이고 축소된 삶을 영위하는 그림자 같은 존재일 뿐이다.

예수 그리스도와 소크라테스

 기독교의 역사적 핵심 — 그러니까 십자가의 처형과 그에 관련된 사건들 — 은 더 과격한 역설, 아주 폭넓은 모순을 제시한다. 역사 속에서나 신화의 전통 속에서나, 고대 세계에 그런 역설이 존재한 적이 없었다. 갈릴리 사람의 멋진 예루살렘 입성, 그가 신전에서 보여 준 행동, 갑작스러운 위기와 격변, 사람들의 무자비한 조롱, 유대인의 왕(그는 조금 전만 해도 지상에 하느님의 나라를 선포하고 싶어 했다)에 대한 채찍질과 처형, 제자들의 한심스러운 도주, 그리고 몇몇 사람의 비전, 겐네사렛 호수 출신의 어부인 베드로 단 한 사람의 비전을 바탕으로 하여 이루어진 예수 신격화, 이런 일련의 에피소드들은 서구 문명 세계의 내적·외적 역사에 아주 엄청난, 일찍이 그 유례가 없는 변모를 가져왔다. 그 에피소드들은 모든 면에서 정말로 무척 놀랍다. 심지어 오늘날에도 그 당시 일어난 일을 명확하게 구성해 보려는 사람은 깊은 당혹감을 느낀다. 신화와 교리는 신약성경의 책들 속에서 그리 강하게 제시되지 않는 반면, 그 속에 묘사된 여러 사건들의 엉뚱하고 역설적이고 조화되지 않는 특징은 고비마다 아주 사실적으로 튀어나온다.

　그리스도의 죽음은 소크라테스의 죽음과 자주 비교되는데,[9] 이러한 비교는 우리가 원하는 의미를 이끌어내는 데 도움이 된다. 소크라테스 또한 자신이 믿는 바를 위하여 자유 의지에 따라서 죽었다. 그는 자신의 목숨을 부지할 수도 있었다. 그는 재판이 시작되기 전에 달아날 수 있었고, 재판에 대하여 협조적인 태도를 보이다가 재판이 끝난 후에 도피할 수도 있었다. 그러나 그는 도피를 거부했다. 그는 친구들에게 둘러싸인 채 고요하고 평온한 상태로 죽었고, 지상에서 그가 누렸던 인격적 위엄이 조금도 손상되지 않았다. 그것은 철학자 겸 행복한 사람의 죽음이었고, 그의 운명은 인간적 정의감을 확인하고, 또 성취했다. 그의 적들은 그 당시의 특별한 이해관계를 대변하는 이름 없는 대중이었고, 그 당시 사람들에게도 별로 중요하지 않았으며 후대의 사람들에게는 전혀 중요하지 않았다. 그들은 단지 권력을 갖고 있었을 뿐이며, 그 때문에 소크라테스는 감동적으로 자기 자신을 성취하고 계시할 수 있었다.

반면에 예수는 그 성질상 도저히 영적인 것으로만 남을 수 없는 운동을 촉발했다. 그를 메시아로 인정한 제자들은 지상에 하느님의 나라가 곧 수립되기를 희망했다. 그 모든 희망은 참담한 실패로 끝났다. 그가 잠시 동안 상당한 영향력을 행사했던 대중(지지자들)은 결국에는 망설이거나 적대적인 태도를 취했다. 통치 그룹들은 예수에 반대하여 힘을 합쳤다. 그는 밤중에 예루살렘시 외곽에 숨을 수밖에 없었고, 그 은신처에서 제자 한 명의 배신으로 체포되었고 혼란에 빠져 우왕좌왕하는 제자들을 뒤에 놔두고 산헤드린 앞으로 끌려갔다. 그리고 최악의 사태가 벌어진다. 제자들은 절망에 빠져 도망쳤고 기독교 세계의 뿌리이며 영원한 수장인 베드로는 그를 부인했다. 예수는 혼자가 되어 재판관들을 대면했고 치욕스러운 순교를 당했으며, 일반 대중은 가장 잔인한 방식으로 그를 조롱했다. 그의 많은 제자들 중에서 오로지 몇 명의 여자들만이 멀리서 그의 최후를 목격했다.

독일 신학자 하르낙[10]은 베드로의 그리스도 부인을 가리켜 "사상의 추錘가 끔찍하게 왼쪽으로 기울어진 것"이라고 말했다. 또 성변화의 기억(『마가복음』8장 27-29절)에 관련시키면서, 베드로의 그리스도 부인이 교회의 밑바탕인 성 베드로의 비전에 심리적 기반을 제공한다고 해석했다. "사상의 추가 끔찍하게 오른쪽(유대교)으로 기울어질 수도 있었는데" 그렇게 되지 않았으므로 기독교의 기반이 비로소 마련되었다는 해석이다. 그러나 베드로의 부인과 비전은 명백한 역설이다. 처음부터 예수의 스토리에는 모순적 사례들이 많았고 베드로는 그런 사례들 중 하나일 뿐이다. 첫 시작부터 예수 스토리는 사악한 조롱자들과 무조건적인 신자들 사이에서 요동치고, 숭고함과 우스꽝스러움이 복합된 기이한 분위기를 자아낸다. 제자들은 그를 경배하고, 또 충성심을 경쟁하지만, 빈번히 그를 오해한다. 제자들과 예수 사이에는 끊임없는 불안과 긴장이 존재한다.

그리스도 이야기는 유럽 사람들의 의식 속으로 들어가 그들의 운명관과 운명의 서술 방식을 근본적으로 바꾸어 놓았다. 이러한 변화는 아주 느린 것이었고 기독교 교리가 퍼지는 속도보다 더 느렸다. 그것(운명관을 바꾸어 놓는 변화)은 극복하기 어려운 다른 장애들과 부닥쳤다. 그 자체적 의미는 사소한 것이었지만 그래도 저항은 엄청났다. 기독교의 수용을 선호했던 정치적, 전술적 요인들은 기독교를 배척하는 저항 앞에 무력했다. 왜냐하면 그 저항은 인간 존재의 가장 보수적인 요소, 즉 내면 깊은 곳에 자리 잡은 세계관에 뿌리를 두었기 때문이다. 그들이 갖고 있는 세계 관에서 볼 때, 기독교 교리의 제도적 측면(신부나 교회 같은 외부적인 것)은 쉽게 받아들일 수 있었으나, 그 제도의 뿌리인 그리스도 스토리의 역설은 쉽게 받아들일 수 없었다. 우리가 이러한 변화의 역사와 그 변화가 가져온 현상에 대하여 자세히 다루기 전에, 먼 저 그 변화의 성격을 살펴보기로 하자.

기독교의 도래와 운명관의 변화

그리스도 스토리는 로고스logos의 비유(parousia) 혹은 이 데아의 나타남 그 이상의 의미를 갖고 있다. 그 스토리 속 에서 이데아는 세속적 사건의 문제적 특성과 절망적 불의不義에 가려져서 잘 보이지 않는다. 사후의 부활과 언젠가 닥쳐올 재림 을 고려하지 않고, 지상에서 벌어진 그리스도 스토리 그 자체만 놓고 본다면, 그 스토리는 너무나 끔찍하여 그 사건 이후 구체적 이고 가시적인 시정 조치(그 참담한 절망으로부터의 유일한 구원)가 유 일한 문제가 될 수밖에 없다. 그리하여 기독교의 종말관은 사상 유례 없는 구체성과 강렬함을 띠게 된다. 이 세상은 종말 이후의 세상과 관련지어야만 비로소 의미를 갖게 된다. 이 세상 그 자체는 아무런 의미도 없는 고통이다. 하지만 기독교도들이 이런 내세적 정의관을 갖고 있다고 해서, 세속적 운명의 가치나 그 운명에 대한 순종 의무를 부정했다는 얘기는 아니다.

그러나 고대의 사상가들은 이런 순종 의무를 부정했다. 가령 **스토아학파**나 에피쿠로스학파는 인간은 운명으로부터 벗어나서 세속적 사건들의 연쇄작용으로부터 자유롭게 되어야 한다고 가르쳤다. 또 세속적 유대관계를 모두 끊어버린 내면적 자유를 특히 강조했다. 이러한 가르침은 전혀 기독교적인 가르침이 아니다. 왜냐하면 타락한 인류를 구원하기 위해 말씀이 되신 진리(그리스도)가 아무 조건 없이 지상의 운명에 순종했기 때문이다. 이렇게 하여 고대 윤리학의 기반인 행복주의는 끝장이 났다. 지상에 오신 그리스도가 몸소 가르쳤듯이 자기 자신의 운명을 받아들이고, 피조물이 당하는 고통에 자기 자신을 내맡김으로써, 속죄를 하고 재판을 받는 것이 크리스천의 의무이다.

지상에서 벌어지는 생활의 드라마는 고통스럽고, 너무 지나치고, 비非 고전적인 강렬함을 취한다. 왜냐하면 그 생활은 악과의 씨름이면서 동시에 장차 다가올 하느님의 심판에서 판단 근거가 되기 때문이다. 고대의 사상과는 아주 다르게, 자기부정은 더 이상 구체에서 추상으로, 특수에서 보편으로 나아가는 수단이 아니다. 그리스도 자신이 이 지상에서 끊임없는 갈등 속에서 살았다는 사실을 생각하면 사변적思辨的 평온함을 얻으려는 것은 뻔

뻔스러운 일이었다. 지상에서의 내적 긴장은 이제 극복 불가능한 것이 되었고, 지상의 운명을 받아들이는 것만큼이나 그리스도 스토리의 필수적 부분이 되었다. 두 가지 경우(내적 긴장과 운명의 수용)에서 인간의 개성은 시련을 당하지만 그래도 개성은 유지될 수 있고 또 유지된다. 크리스천의 온유함은 스토아학파의 무감각(apathy)과 비교해 볼 때, 감동적이고 구체적이고 심지어 세속적이다. 하지만 인간의 불가피한 죄악의 성향을 잘 인식함으로써, 자신의 독특하고 불가피한 개성을 강화한다.

그리스도 스토리는 개인적 생활의 강렬함을 드러낼 뿐만 아니라 그 다양성과 풍부한 형식 또한 보여 준다. 그 스토리는 고대 미메시스 이론의 한계를 돌파한다. 그 스토리 속에서 인간은 지상의 위엄을 잃어버린다. 모든 일이 인간에게 일어날 수 있고, 고전주의에서 규정한 장르의 구분(합리와 우연의 구분)은 가뭇없이 사라진다. 숭고한 스타일과 천박한 스타일의 구분도 더 이상 없다. 복음서에는 마치 고대 코미디처럼 온갖 계급의 사람들이 등장한다. 어부, 왕, 고위 사제, 세리, 창녀 등이 그들이다. 지체 높은 사람이라고 해서 고전 비극 속의 인물처럼 행동하지 않고, 또 지위 낮은 사람이라고 해서 희극 속의 인물처럼 행동하지 않는다. 그와는 전혀 다르게, 모든 사회적, 미학적 제한이 철폐된다. 그 무대는 다양한 종류의 인간을 허용한다. 그 무대에 오르는 캐릭터들은 하나의 집단으로 혹은 각각의 개별 인물로 등장하든 여전히 다양성을 유지한다. 각각의 개인은 온전하게 합법화되며, 그 합법화는 사회적인 기반과는 무관하다. 그의 현세적 지위와는 상관없이 그의 개성은 완전하게 개발되며, 그에게 일어난 일은 고상하지도 천박하지도 않다. 예수는 말할 것도 없고 심지어 베드로도 엄청난 굴욕을 당한다. 그리스도 스토리가 갖고 있는 자연주의(자연스러운 사실주의)는 깊이나 넓이에서 전례 없는 것이다. 고대의 시인이나 역사가들은 인간의 사건을 이런 방식으로 서술하지 않았고 그럴 능력도 없었다.

우리는 앞에서 기독교 교리의 제도는 쉽게 받아들일 수 있었으나, 그 제도의 뿌리인 그리스도 스토리의 역설은 쉽게 받아들일 수 없었다고 지적했다. 아무튼 그리스도 스토리의 미메시스적 내용이 신자들의 의식 속으로 들어가 그들의 운명관을 바꾸어 놓는 데는 1천 년 이상의 시간이 걸렸다. 이것은 초창기에 기독교로 개종한 사람들의 경우에도 그러하다. 사람들의 마음속에 처음으로 파고든 것은 기독교의 교리였다. 그러나 기독교는 다른 계시 종교들, 가령 헬레니즘 합리주의, 야만 부족들의 신화 등과 갈등(생존 경쟁)하면서, 교리 자체도 바뀌었고, 심지어 그리스도 이야기도 그런 갈등의 요구사항들을 반영했다. 논쟁이나 전도에 의하여 기독교 교리를 전파 받은 다양한 민족들의 심리 상태에 맞추어 그 교리를 각색하게 되었다. 이렇게 하여 기독교 교리는 여러 번의 변모를 거쳐 갔다. 그런 변모가 발생할 때마다 교리의 구체적 리얼리티는 부분적으로 파괴되었고, 그 결과 교리는 일련의 추상적 개념들로 남게 되었다. 하지만 그리스도 스토리의 리얼리티는 결코 사라지지 않았다. 초창기의 가장 큰 위협은 신플라톤학파의 영성주의와 거기서 파생한 기독교 이단으로부터 유래했다. 하지만 그것은 곧 극복되었고, 그 후 본질적인 것은 변하지 않았다.

플로티노스와 아우구스티누스의 상반되는 미메시스 사상

헬레니즘 멜팅폿(용광로)은 동방의 신비 종교들을 받아들인 데다 신플라톤주의의 영성이 너무나 많이 스며들어가 있어서, 구체적인 역사적 혹은 신화적 형태의 성육신(말씀이 사람으로 된 것, 즉 그리스도)을 받아들일 수가 없었다. 그리스도의 스토리가 전반적으로 재해석되었다. 그 사건들과 사람들은 천상적인 혹은 형이상학적인 상징들로 변모되었다. 역사적 요소는 그 자율성과 내재적 의미를 잃어버리고 단지 정교한 합리적 추론에 동원되었다. 그 추론은 원래의 그리스도 스토리에서 제 모습을 잘 알아보기 어려운 파편들만 취하여, 저 괴이한 리얼리티 혹은 모호하고 심오한 종말론만 이끌어냈다.

순수한 형태의 신플라톤주의는 경험의 세계, 세상의 리얼리티, 그 리얼리티가 예술 속에 재현될 가능성 등에 대하여 복잡하면서도 비생산적인 태도를 취했다. 신플라톤주의의 창시자 플로티노스는 플라톤과 아리스토텔레스의 형이상학에서 가져온 여러 요소들을 융합하여 그 자신의 유출주의를 만들어냈고, 신비하면서도 종합적인 명상으로 기울어졌다. 이렇게 하여 영(spirit)이 참여하는 지상의 아름다움이라는 개념이 생겨났다. 그렇지만 아름다움은 내적 원형(이데아)의 상태에서만 순수하다고 보았고 물질 속에는 들어 있지 않다고 생각했다. 플로티노스의 사상에서, 아리스토텔레스가 말한 형상 없는 질료는 플라톤의 비존재(non-being)와 동일시되어, 완전한 존재를 갖춘 이데아와는 정반대의 것으로 간주되었다.

이렇게 하여 질료(물질)는 아리스토텔레스가 말하는 단순한 저항을 의미하지 않게 되었다. 물질은 그 다양성과 분할 가능성 때문에 아리스토텔레스가 주장한 것과는 전혀 다른 의미의 악惡이 되었다. 영이 물질세계로 유출되기는 하지만, 다양하고 구체적인 물질은 피지스(physis: 이것은 개체화의 시작[principium individuationis]이 되는데 곧 저급한 영혼을 의미함)를 통하여 다시 한 번 악하고 불순한 것이 된다. 따라서 미메시스 예술은 경험적 리얼리티와 접촉하지 못하고 순수한 에우레시스(euresis: 내적 형상의 복사물)가 된다. 플로티노스는 미학의 영성적 체계에 대하여 이론적 기반을 제공했지만 그 실제적 결과는 미메시스의 부정이었다. 그는 생성(becoming)보다 존재(being)를, 물질보다는 이데아의 우월성을 강조했고, 물질과 변화를 형이상학적 비존재(존재하지

56

않는 것)와 동일시했다. 이런 사상은 세속적 운명을 예술 속에서 재현될 가능성을 모조리 파괴했다.

현상계를 이처럼 철저히 파괴한 플로티노스의 사상과 비교해 보면, 기독교 교부教父들의 예술에 대한 적개심은 오히려 사소한 것이었다. 그들의 적개심은 특정 주제와 태도를 향한 것이었을 뿐, 근본적으로 현상계 전체를 적대시하지는 않았다. 교회의 호전적 전사들은 지상에서 벌어진 사건(그리스도 스토리) 덕분에 이런 현상(경험적 세계를 부정하는 것)으로부터 구제될 수 있었다. 그 사건 덕분에 기독교가 시작되었고, 그 의심할 나위없는 리얼리티 덕분에 기독교의 모든 외양(현상)이 의미와 질서를 갖게 되었다.

서방 교회는 일부 교리상의 혼란을 빚기는 했지만 한결 같은 끈기로 신플라톤주의의 영성주의에 맞서 왔고, 또 지상의 그리스도 스토리를 구체적 사건으로 확신했다. 서방 교회는 그 스토리가 역사의 중심적 사건이라고 보았고, 역사는 개인들 사이의 관계, 그리고 그 개인들과 하느님과의 관계를 충실하게 기록하는 것이라고 판단했다. 동방 교회에서는 영성주의적 견해가 득세하여 예수의 생애를 승리의 예식으로 변모시켰다. 서방 교회에서는 감동적인 리얼리티의 직접 체험인 복음 스토리에 대하여 미메시스를 옹호하는 태도가 나타났다. 이러한 발전의 사상적 터전은 성 아우구스티누스의 사상에서 발견된다. 왜냐하면 성 아우구스티누스는 미메시스를 부정하는 신플라톤파와 마니파의 영성주의로부터 미메시스의 상당 부분을 구제했기 때문이다. 인간 의식意識의 분석적 탐구를 통하여 그는 인격의 단일성을 보존했다. 그는 형이상학적 사색을 통하여 인격신의 개념을 구제했다. 또 목적론적 세계관을 통하여 세속적 사건의 리얼리티를 구제했다. 그가 자유의지와 예정설을 규정한 방식은 유럽인의 사고방식에 결정적 영향을 미쳤다. 그의 덕분에 유럽인은 명상(관념)만을 우선시하면서 현실(리얼리티)을 무시하지는 않게 되었고, 또 초월로 도피하지 않고, 실제 세상과 대면하여 그 세상을 극복하겠다고 결심했다. 아우구스티누스의 사상에서, 구원의 역사는 구체적 형태를 취한다. 그것을 하르낙은 다음과 같이 설명했다.[11] 아우구스티누스는 라틴어와 미래의 유럽 언어들에 "기독교적 영혼과 심장의 언어"를 부여했다.

야만인을 위한 저급한 영성주의

그러나 심지어 서방에서도 복음 스토리의 구체적 힘은 오랫동안 위력을 발휘하지 못했다. 로마 제국으로 흘러들어오는 야만인 부족들에게 그리스도 메시지의 전파 사업은 로마 제국화라는 문화적 사업과 일치하는 것이었다. 야만인들에게 그리스도의 신화나 고전시대의 신화는 모두 낯설고 이해하기 어려운 것이었기 때문에, 헬레니즘 문화의 개념과 감각적 이미지들은 상당히 재해석되어야 했다. 이것은 이미 손상되어 버린 고대 사람들의 감수성을 완전히 파괴했고, 동시에 야만인들의 신화에 내재된 감수성도 억눌러서 마비시켰다. 신플라톤주의와 대중적 신비주의에도 마찬가지 일이 벌어졌다. 감수성은 붕괴되고 그 자리에 격이 낮은 천박한(저급한) 형태의 영성주의(→ **저급한 영성주의**)가 생겨났는데, 이 영성주의는 현상계를 이해하지도 못했고, 또 그 현상계에 형식을 부여하지도 못했다.

이런 상황은 처음에는 사람들의 이민移民에 의해서 도입된 것이 아니었다. 이미 서기 1세기와 2세기의 이탈리아에서는, 동방의 영향을 받은 저급한 영성주의가 시작되었다. 기독교도의 석관石棺이나 지하묘지 그림들에서 살펴볼 수 있듯이, 상징은 아직 낯선 교리를 합리적으로 재해석하거나 설명하는데 사용되지는 않았고, 단지 진리를 몰래 소유한 사람들에게 그 지식이 그들만의 소유임을 상기시키는 역할을 했다. 지하묘지의 그림은 죽은 자들을 위한 기도문의 삽화였는데, 구체적 리얼리티를 묘사한 것이거나 아니면 그 리얼리티의 기억을 충실히 재현한 것이다.

나중에 이 초기의 영성주의는 모습을 바꾸게 된다. 서유럽의 야만 민족들이 볼 때, 많은 역사적 전제가 들어 있는 복잡한 지중해 문화는 너무 낯설어서 동화하기 어려웠다. 야만 민족들은 차라리 기존의 제도와 교리를 있는 그대로 받아들이는 것이 더 쉬웠고 그 제도와 교리의 역사적 배경을 이해하지 못했다. 그러나 이미지들(聖畵)은 사라지지 않았다. 성화는 야만인들이 받아들인 제도 및 교리와 밀접한 관계를 맺었다. 하지만 성화들은 구체적 리얼리티의 특징은 잃어버리고 교훈적 알레고리가 되고 말았다. 기독교의 전승이든 이교도의 것이든 고대 세계의 전승은 이렇게 하여 저급한 영성주의의 관점으로 재해석되었다. 그리스도 생애의 실제 사건은 그 독립된 가치를 잃어버리고 그 사건에 대한 전승도 그 문자적 의미를 상실했다. 전승에 기록된 사건은 그 사건 자체를 중시하는 것이 아니라 그 이외의 것, 가령 교훈이나 교리를 더 중시하게 되었다. 구체적 리얼리티는 사라졌다. 그 결과 다소 괴상한 종류의 학식學識이 생겨났다. 점성술, 신비주의 교리, 신플라톤주의 등이 저급한 영성(천박한 정신) 속에서 기이하게 왜곡되면서 종합되었고, 이러한 학식은 사건들의 재해석을 지원하는데 자주 동원되었다. 이렇게 하여 알레고리라는 난해한 해석 기술이 생겨났다.

중세 교회 내의 미메시스 회복

중세 초기의 역사학은 인간의 사건관事件觀, 심지어 동시대에 벌어진 사건에 대한 인식이 얼마나 둔감해졌는지 잘 보여 준다. 로마화한 고딕 연대기와 프랑크 연대기들은 그들 주위에서 현재 벌어지는 잡다한 사건들을 전혀 다루지 못한다. 연대기 속의 이야기들은 조잡하다. 고대 후기의 심리적 통찰은 권력 지향적인 당대(중세 초기)의 원시적 본능에 의해 둔화되었고,

아무런 특징이나 강조점 없는 난폭한 사건들이 계속 된다. 연대기 전편을 통하여 현재 다루어지는 자료와는 전혀 관계없는 관념적 주장만이 어른거린다. 영성주의는 진부한 합리주의로 전락했다. 가령 하느님은 진정한 신자들에게 언제나 승리를 가져다주고 이교도와 이단자들은 언제나 패배시킨다는 믿음이 좋은 사례이다. 완고한 교리주의자들(연대기 작가들)은 문화적 세련미와 신화적 운명관이 없기 때문에 사건들을 해석하여 살아 있는 전체로 엮어내지 못한다. 그들은 각종 자료를 그들의 관점에 연결시키지 못하고 단지 때때로 해설 형식으로 혹은 다른 편리한 형식으로 진술할 뿐이다. 아니면 사건들이 그냥 제멋대로 전개되는 방식으로 집필해 나간다.

연대기 작가는 역사적 기록을 제공하기보다는 일련의 무미건조하고 교훈적인 이야기들을 일정한 틀에 집어넣고서 사건들을 재해석한다. 설교나 종교문헌의 저술가들은 글을 써나가기가 한결 더 쉽다. 그들의 글쓰기에서는 알레고리에 의한 해석만이 판을 친다. 모든 대상과 사건에는 그 실제적 특성과는 무관한 '의미'가 부여되어 그 의미는 마치 제목인 양 딱 달라붙는다. 여기서 한 가지 강조해 두어야 할 사항이 있다. 6세기와 7세기의 많은 저술가들은 표현 능력이 아주 서툴기 때문에, 그것을 감추기 위해 동방에서 건너온 인위적인 수사법에 많이 의존했다는 것이다.

그러나 아주 완만한 발전 과정을 통하여 감각적 리얼리티(현실)를 묘사하는 힘이 회복되었다. 유럽의 기독교계는 첫 번째 밀레니엄의 후반부(6-10세기)에 있었던 갈등을 이겨내고 새로운 오르비스 테라룸(orbis terrarum: 세상)으로 등장했다. 이 세상에서 그리스도의 역사는 날마다 일치단결을 구축하는 힘으로 작용했다. 그것은 여러 국가들의 창조 신화가 되었고, 인간의 세계관을 새로 점화시켰으며, 다른 모든 전통을 그 영역 안으로 끌어들였다. 그리하여 그리스도의 역사 안에서 리얼리티와 의미는 특별히 하나로 융합되었고, 기적적인 것이 무척이나 구체적으로 워낙 분명하게 현시되어, 플라톤의 두 세계(이데아와 현상) 이론의 유령 같은 흔적을 말끔히 지워냈다. 교회의 전례 속에서 미메시스가 부활되면서 모방은 더 이상 진리로부터 떨어진 것이 아니었다. 감각적 현상(외양)은 신성했고 사건은 진리였다.

하나로 통합된 현상과 사건의 재등장은 서유럽 문화가 이루어낸 진정한 이노베이션이었다. 이것이 서유럽이 갖고 있는 특별한 청년 문화의 원천이었고, 곧 이 문화는 순수 영성을 강조하는 동방 교회의 모델과는 뚜렷하게 다른 자기 자신을 정립한다. 리얼한 사건(예수 스토리)은 그 전설적 아우라를 다시 회복했고, 그 영적인 위엄과 기적적 힘 덕분에 일상적 체험의 한 부분이 되었다. 이것이 중세 초기의 자연주의(자연스러운 리얼리즘)이다. 그것은 지상 생활의 모든 분야 — 인간의 직업과 가정생활, 커다란 정치적 발전, 한 해의 사계절, 하루의 모든 시간 등 — 를 포섭하는 영성으로 발전했다. 야만 민족들의 창조적 에너지에 그리스도 역사의 영성이 흥건히 스며들었다. 교회는 서유럽으로 이동해 온 야만 민족의 신화들을 예배 속에 도입하여, 유의미한 생활의 통일된 그림을 완성했다. 이렇게 하여 첫 밀레니엄이 끝나갈 무렵 저급한 영성주의는 경직된 교리주의로부터 해방되어 고상한 영성주의로 나아갔다. 그 영성주의는 지상 생활을 보편적으로 영성화했으나, 지상 세계는 그 감각적 리얼리티를 여전히 유지했다. 그것(영성주의)은 대규모 정치적 투쟁에 의미와 동기를 부여했다. 인간의 운명과 세계의 역사는 다시 한 번 직접적이고 감동적인 체험의 대상이 되었다. 왜냐하면 모든 사람이 인류 구원이라는 드라마에 참여하면서 고통을 받기 때문이다. 인간은 날마다 일어나는 모든 일에 직접적으로 개입한다. 이 영적이면서도 세속적인 세상으로부터 달아나는 것은 불가능하며, 결정적 작용을 하는 개별적 운명을 피해가는 것 또한 불가능하다.

중세의 미메시스: 자연주의와 영성주의의 융합

이런 바탕 위에서 중세의 미메시스 예술이 생겨났다. 그것은 초월적 실체를 구체적으로, 또 직접적으로 재현하는 것을 목표로 삼는다. 이러한 자연주의와 영성주의의 개입을 정교하면서도 철저하게 묘사한 학자는 드보르자크이다. 그는 고딕 건축과 회화의 이상주의와 자연주의를 다룬 그의 저서에서 그 점을 잘 밝혀 놓았다.[12] 중세 당시에 이 두 사상의 융합을 가장 적절하게 설파한 사람은 생드니의 쉬제르였는데 그는 이렇게 말했다.

Mens hebes ad verum per materialia surgit.

(둔탁한 정신은 물질적 사물을 통하여 진리로 솟아오른다.)

그러나 세상의 영성화는 교회와 엄격한 종교적 범위 그 너머로 나아갔다. 그것은 제도와 사건들도 포섭했다. 그 성격이나 기원을 살펴보면 이런 영성화에 비협조적인 제도와 사건도 굴복시켰다. 그것은 영웅적 전설의 거칠고 조잡한 힘을 순화했고, 봉건 제도를 상징적 위계질서로 바꾸었으며, 하느님을 최고 높은 봉건 영주로 만들었다. 그것은 영웅들을 십자군으로 해석했고, 그들의 상무적尚武的 행위를 순례자의 여정에 연결시켰다. 롱스발에서 전사한 롤랑의 죽음에서 전사戰士-순교자의 역설逆說이 생겨났고, 전사-순교자가 볼 때 전투 중에 사망한 것은 초월적 성취를 의미했다. 이렇게 하여 저급한 영성주의로부터 전인(완벽한 사람)의 개념이 생겨났다. 그런데 이 낭만적 이상이 고전 고대에 뿌리를 내리고 있다는 사실은 충분히 강조되지 않았다. '고대' 혹은 '크리스천'이라는 용어에 대하여 사람들은 여전히 일방적인 생각을 갖고 있는데, 고전 고대 혹은 기독교는 세속적 물질

64

주의와는 무관하다는 생각이 그것이다. 그러나 유럽이 고전 고대로부터 직접 물려받은 것은 고대 그리스의 문화나 로마인들의 실용정신이 아니다. 그보다는 신플라톤주의와 기독교가 뒤죽박죽으로 종합된 사상이라고 할 수 있다. 우리는 앞에서 이 사상을 가리켜 "저급한 영성주의"라는 신조어를 만들어낸 바 있다.(저급한 영성주의가 중세에 들어와 비로소 순수한 영성주의로 개선되어 정신과 물질, 이야기와 관념이 하나로 혼용되었다는 뜻. -옮긴이)

기사도적 서사시 속에 나타난 크리스천 전사戰士의 '이상'은 신플라톤주의의 산물이다. 이 사상으로부터 영감을 받은 멋진 시들이 많은데, 가령 볼프람의 『파르치팔』[13]은 위대한 유럽시의 전형으로서 이 시속에서 크리스천 전사의 이상이 완벽하게 구현된다. 캐릭터들(등장인물)과 그들의 운명은 서사시적 다양성을 유지하며,『파르치팔』의 통일성은 정화淨化와 성화聖化로 다가가는 플라톤적 상승上昇에서 찾아볼 수 있다. 그리고 이런 상승에 독일적인 주제들이 멋지게 가미된다. 이 시 속에서 지상의 존재가 아주 밝게 빛난다. 그리하여 아주 특수하며 또 시간의 제약을 받는 인간의 삶도 고상한 영성으로 변하게 되고, 이런 변모의 과정이 서사시의 세부사항 속에 드러난다. 하지만 중세 영성의 가장 심오한 효과는 세속적 사랑에 대한 새로운 태도에서 발견되는데, 그 사랑은 프로방스에서 처음 등장하여 그 후 유럽 문학에 엄청난 영향을 미치게 된다.

프로방스 문화와 중세의 연애시

사랑의 대상을 칭송하고, 또 그 대상이 변모하는 것은 모든 연애시에서 공통되는 현상이다. 이것은 감각적 황홀에서 비롯된다. 그 황홀은 리얼리티의 일상적 모습을 완전히 제거하는 것이 아니라 부분적으로 수정한다. 이 때문에 사랑하는 사람은 욕망의 대상만을 인식하여 그 대상에 소속된 것만을 본다. 하지만 트루바두르(troubadour, 음유시인)의 등장 이전에, 엄격한 의미의 연애시는 다양한 형태의 감각적 욕망만을 표현했으며, 나아가 대상의 물질적 특성만을 노래했다. 사랑을 노래하는 시인들은 가벼운 주제만을 다루었고, 그 주제는 인간의 진지한 관심사와는 무관했으며, 또 숭고한 시가 다루기에는 부적절한 것이었다. 하지만 트루바도로의 연애시에서 사랑은 새로운 형식을 얻게 되었다. 다시 말해서 유럽 문학 최초로 감각적 욕망이 문화의 형이상학과 뒤섞이게 되었다(위에서 말한 것처럼 정신과 물질, 이야기와 관념이 하나로 혼용된 것: 옮긴이). 학자들은 프로방스 문화가 교회의 여러 개념들, 성모 컬트, 봉건적 제도 등에 크게 빚지고 있다는 것을 밝혀냈다. 그 외에 동방과 아랍의 영향, 또 그 이전의 세련된 궁중 문화도 함께 영향을 미쳤다. 하지만 이런 영향들 — 그리고 연애시라고 하면 반드시 인용되는 **오비디우스**의 시들 — 은 단지 물질적인 것에 지나지 않는다. 왜냐하면 단기간에 꽃피어난 프로방스 문화의 정신은 형이상학이 가미되어 아주 독특한 것이 되었기 때문이다.

프로방스라는 지역과 그 민속적 문화, 일찍이 그리스의 식민지였던 이 지역에 내려오는 문화적 저류, 12세기 초반에 서유럽과 동유럽에서 흘러들어온 정신적·정치적 움직임들(아주 격렬한 움직임이었으나 아직 파괴적이지는 않았다) 등 객관적으로 수량화하기 어려운 사항들이, 그런 물질적 영향보다 훨씬 더 큰 역할을 했던 것이다. 정말로 중요한 사항은 프로방스 그 자체이다. 이 매혹적인 땅과 그 땅에서 생겨난 삶의 양식이 프로방스 문학의 핵심 사항이다. 바로 이것이 프로방스 시인들에게 향토애와 선민選民 의식을 심어 주었고, 모험에 대한 사랑을 안겨주었고, 형식을 갖춘 리얼리티의 신비한 마법에 대한 편애를 부추겼다. 이 덕분에 그들은 단순한 교훈적 알레고리를 새로운 리얼리티의 비전으로 변모시켰다. 감각적 세계를 모호하며, 황당하고, 현학적으로 재해석하던 시대는 지나갔다. 저급한 영성주의를 딛고 일어선 통합된 문화는 사랑에 대하여 자신만만하고 직접적인 인식을 가져왔다. 이러한 인식 덕분에 사랑에 봉사하는 완벽하고 훌륭한 형식을 갖춘 삶의 이상 — 이 이상은 신플라톤주의의 신비한 종합과 밀접한 관계가 있다 — 이 생겨났다. 프로방스 시인들은 시적 비전 속에서 영과 육을 종합했다. 그들의 창조물은 그리스 인들의 창조물과 비교할 때, 감각적 현실보다는 형이상학을 더 강조했으므로 취약하고, 인공적이고, 또 제한된 것이었다. 그것은 "두 번째의" 청년 문화로서 그 이전의 오래된 것들을 많이 흡수한 이후에야 비로소 자기만의 삶을 가질 수 있었다. 그것은 카이로스(kairos: 어떤 특정한 시간)와 밀접한 관계가 있었으므로 프로방스라는 특수하면서도 단명한 사회 속에서만 존재했다.(앞에서 "이것이 서유럽이 갖고 있는 특별한 청년 문화의 원천이었고 곧 이 문화는 순수 영성을 강조하는 동방 교회의 모델과는 뚜렷하게 다른 자기 자신을 정립한다"라는 언급이 나오는데 이 그리스도 스토리가 1차 청년 문화이고, 사랑의 형이상학을 통하여 영성으로 나아가려는 프로방스 문화가 2차 청년 문화라는 뜻이다. -옮긴이)

하지만 그런 취약한 상황 속에서도 그 문화는 온 세상에 선물이 되는 궁극적인 것을 만들어냈다. 지나치게 양식화한 사랑의 체험과, 프로방스 정신이 무정형無定形의 시 형식을 막아내려 했던 풍자시 시르방테스sirventes로부터 **트로바르 클뤼**trobar clus의 변증법적 놀이가 생겨났다. 루돌프 보르카르트가 멋지게 표현해 놓았듯이[14), 트로바르 클뤼는 암호화한 언어에 의한 고백, 열정적인 역설 등을 특징으로 하는 중세의 시 스타일이다. 중세 영성주의의 특징인 변증법적 놀이의 경향은 프로방스 시인들에게는 타고난 것이며, 가장 초창기 **트루바두르**인 길렘 드 페이티외Guilhem de Peitieu에게서 이미 이런 경향이 드러난다. 그렇지만 궁정의 기풍이 완전히 쇠퇴하면서 비로소 페이르 달베른Peire d'Alvernhe, 지로 드 보르넬Giraut de Bornelh, 특히 아르노 다니엘Arnauttt Daniel 등의 시인에게서 역설적 수수께끼가 주된 시적 장

치로 자리 잡는다. 이 수수께끼는 의미를 전달하는 실제적 수단
이 되며 그리하여 위대한 전통의 뿌리가 된다. 여기서 우리는 또
다시 알레고리를 만나게 된다. 그렇지만 수수께끼들은 해석되지
않는다. 그것들은 심지어 해석 가능한 일반적이고 이해 가능한
내용도 없다. 마치 높은 담장처럼 둘러쳐진 수비적이고 비교적秘
教的인 형식 뒤에서, 프로방스 시인들은 위태로움에 빠진 영혼의
은밀한 형식을 간직한다.

  트로바르 클뤼는 처음에는 놀이였고, 그 다음에는 어떤 문화
의 보루였다가 나중에는 사라져가는 엘리트들의 피신처가 되었
다. 그리고 맨 마지막에는 알레고리의 변증법 속에서, 욕정의 고
통을 극복하려는 영혼의 내적 분열을 표현하려는 수단이었다. 여
기까지 오면 트로바르 클뤼는 프로방스 문화라는 비좁은 영역을
돌파하여, **돌체 스틸 누오보**와 단테로 나아가는 가교架橋가 된다.

제2장

단테의
초기 시

프로방살 시인들은 특수하고 제한적인 사회적 그룹을 위하여 시를 썼다. 프로방살 시가 반영하는 삶의 형식은 오로지 그 계급에 속한 사람들에게만 해당된다. 그런 사람들만 프로방살 시를 이해하고 평가했다. 그 시는 아주 내밀한 사랑의 놀이, 복잡한 운율, 의미보다는 소리를 선호하여 선택되는 시어 詩語, 일련의 전문 용어, 아주 인기 없는 관용 표현 등의 특징을 갖고 있기 때문이다. 프로방살 시의 특징은 다음 두 가지이다.

첫째, 그 사회학적 특징으로 다른 대중 예술과 구분되었다.

둘째, 삶의 형식과 문화의 형식이 남들과는 달랐다.

이런 두 가지 사항 덕분에 프로방살 시인들은 뚜렷한 특징을 지니고 있었다. 자신들이 특별한 사람이고 사회적·정신적 엘리트들로 구성된 비밀 결사라고 느꼈다. 이런 느낌 덕분에 그들은 내면을 중시하는 마음가짐, 긴밀한 동지의식, 아주 세련된 매너

70

를 공유했다.

프로방살 연애시의 특수성

　　그 때문에 프로방살 시는 상당수가 우리에게 황당무계
하고, 기이하며, 이해하기 어렵다. 설사 우리가 궁정 시인
들 사이에서 유행했던 개념들의 역사적 · 언어학적 근원을 파악
하기 위해 엄청난 노력을 기울인다 하더라도, 그 시의 핵심적 내
용, 즉 두사 사보르(dousa sabor: 달콤한 맛. 프로방살 시인들이 탐닉했던 특
정 단어와 표현)에 도달하지 못한다. 심지어 오늘날에도 이런 고립
의 특징이 발견된다. 가령 우리가 새로운 영적 생활의 형식을 고
안하여 실천하고 있는 젊은이들의 그룹을 찾아가 보면, 그들이
사용하는 어떤 어휘나 표현은 통상적 의미를 내던지고 독특한
함의와 분위기를 갖추고 있다. 따라서 그런 어휘와 표현은 일반
대중에게는 이해가 불가능하고, 또 일상 언어로 번역하기도 불
가능하다.

　이러한 비유는 프로방살 시를 이해하는 데 다소 도움이 되리
라 본다. 왜냐하면 그 시 안에는 현대의 지식으로는 알기 어려운
주관적 신비주의의 숨결이 흘러들고 있기 때문이다. 이 신비주
의의 근원은 그 당시 유행하던 비정통파적 운동이며, 그래서 가
령 아르노 다니엘의 시에는 에로틱한 언어 그 이상의 것을 은폐
하는 언어가 있는 게 아닐까 하는 생각을 하게 된다. 사정이 이러

하기 때문에 프로방살 문학은 대중적이거나 보편적이지 않았고 모든 사람이 쉽게 접근할 수 없다. 그 문학은 특정한 동아리의 소유물이었고 그 사상은 그 동아리 내에서만 유행되었다. 이 귀족적인 그룹은 고상한 삶의 형식에 대하여 그들 나름의 특수한(그렇지만 의식적이거나 체계적이지는 않은) 개념을 갖고 있었다.

하지만 그 시는 미래의 씨앗을 발견한 문화적 선구자였다. 당시에 그들 주위의 다른 사람들은 여전히 낡은 제도와 습관을 고수하면서 종종 그런 것들을 강요했다. 따라서 생산적 '패션(유행)'의 경우가 늘 그러하듯이, 새로운 운동이 창조한 것은 기존의 것과는 전혀 다른 새로운 감수성이었다. 그런 감수성을 만들어내고, 그것을 가능한 한 가볍고 대담하며 우아한 것으로 만드는 게 그들의 과업이요 성취였다. 이 시인들은 모든 노력과 자유를 '사랑'에 바침으로써 사랑을 완전히 바꾸어 놓았다. 사랑은 사랑 그 자체에서 나온 가벼운 호흡 혹은 추출물로 그치는 것이 아니라, 사회적·시적 개념들을 놀이로 하기 위한 구실 그 이상의 것이 되었다. 프로방살 시인들에게 사랑은 본질적으로 쾌락도 광적인 열정도 아니었다.(물론 시 속에 쾌락과 열정이 묘사되기는 한다.) 그들에게 사랑은 고상한 삶의 신비한 목표였고, 동시에 그런 삶의 기본 조건이었으며 영감의 원천이었다.

프로방살 시는 **프리드리히 2세**의 궁정에 의하여 남부 이탈리아에 도입되었다. 외국에서 유행한 이 시는, 북부 이탈리아와 토스카나의 도시들에도 도입되었으나 그리 좋은 결실을 맺지는 못했다. 그 당시 이 지역들에서 제작된 조잡하고 현학적인 연애시들은 단테가 없었더라면 아마도 오래 전에 사라졌을 것이다. 그러나 학자들이 단테의 선배 시인들을 추적하는 과정에서 그 모습이 알려지게 되었다.

프로방살 시를 이탈리아에 정착시킨 구이도 귀니첼리

볼로냐의 구이도 귀니첼리는 이탈리아 시의 새로운 스타일을 제창하고 근대적 의미의 문학 운동을 최초로 주도한 시인이다. 이탈리아에서는 봉건제의 관습이 결코 난만하게 꽃피지 못했다. 민족 문화의 흔적이 후대에 전해진 것이 없으며, 13세기 초까지 우리가 발견한 문학 작품들은 조잡하고, 촌스럽고, 대부분 외국에서 건너온 것이다.[1] 호엔슈타우펜 황제들의 전쟁과 탁발 수도회(특히 프란체스코 수도회)의 강력한 활동 덕분에 이탈리아는 비로소 유럽의 중세 공동체를 알게 되었는데, 그 전 수 세기 동안에는 그런 공동체를 전혀 알지 못했다. 나 자신을 포함하여 많은 학자들은 아시시의 성 프란체스코가 유럽의 상상력과 감수성을 부활시키는 데 중요한 역할을 했다고 지적한다.[2] 이것은 미술사가들에게는 오래 전부터 알려져 있던 사실이었다. 이런 감수성의 전반적인 소생은 종교적 체험뿐만 아니라 이탈리아 도시들의 정치적 노력에도 반영되었다. 그것(감수성의 부활)은 연대기 작가와 이야기 작가들뿐만 아니라 예술 작품에도 구체성과 개성을 부여했다.

하지만 이런 발전은 감수성의 영역에만 국한된 것이었다. 13세기가 흘러가면서 커다란 정치적·종교적 흐름들이 서로 갈등을 벌이다가 결국에는 해체되었다. 단테는 처음부터 대규모의 보편적 운동으로부터 시적 영감을 얻은 것은 아니었다. 소규모 서클의 형식적 문화가 그에게 영감을 주었는데, 그것은 은밀하고 외국적인 특성을 가진 프로방살 전통을 진지하면서도 열광적으로 받아들인 문화였다. 이탈리아에는 프로방살 문화를 떠받든 그런 봉건적 사회 기반이 없었지만, 이탈리아의 새로운 문학 운동의 창시자인 귀니첼리는 그것을 개의치 않았다. 그는 아주 양식화된 시, 대중적 표현을 경멸하면서 귀족적 삶의 형식을 표현하는 시, 즉 프로방살 시의 유산을 그대로 받아들였다. 그는 프로방스의 기사도를 대신하여, 그 자리에 코르 젠틸레(cor gentile: 온유한 마음)라는 상상적인 땅을 집어넣었다. 코르 젠틸레는 종교적인 에토스(풍토)에서 나온 것이었으나 보편 교회의 것은 아니었고, 공통의 땅이었으나 지상에 있는 어떤 지역은 아니었다. 이 개념은 근대 유럽에서 일어난 최초의 독립 예술 운동의 기반이 되었다.

이것(코르 젠틸레)은 돌체 스틸 누오보의 동지들을 단결시킨 유일한 끈이었고, 그들 사이에 강력한 동지의식을 만들어냈으며,

또 입회자와 사랑하는 자들의 비밀 결사 같은 완강한 분위기를 부여했다.

Al cor gentíl repadría sempre amore.

(사랑은 온유한 마음에 언제나 깃든다.)

이러한 이탈리아 쪽 문학 운동의 흐름은 다음과 같은 베르나르 드 방타두르Bernard de Ventadour의 주장과는 사뭇 다른 것이다.

Chantars no pot gaíre valer.

(노래는 아무 쓸모가 없다.)

Non es meravelha s'eu chan.

(내가 노래를 부르는 것은 놀라운 일이 아니다.)

프로방살 시인들은 자유로움과 자연스러움을 갖고 있었고, 아주 형식적인 세련미를 갖춘 순수함이 있었다. 이런 시의 분위기가 이탈리아로 건너오면서 엄격한 신조, 혹은 철저한 원칙과 의무를 갖춘 사랑의 에토스에 굴복하게 되었다. 베르나르 드 방타두르의 경우, 느낌과 생각의 문화를 당연시했고, 또 고국의 환경이 어릴 적부터 그의 개인적 재주를 함양시켜 주었다. 그러나 귀니첼리는 이런 문화를 자기 단련을 통해서 회득해야만 했고, 그 때문에 자기 단련이 아주 중요했다. 그에게는 프로방살 시인들을 하나로 묶어 주었던 사회적 유대감이 없었다. 코르 젠틸레의 공동체는 공동의 정신에 바탕을 둔 귀족제였다. 그리고 그 정신은 어떤 은밀한 개념과 규칙을 그 안에 포섭했다. 따라서 귀니첼리 시는 모호하다. 선배 시인들은 이 때문에 귀니첼리를 비난하지만[3], 이런 모호함 속에서도 프로방살 시인들에 비해 나름대로 일관성과 자기 규율을 갖고 있었다. 그래도 난해하기는 여전히 마찬가지이다.

귀니첼리 시를 해석하려는 여러 가지 학문적 시도가 있어 왔다. 우리가 도저히 이해하지 못하는 것을 합리적으로 또 체계적으로 설명하려는 시도였다.[4] 하지만 아무 소용이 없었다. 그런 해석들은 모두 제멋대로이고 억지 춘향이었다. 귀니첼리 시는 그런 해석을 내놓은 학자들의 편견이나 불충분한 지식으로는 시원하게 설명되지 않는다. 나는 그 문제(해석) 자체가 해결 불가능이라고 본다. 왜냐하면 진정한 오컬트(신비) 교리는 합리적인 체계가 아니기 때문이다. 합리적인 체계는 어떤 외부적 이유로 은폐되어 있다고 하더라도 결국에는 모든 사람에게 그 뜻이 밝혀진다. 하지만 오컬트 교리는 그 성격 상 비밀이어서, 그 오컬트의 입회자들에게조차도 온전한 의미가 알려지지 않으며, 누군가가 그것을 보편적인 것으로 만들려고 하는 순간 오컬트는 더 이상 오컬트가 아니게 된다.

스틸 누오보(새로운 스타일) 시의 본질적 주제

스틸 누오보 시를 해석하려 드는 것이 쓸데없고, 또 어리석기까지 하지만, 그렇다고 해서 그 시의 모호함을 노골적으로 부정하려 들거나 각각의 개별적 시들을 역사적 배경 속에서 해석하려고 해서도 안 된다. 왜냐하면 그 시에는 기이한 사항들이 아주 많이 발견되고, 서로 다른 시인들 사이에서 내용과 표현이 많이 중복되며, 또 소수의 뽑힌 사람들에게만 이해 가능한 비밀스러운 의미들이 많이 있기 때문이다. 현재 학계에서는 스틸 누오보가 단지 문학적 규약 혹은 유행이었다는 견해가 나오는데, 이것은 내가 볼 때 문제의 핵심을 간과한 것이다. 물론 "문학적 규약"이라는 말이 아주 폭넓게 적용되어 때때로 정곡을 찌르기도 하나, 이 경우는 그렇지 않다. 이 시기에 그리고 중세 내내, '문학적'이라는 것은 근대에 들어와 비로소 그렇게 된 것처럼 자율적 개념이 아니었다.

아모레(Amore: 사랑)는 그 기원이나 원칙을 살펴볼 때 종교적 특징을 갖고 있다. 그러나 스틸 누오보의 종교적 영감은 신비주의적일 뿐만 아니라 아주 주관적이다. 스틸 누오보의 본질적 주제는 다음 네 가지이다.

(1) 사랑의 힘이 매개 작용을 하여 하느님의 지혜를 알게 해준다.

(2) 사랑을 받는 여자와 하느님의 나라 사이에 직접적인 소통이 가능하다.

(3) 그 여자는 사랑을 바치는 남자에게 신앙, 지식, 내적 부활을 부여할 힘이 있다.

(4) 이런 영적 선물은 아주 제한적인(소수) 남녀 애인에게만 부여된다.

스틸 누오보 시인들은 이런 영적인 사항을 잘 모르는 저급하고 천박한 사람들을 경멸하고 야유하며, 소수의 남녀 애인들에게 이런 무식한 자들을 조심하라고 가르친다. 이런 주제는 신비주의, 신플라톤주의, **아베로에스**의 사상적 흐름을 연상시킨다. 하지만 엄밀하게 보면, 교회의 가르침을 아주 과격하게 승화시킨 것이다. 이것은 아직도 일부 교회에서 발견되는 독립적인 사상인데, 거의 이단의 경지를 아슬아슬하게 피해간다. 실제로 몇몇 신봉자들은 자유사상가(전통적 교리를 믿지 않는 사상으로 특히 18세기의 이신론理神論을 가리킴. -옮긴이)로 치부되었다.

귀니첼리는 1250년에서 1275년 사이에 시를 썼다. 그의 그룹에 속한 시인들로서 가장 중요한 인물은 구이도 카발칸티(c.1250-1300), 단테 알리기에리(1265-1321), 치노 다 피스토이아(단테와 비슷한 나이인데 1237년에 사망)이다. 스틸 누오보 그룹에서 단테는 처음엔 새로운 사상의 대변자가 아니었다. 카발칸티가 오히려 단테보다 더 독창적인 사고방식의 소유자였다. 아모레의 힘에 대한 철저한 복종, 약간 과장된 은밀한 감수성, 지속적인 스타일 등에서 카발칸티는 가장 충실한 귀니첼리 추종자였다.

스틸 누오보의 새로운 목소리

그러나 단테는 처음부터 스틸 누오보의 새로운 목소리였다. 그의 목소리는 워낙 풍부하고 강력해서 그 어떤 동시대 시인도 그 암시적 힘과 가락을 따라갈 수 없었다. 이런 힘과 가락을 환영하는 젊은 동지들의 소규모 서클에서 단테는 유감없이 진가를 발휘했다. 「연옥」 14곡 21행에서 단테는 포를리 출신의 남자에게 자신의 이름을 밝히지 않으려 한다. 그 남자는 이미 50년 전에 사망했는데, 그 당시 단테는 그리 유명하지 않았고 그래서 상대방이 자신의 이름을 알지 못할 거라고 생각했기 때문이다. 그 당시 고상한 스타일로 씌어진 구어口語 문학은 아주 신기한 것이었고, 또 제한된 서클에만 알려져 있었다.

이보다는 다른 근거들이 훨씬 더 무게감이 있다. 카발칸티는 나이, 지위, 지성 등으로 보아 그 그룹을 이끌어가는 빛이었다. 단테보다 나이도 많고 영향력도 컸지만 카발칸티는 즉시 단테를 친구 겸 동지로 인정해 주었다. 단테에 대한 예전의 호감을 쓸쓸하게 끊어버리는 소네트에서도 단테에 대한 존경과 사랑이 느껴진다. 그는 "나는 날마다 당신을 여러 번 생각한다네."라고 노래했던 것이다.[5] 우리는 이미 『신생Vita nuova』에서 이 그룹 사람들이 단테에 대해서 갖고 있던 호감을 발견한다. 가령, 어떤 친구가 단테에게 사랑의 성격에 대하여 시를 쓰라고 했는데,[6] 아마도 그 친구는 나(단테)에 대한 소문을 듣고서 내게 큰 희망을 걸고 있는 듯했다고 적었다. 또 『향연』 3장 1절에는 이런 말도 나온다. "많은 사람들이 어떤 소문을 듣고서 나에 대하여 아주 엉뚱한 그림을 갖고 있었다."[7] 이런 언급들은 그가 시인으로 상당한 명성이 있었음을 보여 준다.

「지옥」의 첫 몇몇 칸토에서[8] 단테는 고대의 위대한 시인들이 그(단테) 자신을 그들 중 한 사람으로 환영하는 장면을 묘사한다. 독자들이 그런 환영을 우스꽝스럽게 여길 거라고 예상했다면 단테는 이런 장면을 묘사하지 않았을 것이다. 그만큼 자신의 시에 대하여 확신하고 있었던 것이다. 「연옥」 11곡에 나오는 오데리시 다 구비노도 단테가 저명한 시인이었음을 인정한다. [9] 자신의 명성을 이처럼 확신하고, 또 그에 대한 단테의 일관된 태도를 볼 때, 젊은 단테는 동료 시인들을 즐겁게 했고, 또 스틸 누오보의 동료들 사이에서도 군계일학이었다.

이러한 자신감과 성공을 아주 웅변적으로 드러내 주는 장면들이 『신곡』에서 발견된다. 그곳에서 죽은 친구들이 유명한 단테의 시를 인용하며 그를 환영하는 것이다. 우선 음악가 카셀라와의 매혹적인 만남[10]과 젊은 왕 카를로 마르텔로와의 상봉[11]은 단테의 유명한 시가 젊은 엘리트들에 의해 널리 칭송되던 피렌체의 밤을 연상시킨다. 선배 시인이며 돌체 스틸 누오보를 경멸했던 보나준타 다 루카도 이 유명한 시의 첫 구절을 인용하면서 이렇게 말한다. "지금 내가 '사랑을 이해하는 여인들이여'로 시작하는 새로운 시를 쓴 사람을 보고 있는지 말해 주오."[12]

단테, 귀니첼리, 카발칸티의 연애시

그러면 젊은 단테의 시를 다른 동료 시인들의 시들과 비교함으로써 그의 새로운 목소리를 명확하게 이해하도록 하자. 우리는 『신생』에 나오는 가장 잘 알려진 시를 가지고 시작해 보자. 이 시는 사랑하는 여인의 인사를 받는 장면을 노래한 소네트이다.

나의 여인은 매우 온유하고 순수해 보이네
길옆에서 인사를 해올 때.
혀는 떨리고 할 말을 잃어버리네
눈은 계속 보고 싶지만 감당을 하지 못하네.
그녀는 찬양을 받으면서도 조용하게 듣네.
그녀는 아름다운 옷단장에도 겸손하게 걸어가네.
하늘에서 이곳 지상으로 보내진 존재,
기적을 확실하게 보여 주는 존재 같네.
그녀는 남자의 눈을 정말 즐겁게 하네.
가장 깊은 곳에 있는 마음은 시각을 통하여
즐거움을 알고, 즐거움은 그 마음의 증거가 되네.
그녀의 두 입술 사이에서는

사랑으로 충만한 부드러운 입김이 흘러나오면서

영혼에게 말하네. "오 한숨 지으라!"[14]

구이도 귀니첼리는 동일한 주제를 두 가지 다른 형식으로 노래했다. 첫 번째 시에서 그는 여인의 인사를 사랑받는 사람에 대한 칭송으로 연결시킨다.[15]

나는 내 여인의 모습을 칭송하고 싶네.

그녀를 장미와 백합에 비유하려네.

그녀는 아침별처럼 환하게 빛나고

천상에 있는 모든 아름다운 것을 닮았네.

그녀는 내게 녹색의 강둑, 가벼운 공기, 모든 색깔과 꽃들,

노란색과 붉은색 황금색과 푸른색, 그리고

선물하기 알맞은 보석들을 연상시키네. 그리고

이 모든 것들이 사랑에 의해 더욱 세련되어지네.

그녀는 사랑스럽고 온유하게 길옆을 지나가네.

그녀의 인사를 받은 남자는 자부심으로 넘쳐나네.

그가 우리의 종교를 믿지 않는다면 그녀는 그 남자를

개종시키네. 저급한 마음을 가진 남자는 그녀에게 다가가지 못하네.

내가 당신에게 말하노니, 그녀는 그보다 더 큰 미덕의 소유자.

그녀를 한 번 본 남자는 악덕을 생각하지 못하네.

두 번째 소네트는 여인의 인사가 남자에게 미친 영향을 묘사한다.

내가 당신을 만났을 때, 당신이 보내준
아름다운 인사와 온유한 눈빛은 나를 파괴하네.
사랑이 내게 쳐들어왔고 그는 자신이 좋은 일을 하는지
나쁜 일을 하는지 신경 쓰지 않네. 내 마음
한 가운데로 그는 화살을 날렸네. 그 화살은
내 마음에 명중하여 여러 조각으로 갈라놓았네.
나는 말을 할 수가 없네. 자신의 죽음을 보고 있는
사람처럼 나는 고통에 휩싸이네. 그는 번개처럼
내 두 눈을 스치고 지나가네. 탑의 창을 때리는
번개처럼 내 마음속 모든 것을 부수어놓네.
나는 청동 조각상처럼 되었고 그 조각상에는
생명과 호흡이 돌아오지 않네.
그에게 남은 것은 오로지 남자의 외양뿐.

마지막으로 카발칸티가 비슷한 주제를 노래한 소네트를 살펴보자.[16)]

저기 오는, 모든 사람이 쳐다보는 여인은 누구인가?

공기를 빛으로 떨게 만들고 그 옆에는 '사랑' 그 자신이 있는?

아무도 감히 말을 하지 못하지만 모든 남자는 한없이 한숨 쉬네.

아 나는! 그녀는 왼쪽과 오른쪽을 둘러보네.

사랑이 말하게 하라! 나는 거기에 대하여 말하지 않으련다.

그녀는 저토록 높은 축복을 갖고 있기에

다른 축복들은 남자의 눈에 보이지도 않는다.

그녀의 명예는 형언할 수가 없다.

모든 덕성스러운 것들이 그녀에게 고개를 숙인다.

모든 아름다운 것들은 그녀의 신성을 인정한다.

남자의 마음이 이토록 고상하게 끌린 적이 없으며

우리가 그녀를 완벽하게 이해하는 그런

높은 구원이 우리에게 허용된 바 없었다.[17]

단테 시와 기타 시의 비교

우리가 인용된 네 편의 시를 검토할 때 처음 떠올리는 생각은 이러하다.[18] 단테는 실제로 행해진 인사와 그 구체적 효과를 생생하게 묘사하는데 주력하지만, 귀니첼리와 카발칸티는 그런 묘사 이상의 것 혹은 그 이하의 것을 제시한다. 귀니첼리 소네트의 첫 시행은 어떤 의도를 선언한다. "나는 내 여인의 모습을 칭송하고 싶네." 이어 일련의 은유가 제시되는데, 그것은 체계적으로 클라이맥스를 향해 내달리는 것이 아니라 나란히 병렬적으로 제시되어 누적 효과를 올릴 뿐이다. 여인의 인사는 시 전체를 장식하는 새로운 주제로 제시되지만, 하나의 사건으로 간주되지는 않는다. 귀니첼리는 그 인사의 기적적 측면을 제시하는 데에만 관심이 있기 때문에, 인사의 효과들을 열거하면서 그런 측면을 우아하게 부각한다. 하지만 그의 노래는 무척 서술적이어서 마치 논증을 하는 듯하다. 이 부분의 제3행, 그러니까 소네트 전체로는 11행에 이르면 너무 높은 목소리를 유지하는 바람에, 나머지 두 행은 새롭게 시작할 수밖에 없게 되었다.

귀니첼리의 두 번째 시는 주제의 관점에서 살펴본다면 훨씬 구조적 통일성을 갖추고 있다. 하지만 여기에서도 그는 사건(여인의 인사)에는 무관심하고 그 사건의 기적적 효과에만 집중한다. 그리하여 2행에서 '파괴'라는 좀 조잡한 시어를 사용한다. 시의 나머지 부분들은 이 시어에 대한 논평에 불과하다. 첫 3행 연구聯句는 아름다운 폭풍의 이미지로 우리를 놀라게 하는데 시의 끝까지 계속된다. 이것은 우리에게 전해지는 귀니첼리 시 중에서 가장 아름다운 시행이기도 하다. 그가 갖고 있는 느낌의 고상함과 진정성을 유감없이 발휘하고, 또 구체적 사물에 대한 관심을 드러낸다. 하지만 그런 구체성에 대한 관심이 알레고리와 분석에 바탕을 두고 있다.

카발칸티는 힘찬 어조로 시를 시작한다. 마치 우리를 사건의 한 가운데로 끌어넣으려는 기세이다. 그리고 단숨에 우리를 제

4행과 5행까지 이끌어간다. 하지만 이 시를 자세히 검토해 보면 이미지의 감각적인 힘이 2행 이후에는 떨어진다. 왜냐하면 떨고 있는 공기의 은유와 "모든 남자의 한숨"은 실제 사건에 대한 느낌과는 무관하기 때문이다. 그 무관함은 이렇게 설명할 수 있다. "눈에 보이지도 않는다"거나 "형언할 수 없다"와 같은 표현은 지적인 대조법일 뿐, 실제 감각과 무관한데 그런 무관함이 느껴진다. 귀니첼리는 곧 자신이 말할 수 없는 것을 그래도 말해 보려는 노력을 포기한다. 그는 이것을 우아하게 변명하지만, 첫 행의 어조가 약속한 것을 뒤에 이어지는 행들이 따라주지 못한다.

단테 시의 첫 행은 카발칸티보다 덜 극적이다. 단테는 현존하는 어떤 것을 말하는 게 아니라 기억 속의 어떤 것을 말한다. 그러나 이어지는 시행들은 부드러우면서도 끈덕진 고음으로 그를 실제 사건 속으로 끌어들인다. 이어 단테가 사건 속으로 들어가면서 놀라운 시행이 생겨난다. 이 시행 덕분에 우리는 완전히 새로운 시적 스타일을 파악할 수 있다. 단테는 "그녀는…… 겸손하게 걸어가네"라는 시행으로 새로운 주제를 끌어들이고 그것을 마치 현존하는 것처럼 취급한다. 이 시행으로써 그는 지속되는 사건의 환상을 창조하는데 그 환상은 단테의 마음속에 생생하게 살아 있는 것이다. 그의 여인이 등장하여 인사를 하자 모든 것이 잠잠해지고, 그는 그녀의 얼굴을 정면으로 쳐다보지 못한다. 이어 그가 지켜보는 가운데 그녀가 옆을 지나치자 현장의 구경꾼

86

들이 속삭인다. 그제서야 최초의 비교比較 이미지가 등장하고 이어 그녀가 지나가 버려서 완전 시야에서 사라지자, 제9행에서부터 기억이 시작된다. 기억은 그 비전을 떠올리고 그것을 음미하면서 점점 더 강렬해진다. 그 비전에 대한 명상은 깊은 한숨으로 끝나면서, 그 명상을 끝내면서 그녀에 대한 매혹을 중지시킨다.

귀니첼리의 첫 번째 시는 주제들이 풍부하다. 아주 창의적이고 스틸 누오보의 거의 모든 모티프와 이미지들이 자연스럽게 떠오른다. 기존의 프로방살 연애시에서 여자는 주로 지상의 존재였으나, 여자를 천상의 은총과 지혜를 매개해 주는 존재로 처음 구상한 사람은 귀니첼리였다. 그는 이런 주제의 변화에 따르는 새로운 수사적 장치도 개발했다. 당시의 시적 에토스에 바탕을 둔 이런 수사법은 그의 연애시에서 완성되었는데, 사랑의 주제가 완전 이론적 관점에서 다루어진다. 귀니첼리의 유명한 칸초네는 사랑의 장소와 성격을 노래했고 제목은 "고상한 마음은 언제나 사랑을 발견할 것이다"이다.[19] 이 시에서 귀니첼리는 계속하여 고상한 생각을 알레고리적 비교比較로 전치轉置시킨다. 알레고리는 새로운 생각을 암시하고, 이런 식으로 진술, 논증, 전환적 은유를 통해 매혹적인 마지막 이미지에 도달하고 이어 다시 멋진 경구警句로 끝을 맺는다. 이렇게 하여 처음에는 감각적이고 숭고했던 생각이 다소 모순적인 순수 관념들의 연결망을 형성한다.

귀니첼리의 주지주의는 다소 차가운 편이다. 그것(차가운 주지주의)은 윤리적 범주의 위엄을 표현하려 할 때에만 비로소 따뜻해진다. 이런 주지주의가 그의 시적 힘을 빼앗는다.(이런 수사법을 단테는 거부하지 않고 좀 더 폭넓은 맥락 속에서 활용했다.) 귀니첼리가 구체적 사건을 멀리한 것은 다음 두 가지 이유 때문이다.

1) 그는 아직 문화가 구체적 형식을 갖추지 못한 나라에서 고상한 스타일의 시를 쓰려고 했다. 그러다 보니 내적 변모를 겪게 되어 차가운 주지주의로 기울게 되었다.

2) 아직도 조야한 이탈리아 어는 대중적 스타일에서는 웅변적이었으나, 고상한 시를 쓸 때에는 사건보다 심리 상태를 묘사하는 데 더 유리했다.

이것은 다소 이상한 일이다. 왜냐하면 언어의 역사를 살펴볼 때 그 반대(심리보다 사건의 묘사)가 더 진실이기 때문이다. 그렇지만 12세기 이탈리아의 경우, 불모不毛의 노년에서 활기찬 청년으로의 방향 전환은 프랑스나 독일보다 훨씬 갑작스럽게 일어난 것이었다. 12세기 조금 전만 해도 이탈리아의 문학 언어는 노후한 라틴어였고, 문학적 구어라는 것은 고상한 구어(Volgare illustre)의 수사법이 생겨나면서 겨우 출생 신고를 했다.

고상한 스타일로 쓴 시들 — 이런 시들이 후대에 전해진다 — 속에서 귀니첼리는 아주 철학적이고 수사적으로 시를 썼다. 그는 사건을 잘 언급하지 않았고, 사건의 추상적 효과를 분석하려

할 때에만 지나가듯이 사건을 언급했다. 위에서 인용한 시에서 귀니첼리는 5행에 걸쳐서 숙녀가 인사했을 때 벌어진 서로 다른 네 가지 윤리적 효과를 분석한다. 하지만 소네트의 엄격한 형식을 잘 활용하지 못한다. 그는 알레고리를 자유롭게 발전시켜 아이디어를 더욱 확장시키는 것이 아니라, 일련의 진술들을 계속 쌓아올린다.

단테의 『신생』에는 숙녀의 시선이 가져온 윤리적 효과를 묘사한 또 다른 시행이 있다. 단테는 그녀를 쳐다본 순간 '사랑'이 생겨난 경위를 서술한다. "내 여인은 두 눈에 사랑을 가지고 있네."[20] 사랑이 생겨나기 전에 먼저 내적 정화의 과정이 펼쳐진다. 여인의 눈빛, 인사, 말, 미소 등에 촉발되어 정화의 과정은 계속 상승한다. 우리는 그런 기적적인 만남의 은총을 입은 운 좋은 사내와 함께, 사건들의 진행 과정을 체험한다. 감각적 리얼리티를 병렬적으로 반복하고, 또 자주 회상함으로써, 단테는 별것 아닌 듯한 원인(여인의 눈길)과 심오한 효과(사랑에 눈뜸) 사이의 즐거운 대조법을 펼쳐나간다. 반면에 귀니첼리의 경우, 이런 대조법은 차가울 뿐만 아니라 교리적이다. 귀니첼리의 시는 중간에 돈호법("나를 도와주세요, 여인들이여")에 의해서 효과가 손상된다. 단테는 돈호법을 아주 효과적으로 활용했지만, 여기 4행시의 끝에 도입된 돈호법은 아무런 색깔도 없는 방해물에 불과하다.

단테는 초창기 칸초네 "사랑을 이해하는 여인들이여"의 제3

연에서, 여주인을 수행하는 여성들에게 고상한 등장을 원한다면 그렇게 하라고 초대한다. 왜냐하면 여주인을 보는 순간, '사랑'의 힘이 온갖 저급한 생각들을 물리치기 때문이다. 이어 귀니첼리가 다루었던 주제들(여인의 눈빛에 의해 사랑에 눈뜸)이 더 구체적으로 급피치를 이룬다. 단테는 거의 초인적인 노력을 경주하고, 또 시적 이미지에 필연성과 강렬함을 부여하는 구체적 대조법을 통하여 귀니첼리의 추상적 진술을 지양하고 사건을 구체적 사건으로 제시한다.

저급한 마음을 가진 남자는 그녀에게 다가가지 못하네.(귀니첼리)

그녀가 자신의 얼굴을 쳐다보도록 허용한 남자는
그 눈빛으로 인해 고상하게 될 것이고 그렇지 않을
경우 그는 죽게 될 것이니라.(단테)

시의 끝부분 처리는 두 시인이 서로 비슷하다. 하지만 단테의 경우 끝부분은 진정한 클라이맥스이다. 단테 시의 윤리적 효과는 방향을 전환하여 "신비적" 희망으로 바뀌는 데 비하여, 귀니첼리의 시행은 끝부분에 등장한 맥빠진 진술로서, 앞부분에서 약속된 강화强化의 느낌을 갖지 못한다.[21]

돈호법의 적절한 활용

우리가 방금 다루었던 단테의 위대한 칸초네는 다른 측면에서도 아주 교훈적이다. 우리는 인사 소네트의 끝부분에서 클라이맥스에 오르는 '매혹'과 그것을 부드럽게 깨트리는 '한숨'을 언급했다. 단테는 시를 듣는 사람을 즐겁게 하여 그의 승낙을 받아내는 것 이외에도, 듣는 사람에게 어떤 마법을 부리려고 애를 쓴다.(이것은 그의 모든 시가 그러하다.) 그의 훌륭한 시들에서, 그의 어조는 소통이 아니라 주문呪文이다. 듣는 사람들을 향하여 그의 내적 존재에 함께 참여하면서 그를 따르라고 호소한다. 그 힘은 그것이 모든 사람이 아니라 일부 사람들에게만 해당하는 호소이기 때문에 더욱 강력해진다. 가령 이런 시행을 보라.

사랑을 이해하는 여인들이여……

이것은 돈호법(시, 문장, 연설 도중에 불쑥 사람과 사물의 이름을 부르는 것. -옮긴이)이지만 그 이상의 의미를 가지고 있다. 이것은 지고한 요청과 깊은 믿음을 표현하는 호소이며 소환이다. 시인은 살아있는 많은 사람들로부터 선민選民의 동아리를 이끌어내고 그들을 자신의 주위에 포진시킨다. 그들은 다른 모든 것으로부터 절연된 채 거기 서서 시인의 말을 들어줄 준비가 되어 있다. 돈호법은 단테가 즐겨 쓰는 시적 장치이다. 하지만 그것을 하나의 기술

정도로 생각해서는 안 된다. 왜냐하면 돈호법은 단테의 힘과 진정성을 자연스럽게 표현해 주는 장치이기 때문이다.

유럽에서 돈호법은 문학 그 자체만큼이나 오래된 것이다. 호메로스는 이 수사법을 자주 써먹었다. 가령 『일리아스』의 초반부에서 크리세스가 아트리데스를 부르는 장면을 생각해 보라. 이 장면은 애원하기 위해 쳐든 두 손을 생생하게 환기시킨다. "아니, 마라톤에 있었던 사람들에 의해서 그렇게 된 게 아닙니다."라는 데모스테네스의 돈호법은 그리스의 어조를 모방하려는 사람들에 의해서 널리 기억되었다. 기독교의 기도, 찬송, 속창續唱도 돈호법에 새로운 활기를 불어넣었다. 하지만 단테의 돈호법처럼 강력한 마법을 불러일으키는 중세의 세속 문학은 없다. 심지어 위대한 칸초네의 첫 부분과 전환 부분에서 돈호법을 사용한 프로방살 시인들도 그런 성공을 거두지 못했다. 귀니첼리는 그런 마법을 아예 알지 못했다. 돈호법은 단테에 와서야 비로소 부활했다.

오 사랑의 길을 외면하고 지나가는 자들이여, 공감의 적인 사악한 죽음이여.
울어라, 너희 사랑하는 자들이여, 사랑은 울음이니까.
사랑을 이해하는 여인들이여, 너희 온유한 모습을 가진 자들이여.
당신은 종종 발언에 나섰던 그 사람입니까.

오, 생각의 오지에서 방황하는 순례자여.

이것은 『신생』의 시들 첫 몇 행에 포함되어 있는 돈호법으로 서, 단테의 목소리가 얼마나 강력한지 잘 보여 준다. 돈호법이 이 끌어내는 마법은 시인의 영감이 일으키는 것인데 그 마법에 사 로잡힌 사람은 시인이 놓아줄 때까지 그를 따라가야 한다. 이렇 게 누군가를 직접 부르는 방식은 시의 중간에서도 벌어진다. 인 사 소네트에서 마지막으로 나오는 '한숨'의 시적 중요성은 위에 인용한 카발칸티 시의 '각자의 한숨'과 비교해 본다면 아주 명확 해진다. 그 효과는 무심한 관찰자도 금방 파악할 수 있다.

또 다른 사례로는 칸초네 「나이가 젊은, 동정심 많은 여인이 여」에서 찾아볼 수 있다.[22] 사랑하는 남자에게 직접 비보를 전하 는 메신저는 사악한 조짐의 구체적 형태이다.

당신은 무엇을 하고 있습니까? 그 소식을 모른단 말입니까?
그토록 아름다웠던 당신의 여인은 죽었소……

단테는 시의 첫 부분부터 돈호법을 사용하는데, 놀라울 정도 로 다양한 어조를 구사한다. 후반기의 위대한 단테 시 중에서도 우리는 이런 시행을 골라 볼 수 있다.

놀라운 이해력으로 제3천을 움직일 수 있는 당신,
당신은 내 마음속에 있는 말들을 듣는다……[23]

또는,

천상으로부터 당신의 힘을 이끌어내는 사랑이여……[24]

위에서 이미 말한 것처럼 돈호법은 시의 첫 부분뿐만 아니라 중간에서도 벌어지는데, 가령 칸초네 「상처 입은 마음」이 좋은 사례이다.[25] 이 시에서 상대방의 이름이 거듭거듭 호명된다. 그리하여 "나는 동그라미의 한 점에 왔다네."라는 시행에서는 오랫동안 참고 참았던 외침이 마침내 숨죽인 흐느낌으로 폭발한다. "칸초네여, 나는 이제 어떻게 되려는가……." 우리는 돈호법의 풍부한 사례를 제공하고자 한다면 『신곡』에서 1백여 개 이상의 시행을 인용할 수 있다. 이 리스트는 "당신은 저 위대한 베르길리우스……"라는 인사로 시작하여 「천국」의 마지막 칸토에서 성 베르나르에게 올리는 기도로 끝난다. 그리고 「천국」 제33곡 124행 나오는 "오, 영원한 빛이여"라는 돈호법도 아울러 기억해야 할 것이다. 긴급한 명령과 부드러운 애원, 고뇌에 찬 기도와 자신감 넘치는 호소, 토론을 해보자는 도전과 다정한 인사, 오래된 친구를 만나는 즐거움 등도 돈호법의 단골 메뉴이다. 이런 돈호법들은 오랜 준비 후에 클라이맥스에 도달하고 그 다음에는 강력한 시행으로 터져 나온다. 다른 것들은 간투사間投詞의 형태로 존재한다. "오, 세상으로 되돌아가서……."[27]

우리는 위에서 다음과 같이 말했다. 즉, 단테의 초기 시는 구체적 사건들을 선호하면서 귀니첼리가 심리 상태를 표현하기 위해 사용한 추상적 수사법을 배척했다. 또 단테는 소통만 하려는 것이 아니라 독자에게 마법을 걸려 했다. 하지만 이것들만으로는 단테의 새로운 목소리를 전부 설명하지 못한다. 단테의 문장 구조에도 아주 새로운 것이 있었다. 뒤에 자세히 설명하겠지만 여기서는 우선 단테의 시상詩想이 아주 구체적으로 표현됨으로써 하나의 멜로디가 된다는 점만 지적해두고 싶다.

이탈리아 시의 논리적 구조

우리가 스틸 누오보의 시들을 곁에다 두고 베르나르 드 방타두르의 「내가 종달새를 보았을 때」[28], 지로의 「알바」(→트루바두르)[29], 페르 비달의 「내가 숨을 들이쉴 때, 산들바람이」[30] 등 저명한 프로방살 시들을 읽으면, 이런 작품들의 구문에 논리가 별로 없다는 것을 반드시 발견하게 된다. 물론 때때로 인과적이고, 계기적繼起的이며, 최종적 혹은 비교하는 연결 관계 등을 만나기도 하지만, 그런 것들이 시 전반을 주도하지는 않는다. 이런 연결 관계를 만들어주는 것은 준엄한 논리가 아니라 막연하고 비이성적인 서정적 무드이다. 시의 다양한 부분을 구성하는 구체화된 무드들은 대부분 아무런 논리적 연계 없이 병렬 처리되어 있다. 이런 점에서 프로방살 시는 대중적인 시와 별반 다르지 않다.

프로방살 시의 구성은 시간의 흐름에 따른 구성이 대부분이고, 논리적 연계는 아주 간단하거나 막연하거나 모호하다. 시행도 8음절로 된 짧은 시행을 선호하고 이 때문에 통통 튀는 리듬만 생겨날 뿐, 가장 고상한 노래(superbissimum carmen)라고 하는 11음절 시행의 유장한 리듬은 창조되지 못한다.[31] 물론 프로방살 시인들 중에 예외도 있고 특히 후대의 시인들과 트로바르 클뤼 시인들은 논리적 구조를 세우기 위해 각별한 노력을 했다. 하지만 그들의 의도적인 절반의 노력, 절반의 무능으로 인해, 그 논리 구조는 변덕스럽고 불분명하고 순조롭지 못하다. 그리하여 실제에 있어서는, 순수 서정주의를 추구한 초창기 시들이 애매모호한 주지주의를 표방한 후대의 트로바르 클뤼보다 더 가락이 아름답고, 또 더 합리적이다. 하지만 선배든 후배든 프로방살 시에서 조화로운 논리적 구조와 부드럽게 흘러가는 시행을 발견하기가 어렵다. 물론 길렘 드 카베스탄처럼 예외적인 경우도 있다.

여인이여, 내가 처음 당신을 본 날,
당신이 기쁜 마음으로 얼굴을 쳐다보도록 허용한 날,

내 마음은 다른 모든 생각으로부터 벗어났고

나의 모든 욕망은 당신 안에 수렴되었네.[32]

이 시에서는 단순한 모티프가 네 개의 11음절 시행 속에 지속적으로 유지되고 있다. 연결 관계는 순전히 시간의 흐름을 따르지만, 그 어조는 비 프로방살적이어서 이탈리아의 스틸 누오보를 연상시킨다.

첫 시작부터 그러니까 시칠리아 시인들(→**프리드리히 2세**), 귀토네, 그리고 보나준타 등의 이탈리아 시는 훨씬 논리적이고 일관된 구조를 갖고 있었다. 이탈리아 시인들은 곧 트루바두르에 비해 주제를 좀 더 선명하게 파악하게 되었다. 그들은 뭔가 미진하고 불분명한 느낌을 배척했으며, 시행의 흐름은 프로방살 시인들의 그것과는 다르게 진지하면서도 강건했다. 귀니첼리는 논리적 구조를 자연스럽게 습득했고, 그 구조는 코르 젠틸레(고상한 마음)의 에토스(관습)에 맞추어 승화되었다. 우리가 앞에서 지적한 것처럼, 고상한 스타일로 쓴 그의 시들은 그리 구체적이지 않지만, 바로 그 때문에 그의 시적 개념들은 아주 뚜렷하게 드러난다. 보나준타는 귀니첼리 시가 난해하다고 비난했다. 그 난해성은 임의적이고 불규칙한 연결 관계(트로바르 클뤼의 특징)에서 생겨나는 것이 아니라, 귀니첼리가 스틸 누오보 영성靈性의 핵심이라고 생각했던 지적 개념들을 기이하고 괴상하게 승화시킨 데서 유래하는 것이다.

이와 관련하여, 시의 난해성을 비난한 보나준타와 논쟁하면서 그가 써낸 탕송(tenson: 두 사람의 트루바두르가 동일한 형식으로 교대해 가며 대항하여 낭송한 시로서 논쟁시 혹은 경시競詩로 번역됨. -옮긴이)은 가르침을 주는 바가 많다. 보나준타의 주장, "당신이 매너를 바꾸었으므로"는 그 노골적인 쾌활함, 명료하게 표현된 문장들(실제로는 단 하나의 문장), 그 대조법과 경구적인 요약 등으로 인해 이탈리아 풍의 명료함을 대표한다. 우리는 이런 명료함을 이탈리아 단편소설과 일화들에서도 많이 찾아볼 수 있다. 이에 대하여 강한 어조와 의미가 담긴 귀니첼리의 답변, "현명한 사람은 가볍게 달리지 않는다."는 그 치밀한 논리적 구조, 자기 단련, 높은 영성주의 등으로 인해 논쟁시에서도 그의 재치가 오히려 더욱 발랄해진다.

우리가 내용적으로 관련 되는 프로방살 시, 가령 트로바르 클뤼에 관한 지로의 탕송,「그건 나의 즐거움입니다. 지로 드 보르넬」[34]을 고찰해 보면 논리적 구조의 차이점은 분명하다. 지로는 자신의 시를 아주 높은 이론적 수준으로 유지하려 들지만 성공하지 못한다. 그의 주장은 아주 일반적이고 막연하며, 다루고자 하는 아이디어는 제대로 장악되지 못했으며, 연결 관계는 균일하지 못하다. 시의 끝에 가서는 놀라운 일탈이 발생하면서 논쟁의 주장은 희박한 공기 속으로 가뭇없이 사라져버린다. 귀니첼리가 고상한 어조로 시를 썼을 때 — 그가 다른 수법으로 시를 쓸 수 있다는 사실은 「당신이 밝은 색깔의 두건을 쓴 루치아를 본다면」[35]과 같은 소네트에 의해 증명된다 — 그는 아이디어들을 서로 연결시키면서 상호 비교를 통하여 그것들을 구체화했다. 그는 비교의 공간이 주어지면 연결 고리들을 아주 명확하게 연결시켰다. 아주 진지한 시작詩作 태도와 사랑의 영감을 떠올리는 에토스 덕분에 귀니첼리는 그리 현학적으로 보이지 않는다. 하지만 그의 문장은 여전히 뻣뻣하고 단조로운데, 주제들에 대한 주지적主知的 접근에서 나오는 결과이다.

종종 귀니첼리는 시의 중간에서 새로운 시작을 할 수밖에 없다. 갑자기 새로운 아이디어가 생겨났기 때문이다. 이 아이디어는 주제 상으로는 앞의 아이디어와 연결이 되지만 시적인 구조상 별로 연결이 되지 않으므로 완전 생소하게 보인다. 그리하여 시는 전반적으로 일련의 아이디어들이 계속 누적되는 느낌을 준다. 귀니첼리 자신도 좀 더 강력한 응집성과 구체성의 필요를 느낀다. 이런 목적을 위하여 그는 동일한 단어 혹은 소리의 재사용, 동일한 구문과 비유법의 반복, 비교와 대조 등의 수법을 사용한다. 하지만 그런 수단들을 많이 구사한 장시 「알 코르 젠틸」에서 그런 수법들은 응집성을 높여주기보다는 오히려 교리적 경직성만 높인다. 귀니첼리는 그렇게 하여 아주 선線이 가는 하모니를 어렵사리 획득하지만 단테 시와 비교해보면 그 선은 너무 섬세하여 잘 들리지 않는다.

감성과 이성을 종합한 비전

진술과 구조의 측면에서 단테는 스승 못지않게 명확하고 온전하다. 하지만 귀니첼리에게 본질적인 것은 단테에게 오면 더 심오한 힘의 외부적 표출 정도에 지나지 않는다. 단테 시의 구조는 프로방살 시처럼 전前 주지주의(혹은 감상주의)도 아니고 귀니첼리 시처럼 주지주의도 아니다. 단테 시는 이 둘과 전혀 다르다. 이렇게 된 한 가지 이유는, 이미 앞에서 말했듯이, 단테 시가 느낌이나 아이디어로부터 나오는 것이 아니라 사건으로부터 나오기 때문이다. 하지만 이 사건에는 구체적 사건 이상의 의미가 깃들어 있다. 왜냐하면 단테의 사건들은 현실 속에서 벌어진 것 혹은 경험의 세계에서 인식되는 것이 아니기 때문이다. 그 사건들은 대체로 말해서 비전vision들이다. 『신생』의 마지막 시, 「하늘을 넘어서」를 한 번 생각해 보자. 그 모티프는 내 영혼이 종종 죽은 애인과 함께 머문다는 것이다. 귀니첼리 같은 시인이라면 이런 주제로 두 줄 이상을 쓰지 못했으리라. 좀 더 쓰기 위해서 그는 시의 출발점, 즉 자기 자신으로부터 벗어나 다른 어떤 것, 가령 관련은 되지만 새로운 모티프 그러니까 헤어진 애인의 상황, 그녀가 보내온 메시지 등을 도입해야 할 것이다. 간단히 말해서 종류가 다른 요소들을 뒤섞어야 한다.

하지만 단테의 영혼이 높이 하늘을 떠다닐 때 사건에 대한 그의 비전은 한 필의 비단처럼 일관성을 유지한다. 거기에는 은유의 성격을 띠는 것이 없다. 마치 그가 실제 일어난 사건을 슬로 모션으로 기록하는 듯하다. 그리하여 시 전체가 영혼의 상승과 귀환을 기록한다. 바로 이 때문에 단테 시는 강렬한 묘미가 있다. 그렇지만 시인의 온 영혼이 천상 여행을 떠나는 것은 아니다. 영혼의 일부는 지상에 남아 기다리고, 오로지 사랑의 지혜를 일러준 '한숨'만이 하늘로 올라가 정령(spirito)이 된다. 시의 첫 행과 심지어 영혼의 천상 여행에 대한 이야기도, 누군가 뒤에 남아서 떠나간 사람을 쳐다보는 느낌을 안겨준다. 마치 방주 속의 노아가 물이 가라앉았는지 살피기 위해 내보낸 비둘기를 쳐다보듯이, 혹은 우리 현대인이 날아가는 비행기를 쳐다보다가 그것이 사라진 뒤에도 그 비행기 생각을 계속 하듯이.

사건의 핵심 속에 들어 있는 이런 병렬 구조(시의 끝부분에 이것이 명확하게 진술되어 있다)는 시의 통일성을 더욱 강렬하게 하고, 또 단단하게 한다. 바로 이것이 단일한 주제의 지배를 받는 잘 표현된 구조이다. 그 단일한 주제는 첫 행들에 분명하게 제시되어 있고, 뒤로 간다고 해서 "새로운" 것은 추가되지 않는다.

모든 초기 시에서 단테는 새롭고 보충적인 모티프는 아주 절제하면서 사용했다. 본 주제가 너무나 개성적이어서 새로운 주제의 추가를 허용하지 않으며 그 내적 구조와 비전적 예리함으로부터 강력한 호소력을 갖는다. 심지어 그가 아주 일반적인 주제를 다루는 곳에서도 그 주제는 단테의 날카롭고 폭넓은 인식에 의하여 새롭게 변모된다. 그것은 허구적인 생각이 아니라 구체성을 띤 역사적 리얼리티가 된다. 이에 대한 구체적 사례는 아모레(사랑)와 코르 젠틸레(고상한 마음)를 다룬 주제시(programmatic poem)에서 살펴볼 수 있다.[36] 논문 같이 기다란 칸초네에서 귀니첼리는 생각의 여러 단계를 엮어서 한 편의 시로 만들었는데 주로 은유들을 논리적으로 발전시켜서 그렇게 했다. 귀니첼리 시를 잘 살펴보면, 첫 행(이것을 종합적 요약으로 재해석할 수도 있겠지만)은 단지 사슬의 첫 번째 연결 고리에 지나지 않는다.

이에 비해 단테 시의 첫 행은 전반적 생각의 요약이고 '사랑'의 탄생이 좋은 형태의 비전 속에서 따라나온다. 그 시를 짜넣은 틀은 외형적인 것에 지나지 않는다.(단테 자신이 시의 힘[potenzia]과 행위 [atto]라는 단어를 써가면서 그렇게 말했다.) 그리고 두 번째 부분은 독립된 "추가"가 아니다. 그것은 논리로 보나 주제로 보나 새로운 연결고리가 아니고, 첫 행에서 제시된 것의 전개이며 구체화이다. 이런 이유로 인해, 그 시는 교훈적 어조에도 불구하고 독자에게 마치 펼쳐지는 꽃망울을 보는 느낌을 준다. 스틸 누오보 시인들이 거듭하여 다루었던 가장 보편적 주제는 그들의 숙녀를 칭송하는 것이다. 귀니첼리는 새로운 주제들을 고안하여 그 속에다 "고상한 마음"이라는 새로운 정신을 융합시켰지만, 구체적 직접성의 측면에서는 민네징어나 **트루바두르**에 비하여 훨씬 힘이 떨어진다. 왜냐하면 그들은 감정을 자유롭고 서정적으로 토로하는데 성공했지만, 귀니첼리는 단지 지적인 서술만 해대기 때문이다. 가령「사실 그것은 미친 모험이다」가 그런 시이다.[37]

단테는『신생』에서 이 주제를 아주 일반적인 형태로 딱 한 번다루었는데 위대한 칸초네「사랑을 이해하는 여인들이여」가 그것이다. 그 외에 다른 곳에서 그는 구체적 모티프와 사건을 선호했다. 하지만 이 시에서는 가장 일반적인 관점에서 그 문제를 다루겠다고 선언한다. "나는 당신과 함께 나의 여인에 대해서 말하겠습니다." 잠시 당신과 함께(con voi)라는 어휘가 도입되는 긴박함과 개인화의 새로운 요소는 접어두기로 하자. 또 제3행과 4행의 고백("…… 나는 그녀에 대한 칭송을 완벽하게 해낼 수 있다고 생각하지 않습니다/나는 내 마음의 부담을 덜기 위해 말을 합니다.")도 깊이 따지지 말기로 하자. 우리는 앞에서 돈호법 얘기를 하면서 "당신과 함께"라는 수사법의 효과를 말했으므로, 여기서는 단테가 이런 수사법을 사용하여 배출하려는 내면의 힘만 살펴보자.

우리는 지금 시의 일반적 구조에 대하여 집중하고 있다. 이 시는 완벽하지 않다. 왜냐하면 나중에 단테가 동일한 일반적 주제를 가지고 성취한 바에 미달하기 때문이다. 다시 말해 다양한 이미지들의 단순한 병치를 벗어나지 못한다. 그렇다 하더라도 이 시는 귀니첼리의 시와는 아주 다르다. 전반적으로 "일관성"이 있고, "고상한" 신체를 칭찬하는 네 번째 소네트의 몇몇 행들은 은유들의 모자이크이다. 가령 천상의 장면, 그녀가 거리에 나타난 것, 그녀를 바라보는 '사랑(Love)' 등은, 단테가 주제를 전개하는 과정에서 모자이크 속에 집어넣은 은유의 조각들이다. 이런 조각들은 중심적 비전에서 흘러나온 일련의 비전들이다. 이런 비전들은 모두가 생생한 것은 아니다. 어떤 비전의 이미지는 억지춘향처럼 보이나 그(억지춘향) 자체도 새로운 것이다. 변덕스러운 트로바르 클뤼나 귀니첼리의 정교한 주지주의와는 다르게 진정한 힘이 느껴진다. 그 이유는 단테가 주관성의 영역을 벗어날 정도로 감정을 아주 강화시키기 때문이다. 그는 감정을 궁극적이고 절대적인 천상의 영역에 자리잡게 하여 객관적 타당성을 얻으려 한다.

이것이 단테의 유일한 관심사이다. 그런 노력은 스틸 누오보의 신비한 수사법을 뺨치는 단테의 과도한 은유와 대조에 잘 반영되어 있다. 심지어 오늘날에도 우리는 이런 의지의 힘을 느낄 수 있고 그래서 이 시는 고르지 못한 성취에도 불구하고 강력한 마법을 내뿜는다. 그것은 통일성을 향한 단테의 열정이 내뿜는 마법이고, 자신의 체험에 온 우주를 참여시키려는 노력의 결과이다. 그의 감정이 내달리는 방향은 일정하게 정해져 있어서 어색한 시적 질서 때문에 일탈하는 법이 없다. 그의 감정은 부분적으로나 전체적으로나 힘의 발산 혹은 불같은 매혹이다.

단테 시의 비전적 성격

단테 초기 시의 통일성 — 구체적이고 뚜렷한 주제를 가진 다른 단테 시들에서는 통일성이 더욱 돋보이지만 — 은 합리적 특성이 아니라 비전적 특성에서 나온다. 시를 구성하는 이미지들은 어떤 특징들을 열거함으로써 환기되는 것이 아니라, 본질적 중심으로부터 생생하고 리얼하게 솟아난다. 바로 이것이 단테의 이미지들이 작동하는 방식이다. 이미지들은 밝게 빛나고 아주 생생하며, 힘을 소망하면서 힘을 얻는다. 어디에서나 단테는 아주 확정적이고 독특한 상황의 중심에 서서 그곳으로부터 발언한다. 어디에서나 그는 독자를 그 상황 속으로 끌어들인다. 독자들의 공감이나 승인 혹은 지적 존경만으로는 불충분하다. 그는 자신이 환기하는 리얼한 상황의 극단적 구체성 속으로 독자들이 뛰어들기를 바란다.

그의 체험이 중세의 선배 시인들보다 더 강력하고 더 직접적이라고 말하면, 아마도 부정확하고 부당한 말이 되리라. 그의 시들에는 상당한 긴장과 과장이 있다. 이것은 그 당시의 문학 취향으로부터 나오는 것이 아니라 무슨 대가를 치르더라도 자신의 비전을 정확하게 표현하겠다는 단테의 욕망에서 나오는 것이다. 이에 대한 진상을 말해보자면 이러하다. 선배 시인들은 그들의 경험을 바탕으로 하여 밖으로 뻗어나가는 경향이 있었다. 그들은 연상과 논리적 연결을 통하여, 그들의 경험과 관련 있거나 그 경험을 형이상학적으로 설명해 주는 것들을 이끌어내려 했다. 이에 비해 단테는 그의 출발점을 고수하면서 그 밖의 것들은 비록 관련이 있거나 혹은 주제와 비슷하다고 하더라도 모두 배제했다. 그는 밖으로 얕게 퍼져나가는 것이 아니라 한 군데를 깊이 파고들었다. 단테가 그런 식으로 파고들면서 주변 환경이나 부수 환경은 모두 사라져버린다. 그는 때로는 고통스러울 정도로 집중력을 발휘하면서 구체적 모티프를 깊이 파고들었다.

그의 은유는 이런 점에서 아주 특징적이다.『신생』에서 은유는 프로방살 시인들이나 귀니첼리처럼 독립적 가치가 거의 없다. 은유는 새로운 영역으로 인도하지도 않고 새로운 이미지나 긴장의 이완을 주지도 않는다: 은유는 간결하고 적절하며 언제나 사건 가까이 있다. 은유의 기능은 시적 즐거움도 아니고 지적 해명도 아니며 그 두 가지의 종합은 더 더욱 아니다. 은유는 순수 표현으로서, 표현에 도움이 되는 곳에서만 등장한다. 따라서 대부분의 단테 시는 응집력과 통일성을 갖고 있다. 이런 특징은 예전 세대들에게는 노골적이고 현학적으로 보이는 특징이지만 단테에 와서는 새로운 힘을 획득했다. 그리하여 단테의 시에서는 시적 장식에 불과한 은유는 별로 등장하지 않는다. 은유가 등장할 때에는 취향이나 매혹은 배제한 상태로 도입된다. 그 은유는 지나치게 과장되어 있고, 워낙 진지하게 리얼리티의 영역으로 전치轉置되어 있기 때문에, 동시대의 나이든 시인들을 겁나게 하고,

또 혐오감을 느끼게 한다. 단테 시는 구체적이고 독특한 상황을 고집하며 또 개인적 감정을 정직하게 노출한다. 이 때문에 단테 시는 강렬한 피치를 올리게 되어 열정에 적극 가담할 의사가 없는 독자들을 놀라게 하고, 또 기분 나쁘게 한다.

단테 초기 시의 스타일은 선배시인들에 비하여 더 엄격하고 더 깊이가 있다. 더 엄격하다는 것은 어떤 일정한 주제를 설정하고 처음부터 끝까지 그것을 물고늘어진다는 뜻이다. 이러한 방법은 리얼리즘과 실물과 매우 비슷한 현장성現場性의 효과를 부여하는데, 심지어 가장 모험적이고 비범한 주제들을 다룰 때에도 그런 효과가 발생한다. 하지만 이것은 새로운 게 아니고 오래전부터 알려진 방법이었다. 물론 고상한 스타일에서는 이런 방법이 사용되지 않았지만, 희극적 · 전원적 · 논쟁적 주제들은 과거에도 이런 방식으로 다루어졌다. 이탈리아에서는 자연스럽게 이 방법을 선호하는 태도가 생겨났다. 우리는 이미 두 편의 시를 언급했는데 하나는 보나준타의 「당신이 매너를 바꾸었기 때문에」이고, 다른 하나는 귀니첼리의 「누가 보는가」인데 두 편의 시는 이 방법을 아주 원숙하게 활용했다.

그러나 단테 이전의 시대에 이 방법은 고상한 구어시에서는 채택되지 않았다. 왜냐하면 그런 종류의 시는 근본적으로 인위적, 비현실적, 수사학적인 것이라고 생각되었기 때문이다. 이것은 아주 오래된 생각인데 단테는 그런 생각을 점진적으로 내버렸지만, 의식적 일관성을 유지하며 내버린 것은 아니었다. 단지 주제의 편집성을 확보하기 위해 그렇게 한 것이었다. 단테 시가 선배 시인들보다 더 깊이 있다는 것은 무슨 뜻인가. 그것은 단테가 주제를 더욱 깊게 파고들어 그 주제를 내부에서 조직한다는 뜻이다. 이것은 더욱 자연스러운 스타일을 만들어내고, 그가 다루는 리얼리티의 다양한 측면을 더 잘 드러낸다.

숭고시의 새로운 경지를 개척

이런 요소들은 따로 떼어놓을 수 있는 게 아니고 분석의 과정 — 단테의 주제 집중, 주술을 말하는 듯한 어조, 구문의 비전적 통일성 등 — 에서 융합되는 경향을 보인다. 이런 사실은 단테 스타일의 새로움을 설명하며, 또 숭고시의 새로운 어조를 유럽 전역에 보여 주었다. 단테는 선배시인들로부터 코르젠틸레의 신비주의, 칸초네·소네트·발라드의 시적 형식, 그리고 사랑의 수사법에 속하는 모든 어휘를 물려받았다. 하지만 단테는 이 모든 것으로부터 아주 새롭고 아주 간단한 어떤 것을 만들어냈다. 그의 감정이 발작적으로 하늘을 향해 날아오르고, 또 소수만이 겪는 비상한 체험에 집중하지만 그래도 새로운 효과를 만들어내는 것이다. 이것을 알기 위해 우리는 그의 문장을 산문으로 읽어보면 된다.

"나의 여인은 무척 고상하고 순수해 보이네. 길옆에서 인사를 해올 때. 혀는 떨리고 입은 할 말을 잃어버리네. 눈은 계속 보고 싶지만 감당을 하지 못하네."

또는

"나의 여인이 살아 있었을 때 당신과 함께 기쁜 마음으로 그녀와 말했던 것이 기억나네. 나는 여성들의 내부에 있는 저 고상한 마음 바로 그것을 향해 그녀에 대하여 말하고 싶네."[39]

이것은 아주 분명하면서도 단순명료한 문장이다. 우리가 이 문장을 그냥 읽어도 자연스럽게 흘러가고, 또 귀로 들으면 더욱 자연스럽게 흘러간다. 이것은 귀니첼리의 재능을 넘어서는 것이다. 귀니첼리는 새로운 시작을 하기 위해서 자꾸만 아이디어들을 쌓아올렸고, 그리하여 느낌의 흐름이 자주 끊겼다. 할수없이 귀니첼리는 새로운 호흡을 도입했고, 몇 마디 뒤에서 그 호흡은 다시 끊어진다.(이것을 알아보기 위해서 단테의 시를 읽은 후 귀니첼리 시를 읽어보라.)

단순명료함에도 불구하고 단테 시는 강력한 리듬을 갖고 있고 내부에서 흘러나오는 자연스러운 일관된 움직임이 있다. 이런 특징은 고전 고대 이후에는 구경할 수 없는 것이었다. 우리가 여기서 서술하는 인상은 다른 그 무엇보다도 감각적인 것이다. 그 동기는 전적으로 무의식적이고, 또 무심결에 흘러나오는 것이다. 단테 시행詩行은 기이할 정도로 단순명료하게 보이지만, 그것을 약간 불신하면서 면밀히 살펴보면 우리는 그 시행에 대하여 더 많은 것을 발견할 수 있다.

나의 여인은 두 눈에 '사랑'을 품고 있네. 그리하여 그녀가 쳐다보는 것은 모두 고상하게 되어버리네.[40]

이것보다 더 단순명료한 시행이 있을 수 있을까? 교훈적이면서 인과관계가 뚜렷한 두 시행은 동일한 무게를 가지고 있다. 각각의 시어들은 모두 적절하게 제 자리를 잡는다. "두 눈에"라는 시어를 제외하면 이 문장에서 산문이 되지 못할 시어는 없다. 하지만 그 내용은 얼마나 풍성한가! 이 시 안에는 고상한 느낌, 코르 젠틸레의 고상한 개념들이 미리 전제되고 또 당연시된다. 단테는 산꼭대기를 출발점으로 잡고서 거기서부터 나아가야 할 새로운 차원을 추구한다. 이 단순명료한 어휘들 각각에서 정신적 고상함의 세계가 진동한다. 우리가 좀 더 복잡한 문장들을 고려해 보면 이 점은 더욱 분명해진다.

여인들이여, 당신들과 나의 여인에 대하여 말하고 싶습니다. 그녀에 대한 칭송을 완벽하게 해낼 수 있다고 생각하기 때문이 아니라, 내 마음의 부담을 덜기 위해 말을 하는 것입니다. 그녀의 가치를 생각할 때마다 '사랑(Love)'이 내게 달콤하게 말을 겁니다. 내가 용기를 잃지 않는다면 내 말로 모든 사람을 사랑에 빠트릴 수 있다고 생각합니다.

위의 문장들과 마찬가지로, 이 문장들은 조용하면서도 세심한 형식을 갖춘 진술이다. 또 논리적이면서 산문적인 문장 구조는 음절의 고른 흐름과 각운 구조에 기여하면서 문장을 더욱 단단하게 만든다. 그러면 이 문장들의 내용을 살펴보기로 하자. 이것은 사실과 아이디어를 다루는 것이 아니라 열정적 느낌의 폭풍우를 다룬다. 그러나 그 느낌은 엄격한 구문적·운율적 형식 속으로 아주 활달하게 흘러들어간다.

즐거움의 황홀 속에 태양을 향해 날아오르는 종달새, 의식을 잃어버리고 생명이 없는 듯 낙하하면서 과도한 즐거움으로 심장이 터질 것 같은 종달새. 내가 저 새를 볼 때, 저토록 가득한 만족을 느끼는 자들에 대한 엄청난 부러움이 나를 엄습해 온다.

이 또한 상당히 긴 시행이다. 하지만 열정은 아주 자유롭고, 또 단순명료하게 흘러나온다. 프로방스 시인들의 제2세대는 이런 "새들이 노래하는 것 같은 노래"를 아예 잃어버렸거나 아니면 의식적으로 외면했다. 그 대신 느낌을 사상思想 속에다 가두려는 시도를 했다. 우리는 이런 경향을 아주 일찍부터 발견하는데, 가령 지로 드 보르넬과 **아르노 다니엘**의 시에서 아주 분명하게 볼 수 있다.

느낌의 변증법

이러한 현상(느낌을 사상 속에 가두는 것)[41]을 가장 잘 표현한 용어가 느낌의 변증법이다. 이것은 느낌, 느낌의 근원, 심리적 배경 및 효과 등을 나타내는 어휘를 가지고 논리적인 혹은 논리적으로 보이는 시스템(때로는 오컬트[신비] 지혜를 은폐하기도 한다)을 만들어내는 방법이다. 사랑을 가지고 교리를 만들어내려는 시도는 아주 오래된 것이다. 가령 오비디우스의 사례 혹은 감각적 리얼리티를 합리적 해석에 종속시키려는 저급한 영성주의 등이 그런 시도에 영감을 주었다. 하지만 가장 유명한 사례는 **안드레아스 카펠라누스**의 책이다.

느낌의 변증법이 진정한 시적 형식으로 대우받은 것은 후대의 프로방살 시인들에 이르러서였다. 이 시인들은 서로 갈등하는 아이디어들을 아주 강렬한 피치로 끌어올려 비극적 갈등을 암시했다. 이 시인들이 느낌의 변증법을 구사하며 써낸 기이하면서도 암시적인 시들은 의식적인 미학 개념에 바탕을 둔 것이었다. 그들은 의식적으로 비상하고 역설적이고 난해한 시를 써내려 했다. 그것은 대조의 테크닉이나 비현실적이거나 추상적인 형식을

112

취하는데, 그런 테크닉과 형식은 시 속의 상황을 아주 애매한 것으로 만들어버렸다.

일반적으로 말해서, 자유로운 서정적 흐름을 고정된 형식 속에 가두려 했던 세대는 개념적 관계들을 순수 형식으로 개발하기를 선호했다. 그들은 또 정교한 각운 구조를 개발했는데, 이렇게 하는 과정에서 그들 시의 본질인 느낌을 희생시킨 것이 아니라, 그 시에 내재된 체험의 리얼리티를 희생시켰다. 이렇게 하여 그들이 내세운 합리성은 변덕스럽고, 공상적이고, 허구적인 것이 되었다. 그들의 시작詩作 목적은 구체적 리얼리티에 형태를 입히려는 것이 아니라, 기이한 대조와 모호한 은유의 놀이를 하자는 것이다. 이런 시는 저급한 영성주의의 논리적·수사적 게임과 유사한 것인데, 고대 후기의 퇴락한 수사학적 전통으로까지 소급된다.

이에 비해 단테가 구사한 느낌의 변증법은 아주 다르다. 그는 먼저 무의식적인 상태에서 고대 수사법의 진정한 원천 즉 그리스인들의 문학 정신으로 거슬러 올라간다. 단테는 그리스어를 알지 못했고 호메로스에 대해서는 희미하게 알았으며 소포클레스 등 비극 시인들에 대해서는 전혀 알지 못했다. 하지만 몇몇 라틴 작가들, 우리의 눈으로 보자면 아주 임의적으로 선별된 라틴 작가들로부터 고전 문화를 체득했다. 그래서 그는 고대 그리스의 진수를 진정으로 물려받은 후계자, "멘men과 데de를 창조한 언어"[42])의 진정한 후계자이다.

(멘과 데는 그리스어로서, 영어의 on the one hand~ on the other hand, 혹은 Just as~so 등의 구문과 비슷한 역할을 하는 접속사이다. 여기서는 서로 다른 두 가지 것을 병치시켜 대조의 효과를 내는 문장을 가리키고 있다. -옮긴이)

단테의 문장은 고전 고대 이래 최초의 것이다. 그 안에 세계를 품고 있으되 초급 독본의 문장처럼 단순명료하다. 깊은 느낌을 명석한 생각(사상)으로 표현하고 있으며, 그 한적하고 고른 가락은 읽는 이의 가슴을 꿰뚫는다. 무엇보다도 단테 문장은 수사법이 리얼리티를 억압하지 아니하고 오히려 리얼리티를 형성하면서 그것을 단단하게 굳혀 주는 역할을 한다. 바로 이것이 고전 고대 이래 최초라는 것이다.

단테의 문장론

단테 자신이 이 문제를 이론적으로 다루었다. 그의 저서 『구어로 글쓰기De vulgari eloquentia』의 2권 6장에서 그는 문장의 구성에 대하여 말하고 있다. 우리의 관심을 끄는 문장은 이러하다.

우리가 찾으려고 하는 것은 일관된 구성이다. 우리가 세련된 문장 구성에 도달하기 전에 상당한 사전 조사를 해야 하는데 여기에 많은 어려움이 따른다. 문장 구성에는 여러 단계가 있기 때문이다. 학식이 없는 사람이 사용하는 조잡한 문장은 이러하다.

Petrus amat multum dominam Bertam.

(페트루스는 그의 아내 베르타를 아주 사랑한다.)

그 다음에는 엄격한 학자나 교사가 사용하는 순수한 학문적 문장이
있다.

Piget me, cunctis pietate maiorem, quicunque in exilio
tabescentes patriam tantum sompniando revisunt.

(남들보다 동정심이 뛰어난 나는 유배에 처해져 오로지 꿈속에서만 고향에 다
시 가보는 사람들을 불쌍하게 여긴다.)

그 다음에는 학식이 있고 우아한 스타일을 구사하지만 수사법에만
피상적으로 의존하는 사람들의 문장이 있다.

Laudabilis discretio marchionis Estensis et sua magnificentia
preparata cunctis illum facit esse diletum.

(에스테 후작의 칭송받을 만한 분별심과 관대한 마음은 그를 사랑받는 인물로
만든다.)

그 다음에는 학식 있고, 우아하며, 동시에 고상한 문장이 있는데 저
명한 스타일리스트들이 구사하는 문장이다.

Eiecta maxima parte florum de sinu tuo, Florentia, nequiquam
Trinacriam Totila secundus adivit.

(그가 네 옷에서 상당한 꽃들을 따버린 후에, 오 피렌체여, 제2의 토틸라〔발루

아 가의 샤를 왕)는 트리나크리아(시칠리아)에 헛되이 갔도다.)

이 문장의 단계를 우리는 가장 탁월하다고 말할 수 있을 것이다. 우리가 위에서 이미 말한 것처럼, 우리가 최고의 것을 추구할 때 얻기를 바라는 것이기도 하다. 이것이 가장 고상한 칸초네, 가령 지로의 시 「나의 유일한 친구가 아니었더라면」에서 사용된 문장이다.

[여기서 몇 가지 사례가 더 인용되는데 모두 프로방스와 이탈리아 칸초네에서 뽑은 것이다. 이어 단테는 계속한다.]

독자여, 내가 많은 작가들을 인용한 것에 대하여 놀라지 말기 바란다. 왜냐하면 이런 사례들을 통하여 가장 훌륭한 문장을 보여줄 수 있기 때문이다. 좋은 문장에 우리 자신을 숙달시키기 위하여 베르길리우스, 『변신』의 **오비디우스**, 스타티우스, 루카누스 등 문장 구조가 훌륭한 시인들의 작품을 읽는 것이 가장 유익하다. 또 리비우스, 플리니우스, 프론티누스, 파울루스 오로시우스 등 훌륭한 산문을 쓴 작가들을 읽어야 한다. 그 외에 혼자 있을 때 고독을 벗삼아 읽어야 할 좋은 작가들이 많이 있다. 무지를 찬양하는 자들은 기토네 다레초나 기타 시인들을 찬송하도록 하라. 이들은 어휘나 구문에는 아주 평범하기 짝이 없는 자들이다.[49]

에두아르트 노르덴[44]은 이 문장을 인용하면서 스타일의 사례들이 부당하다며 준엄하게 비판했는데 나름대로 일리가 있다. 노르덴은 단테가 자연스러움과 단순명료함을 비난하면서 부자연스러운 허세를 칭송한다고 지적한다. 하지만 단테가 이 문장을 쓸 때 라틴 산문을 생각한 것이 아니라 고상한 스타일의 구어시를 염두에 두었다는 사실을 감안하면, 노르덴과 다소 다른 판단에 도달하게 된다. 위에 인용된 문장들은 이탈리아 산문의 모델로 제시된 것이 아니라 이탈리아 시에 대한 단테의 생각을 설명하기 위한 사례로 제시된 것이다. 따라서 우리는 인용된 네 개의 문장만 보아서는 안 되고 다음과 같은 전반적인 맥락을 감안해야 한다. 즉, 위의 단테 문장에서 인용된 프로방스 칸초네와 이탈리아 칸초네 등 구어시를 생각하며 네 개의 문장을 살펴보아야 한다.

우선 단테가 전통적인 3단계의 카라크테레스 레게오스(karakteres legeos: 말하기의 방법)가 아니라 4단계를 제시했다는 것이 좀 이채롭다. 물론 단테는 다른 문장, 가령 같은 권의 4장에서 3단계 분류를 언급했다. 그러나 위의 인용문에서 단테는 두 타입의 문장 구조, 즉 저급한 타입(genus humile)과 고상한 타입을 제시하면서 전자는 일축하고, 후자는 다시 세 개의 변종, 즉 첫째 학식 있고 현학적인 것, 둘째 피상적으로 우아한 것, 셋째 학식 있고 우아하고 고상한 것을 제시했다. 이 세 가지 타입은 장식적 표현과 고상한 어조를 얻으려 한다. 첫 번째 문장은 정교한 구문적인공물과 설명적인 대조법을 구사함으로써 고상함을 달성하려 하는데, 이렇게 간단한 진술로 요약될 수 있다. 나는 유배당한 사람이 불쌍하다. 두 번째 문장은 훨씬 부드럽고 세련되었지만 힘과 실체가 부족하다. 일방적인 진술로서 그에 맞서는 평형추가 없어서 공허하게 들린다. 단테가 흡족하게 여긴 세 번째 문장은 우리 현대인의 취향에 맞지 않는다. 피렌체에 대한 말장난과 토틸라 세쿤두스(제2의 토틸라)라는 완곡어법이 귀에 거슬리고, 또 전반적으로 보아 어휘가 작위적이다.

하지만 큰 소리를 내어 읽어보면 이 문장은 그 안에 어떤 울림을 갖고 있다. 이것은 산문 문장이 아니라 시적 유추로 읽어야 한다. 그것은 대조법을 표현하는 것으로서, 그 대조법은 다시 교묘한 문장 구성과 병치된다. 문장은 거의 동일한 두 개의 시행으로 구성되는데 하나는 솟구치고 하나는 가라앉는 가운데 프로렌타리아("오 피렌체여")라는 돈호법에 의해 두 시행이 갈라져 있다. 그리고 온갖 장식에도 불구하고 문장의 내용 — 즉 그는 너 피렌체를 약탈한 후에 헛되이 시칠리아까지 갔다 — 은 아주 뚜렷하게 제시되어 있다.

아르노 다니엘의 영향

단테가 진정한 고상함의 사례로 인용한 칸초네들을 살펴보면 그의 의도가 한층 분명해진다. 그 시들은 모두

"느낌의 변증법"이라는 스타일의 트렌드(경향)에 속한 시들이다. 보슬러는 이 문장을 언급할 때 고전적 요소를 강조했는데 아마도 이런 스타일을 생각했을지 모른다.[45] 보슬러가 여기서 활용한 고전과 낭만의 대조법은 내가 볼 때 13세기와 14세기에는 해당되지 않는 것이다. 그것은 정확한 진단이 아니므로 오해의 소지가 많다. 그 시에서 새로운 요소인 느낌의 변증법은 고전적인 것이라기보다 낭만적인 것이다. 단테의 경우를 제외하고, 그 시인들은 내가 보기에 고전적 요소라고 부를 만한 것이 없다.

단테는 이런 칸초네들에서 발견한 아주 탁월한 구성의 단계(excellentissimus gradus constructionis)를 좋게 보았다. 보슬러는 이 시들을 "전시품"의 시들이라고 하면서 기교보다는 정신으로 감동시키고, 자연스럽고 신선하고 단순명료한 시어를 가진 시들과 대조했다.[46] 이들은 직접적인 감정을 토로하는 시인들이고 주지주의主知主義 이전의 시작법을 구사하며, "새들이 노래하듯이 노래하는 시인들"인데 단테는 그들을 거론하지 않았다. 지로 드 보르넬, 폴케 드 마르세유, 아르노 다니엘, 기타 단테가 거론한 시인들은 조프르 뤼델이나 베르나르 드 방타두르[47]처럼 자연스럽게 흘러넘치는 느낌으로 시를 쓰지 않았다. 그들은 아주 힘겹게 시와 씨름했다. 그들의 시는 분명 전시품은 아니었고, 또 교묘한 각운 구조를 가진 애매한 시들도 아니었다. 또 그들의 시는 예술을 위한 예술을 지향하지도 않았다.

중세 예술의 거의 모든 **매너리즘** 작품이 그러하듯이 ― 이것은 16세기의 진짜 매너리즘에도 그대로 적용된다 ― 그 시들은 **신플라톤주의**를 근원으로 하는 영성주의를 구체화한다. 이것은 강력한 주관적 신비주의로서, 아이디어를 획득하면서도 독특하고 특수한 외양을 보존하기 위해, 감각적 외양을 해석하고 승화하는 신비주의이다. 그렇지만 이들 시인은 이데아와 외양을 결합시키는 작업에서 실패했다. 영혼의 깊이와 외부세계의 번쩍거리는 현상을 종합하려는 그들의 노력은 원천적으로 실패할 수밖에 없었다. 그들의 은유는 표적을 벗어나 공허하고 흐릿한 것이 되어버렸다. 그들의 아이디어는 주제와 밀착하는 것이 아니라 막연하고, 추상적이며, 변덕스럽고, 공상적인 것이었다. 그들은 구조의 내적 통일성을 지향했으나, 그들이 막상 손에 쥔 것은 순전히 기교적이고 외부적인 통일성에 불과했다.

이들 시인들에게는 뭔가 비극적인 구석이 있었다. 특히 단테가 모국어의 가장 뛰어난 장인(miglior fabbro del parlar materno)[48]이라고 칭송했던 아르노 다니엘이 그러했다. 다니엘은 뛰어난 재능을 가진 시인이었고 단테처럼 열정적 감각성과 논리적 사고방식을 신비하게 혼합시키는 재주가 있었다. 그는 평범하고 기괴한 이미지들을 사용하여 의도적으로 표현력을 높인 최초의 시인이었다. 그는 거칠며 사납고 종종 신경질적인 기질을 발휘하면서 강렬한 열정의 멋진 대조법을 때때로 성취했다. 이런 대조법은 단테와 페트라르카를 거쳐서 모든 유럽시에 영향을 미쳤다. 단테가 인용한 아르노 시에는 이에 대한 사례가 여럿 들어 있는데 이런 시행에서는 아르노의 천재성이 번쩍인다.

나는 그녀를 소유한 적이 없어, 나를
언제나 그 힘 안에 갖고 있는 건 바로 그녀……[49]

하지만 아르노는 그 강렬한 어조를 계속 유지하지 못한다. 그의 생각은 그의 열정과 싸우면서 나란히 보조를 맞추려 하지 않는다. 독자는 교묘하게 감추어진 의미를 찾아야 하고, 그러다 보면 전체적 효과는 가뭇없이 사라진다. 하지만 우리는 당시의 에토스(관습)이며 필연이었던 것을 변덕스러운 장식으로 해석해서는 안 된다. 그의 생각은 감각적 리얼리티를 포착하려고 애쓰지만 거듭 거듭 허공으로 빠져들거나 아니면 개념들의 놀이로 전락한다. 그렇지만 아르노의 노력은 미학적 관심 이상의 드라마이다. 왜냐하면 생각에서 리얼리티로 가는 길은 시를 통하여 생겨나기 때문이다. 아무튼 여기에 의미심장한 발전의 단초가 있으며, 내가 보기에 그것은 미학적 관심 이상의 것이다.

단테는 아르노 시에서 그 탁월한 구성의 단계, 풍부한 표현력, 높은 어조의 느낌이 나는 변증법 등을 칭찬했다. 단테는 자신이 선배들과 어떻게 구분되는지 알지 못했다. 아니, 그는 그런 구분

사항을 뚜렷하게 인식하지 못했다. 아니면 우리는 다음과 같은 문장에서 그와 정반대되는 증거를 발견해야 하는 것일까.

"그것(고상한 문장 구조)에 우리 자신을 숙달시키기 위하여 문장 구조가 훌륭한 라틴 시인들을 읽는 것이 가장 유익할 것이다……."

이와 관련하여 단테가 어떤 새로운 것을 기여했는지 알아보는 것이 좋으리라 생각된다. 물론 고대 작가들의 영향에 대해서 그가 한 말은 별로 새로운 게 없다. 단테 이전의 시인들도 고전 작품을 읽었으니까.

선배 시인들도 그러했지만 단테가 일차적으로 주목한 요소는 내면적 추구를 통하여 자연스럽게 형식을 얻는 것이었다. 이러한 추구의 흔적은, 단테가 베르길리우스의 시나 기타 라틴 작가들을 인정하면서 그들을 모범으로 삼았을 때, 이미 상당히 존재했다. 그는 거기서 한발 더 나아가 그 어떤 선배 시인들보다 더 깊고 더 예리하게 고대의 수사법을 부활시켰다. 물론 그가 시에서 구사한 방법은 고대 시인들의 그것과 완전히 다르지만, 사상이 형식을 지배한다는 시 정신은 동일했던 것이다.

프로방살 시인들에게, 규칙적인 구문이라 함은 곧 시작법과 각운 만들기였다. 그들은 어휘에 대하여 세련된 감각을 갖고 있었고 시어와 각운을 가지고 노는 게임을 사랑했다. 하지만 고상한 스타일이라는 고대의 기반은 그들에게 낯선 것이었다. 물론 제2세대 프로방살 시인들은 대조법에서 파생되는 몇몇 수사법을 빈번하게 사용했다. 가령 지로 드 보르넬은 대조법을 활용한 유명한 칸초네, "잘못 지어졌으나 그래도 아름다운 소네트"[50]에서 일종의 문장-병치 기술을 구사했다. 네 번째 음절 바로 뒤에 규칙적으로 운율의 휴지休止를 둔 것인데, 다소 단조로우면서도 원시적인 장치였으나 그런 몇몇 수사법들 중 하나이다.

아르노는 이보다 더 심오하고, 또 모험적이었으나 그의 형식 추구에서 핵심적 사항은 각운의 기술이었다. 그의 작품을 편집한 카넬로에 의하면 아르노 시는 덧붙임이나 조각보 같은 누더기는 없다는 것인데, 이런 효과는 물론 각운의 기술로부터 나온다.[51] 그러나 인상적인 각운을 만들기 위해 특정 어휘나 소리만 좋아하다 보니 그의 문장 구조는 크게 허약해졌다. 그럼에도 불구하고 시의 운율만큼은 탁월하다. 어디에서도 아르노 시 같은 자유롭고 연속적인 흐름, 서로 다른 구성 부분들이 명확하게 구분된 구문을 발견하기가 어렵다. 심지어 지로의 시도 이 점에서는 따라오지 못한다.

각운과 구문의 종합

단테는 각운의 기술과 규칙적이고 정확한 구문을 멋지게 종합했다. 「알 코르 젠틸Al cor gentil」이라는 시에서 귀니첼리도 각 연마다 진술과 은유에 동등한 공간, 동등한 리듬을 배치했으나, 그 효과는 도식적인 것에 그쳤다. 동일한 연애시 형식에서 단테는 자유롭게 시작詩作 활동을 했다. 소네트라는 제한된 공간에서도 단테는 완벽한 느긋함과 물 흐르는 듯한 유려함을 발휘한다. 「이처럼 고상한Tanto Gentile」 같은 소네트에서도 자연스러운 규칙성이 발견된다. 이 소네트를 조심스럽게 읽는 독자는 다음과 같은 사항을 발견할 것이다. 즉, 각 흐름의 끝부분은 운율 부분과 일치하고, 각운을 가진 각행의 끝부분은 시구의 결론 부분에 배치된다. 그렇지 않을 경우, 일부러 시행에서 일탈한 부분(la donna mia: "나의 여인이여")은 조직상 또 의미상 일부러 그렇게 떼어내어 깜짝 효과를 노린 것이다. 이처럼 운율 부분과 각운을 담당하는 시행들은 의미와 구문의 병렬을 드러낸다.

단테의 이런 기술은 작위적인 냄새를 전혀 풍기지 않는다. 시의 주제로부터 자연스럽게 흘러나오는 느낌을 준다. 단테가 시의 흐름을 어떻게 유려하게 만들었는지 보여 주기 위해, 고상한 스타일의 사례로 들었던 칸초네에서 다소 복잡한 문장을 인용하여 설명해 보고자 한다. 다음은 아르노 시 중에서 가장 구문이 훌륭한 것인데, 두 번째 연은 이러하다.[52]

나는 다른 여인들의 매력에 대해서는 눈멀었네.

나는 그들의 목소리에 귀멀었네. 내가 주의를 기울이는 것은 그녀뿐이라네. 그녀만이 내 귀와 눈을 사로잡았네.

이것은 실없는 아첨의 말이 아니라네. 내 마음은 내 입이

증언하는 것보다 더 뜨겁게 그녀를 욕망하네.

나는 언덕과 계곡, 들판과 평원을 지나쳐가네.

하지만 단 하나의 존재에게서 모든 미덕을 발견하네.

하느님은 그 미덕들을 나의 여인을 위해 고르셔서

그녀의 내부에 잘 심어놓으셨네.

이 시의 제3행부터 연결 관계는 소홀하고 의미는 불투명해진
다. 같은 연결 관계가 거듭하여 사용되지만 반드시 같은 의미로
구사되지 않는다. 종속절과 독립절 사이의 구분은 흐릿해지고
전반적으로 구문은 계획이나 질서가 없다. 이제 귀니첼리의 시
를 살펴보자.[53]

그녀는 사랑의 눈으로 나를

바라보지는 않네.

그래도 나는 사랑에 빠지네.

순전히 그녀라는 존재의 힘에 의해.

그 힘은 그녀를 빛나게 하네.

그녀의 사랑을 위해서라면 나는 죽어도 좋아.

이 시에서는 모든 것이 아주 투명하고 단순하다. 하지만 우리는 일관된 시의 흐름을 발견할 수 있는가? 아르노 시보다 별로 나을 것도 없고 그렇다고 해서 별로 못하지도 않다. 시의 의미는 마지막 두 번째 행에서 불쑥 솟아오르지만 구문적으로 자연스럽게 솟아오른 것이 아니다. 시의 구조는 누적적이고 은폐된 병렬 구조이다. 그러면 이제 단테의 칸초네에 나오는 문장을 살펴보자.[54]

내가 그녀에 대해서 들은 것을 말하고자 한다면
내 마음이 이해하지 못한 그것은 젖혀둘 필요가 있네.
또한 내 마음이 이해한 것도 상당부분 젖혀야 하네.
그것을 어떻게 말해야 할지 내 알지 못하므로.

이 시에 대해서는 논평이 불필요하다. 단테 이전의 중세에는 이런 종류의 문장이 아예 없었다. 우리는 단테의 손이 만들어 놓은 아주 멋진 흐름의 시행을 발견한다. "그것"을 구문의 중간에 배치하고 "상당 부분"에도 그에 못지않은 강세를 줌으로써 단테는 그리스어 멘men과 데de에 상응하는 만족스러운 대체물을 성취했다. 그러나 이 칸초네는 엄밀하게 말해서 단테 초창기의 작품이 아니다.

여기서 우리의 주안점은 단테가 처음부터 새로운 목소리였다는 사실을 보여 주려는 것이므로, 잠시 『신생』으로 되돌아가자. 단테는 초기 시에선 복잡하고 최면적인 시행을 싫어한 것처럼 보인다. 그는 초창기 당시 수사학파들로부터 다양한 것들, 즉 말하기의 기술(artes dictandi)을 배웠으나, 그 영향은 나중의 작품인 『향연』이나 후기 칸초네에 가서야 비로소 두드러진다. 그는 시의 각 구절을 주제에 철저하게 종속시키는 것을 그리 좋아하지 않았다. 각 구절은 그 독립성을 유지했다. 종종 구절들이 협동을 하지만, 빈번하게 새로운 구문이 불쑥 튀어나와 그 구절이 시행의 흐름으로부터 이탈한다.

　대부분 문장들은 단순명료하고 그 구조는 첫눈에 알아볼 수 있다. 하지만 이미 위에서 말한 바 있듯이 그 단순명료함은 워낙 교묘하게 만들어놓은 것이어서 의심의 눈으로 쳐다보아야 한다. 그것은 형식 정화의 오래된 과정에서 나온 결과요 여러 세대에 걸친 스타일 추구의 결과이다.

　나의 여인이 저승으로 가버린 이후 내 삶이 어떻게
　되었는지 그 어떤 혀도 말하지 못한다네.

　이 간단한 문장은 사실과 느낌을 동시에 표현한다. 이 문장의 유일한 수사적 장치는 주 된 진술을 예고하는 두 개의 구문에 있다. 하지만 이런 종류의 문장은 사랑의 에토스의 개화開花를 반드시 필요로 한다. 그런 에토스가 있어야 이 시의 의미가 독자들에게 자연스럽게 전달된다. 그것은 천재의 재주와 언어를 필요로 하는데 13세기의 이탈리아어는 여전히 라틴어 구어였으므로 그것 이외에 단테의 천재성이 필요한 것이다. 왜냐하면 단테의 스틸 누오보 동료들은 이처럼 단순명료하게 인간의 정서를 표현하지 못하기 때문이다. 스틸 누오보의 가장 중요한 시인인 **구이도 카발칸티**가 숭고한 스타일의 시를 썼을 때 그는 후기 트루바두르의 기교적 방법들을 버리지 못했다. 우리가 위에서 인용한『구어로 글쓰기』의 해당 부분에 인용된 스타일의 사례들 중 카발칸티의 다음과 같은 시도 포함되어 있다.[55]

내 마음이 비탄에 잠겼는데도
나는 강렬한 즐거움을 느끼고, 또
미덕으로부터 타락한 장소로 떨어졌기 때문에
내가 어떻게 모든 가치를 잃었는지 당신에게 말하고자 하네.
내 정신이 어떻게 죽었는지도 말하려네.
내 마음 또한 엄청난 갈등으로 고통 받았네.
죽는 것이 내게 이제 아무것도 아니게 되었으므로
사랑은 내 운명에 연민하며 눈물을 흘리리.

내게 느닷없이 닥쳐온 어리석음의 나날에

나는 단호한 의도를 가지고

내 조건을 바꾸었네.

내가 느끼는 슬픔을 결코 내보이지 말자고.

그래서 상처를 그대로 견디자고.

왜냐하면 사랑이 내 마음에 들어와

내 힘을 모두 파괴해 버렸기 때문이네.

단테는 이 짧은 시들을 다른 다수의 긴 칸초네와 함께 숭고한 스타일의 시로 인용했다. 따라서 이것이 동료 시인들의 시 중에서 그가 좋아하는 시였다. 그가 이런 시들에서 좋아한 것은 열정적 고백의 어조, 무모할 정도로 예리한 어순語順, 거의 오만하다고 해야 할 정도로 간결하고 애매한 대조법 등이었다. 그러나 그 오만함 아래에 변덕스러운 긴장감이 도사리고 있을 뿐만 아니라 트로바르 클뤼에게서 물려받은 일종의 무능함이 어른거린다.(나중에 트로바르 클뤼는 페트라르카의 손을 거쳐 아주 주관적인 문학 전통의 기반이 된다.) 이 시행들은 아주 개인적이며 시인은 자신의 내적 상황이라는 한 가지 것에만 편집증을 보인다. 형체를 갖춘 리얼리티의 단편은 전혀 찾아볼 수 없다. 시인이 이런 무드를 가지게 된 이유는 일반적이고 애매한 어휘로 설명되어 있다. 구문적 연결 관계는 분명하지만 그렇다고 해서 단테 시의 경우에서처럼 그렇게 예리하지는 않다. 시의 힘은 전반적 구조에서 나오는 것이 아니라 대조적인 어휘와 진술들에서 나온다. 트로바르 클뤼와 마찬가지로, 시를 앞으로 밀어내는 힘은 관념들을 주관적 해석으로 놀이(play)하는 데서만 나온다. 이런 관념적 놀이는 기이한 분위기를 만들어내고 화자의 영혼을 폭로한다.

그러나 이런 주관적인 시에서 카발칸티는 아르노보다 훨씬 확실한 놀이 감각을 보여 준다. 그 이유는 스틸 누오보가 구축한 개념과 은유의 체계가 프로방살 연애시보다 극단적 주관성에 더 잘 적응되어 있고, 또 과감하고 복잡한 심성의 소유자인 카발칸티가 아주 나중에 가서야 꽃피게 될 문화의 형식을 사전에 예고하고 있기 때문이다. 이와 관련하여 로렌초 데 메디치가 카발칸티를 아주 존경했다는 사실은 시사하는 바가 많다. 그러나 카발칸티의 천재성은 트로바르 클뤼와 마찬가지로 저급한 영성주의에 바탕을 두고서 개념의 수사법을 구사할 뿐, 진정한 고전 고대의 횃불로부터 영향을 받은 것은 아니다. 이에 반하여 단테는 감각적 리얼리티에 대한 느낌과 문장 구조의 기술 등을 모두 고전 고대에서 그대로 가져와 자기 것으로 만들었다.

『신곡』에서 단테의 옛 친구(카발칸티)는 베르길리우스와 대조가 되는데 이 문장은 다양하게 해석되어 왔다.[56] "당신 아들 구이도는 아마 그(베르길리우스)를 경멸했던 모양입니다." 여기서 경멸은 미학적인 의미는 없다. 단테가 지옥에서 카발칸티의 아버지와 나누는 대화는 다음의 사실을 분명하게 밝힌다. 여기서 단테는 시인 베르길리우스를 말하는 것이 아니라, 베아트리체가 보낸 이성의 상징이며 안내자인 베르길리우스를 말하고 있다. 하지만 그 둘(시인과 안내자)을 분리하기는 어렵다. 단테가 볼 때, 고상한 스타일의 대가인 베르길리우스는 이성의 지고한 구현체이다. 그 이성理性은 시적 이성을 말하는 것으로서, 리얼리티를 단단하게 붙잡아 그것을 비전으로 변모시키는 힘이다. 이런 고대 정신으로부터 단테는 숭고한 스타일을 배웠고, 그것이 시적 명성의 기반이 되었다. 그 고전 고대의 스타일은 그의 선배시인이나 동료 시인들이 줄 수 없는 것을 그에게 주었다.

단테 초기 시의 요약

그러면 우리가 지금껏 말해 온 단테의 초기 시를 요약해 보기로 하자. 초기 시는 본질적으로 새로운 아이디어나 자세를 구현하지는 않는다. 하지만 그 시에서 전례 없이 충만하고 힘찬 목소리가 들려온다. 우리는 나중에 단테 시의 스타일을 이루는 몇 가지 특징을 여기저기서 산발적으로 발견한다. 가령 이런 것들이다.

첫째, 그는 실제 벌어지는 일에 관심이 많고 그것을 꿰뚫어보듯 생생하게 기록한다.

둘째, 그는 의사소통을 하려는 것이 아니라 마법적 주문呪文의 말을 외우며 도전한다.

셋째, 그는 프로방살 시인들과 귀니첼리로부터 느낌의 변증법을 배웠고, 그런 생각의 구조에 통일성과 유려한 흐름을 부여했다. 이렇게 할 수 있었던 것은 외부의 현상들에 뚜렷한 한계를 부여하고 내면적 심리를 명료하게 표현했기 때문이다.

넷째, 그는 규칙적이고 명료한 문장 구조를 얻는 쪽으로 시의 소재를 조직한다. 이렇게 하는 방식은 고대의 작가들을 연구하여 습득한 것이다.

이제 우리는 이런 특징을 분류하여 그 공통점을 확립하고 나아가 그 원천이 단테의 개성에서 나오는 것인지 살펴보기로 하자.

우리는 위의 셋째와 넷째 사항이 동전의 앞뒤 같은 것, 다시 말해 표현의 통일성을 지향하는 것임을 알 수 있다. 이렇게 하여 우리는 단테 스타일의 세 가지 특징을 발견하는데, 곧 리얼리티, 마법적 주문, 통일성이다. 우리는 이 특징을 두 가지 방식으로 설명해 볼 수 있다.

첫째, 내적 지각知覺을 가지고 설명하는 것이고 둘째는 통일성의 노력으로 설명하는 것이다. 단테의 내적 지각은 엄청난 집중력을 갖고 있기 때문에 리얼리즘과 통일성을 창조한다. 왜냐하면 생생한 지각은 서로 떨어진 부분들에 집중하는 것이 아니라, 명료하게 표현된 통일성을 재빨리 파악하기 때문이다. 통일성의 노력은 강력하고 열정적일수록, 구체적이고 개별적인 사물을 향해 더욱 힘차게 다가가게 된다. 이것만이 그런 노력에 만족감과 성취감을 준다.

첫째의 경우든 둘째의 경우든, 마법적 주문은 강렬함의 기준이 되어준다. 따라서 이 세 가지 특징(리얼리티, 마법적 주문, 통일성)은 동일한 힘을 서로 다르게 표현한 것에 지나지 않는다. 그 힘은 구체적으로 그 사람의 통일성이고, 그 사람의 이름은 단테이다. 그런 개성이 어떻게 생겨났고, 또 발전했는지 살펴보기 위해 우리는 후대에 전해지는 그의 전기적 정보 쪽으로 시선을 돌려보자.

단테의 성장 환경

그의 가문은 오랫동안 피렌체에서 살아왔다. 하지만 단테의 청년 시절에 그리 부유하다거나 존경받는 가문은 아니었다. 그의 어머니는 단테가 어린아이였을 때 사망한 듯하다. 단테와 포레세 도나티[57]가 주고받은 탕송(tenson: 논쟁시)에 막연하게 언급된 것으로 미루어보아, 단테의 아버지는 불명예스럽게 살다가 불행하게 죽은 듯하다. 그러나 단테의 저작과 다른 사람들의 보고서에 의하면 그는 훌륭하고 원만한 교육을 받았고 젊은 시절 사회적·정치적·군사적 사건들에서 그의 지위에 걸맞은 역할을 수행했다. 단테의 결혼과 친구들 이름은 그의 초기 시에서 발견되는 사항들을 확인해 준다. 그는 귀족과 상류 부르주아지 등 주도적 서클의 우두머리 자리를 차지했다. 하지만 가문이나 사회적 지위보다는 개인적 매력과 재주를 발휘하여 그런 자리에 올랐다. 이것은 그의 출세가 부침浮沈이 심했다는 사실을 설명한다. 왜냐하면 개인의 재주에 의한 지위는 세습된 지위에 비해 사람들의 변덕이나 유행을 크게 타기 때문이다.

그러나 그의 사회적 지위의 변천으로부터 아주 과도한 결론을 내려서는 안 된다. 가령 카발칸티를 비난하는 소넷이나 포레세와 주고받은 논쟁시를 보고서 '그의 지위가 부침이 심했구나'라고 일방적으로 생각해서는 안 된다. 또 단테가 피렌체로부터 추방되기 직전에 아주 가난했다는 얘기도 별로 타당하지 않다. 그가 1300년 바로 직전에 진 빚의 액수는 그의 양호한 신용 상태를 보여 준다. 또 추방 중에 자신의 가난과 불확실한 상황을 크게 한탄하고 있는데, 이로 미루어볼 때 추방 이전에는 그런 곤경을 겪지 않은 것 같다.

그가 젊은 시절에 겪은 핵심적 체험, 혹은 인생의 기본적 밑바탕이 되는 사건은,『신생』에서 묘사하고 있듯이, **베아트리체**를 만나 사랑에 빠진 스토리이다. 우리의 연구에서, 베아트리체가 누구였고 그런 여자가 실제로 존재했는지 아닌지는 전혀 중요하지 않다.『신생』과『신곡』에 나오는 베아트리체는 나중에 시모네 데 바르디와 결혼하는 피렌체의 소녀와는 아무런 상관이 없다. 그녀는 신비한 지혜를 상징하는 알레고리의 인물이다. 그렇지만 개인적 리얼리티를 많이 구현하고 있어서 우리는 그녀를 실제 생존했던 인물로 여겨도 무방하다. 하지만 단테가 서술한 실제 사건들이 어떤 실존 인물과 관련이 있는지 없는지는 전혀 고려사항이 되지 못한다.

둘 중 하나를 선택하는 방식, 그러니까 베아트리체가 실제로 생존했고 단테가 실제로 그녀를 사랑하여 그 체험을 『신생』에서 묘사했다고 보거나, 아니면 베아트리체는 알레고리이고 따라서 문학적 기만이며 기계적 허구이니 그런 사랑의 이상은 빨리 깨트려버리는 게 좋다고 보는 것은 너무나 순진하고 시적이지 못하다. 스틸 누오보의 시인들은 모두 신비한 애인을 소유하고 있었다. 그들은 동일한 공상적 사랑의 모험을 했고, '사랑'이 그들에게 부여한(혹은 빼앗아간) 것은 감각적 즐거움보다는 정신적 깨달음과 더 관련이 많았다. 그들은 내면적 생활뿐만 아니라 외면적 생활도 공통점이 많은 일종의 비밀 형제단이었다.

그리고 그들 중 오로지 단테만이 그런 신비한 사건들을 생생하게 묘사하여 우리에게 그 진정한 리얼리티를 납득시킨다. 그런 사건들의 동기나 암시가 다소 모호해도, 생생한 묘사 때문에 우리는 실제 벌어진 일인 양 받아들인다. 이런 받아들임 자체가 그 사건들의 저자가 갖고 있는 시적 천재성을 증명한다. 그러나 참으로 유감스럽게도 많은 비평가들은 에로틱한 체험이 누구에게나 벌어질 수 있고, 또 그런 체험이 리얼리티의 힘을 가진 신비한 깨달음보다 훨씬 더 확실한 영감의 원천이 된다고 말한다. 그들은 안타깝게도 시적 미메시스가 외양의 복사에 불과하다고 생각한다. 그래서 미메시스는 기억 속에 저장된 많은 이미지들로부터 그 리얼리티를 걸러낸다는 사실을 인정하지 않는다.

베아트리체의 의미

이렇게 하여 『신생』은 단테의 실제 전기를 밝혀 주는 정보의 원천이 되지 못한다. 이 책 속의 사건, 만남, 여행, 대화는 기록된 대로 발생한 것이 아니며 그런 것들로부터 그 어떤 전기적 정보도 얻을 수 없다. 하지만 이 작품은 단테의 내면 생활에 본질적 빛을 던진다. 단테가 스틸 누오보의 연애 신비주의로부터 사고방식의 구조를 추출해낸 사실과, 단테가 문학 동료들 사이에서 누린 지위를 잘 보여 준다. 우리는 이미 그의 초기 작품에서 창조적 논리를 발견한다. 이런 특유의 조직적 재능 덕분에 단테는 스틸 누오보의 모호한 추상적 개념들을 하나의 통일된 전체로 구축했다. 『신생』은 괴이한 사항들이 등장하고, 또 그것들 때문에 오해를 불러일으키지만, 독자들에게 아주 명확하면서도 타당한 인상을 남긴다. 그 인상을 간단히 설명하면 이러하다.

시인은 어떤 놀라운 비전을 체험하는데, 그 체험 속에서 '완벽함'이 감각적 리얼리티로 등장한다. 시인은 그 리얼리티를 소리쳐 부르나 그것은 시인을 피해 가고 마침내 시인으로부터 영원히 사라진다. 그렇지만 그런 사라짐 혹은 헤어짐은 진정한 재회의 희망과 약속을 남긴다.

우리는 이 책에서 기이한 인물들을 많이 발견한다. 가령 조연급 인물들, 즉 외관뿐인 여인(donna dello schermo), 죽은 소녀, 끝부분에 도입되는 인물 등이 그러하다. 우리가 이런 인물들의 의미를 희미하게 알았거나 혹은 전혀 이해하지 못했더라도 — 누가 그들을 완전하게 이해한다고 주장할 수 있겠는가? — 작품의 전반적 효과는 손상을 입지 않는다. 왜냐하면 이런 수수께끼 같은 인물들과 사건들은 감각적·비합리적 리얼리티가 있어서, 설사 그 의미가 설명되지 않는다고 하더라도, 상상 속에서 수용되기 때문이다. 다른 스틸 누오보 시인들과는 다르게, 이 책에서는 비전의 중심, 하느님이 보낸 신비한 지혜가 아주 생생하고 구체적인 리얼리티로 제시된다. 설사 그녀(지혜)가 실존했던 피렌체 여인을 모델로 하지 않았다고 하더라도, 우리는 그녀를 베아트리체라고 부르는 단테의 방식에 자연스럽게 호응한다.

베아트리체는 육신肉身으로 오신 신성한 완벽함이라는 동방교회의 모티프, 혹은 이데아의 파루시아(parousia: 임재)를 구현한다. 이 모티프는 모든 유럽 문학에 아주 심오한 영향을 끼쳤다. 진리(이데아 혹은 신)를 구체적으로 구현하려는 열정적 기질과 지칠 줄 모르는 욕망 때문에, 단테는 이성과 행위에 의해 정당화될 수 있는 비전적 체험만 받아들였다. 그는 동료 스틸 누오보 시인들의 흐릿하고 개인적 세계로부터 비밀스러운 진리(이것은 감각의 달콤한 매혹을 말한다)를 떼어내어 그 진리에 리얼리티의 기반을 부여했다. 그는 진리를 열망하지만 메마른 이단이나 형체 없는 신비주의에 기대지 않았다. 단테의 시에서 스틸 누오보의 신비한 여인은 누구나 볼 수 있게 선명하다. 그 여인은 신성한 섭리가 선포하는 구원 계획의 필수적 한 부분이 된다.

신학적 지혜와 동일시되는 축복받은 여인 베아트리체는 깨달음을 추구하는 남자와 천상의 구원 사이에 서서 중개하는 여인이고 그 남자의 구원에는 그녀가 반드시 있어야 한다. 이 개념은 19세기의 의심 많은 낭만주의자들에게는 현학적이고 비非 시적으로 보일 것이다.(낭만주의자들은 속세로부터 벗어나 비현실적인 것을 낭만의 대상으로 삼은 반면, 단테는 속세와 비현실을 종합하려 한다는 뜻. -옮긴이) 하지만 이것은 그들에게나 그러할 뿐이다. 토미스트(토마스 아퀴나스의 철학을 신봉하는 자)인 단테에게 지식과 신앙은 하나이지 둘이 아니다. 시빌 같은 여인(베아트리체)은 성모 마리아로부터 진리 — 진정한 이데아와 진정한 리얼리티 — 를 서서히 계시하여 단테를 구원하라는 임무를 위임받았다. 그녀는 결코 여러 가지가 혼합되어 만들어진 존재가 아니며, 감각적 온전함과 정신적 완벽함이 온전하게 결합된 살아 있는 종합이다.

육신이 된 완벽함의 신화에는 서로 근원이 다른 다양한 모티프가 엮여 있다. 베아트리체는 기독교의 성인인가 하면 고대의

시빌이다. 세속의 사랑받는 여인으로서, 그녀는 젊은 남자의 로망이지만 그녀의 육신은 흐릿하게 묘사된다. 천상 위계제의 일원으로 변모하면 그녀는 리얼한 존재가 된다. 이 개념의 독창적인 점은 처음엔 우리에게 기독교적인 것으로 보이지 않는다. 트루바두르들은 이미 연애시에 기독교적 주제를 도입했고, 또 세속적 고통과 세속으로부터의 물러남 등을 성인 컬트의 주된 특징으로 삼았다. 하지만 베아트리체에게는 그런 특징이 없다. 또한 베아트리체 신화에서 발견되는 은밀한 진리의 계시라는 교훈적 요소는 고대 후기의 혼합주의를 연상시키는 것으로서 순수 기독교적인 것은 아니다.

그러나 단테가 창조한 베아트리체의 새로운 요소, 그러니까 트루바두르가 칭송한 여인과도 구분되고, 또 고대의 신화나 고대 후기의 알레고리와도 구분되는 요소는 아주 뚜렷하게 기독교적이다. 트루바두르의 성인 컬트보다 훨씬 더 기독교적이다. 왜냐하면 그녀는 세속의 형체를 그대로 유지한 채, 천상의 존재로 변모하고 변신하기 때문이다. 시빌은 초자연적 존재이고 그런 상태를 일관되게 유지했다. 트루바두르들이 칭송한 여인은 은유적 의미에서만 초자연적 존재였다. 그 여인은 신화 속의 신들과 마찬가지였다. 그들은 때때로 지상으로 내려와 익명으로 여행했지만 그들의 신성은 그대로 유지되었고 인간 세상에 의해 영향을 받지도 않았다. 그들은 천상에서나 지상에서나 한결 같이 신이었다. 오로지 그리스도만이 신이면서 인간이었다. 그리스도는 인간으로 성육신하여 자신을 변모하고 변신시켰다. 기독교 신자들이 볼 때 그리스도는 날마다 새롭게 그 자신을 변모시킨다.(→ 양성론)

『신생』의 의의와 가치

베아트리체의 세속적 생활과 인간적 고통은 거의 다루어지지 않는다. 그렇지만 그 생활과 고통은 거기에 들어 있다. 우리는 그녀가 세속적 인물로서 뿜어내는 체취를 맡을 수 있다. 그 인물은 젊고 아름다웠으며 고통을 느꼈고, 그리고 죽었다. 우리는 그녀의 변신을 목격하고 그 속에서 그녀의 세속적 형태와 우연성이 보존되고 현양된다. 따라서 『신생』은 오늘날 일부 학자들이 주장하는 것처럼, 품질이 고르지 못한 초기작도 아니고 독립적 가치가 없는 작품도 아니다. 물론 여러 군데에서 애매하고, 또 그 스타일에 과장이 심하다. 하지만 이런 과장은 주제의 기독교적 성질 때문에 생겨나는 것이다. 단테가 '완벽함'과 세속적 취약함과 불확실성을 의식적으로 종합하려다 보니 그렇게 되었다. 이런 근원에서 생겨난 애매한 사항들은 진정한 기독교적 미메시스의 작품에서 많이 발견되는데, 신약성경이 특히 그러하다.

『신생』은 단테의 리얼리티 사상, 그 핵심적 씨앗으로 가는 필

140

요한 예비단계이며 『신곡』에 앞서서 반드시 존재해야 하는 서곡 같은 것이다. 단테는 세속적 리얼리티를 초월(절대 진리, 영원 혹은 하느님) 속에 정립한 기독교 시인이었다. 자신의 젊은 시절의 체험을 통하여 신성한 판단이 선포한 '완벽함'을 드러내 보이는 것이다. 그리고 『신생』은 그 체험의 기록이다.

생애 마지막까지 이승에서 그의 활동적 생활은 그의 청춘에 의해 미리 예고되었다. 젊은 날의 열정적·시적 체험 속에서 피, 교육, 지식, 정치적·철학적 경향이 그의 개성과 융합되었고, 이렇게 획득된 통일성은 시적인 것이었다. 단테의 전 생애가 시적이었고, 그의 전 인격이 시인의 인격이었다. 그는 스토아-에피쿠로스학파를 좇지도 않았고, 속세로부터 초연히 벗어난 낭만주의를 추구하지도 않았고 추상적인 생각·명상·꿈에도 탐닉하지도 않았다. 베아트리체의 마법 같은 인사를 받은 남자는 내적인 권위에 더하여 관대한 마음을 갖고 있었다. 그것 덕분에 단테는 자기 생활의 가장 개인적 면모들을 우주적 맥락 속으로 엮어 넣을 수 있었고, 자신의 개인적 운명을 통하여 세상의 우주적 질서에 새로운 형식을 부여했으며, 기독교적 우주의 위대한 드라마를 펼쳐 보일 수 있었다. 그의 생애에서 그가 한 행위와 노력은 시적인 것이었다. 왜냐하면 그에게 시적 비전은 행동과 실천적 이성의 근원이며 증명이었고, 비전이 곧 그의 목표였기 때문이다.

단테에게 와서, 당초 애매하고 신비하고 비현실적인 사고 형태였던 코르 젠틸레의 에토스(관습)는 그 한계를 돌파하여 비로소 구체적이고 보편적인 것이 되었다. 『신곡』을 프로방살 시의 시르방테스(풍자시)의 연속적 형식으로 보려는 시도가 있었다. 이해석에 따르면 시르방테스는 그 제한적 범위 내에서 건설적 삶의 형식의 부정적·논쟁적 측면을 다루는 것인데, 『신곡』의 비판적인 부분들이 세계를 형성하는 비전에서 생겨난 부정적 표현이라는 것이다. 그리고 그 세계 형성의 비전은 단테 젊은 시절의 연애시, 스틸 누오보의 시 사상에 뿌리를 내리고 있다는 해석이다. 하지만 단테는 시의 철학에 관한 한 단호한 사람이었다. 문학적 신비주의에 오래 사로잡혀 시적 꿈과 생활이 별유천지別有天地를 방황하면서, 일상의 경험적 삶으로부터 단절되도록 내버려둘 사람이 아니었다. 그는 자신에게 부여된 '완벽함'의 비전이 인간 만사의 진정한 기준이 되어야 한다고 생각했다. 그는 한평생에 걸쳐 이 기준을 삶의 모든 측면에 적용해야 한다는 강철 같은 의지를 갖고 있었다.

1300년대의 이탈리아 정치 상황

단테의 불운한 정치 활동은 이런 노력의 표현으로 보아야 한다. 그가 알고 체험했던 완벽한 아름다움과 질서라는 신성한 기준은 시 이론에만 적용되는 것이 아니라 정치 활동에도 그대로 적용된다. 그의 정치 경력에 대해서는 그 동기와 시작에 관한 정보가 불분명하지만, 오로지 이 기준만이 단테의 정치 경력을 만족스럽게 설명해 준다. 단테 당시 **피렌체**에는 중요한 사회 변화의 과정이 막 완성되었다. 권력은 봉건적 귀족으로부터 금융과 상업을 담당하는 부르주아지에게로 넘어갔다. 그러나 전반적인 역사적 구도는 개인과 가문 사이의 불화, 외교 관계에 작용하는 권력 정치, 이미 한물갔지만 그래도 위력이 있는 특정 정치적 세력 등이 가로막아 명확하게 정립되지 않았다. 계급 구분은 유동적인 것이었고 시민의 당파 소속은 그의 가문이 아니라, 음모, 경제적 기회주의, 연결 관계, 취향 등에 의해 결정되었다. 정치적 주역들은 전체 시민의 숫자에 비하여 그 숫자가 너무 많았다.

전반적으로 보아 우리가 보는 피렌체는 최초의 위기를 겪고 있는 신생의 민주적 도시 국가이다. 권력을 향한 노골적인 탐욕과 욕구가 이 도시 국가를 사로잡았다. 우연한 사업 관계, 예측할 수 없는 시가전市街戰, 끊임없이 바뀌는 이웃 도시 국가들과의 동맹관계, 이런 것들은 도시 국가의 정치적 상황을 불확실하게 만들었다. 그 누구도 자신의 생명과 재산을 확신하지 못했다. 정치의 주역들은 매순간 바뀌었고 배후에서는 몇몇 날카롭고 무자비한 사람들이 외국 정치 세력의 지원 아래 거대한 경제적 권력의 기반을 쌓았고 그 기반은 나중에 정치적 기반이 되었다.

이런 정치적 상황의 핵심은 무엇인가? 결국 이념적 세계 질서가 붕괴되고 있다는 것이었다. 교황과 황제의 양팔로 부축된 보편적 기독교 평화가 온 세상을 지배한다는 이상은 다른 여러 형세에 가로막혔고 그리하여 이탈리아 내에서 실현되어 본 적이 없었다. 당시의 내적, 외적 격변을 견뎌내지 못한 그 이상은 모든 사람에게 공통되는 소망이라는 기능마저도 상실했다. 그 이상은 아주 이상한 주관적 형태로 테르첸토(tercento: 300. 여기서는 1300년)까지 살아남았다. 1300년에 이르러 그 이상은 도시 국가들의 정치 생활을 지탱해 주는 이념이 아니었다. 엄청난 개인 권력들이 등장했고 그들은 때로는 협력하는가 하면 때로는 반목했다. 교황과 황제의 관계는 예전에는 세속적 질서의 이념적 기반이 되었으나, 이제는 게임의 상대역 정도에 지나지 않았고 상황이 요구하는 대로 피해 나가야 할 대상으로 전락했다.

호엔슈타이펜 왕가가 패배하고 황제 궐위 사태가 도래하자, **신성로마 제국**은 이탈리아 내에서 모든 권력을 상실했다. 당시 교황은 고집센 **보니파키우스 8세**였는데 미덕과 악덕을 한 몸에 지닌 인물이었고 좋은 평가를 할 수도 있고 나쁜 평가를 받을 수도 있는 그런 교황이었다. 하지만 교황 자리가 요구하는 인물, 즉 신성한 제도의 대표자가 될 재목은 아니었다. 이것은 불완전한 인간성에 의해 어느 정도 설명된다. 그 어떤 인간도 교황이라는 자리에 완벽하게 들어맞는 자질을 갖추고 있지는 못하다. 아니, 보니파키우스는 그런 자질을 갖출 생각이 아예 없었다. 재주가 많은 사람이었음에도 불구하고 그는 형식이 없고 무질서한 개인이었으며 실제적인 이해관계와 권력욕에 휘둘리는 사람이었다. 그의 행위들은 기독교적 의미에서 '죄가 많다'라는 정도가 아니라 아예 비기독교적이었다. 그는 세속적 열정이 너무 많았고 내적인 방향감각이나 노력은 전혀 없었다. 그것은 기독교의 정치적 이데올로기가 위기를 맞이했다는 뚜렷한 징후였다.

이 교황이 단테의 적수였다. 교황은 토스카나 도시들의 혼란한 상황을 틈타서 그 도시들을 지배하고 싶어 했다. 그는 잠시 승리의 외관을 보였을 뿐, 곧 그 자신이 불러온 혼란 속으로 삼켜졌다. 그러나 교황과의 싸움에서 패배한 단테는 그의 정치 경력 초창기에 어느 정도 보였던 기회주의로부터 완전 벗어나게 되었다. 단테는 정치적 적수의 몰락으로 이득을 보고 싶은 생각이 없었다. 새로운 승자들 또한 그에게는 낯설고 징그러운 존재들이었으니까.

단테의 정치사상

단테는 종종 보수반동적인 중세 정치가로 인식된다. 당시 막 생겨나던 새로운 사회적 형태들을 이해하지 못했고, 살아 있는 역사적 세력에 대항하여 낡은 이데올로기의 경직된 형식을 옹호했던 몽상가요 독단주의자라는 것이다. 물론 이것도 어느 정도 일리가 있는 진단이다. 하지만 이런 해석을 내리는 사람들은 단테의 정치 경력에서 방점을 엉뚱한 곳에 찍었다. 그들은 현대의 편견에 사로잡혀 진화와 내재內在의 아이디어를 일방적으로 옹호하면서 정치-역사 사상의 정적靜的·초월적 요소들을 희생시킨다.

단테는 실용을 무시하는 이데올로기주의자는 아니었다. 피렌체에서 성장하면서 일찍부터 실용적인 정치 활동을 훈련받았다. 그는 도시 계획 위원회에 근무했고 아주 상업적인 사회에서 살았으며, 그의 유배 생활 중 온정을 베푼 군주들은 그의 외교 역량을 높이 평가하고, 또 활용했다. 그는 기존 정치적 움직임과 당파 활동에서 크게 성취하지 못했고, 거의 완벽한 외톨이 생활을 했으며 또 희망을 완전히 잃어버리고 생애 말년을 정치적 영향력 없이 가난한 유배자로 일관했다. 그가 이렇게 한 것은 살아 있는 역사적 세력을 인식하지 못하고 무시해서가 아니라, 그런 세력을 완전히 거부했기 때문이다. 그가 볼 때 '역사'와 '발전'이라는 개념들은 그 자체로 아무런 타당성이 없었다. 그는 사건들을 해석할 기준을 찾아보았으나 혼란만 발견했을 뿐이다. 어디에서나 개인들이 불법적인 야망을 품고서 전진했고, 그 결과는 혼란과 재앙이었다.

그가 볼 때 역사의 기준은 현세의 역사가 아니라 신성하고 완벽한 세계 질서였다. 물론 이것은 정적이고 초월적인 원칙이지

146

만 그렇다고 해서 추상적이거나 죽은 개념은 아니다. 젊은 시절 그는 신성한 완벽함을 보았다. 그것은 구체적 체험이었고 평생 간직한 동경의 감각적 구현이었다. 우리는 이 점에 대해서 뒤에서 자세히 설명하게 될 것이다. 여기서 이런 점만 간단히 언급하고자 한다. 단테는 그 시대의 가장 보편적인 사상가였고 인간에 대한 지식을 누구보다도 많이 알았다. 그의 정치적 불운을 자초한 실수나 착오 탓으로 돌려서는 안 된다. 그는 성격과 운명이 성공과 행복을 허용하지 않았기 때문에 실패했고, 또 불행한 인물이 되었다. 그는 도시 국가들의 발흥을 이해하지 못하거나 정치적인 전반적 흐름을 제대로 평가하지 못해 실패한 게 아니다. 뒤의 것(정치 흐름을 몰라 실패)은 현대의 어떤 역사학자가 내놓은 이론인데, 그 학자는 단테 당시에 있지도 않았던 여러 요인들을 동원하여 그 이론을 뒷받침하고 있다. 단테는 도시국가들의 발전이 불행한 건 아니더라도 중요한 게 아니라고 보았고, 또 그의 정치사상은 개인적 손익을 초월했다. 바로 이런 자세 때문에 그는 정치 경륜에서 실패한 것이다.

만약 그가 실수를 했다면 그건 좀 더 일찍 자기 자신을 위한 당을 만들지 못한 실패에서 비롯된 것이다.[58] 그는 유배 직전에 그리고 유배 직후에 잠시 동안 기회에 편승하여 정치 활동을 했다. 그리하여 교황과 갈등을 벌이는 과정에서 그의 동맹이 되어 줄 만한 세력을 있는 대로 받아들였다. 하지만 그는 백파가 정적인 흑파 못지않게 사악하다고 생각했다. 오히려 백파가 더 쩨쩨하고 비겁하다는 생각마저 갖고 있었다.

초월과 변모에 대한 동경

베아트리체는 그의 삶을 형성했을 뿐만 아니라 정적이면서도 조화로운 완벽함의 비전을 말하는 목소리를 주었다. 우리는 단테의 목소리에 많이 남용된 "고전적"이라는 단어를 붙이기가 주저된다. 왜냐하면 단테의 새롭고 절제된 스타일은 모든 형식적 과도함에 반대하면서 그 안에 긴급한 불안정의 요소를 갖추고 있기 때문이다. 이런 불안정의 요소는 고대의 예술과 시와는 거리가 먼 것이다. 그것은 초월과 변모를 바라는 동경에서 나온다.

단테 당시에 많은 사람들은 이런 동경이 너무 엄청나서 그들의 세계 인식을 파괴한다고 생각했다. 인간의 정신은 신비주의적 헌신에 완전하게 몰두하면서 그(정신)가 바라는 초월적 변모를 내다본 때문이다. 단테는 세속적 존재에 대하여 강렬한 느낌을 갖고 있었고, 자신의 시적 힘을 의식했기 때문에 그런 신비주의적 일탈을 해볼 생각이 아예 없었다. 그는 일찍이 지상에서 완벽함의 모습(베아트리체)을 보았다. 그녀는 그를 축복했고 아주 풍성한 은총으로 그를 채우고, 또 매혹시켰다. 그 결정적 사건에서 그는 세속적 체현과 영원한 원형의 합일이라는 비전을 보았다.

그때 이후 그는 역사적 리얼리티를 명상하면 그 완벽함(신적 질서)을 함께 생각했고, 역사적 현실이 그 질서로부터 상당히 떨어져 있는 것도 파악했다. 반대로 신적인 세계 질서를 명상할 때면 아무리 다양하고 변화무쌍하더라도 현상적 리얼리티의 모든 양상을 함께 고려했다.

이미 베아트리체, 그녀의 삶, 죽음, 변모를 노래한 시에서, 구체적 리얼리티가 일찍이 전례 없는 강렬함 속에서 제시되었다. 우리가 앞에서 살펴본 바와 같이, 모든 프로방살 시에서는 시적 세계와 실제 세계 사이에 엄청난 심연이 가로 놓여 있다. 프로방살 시가 실제 세상을 언급할 때에, 그 세상은 저 혼자 서 있을 뿐 시의 주된 내용과 관계를 맺지 못한다. 단테에 오면 그 심연은 사라진다. 각각의 시가 진정한 사건이고, 독특하고 우발적이고 현상적인 세속적 특성 속에서 직접적으로 구현된다. 그 사건은 개인적 체험에서 보편적인 것으로 확대된다. 일종의 반작용을 통하여 개인적 체험은 그 표현된 형식으로부터 불변하는 일반적 리얼리티의 비전을 이끌어낸다. 다시 말해 세속적 구체성이 무시간無時間의 눈(眼)을 가진 거울(영원) 속에서 단단하게 응고되는 것이다.

단테의 스타일이 젊을 때의 핵심적 체험으로부터 자라난 과정은 비옥한 땅에 떨어진 씨앗의 이미지로 예증例證될 수 있다. 스틸 누오보의 신비주의는 그의 작품이 자라난 옥토이다. 이 비옥한 땅에서 아모레(사랑)의 다른 신봉자들도 무수한 서정시와 교훈시를 써냈다. 그러나 다른 시인들의 경우 그 신비한 주관주의는 점점 더 과장되어 신비주의 일변도로 흘러갔다. 1300년 이후 귀니첼리는 그 순수성을, 카발칸티는 그 표현적 서정주의를 상실했고 그 동아리는 해체되었다. 이 시인들의 신비한 연애시는 추상적인 교훈주의로 전락했고 밝은 빛을 잃어버렸다.

그러나 단테는 그의 비전을 보존하면서 그 이미지 속에 기독교의 우주를 형성했다. 그의 가슴은 너무 커서 비밀 속에 자신을 가두는 신비주의 정도로는 채워질 수가 없었다. 그의 내부에서 젊을 때의 체험은 변모를 거듭했고 신성이 내재된 세속 세계를 껴안으며 그 세계 너머로 밀고나갔다. 그것은 그의 목소리에 충만감과 자신감 넘치는 어조를 주었고 세속적 리얼리티의 가장 깊은 핵심에 도달하는 길을 보여 주었다. 그 핵심에는 세속적 리얼리티의 지워지지 않는 특징(character indelibilis)이 깃들어 있었다. 그것(변모된 젊을 때의 체험) 덕분에 그는 불완전하고 유동적이고 변화는 외양들 속에서 영원한 통일성(신)의 증명이요 모사模寫라고 여겼던 완벽한 통일성을 볼 수 있었다. 그의 비전 중 가장 높은 꼭대기에서도 그 비전의 뿌리는 여전히 알아볼 수 있다. 헤어져서 천상의 존재로 변모한 애인(베아트리체) 덕분에, 스틸 누오보의 신비주의는 우주를 노래한 단테의 위대한 시(『신곡』)의 주도적 사상이 된다. 그 시의 생각과 느낌에 깃들어 있는 보편성을 통하여, 우리는 젊은이다운 자부심, 고상한 초연함, "가녀린 매혹 혹은 서늘한 위엄"의 암시를 엿볼 수 있다. 그러한 암시는 우리에게 프로방살 시인들과 피렌체에 살았던 젊은 단테의 흔적을 연상시킨다.

제3장

『신곡』의
주제

　　단테는 스틸 누오보의 확대적擴大的 드라이브를 더욱 발
전시켰고 이 덕분에 느낌과 신비적 체험의 영역을 넘어
설 수 있었다. 그가 인생의 제2단계인 청년기 —『향연』[1]에서 이
시기를 가리켜 인생의 꼭짓점이라고 했다 — 에 들어섰을 때, 그
의 생기발랄함과 내적 기준은 아주 원숙하게 무르익었다. 그런
청춘의 힘을 바탕으로 그는 자연스럽게 공직 생활과 철학적 교
리에 시선을 돌리게 되었고, 이 둘을 결합하여 그의 심성에 걸맞
은 것으로 형성되기 시작했다.

　　이렇게 노력하는 과정에서, 저 거대한 전통 다시 말해 여러 지
식의 질서들로 이루어진 통일된 세계관은 조금도 침해당하지 않
았다. 그 노력은『신학대전』의 기반에 자신의 시를 일치시키려는
노력이었다. 일찍이 A. 뎀프는『신학대전』을 가리켜 중세 철학의
지배적 형식이라는 타당한 진단을 내린 바 있었다.[2]

『신곡』에 이르는 전사前史

단테가 위대한 칸초네들과 『향연』을 쓰기 이전에, 스틸 누오보의 세계는 저 혼자 별도로 뚝 떨어져 있는 세계였다. 스틸 누오보는 기사도적 이상에서 생겨났고, 프로방스에서 정신적으로 세련되었으며, 그 후 이탈리아로 건너와 귀니첼리에 의해 그 사회적 뿌리가 제거된 문학 운동이었다. 이 운동은 그 애 매한 용어와 은유 때문에 인공적인 스타일이라는 비난을 모면하기 어려웠다. 이어 당시의 교훈적 철학과 관련된 합리적 요소들이 점점 스틸 누오보 시에 파고들었다. 그리하여 고상한 자기단련인 사랑의 개념은 점점 윤리적 특성을 띠면서 구원이라는 신비적 교리를 암시했다. 그러나 본질적인 측면에서 살펴본다면, 스틸 누오보는 신비주의적이었고, 사랑의 열정을 주로 다루는 귀족적 게임이었다. 그것은 실용 정치나 스콜라 철학과는 무관했고, 설령 관계가 있었다고 하더라도 희미하고 개인적인 관계만 있었다.

정치에 관하여, 일부 저술가들(개중에는 아주 최근의 저술가도 있는데)은 특정 스틸 누오보 시들의 애매한 은유와 암시는 교회에 대한 기벨린 파(→ 궬프와 기벨린)의 적대감을 은폐하고 있다고 주장했다. 그러면서 스틸 누오보의 회원들은 모두 은밀한 정치적 목적을 추구했다고 주장했다. 그러나 지금까지 이 주장은 입증이 되지 않았다. 이 그룹의 정치적 활동은 산발적이었고 무시할 수 있는 것이었다. 하지만 대부분의 학식 높은 학자들은 스틸 누오보를 낯설고 수상한 것으로 여기고 있다. 이러한 스틸 누오보의 세계를 자신의 젊을 때의 체험에 융합시키고 다시 그 세계를 자신의 기준에 맞추어 재편한 사람이 바로 단테였다.

우리가 본론에 좀 더 깊이 들어가기 전에 개론적 설명이 필요하다. 우리는『신곡』에 이르는 길을, 끊어짐 없는 발전 과정 혹은 그의 시적 능력의 지속적인 성취로 서술할 것이다. 지속적 발전이라는 주장은『신곡』중「연옥」의 제30, 제31곡에 나오는 핵심적 문장과 모순되는 듯이 보일 것이다. 여기서 단테는 베아트리체 앞에서 자신의 과오를 비난하면서 자신이 오로지 은총의 기적으로 구원되었다고 말하고 있다. 그 과오는『신곡』의 출발점이 될 정도로 단테의 핵심 사항인데, 그에 대해서는 가장 일반적인 정보밖에 없다. 우리가 짐작해 볼 수 있는 것은, 베아트리체와 사별死別했다는 것, 방향이 잘못된 사랑을 했다는 것, 허구적인 보물들을 얻으려고 노력했다는 것 정도이다.

우리가 갖고 있는 생애 관련 정보나『신생』의 마지막 시들이 나온 때부터 저승으로 출발한 날짜 사이에 나온 작품들을 검토해 보아도 과오의 구체적인 내용은 얻을 수 없다.『신생』의 칸초네들에 반영된 철학적 견해와 그 당시 단테가 추구한 정치적 목적 등은『신곡』의 정신과 모순되지 않는다. 오히려 그런 견해와 목적은『신곡』에서 다시 전개되며 여러 핵심 사항이 재확인된다.

순전한 육체적 타락은 그의 전 존재를 타락시키는 과오는 되지 못했을 것이다. 그런 정도라면 「연옥」30곡과 31곡에서 베아트 리체의 그런 비난을 받지도 않았을 것이고, 또 단테의 고백도 이끌어내지 못했을 것이다.

따라서 우리가 할 수 있는 최선은 단테의 과오를 하나의 사실로 받아들이는 것이다. 단테의 생애나 저서에서 그런 과오의 흔적들을 발견하지 못하는 것은 잠시 접어두어야 한다. 그런 과오의 실재성을 부정하고 그것이 알레고리나 구원론의 의미에서 제시되었다고 말하는 것은 내가 볼 때 근거가 없다. 단테가 한동안 기독교의 교리를 부정하고 과격한 **아베로에스주의**로 기울어졌거나 자유 사상적 감각주의로 기울어졌을 가능성이 아주 높다. 이런 가능성을 암시하는 단테 시의 시행들을 논의하는 것은 우리의 주제에서 멀리 벗어나는 일이다. 게다가 그런 논의가 관련 사항을 분명하게 밝혀주지도 못한다.

아무튼 단테 자신이 우리 논의의 핵심 사항을 아주 명확하게 진술했다. 『향연』제2권 12장에서 그는 이런 말을 했다. 애인이 죽고 난 후 위로를 받기 위해 **보에티우스**의 『철학의 위안』과 키케로의 『우정론』을 읽기 시작했다. 처음에는 이 책들을 이해하기가 어려웠다. 그러나 어렴풋이 이해하기 시작하면서 그 책들에서 그가 꿈속에서 이미 보았던 것 혹은 『신생』에서 기록했던 것을 다시 확인하게 되었다. 그는 이제 철학 학교에 다니면서 철학적 논쟁을 했고, 약 30개월의 짧은 기간 동안에 철학에 깊이 몰두하여 그 학문을 무척 사랑하게 되었고, 그의 마음에서 다른 생각들은 아예 사라졌다. 그는 "당신의 이해력으로 제3천을 움직이는 당신"이라는 칸초네에서 철학을 찬양했다.[3]

이 문장은 단테의 철학적 발전을 묘사하고, 또 해석한다. 그의 철학하기는 간절한 필요에서 생겨난 것이다. 그는 철학에 의해 오랫동안 생각해 오던 것을 확인했다. 보편적 통일성을 추구하던 그의 노력은 철학에서 자양분을 얻었다. 그는 자신의 개인적 체험과 새로 획득한 지식을 가지고 완벽한 종합을 구축하기 시작했다. 이렇게 볼 때 단테가 독창적인 철학자인가 하는 질문은 부질없는 질문이다. 대부분의 스콜라 사상가들이 독창적이라고 할 수 있다면 그 또한 독창적이다. 스콜라 사상가들의 독창성은 어떤 자유롭게 태어난 사상에 있다기보다 전통적 사상의 덩어리들을 체계적으로 종합하려는 노력에 있다. 토마스 아퀴나스가 아리스토텔레스 철학을 가져와 성 아우구스티누스의 기독교적 플라톤주의를 종합하려 했던 것처럼, 단테는 토미스트(토마스 아퀴나스)의 철학 체계를 가져와 코르 젠틸레의 신비주의적 이데올로기와 종합하려 했다.

토미즘과 코르 젠틸레의 결합

오로지 시인만이 그런 종류의 일치(종합)를 이루어낼 수 있다. 왜냐하면 토미스트 철학은 합리성을 중시하고 철학적인 문제들에도 직관주의를 배척하기 때문이다. 스틸 누오보의 사랑 신비주의는 그 근원에서는 감각적이고 시적이며, 결국에는 황홀한 계시로 마무리된다. 처음에 단테가 철학적 교리에 시적 형식을 부여하는 수단 혹은 철학적 관점에서 감각적 신비주의를 구체화하는 수단은 무엇이었을까? 그것은 저급한 영성주의가 여러 세기 동안 해왔던 관념적 재해석을 시도하는 것이었다.

따라서 동료 스틸 누오보 시인들도 그랬고 단테도 그랬던 것처럼, 아모레(사랑)는 지혜 혹은 철학을 향한 합리적 욕구(appetitus rationalis)가 된다. 그리고 아모레를 얻기 위한 정신적 노력은 별도의 실체(substantiae separatae), 즉 토미스트 형이상학의 천사들이 된다. 하지만 단테의 경우, 그런 노력이 무미건조하고 추상적인 교훈주의로 빠져들지 않았다. 구이도 카발칸티 등 많은 스틸 누오보 시인들이 알레고리적 재해석을 시도하다가 그런 교훈주의로 전락했지만 단테는 그러지 않았다.

독자들이 단테의 위대한 칸초네들 가령 "당신의 이해력으로 제3천을 움직이는 당신", "내 마음속에 속삭이는 사랑", "천상에서 당신의 권능을 가져오는 사랑" 등의 철학적 내용을 이해하지 못한다 하더라도, 이 시들은 그의 모든 저작들 중에서 가장 매혹적인 것이다. 그 점을 단테 자신도 알고 있었다.

칸초네, 그대의 생각을 완전히 이해하는
사람들은 별로 많지 않으리라 생각하네.
그 생각에 대한 표명은 무척 강력하고 절실해.
행여 그대가 그 생각을 온전히 파악하지 못하는
사람들을 만났다고 하더라도 내 사랑하는 시여
그대에게 비노니 위안을 받으시라. 그리고 말하시라.
"아무튼 내가 얼마나 아름다운지 한번 생각해보게!"[4]

이런 시들 속에서 철학과 시의 융합이 최초로 이루어졌다. 철학과 시는 각자 완벽한 단계에 도달했고 그 단계에서 둘은 서로에게서 도움을 받고, 또 그런 도움을 필요로 한다. 토마스 아퀴나스 이후 **스콜라 철학**은 시의 도움을 필요로 하게 되었다는 말은 결코 역설적 어법이 아니다. 우주에 질서를 부여하는 이성은 어떤 막다른 골목에 도달했다.(사상의 역사에서 그런 경우가 여러 번 있었으나 이번처럼 현저한 것은 아니었다.) 이제 이성은 시를 통하지 않으면 더이상 그 자신을 표현하거나 완성할 수가 없었다.

아퀴나스와 단테

아퀴나스의 '존재'의 체계는 위로 치솟는 사변적 위계체계이고 엄격한 자기단련과 날카로운 합리성을 그 바탕으로 한다. 그 체계는 질서를 얻기 위한 열정적 노력인데, 단테가 구현한 스틸 누오보의 지적인 자세와 긴밀한 관계를 맺는다. 그러니까 둘 사이에는 질서를 얻기 위한 노력이 공통분모이다.

성 토마스 아퀴나스는 시인 같은 구체적 영감이 없었지만 그래도 원만한 사상의 체계를 구축하여 그 안에 아리스토텔레스적이면서도 가톨릭적인 세계를 정립했다. 이 세계에서는 하느님, "별도의 실체들"(천사들), 인간, 그의 영혼, 자연 등이 모두 적절한 제 자리를 가지고 있다. 하지만 아퀴나스는 그 세계에 고유한 이름과 독립된 캐릭터를 가진 개인들을 배치하지는 않았다. 반면에 단테는 그의 시적 판타지를 발휘하여 그 위계체계 속의 인물들을 만들어냈다. 그 인물들 각자는 구체적 움직임을 가진 비합리적 영감으로부터 생겨났다. 그리고 단테는 철학적 사상의 도움을 받아 이런 인물들에 합리적인 성격, 장소, 지위, 행동을 부여했다. 내가 보기에, 바로 이것이 시와 철학의 융합을 가능하게 해주며, 이런 융합은 단테 칸초네들의 특징이다.(내가 여기서 말하는 칸초네는 『신생』의 출간과 그의 유배 기간에 쓴 시들을 말한다.)[5]

이런 시들에서 개인적 내용들이 합리적 알레고리로 전위되기는 했지만 개인적 특징이 시의 바탕에 그대로 보존되어 있다. 독자는 알레고리와 개인적 내용의 두 가지 의미를 동시에 취할 수가 있다. 왜냐하면 시인이 그 자신의 인간적 체험을 가진 인간으로 등장함으로써 그 둘(알레고리와 개인적 내용) 사이에 연결 고리가 되기 때문이다. 가령 우리가 단테의 시적 호소력 덕분에 제3천의 무리들을 숭고하고 빛나는 영혼들의 집단으로 보면서도 그 집단의 각자가 어떤 철학적 개념의 상징이라고 생각한다 하더라도, 철학적 의미의 순수함은 훼손되지 않는다. 왜냐하면 단테가 그 현장에 있기 때문이다. 단테는 갈등으로 분열된 존재, 사랑에 의해 어떤 결단으로 밀려가는 존재, 운명이 아직 결정되는 않은 존재이다. 그런 존재가 이런 추상적 사변思辨 속으로 밀려들어와, 그런 정신적 구도에 역사적 특징을 부여하기 때문에 우리는 그 인물들을 어렴풋이 이해할 수 있다. 설사 철학에 대한 우리의 지식이 불완전하더라도 그 역사적 인물은 자기-충족적이므로 우리는 그를 이해할 수 있다.

철학적 시가 매력을 풍기려면 시인의 개성이 그 시에 반드시 첨가돼야 한다. 이것은 아모레의 버림을 받은 시인이 그 자신과 그의 감정에 대해서 침묵하는 시를 살펴보면 금방 알 수 있다. 가령 「사랑이 나를 완전히 버렸으므로」나 「사랑의 달콤한 리듬이 전에는」과 같은 시는 상당히 난해하고 교훈적인 주장을 담은 시이며, 이 때문에 현대인들은 이 주제를 산문으로 다시 옮긴 문장을 더 선호한다. 그러나 단테가 자신의 개인적 운명을 철학적으로 노래한 칸초네에서는 시적 감각이 있는 독자라면 이런 난해한 느낌을 갖지 않는다.

여기에 철학적 인간(단테)이 있다. 그는 성 토마스가 규정하고 논증한 그런 불완전성을 가진 보편적 인간이다.[6] 그는 천부적 혹은 후천적 특성의 우발적 요소를 가진 존재로서 정신적 개념과 실체(천사)의 위계질서와 대면하게 된다. 자연히 그의 내부에서 자아-실현과 자아-완성이라는 강렬한 동경이 솟구친다. 그런 동경을 감각적 이미지들로 재현하는 것은 적절하다. 왜냐하면 그런 이미지들을 통해야만 개인의 드라마가 분명하게 드러나기 때문이다. 이미지들은 "다른 어떤 것"을 의미하지 않는다. 이미지들은 내적 사건이 표명되는 언어이며 이미지의 의미는 그 사건과 일치한다. 이렇게 하여 칸초네는 조응(사건과 이미지 사이의 조응) 체계, 평행적 발전(사건과 이미지가 평행하게 발전) 체계를 구현하는데, 그 안에서 그 둘(조응들과 평행적 발전)은 하나로 통합된다. 그렇지만 안타깝게도 그 둘은 단테 작품의 논평서에서 별도 사항으로 취급된다.

이처럼 기교적인 섬세한 시적 구성은 문학사상 일찍이 전례가 없다. 단테의 이미지들은 그가 말하려는 것 이상으로 넘어가지 않으며, 또한 시인의 열정 때문에 표현이 과장되거나 부정확하게 되지도 않는다. 그의 의도와 천재성은 정확하게 일치된다. 가령 표현과 대상, 감각적 이미지와 합리적 의미, 한 부분과 다른 부분, 작품 전체와 그 작품을 읽는 독자, 이런 것들 사이에서 일치가 이루어진다. 바로 이런 정신에 입각하여 단테는 그의 시행, 그의 연구聯句, 그의 각운을 다룬다. 깊은 생각과 부드러운 느낌이 충만한 의미를 복잡한 시행 속에 자연스럽게 흘러들게 하는 기술, 이것이 단테 칸초네의 가장 높은 성취이다. 복잡한 운율 구조를 다루는 데 단테는 아르노의 사례와 스틸 누오보의 전통을 따르지만, 자연스러운 하모니나 주제와 시 형식 사이의 일치를 처리하는 데는 단연 독보적이며 선배 시인들을 능가한다.

『향연』이 저술된 배경

그의 확대적 드라이브 중, 시적 측면과 구분되는 정치적 측면은 1302년의 재앙과 함께 끝났다. 단테는 이 때 영구 추방령을 받았고, 그 후에 자의반 타의반으로 **겔프 백파** 및 기벨린 동맹과 완전 틀어졌다. 이런 단절과 그 후에 찾아온 고독과 함께 그의 인생의 틀이 결정되었다. 그 순간부터 그는 정치적 영향력을 행사할 수단이 없었다. 그는 조국뿐만 아니라 당마저 잃었다. 그의 당인 백파는 패배를 당했지만 그래도 일정한 세력으로 남았으며, 그에게 일정한 역할을 맡길 수도 있었으나 그렇게 하지 않았다. 단테는 외롭고 무기력한 유배자가 되었고, 그의 사회적·물질적 지위는 친구들과 후원자들의 호의에 전적으로 의존했다. 강한 자존심, 오만한 태도, 부적응, 일상의 사소한 일에 대한 짜증 등으로 인해 그의 생활은 더욱 쓸쓸하게 되었다.

그는 『신곡』 중 **브루네토 라티니**와 카차구이다의 예언을 통하여 그에게 일어난 일과 그가 겪은 고통을 서술했다. 『향연』의 시작 부분, 첫 번째 논문의 제3장에서 그는 자신의 불우한 환경이 이 저서를 그런 형식으로 저술하게 된 주된 이유라고 말했다. 문학 작품은 명성에 대한 동경을 만족시켜 줄 수 있는 유일한 희망이 었다. 그는 권위 있는 지위를 얻고 싶었고, 그의 불우한 환경에서 오는 나쁜 평판을 수정하려고 애썼다. 그러나 지적인 권위를 가 지려면 일관된 세계관을 내놓아야 했다. 그 당시 그런 세계관은 백과사전적 체계를 의미했다. 단테가 볼 때, 그의 체계를 설명하 자면 먼저 그의 운명을 위로하는 명상이 필요했고, 또 그의 인생 과 사고방식에 대한 정당화가 필요했다. 이런 동기에서 『향연』 이 나왔고, 더 깊은 의미에서 보자면 『신곡』 또한 그런 배경에서 나온 것이다. 두 작품은 보편적 백과사전, 저자의 인생에 대한 요 약으로 계획되었다.

두 작품에서 단테는 그때까지 알려지지 않은 새로운 형식을 선택했다. 『향연』은 논평서이지만 그 중에서도 성경, 아리스토텔 레스, **피터 롬바르드**의 『의견들Sententiae』 등에 관한 라틴어 논평은 철학적 교육을 위한 것이었다. 하지만 『향연』처럼 이탈리아어로 된 논평서라니! 『향연』은 단테 자신의 감정을 다룬 이탈리아어 시들에 관하여 이탈리아어로 논평하는 형식을 취한, 백과사전적 철학서였다. 그것은 엄청나게 대담한 프로젝트였다. 첫 번째 논문의 거의 대부분을 차지하는 변명은 결코 수사학적 의도에서 나온 것이 아니다. 조심스러운 연역법과 완곡어법에도 불구하고 이 작품에서 단테는 자기 자신과 저작에 대한 자부심을 감추지 않는다. 자기 자신의 불명예를 씻어내려고 하거나 자신의 생애가 남에게 귀감이 된다면 자기 얘기도 무방하다는 주장을 뒷받침하기 위해, 단테는 보에티우스와 성 아우구스티누스의『고백록』을 인용한다.[7]

단테는 자신이 구어로 글을 쓴 것에 대하여 장황하면서도 일견 겸손한 변명을 늘어놓고, 또 해설의 어려움을 호소한다. 그러나 변명과 호소의 행간에서 오로지 그 자신만이 모국어를 이런 식으로 활용할 수 있다는 자부심이 묻어난다. 실제로 단테의 문학적 성취는 산문 작품에서 가장 분명하게 드러난다. 단테 칸초네들은 귀니첼리나 카발칸티의 비슷한 작품들과 비교 가능하지만,『향연』의 스타일은 의심할 나위 없이 그 누구와도 비교할 수 없는 새로운 것이다.

여기서 사상 처음으로 그는 당대의 특수한 스타일을 깨끗이 내던졌다. 그리하여 단테의 유럽인다운 목소리가 분명하고 크게 울려퍼졌다. 너무 교훈적이라면서『향연』을 예술 작품으로 보지 않으려는 사람들은 단테의 의도와 천재성을 명확하게 보지 못한 것이다. 단테에게는(여기서 나는『신곡』의 저자도 함께 포함한다),

예술의 목표와 최고의 아름다움은 '**존재(Being)**'의 질서를 확보하는 것이다. 지식은 그 질서로 가는 길로 인도하면서 동시에 질서의 통일성을 서술하고 논증한다. 그리고 질서의 통일성 그 자체는 곧 최고의 지식이 된다. 이렇게 하여 단테가 볼 때 아름다움은 진리와 구분되는 것이 아니며, 우리는 이런 견해에 반박할 근거가 별로 없다. 이것은 그 어떤 현대 예술철학 이론보다 믿을만하고 구체적이며 또 일관된 이론이다. 이처럼 이성과 지각의 완벽한 통일성이 더 이상 우리에게 타당성을 가지지 못한다면(혹은 아직까지 그런 타당성을 인정받지 못한다면) 참으로 유감스러운 일이 아닐 수 없다.[8]

이탈리아 구어로 글을 쓴 이유

유럽인의 목소리를 초창기 이탈리아 저서에 연관시켜 말하는 것은 별로 이상한 일이 아니다. 단테는 이런 분명한 발언을 했다. 돈과 명성을 위해 글을 써서 문학을 창녀로 변모시키는 학자들, 이런 자들을 위해서는 글을 쓰지 않겠다고 말이다. 그는 라틴어를 아는 학식 있는 이탈리아인이나 외국인보다는, 고상한 열망을 갖고 있고 고상한 가르침을 필요로 하는 이탈리아 내의 무식한 사람들을 위해 글을 쓴다고 말했다.[9]

여기에서 사상 처음으로 새로운 유럽 문화의 지주가 될 만한, 일반 대중을 향한 호소가 이루어졌다. 그때 이후 유럽의 문화생활을 발전시킨 기본적 저서들은 다양한 각국 구어로 집필되었다. 당연히 단테 작품의 독자는 단테가 의도한 일반 대중이었다. 그런 기본적 저서들은 저자의 모국어로부터 표현의 활력을 얻었고, 그 공통분모는 고상한 구어(volgare illustre)의 개념이었다. 일상생활의 언어를 문학의 언어로 삼아, 생각과 전통의 살아 있는 요소(진정으로 알아야 할 가치가 있는 것)를 알고자 하는 모든 사람에게 전해 준다는 것이었다. 단테로부터 시작된 이런 공통적인 개념은 다양성 속의 통일성이었고, 진정한 근대 유럽의 코이네(koine: 공통언어)였다. "고상한 구어"의 정신을 정의하기는 상당히 어렵지만 다음과 같이 설명한다면 그 전반적 윤곽은 제시한 것이다. 고상한 구어는 세상에 질서를 부여하는 지식을 얻으려는 구체적 노력이며, 보편적 인간 행동과 운명에 필요한 지식을 얻기 위한 노력이다.

『향연』의 언어는 당시 이탈리아 산문이 갖고 있고, 또 단테 자신이 터득했던 감각적 힘이 거의 없었다. 이 책에서 그의 유일한 목적은 합리적 명료성이다. 우리는 그의 초기 시에서도 이와 유사한 특징을 발견했다. 시행들의 규칙적이고 균형 잡힌 구조, 관련 시구들의 구문적 위치와 그 내용의 논리적 가치 사이의 일치, 인과적 · 계기적 · 최종적 연결 관계의 명료함과 정확함 등이 그런 특징이다. 그러나 『향연』에서 교육의 목적에 봉사하는 문장 스타일이 주도적인 스타일이다. 단테는 일찍이 스콜라 철학을 공부하여 언어 속에서 논리적 풍부함이 들어 있다는 것을 깨우쳤고, 로망스 구어를 사용하여 사상 처음으로 로망스 언어들의 구체적 특질, 그러니까 논리적 구조의 순수함, 명료한 표현 등을 달성했다. 심지어 개인적·논쟁적 열정도 이러한 틀에 맞추어져야 했고, 교육적 논문과는 무관한 서정적 분출은 억제되어야 했다.

결국 『향연』은 미완성으로 끝났고, 그 어떤 학자도 단테의 『향연』 집필 계획을 재구성하지 못했다. 첫 번째 논문으로 간주될 수 있는 서문을 제외하고 각각 한 편의 칸초네를 논평하는 14편의 논문이 뒤따를 예정이었다. 그 중 3편만 완성되었다. 첫 번째 논문은 「당신의 이해력으로 제3천을 움직이는 당신」이라는 단테의 칸초네를 논평한 것인데, 죽은 애인을 생각하면서 젊은 날의 신비주의적 태도를 철학적 노력으로 극복했다는 설명이다. 두 번째 논문은 칸초네 「내 마음속의 사랑」을 논평한 것인데 철학의 신성한 성격과 정화시키는 힘을 다룬다. 세 번째 논문은 칸초네 「사랑의 달콤한 각운」을 논평한 것으로서, 젠틸레차 (gentilezza: 친절 혹은 고상함), 즉 스틸 누오보의 지고한 가치를 다루는데, 여기에서는 토미스트-아리스토텔레스 윤리학의 형태를 취한다. 젠틸레차는 완전한 몸속에 들어 있는 영혼에게 내리는 신의 선물인데, 이 선물을 통하여 미덕들이 펼쳐진다. 미덕들은 행복으로 이어지기 때문에 젠틸레차의 완전한 정의는 이렇게 된다. "신이 좋은 곳에 자리잡은 영혼 속에다 심어놓은 행복의 씨앗."[10] 여기서 기사도적 연애시의 이상은 최고로 높은 보편성을 획득하고 고대의 이상과 근대의 이상을 종합한다.(→사랑)

단테의 설명으로 미루어볼 때 14번째 논문 혹은 13번째 논평은「세 명의 여인이 내 가슴 주위에 모여 있네」라는 칸초네를 다룰 예정이었는데 이 시는 유배 시절에 나온 중요한 작품이다. 열다섯 번째 논문은 탐욕을 비난하는 시르방테스(풍자시)인「슬픔은 내 가슴에 과감함을 가져다주네」를 다룰 예정이었다. 그 외에 나머지 부분들의 주제는 불확실하다. 작품 전체의 주제는 대강 다음과 같은 것으로 추정된다. 즉, 계급이 없어진 새로운 사회에서, 고상한 사람들이 영위해야 할 훌륭한 세속 생활의 원칙들을 천명하는 것이었다. 그렇다면 완성된 3편의 논문은 서문 정도에 지나지 않는다. 왜냐하면 이 논문들로부터는 전반적인 집필 계획을 알 수 없기 때문이다. 그리고 단테가 체계적인 계획 없이 글을 썼다는 것은 잘 상상이 되지 않는다.

작품의 길이만 놓고 보아도 단테가 이 책에 상당한 중요성을 부여했다는 것을 알 수 있다. 실제 집필된 부분이 계획된 전체의 4분의 1 정도를 차지하는데, 단테는 왜 이 책을 중도에 내던졌을까? 대답을 얻기 위해『신곡』을 살펴볼 수 있겠지만 그렇다 해도 구체적 답변은 안 나온다.『신곡』의 집필을 생각하면서 이 책을 미룬 것은 분명하지만, 그런 발전 과정의 연대기를 추적하는 것이 그리 간단하지가 않다.『신곡』의 구상은 비록 막연한 것이기는 하지만 유배 이전 초창기부터 그의 머릿속에 들어 있었다. 하지만 그는 훨씬 뒤 생애 만년에 이를 때까지『신곡』의 상당 부분을 집필하지 않았다. 유배된 초기에 단테는『향연』과『신곡』의 두 작품을 구상했는데,『신곡』은 너무 야심차고 어려운 과제였고, 또 그 엄청난 작업량에 질려서 뒤로 미루었을 가능성이 있었다.

『향연』이 미완성인 세 가지 이유

그러나『향연』이 진행되면서 그의 창작 충동은 점점 불만을 느끼게 되었다. 그리하여『신곡』작업이 더 긴급한 과제로 떠오르면서 이 산문 논문을 옆으로 제쳐놓게 된 듯하다. 우리는 왜『향연』이 불만족스러웠는지 그 이유를 세 가지로 설명해 보고자 한다.

첫째, 그 외면적 형식이 통일성을 지향하는 그의 욕구에 부응하지 못했다. 설사 그가 체계적인 전체 계획을 세웠더라도 각각 시 한 편을 해설하는 15편의 논문은 그가 지향하는 통합된 세계관의 확립이라는 상위 원칙을 충족시킬 수가 없었다. 이런 결점은 철학 공부로 단련된, 일치와 조응이라는 단테의 타고난 감각을 거스르는 것이었다. 게다가 그것은 시적 위력을 얻고자 하는 그의 노력에도 역행하는 것이었다. 점진적인 형식적 집중으로 압도적인 시적 효과를 거두는 것이 그의 통상적 방법이기 때문이다.

이런 이유들로 인해 그 개별적 논문들은 그를 만족시킬 수가 없었다. 그 설명적 논평 형식 때문에 단테는 거론된 칸초네의 움직임과 순서를 기계적으로 따라가야 했다. 하지만 교훈적 설명을 위해 시의 순서에서 자주 이탈하기 때문에 계획된 효과를 단단하게 구축하기가 어려웠다.

둘째, 『향연』의 형식 때문에 그는 자신의 주제를 협소하게 제시할 수밖에 없었다. 여기서 개인적, 정치적, 철학적 세 가지 고려사항을 살펴보기로 하자. 물론 이 셋은 긴밀하게 연결되어 있지만 전반적인 구도를 명확히 할 목적으로 그 셋을 구분해 보자. 『향연』에서 단테는 교사의 자세를 취한다. 논문들에서, 칸초네의 주제인 개인적 체험은 본질적 사항이 아니고, 그의 교훈적 실례를 객관적으로 제시하는 수단이다. 이런 '객관화'는 그의 내적 목적과 일치하지 않는다. 왜냐하면 단테의 경우, 그가 획득하고 제시하는 지식은 어떤 것이 되었든 열정적인 개인적 체험에서 나오는 것이기 때문이다. 합리적 논평 형식을 지키기 위하여, 그의 가르침에서 개인적 운명을 떼어내는 것은 점점 더 부담스럽게 되었다. 그는 나이가 들어가면서 그 당시의 커다란 사건들로부터 격리된 채로, 자기 자신에 대하여 명상하는 일이 많아졌고 과거의 시적 습관으로 다시 돌아갔다. 이제 지식과 경험이 풍부해진 단테는 자신의 개인적 생활을 좀 더 전반적인 사건들의 구도 속에 엮어 넣고 싶었다.

이렇게 하여 『향연』의 객관적 · 교훈적 구도는 그의 내적 욕구를 더 이상 충족시키지 못했다. 두 번째 논문에서 다루어진 사랑-신비주의에 대한 철학의 승리는 그의 진정한 내면적 상황을 반영하지 못했다. 그의 내면에서는 여러 가지 정신적인 힘들이 어느 한쪽으로 집중되는 것이 아니라 진정한 호각互角의 관계를 이루고 있었다. 이런 구도에서, 베아트리체의 이미지를 좀 더 높은 지위로 현양顯揚하는 변모와 재탄생의 은밀한 과정은 묘사할 수 없었다. 하지만 『향연』과는 다르게, 『신곡』에서는 그런 변모가 나타난다. 따라서 단테가 만족하지 못한 심리 구도에서 시작한 일을 지속하기가 점점 더 어려워졌다.

유배 기간 동안 단테는 여러 번 정치적 희망을 품었고 특히 **하인리히 7세**의 이탈리아 원정 때에는 그 희망이 아주 높았다. 그러나 희망은 언제나 배신당했고, 그는 마지막까지 사람들의 기억 속에 남아 있는 자신의 이미지를 유지했다. 외로운 자부심과 분노하는 무기력함, 고집과 강압, 동경과 불요불굴이 날카롭게 뒤섞인 이미지였다. 이런 이미지는 모범적 기념비의 관점에서 보면 운명적이고 필연적인 것이었다. 그는 의심할 나위 없이 그 당시의 가장 현명하고 가장 결연한 사람이었다. 리더십의 자질을 타고난 사람이 리더(지도자)가 되어야 한다는 플라톤의 원칙에 따르면, 그는 지도자가 되기 위해 태어난 사람이었다. 그러나 지도자 지위에서 강제 추방당하여 외롭고 가난한 생활을 영위했으니 불만이 쌓일 수밖에 없었다.

그는 이러한 운명의 불일치를 교정하고 극복하려고 나섰다. 하지만 **스토아학파**의 금욕주의나 체념은 그에게 맞지 않았다. 그는 마음속에서 역사적 사건들을 제압하고 질서를 부여함으로써 그 사건들을 나름대로 설명하려 했다. 그것은 그의 캐릭터(성격)가 그에게 밀어붙인 과제였다. 여기서 또다시『향연』의 개념적, 비구상적, 사변적, 교훈적 구도는 엉뚱하고 부적절한 것으로 보였다. 그가 가혹한 운명을 오랫동안 힘들게 견딜수록, 그 자신의 비상한 천재성에 대한 감각과 자의식은 더욱 깊어졌다. 그 자의식이 그를 밀어붙여 예술적 창작을 통하여 지상의 구체적 리얼리티를 판단하고 평가하도록 만들었다.

셋째, 그는『향연』을 써가던 도중에 자신의 철학적 목표를 달성시켜 주는 더 통일적이고 심오한 방법이 있다는 것을 깨달았다. 그것은 스틸 누오보의 신비주의와 토미스트-아리스토텔레스 세계관을 일치시키는 것이었다.『향연』을 쓰면서 칸초네의 한 시행에서 시작하여 설명을 하려다보면 장황하게 일탈하게 되었다. 가령 그 시행과 관련하여 천사의 교리나 미덕이나 축복의 교리를 설명해야만 되었다. 그러다가 다시 출발점으로 돌아오는 것은 힘들면서도 지루한 일이었다. 그가 종종 인용했던 고대 시인들을 상기하면 이런 어색한 방법은 그에게 아주 혐오스러웠다. 단테가 보기에, 고대 시인들도 지혜의 교사였지만, 지혜를 그런 식으로 직접 설명하는 것이 아니라, 더 구체적이고 직접적인 의미를 가진 시행 뒤에 알레고리적·교훈적 의미를 감추었던 것이다. 그는『향연』에서 저급한 영성주의에 의존하여 시를 해석하는데, 일부 사례들은 다소 괴기한 느낌을 주기까지 한다. 가령 그는 아이네이아스가 디도(→아이네이스)와 헤어지는 장면을 절제(temperantia)의 알레고리로 해석한다.[11]

고대의 시인들은 사건들 속에 의미를 감추고, 또 의미에 리얼하면서도 구체적인 형식을 부여했기 때문에 그 어떤 철학적 논문보다도 보편적인 호소력을 갖고 있었다. 그는 고대 시인들의 사례를 본받아야 했다. 그 자신도 시인이었기 때문이다. 이렇게 볼 때 그는 토미스트–아리스토텔레스 철학을 시작詩作의 가장 좋은 소재라고 여기게 되었다. 그 철학은 감각적 지각을 강조하고 그런 지각으로부터 시작하는데, 지상의 지각적 형태들의 특수성을 바탕으로 하여 상상적이고 위계질서적인 우주를 구축하는 것이다.

저승 여행은 중세의 오랜 전승

단테가 고대 시인들의 모델들을 오래 명상했고, 또 우리가 단테를 따라서 그 모델들을 읽고 해석한다 하더라도, 그 모델만으로는『신곡』의 형식을 충분히 설명하지 못한다. 이 대작의 형식은 본질적으로 단테의 생애와 시대의 산물이다. 그는 자신의 내적 목적과 전적으로 일치하기 때문에 그런 형식을 선택했다. 내세에 대한 비전 혹은 저승 여행은 중세의 공통적인 전승이었다. 1874년에 알레산드로 단코나가 『신곡』의 선구자들에 관한 책을 펴낸 이래, 학자들은 『신곡』에 영향이나 영감을 준 방대한 자료를 발굴해냈다. 아주 최근에는 아랍인 학자 아신 팔라키오스가 『신곡』에서 발견되는 **무슬림 종말론**에 관한 책을 펴내서, 이 문제에 대한 접근 방식을 넓혀 놓았고, 또 이미 받아들여진 여러 가지 통설들을 뒤집었다. 또한 보슬러는 방대한 핸드북을 펴내서 이와 관련된 자료들을 비판적으로 검토했고, 이 문제에 대한 최신 연구 상황을 보고했다.

단테가 어떤 확정적인 중세 자료를 알고 있었고, 또 그것을 어떻게 활용했는지 증명할 수가 없다. 그러나 전반적인 아이디어와 많은 신화적 세부사항들은 동방과 서방의 풍성한 신화 묶음에서 나온 것은 분명하다. 이런 신화들은 지중해 연안 국가들 사이에서 여러 세기에 걸쳐 축적되어 왔다. 그런 신화의 보고가 아무런 문학적 모델 없이 단테에게 개방되어 있었다. 그것은 그가 숨쉬는 공기의 일부였다. 단테를 곧바로 뒤따라온 다음 세대의 작가들은 이런 방대한 자료에 당황했다. 그 자료에 대한 그들의 해석은 종종 불확실하고 모순적이었다. 후대 작가들의 이런 태도를 우리의 주장(단테가 방대한 신화 자료를 사용했다는 것. -옮긴이)에 대한 반론으로 삼아서는 안 된다. 그들이 당황한 것은 우리와 마찬가지로 신화적 자료들 때문이 아니라, 그런 자료가 『신곡』 안에서 어떤 의미를 갖는지 잘 알 수 없기 때문이다.

문학적 모델의 문제는 『신곡』의 내적 생성과는 아무런 관련이 없다. 「지옥」의 제2곡에서 단테는 신의 은총을 받아 저승 여행을 한 선배는 아이네이아스와 **성 바울** 두 사람뿐이라고 말한다. 제 2곡의 앞뒤 문맥을 살펴볼 때, 그는 이 두 위대한 사람들만 저승 여행의 선배로 인정하는데, 그들이 역사의 중요한 전환점에서 어떤 위대한 비전을 보았기 때문이다. 설사 단테가 중세의 다른 저승여행 비전을 알았다고 하더라도 그는 그것을 신경 쓰지 않았고, 또 『신곡』을 집필할 때 모델로 삼지도 않았다. 그런 비전의 흔적이 그의 작품에 들어와 있다면, 의도적인 것은 아니고, 우리가 방금 언급했던 것처럼(그 비전의 흔적은 생애와 시대의 산물이다) 간접적인 방식으로 작품 속에 흘러들었다.

저승 여행이라는 형식은 구체적 표현과 형이상학적 질서를 바라는 단테에게 여러 가지 가능성을 제공했다. 이 형식은 그가 예전 작품들에서는 실현할 수 없었던 가능성을 주었을 뿐만 아니라, 종말론적 비전을 내놓았던 선배 저승 여행자가 도저히 활용할 수 없었던 가능성마저 주었다. 그의 생애는 아주 불행했고 위험한 고비들이 가득했다. '올바른 질서'에 대한 그의 확신은 당대의 권력자들과 갈등을 일으켰다. 그의 확신은 패배를 당했지만 조금도 부서지지 않은 채 그의 내부에 온전하게 간직되어 있었다. 그의 체험은 그를 굳건하게 하고 그의 강인한 캐릭터를 형성시켰다. 자신의 체험을 늘 명상함으로써 역사적 과정에 대하여 아주 날카로우면서 전례 없이 심오한 통찰을 하게 되었다. 또 각자 극단적인 개성을 가지고 세속의 역사에 참여하는 사람들의 성격과 운명을 깊이 파악하게 되었다.

우리가 앞에서 살펴본 바와 같이, 그의 초기 시는 살아 있는 리얼리티에 대한 날카로운 안목을 보여 준다. 하지만 더 중요한 것은 정치적 재앙과 그 결과였다. 그런 것들을 통하여 그의 운명이 더욱 유의미한 것이 되었고, 그의 정치적 개성과 재주에 깊은 충만감을 부여했다. 정치적 재앙은 갑작스러운 외부적 변화[13]였고, 그것은 불가피하게 심각한 내적 위기를 불러왔다. 단테는 그 위기를 극복했고, 그것은 그의 개인적 체험을 아주 풍성하게 만들었다. 그는 당대의 중요한 사건들 한 가운데 살면서 그 사건들에 적극 가담했고, 또 그 때문에 고통을 당했다. 극도로 긴장된 순간에, 그는 남들이 행동하는 것을 지켜보았고, 감각을 날카롭게 하는 열렬한 기대감과 함께 그 행동의 결과를 추적했다.

그는 가난한 유배자로서 여전히 사건들의 직접적인 영향권 아래 있었다. 유배자의 체험은 편안한 일상이 배제된 것이었다. 고향 도시 국가의 낯익은 환경도 없었고, 그 도시에서 받았던 높은 예우도 없었다. 간단히 말해서 외부 사건을 별로 신경 안 쓰게 하는 요소들이 모두 제거되어 있었다. 그래서 지금 그가 직접 목격하거나 전문(傳聞)한 생애나 사건들을 내면에서 다시 회상할 때면 날카로운 통찰과 판단이 발휘되었다. 그의 날카로운 눈, 심오한 지성, 깊은 종교적 경건함, 위계적 질서에 대한 감각 등이 그가 겪는 새로운 체험과 결합되었다.

『신곡』의 생성에 결정적 영향을 준 또 다른 사항은, 그가 작품 속에 집어넣을 자료가 즉각 활용 가능한 상태라는 것이었다. 『신곡』은 그 바로 앞 세기(1200년대)의 사건들을 주로 다루고 있는데, 이 세기에 인간의 삶은 어디에서나(특히 이탈리아에서), 전보다 더 생생해졌고 사람들의 제스처는 예전의 경직성을 내던졌다. 이런 현상은 여러 사람들에 의해 묘사되었다. 여기서는 그 현상의 사회학적·심리학적 원인을 논하지 않겠지만, 그런 현상이 존재했다는 것은 쉽게 증명할 수 있다. 가령 성 프란체스코의 전승과 그 이전의 성인 전승에 대한 비교, 노벨리노(중세 이탈리아의 짧은 이야기 모음집. ─옮긴이)의 이야기들과 그 이전의 역사적 원형들과의 비교, **살림베네**의 연대기와 그 이전의 이탈리아 연대기와의 비교, 피렌체 역사의 다채롭고 드라마틱한 특성에 대한 고찰[14], 예술에서 갑자기 등장한 생생한 표현에 주목하면서 그 원인을 찾아보기 등에 의하여 증명 가능하다. 지금껏 적막한 익명 속에서 살아왔던 사람들의 집단이 자의식을 깨닫기 시작했고 한낮의 햇빛 속에 나타나 그들의 개성적 제스처를 보여 주었다. 외부적 사건과 내면적 성찰을 묘사한다는, 오래 잊혀진 고대의 전통이 되살

제3장 『신곡』의 주제   177

아난 것이다.

아퀴나스 철학의 영향

　 글을 쓸 때 단테처럼 철저하게 합리적이고 체계적으로 쓰는 사상가는 없을 것이다. 이런 단테에게 결정적 영향을 미친 것은 **아퀴나스** 철학[15]이었다. 그가 믿고 따른 아퀴나스 철학은 개성적 형태를 중시하고 그에 대한 묘사를 정당화했다. 성 토마스는 이 세상이 하느님의 이미지를 따라 창조되었다는 신학적인 교리로써 사물의 다양성을 설명했다. 피조물은 근본적으로 불완전하고 본질적으로 하느님과 유사하지 않기 때문에, 어떤 한 종種이 하느님과 완벽한 유사성을 획득하는 것은 불가능하다. 따라서 피조물들의 다양성이 필요해지는데, 이런 다양성을 통하여 비로소 하느님과 완벽하게 닮은 상태를 지향할 수가 있다. 여기서 나는 그런 사상을 잘 요약한 다음과 같은 문장을 인용하고자 한다.

　 따라서 사물들의 구분과 다양성은 제1원인 즉 신의 의도에서 나온 것이라고 말할 수 있다. 신은 그 자신의 선하심을 피조물들에게 알려주기 위해 사물들을 창조했고, 또 그 사물들에 의해 그 분의 선량함을 재현하도록 했다. 왜냐하면 신의 선하심은 어느 한 피조물에 의해 적절하게 재현되지 못하기 때문이다. 신은 무수하고 다양한 피조물들을 창조하여 어느 피조물에게 결핍된 신적 선하심이 다른 피조물에 의해 제공되기를 바랐다. 하느님 안에서는 단순하고 균일한 선하심이 피조물들 안에서는 다양하고 분열된 것이 되었다. 그리하여 온 우주가 함께 신적 선하심에 더욱 완전하게 참여하고 그 결과 그 어떤 단독 피조물보다 더 잘 그 선하심을 재현한다.[16)

따라서 천지창조 전체를 두고 볼 때, 다양성은 완전함의 반대 명제가 아니라 그것의 적절한 표현이다. 더욱이 우주는 정적인 상태가 아니라 움직임에 적극 참여하며, 그 움직임은 우주의 형식들을 움직여 자기-완성으로 나아간다. 이런 행동의 능력이 발휘되는 과정에서 다양성은 완전함으로 나아가는 필요한 과정이다.

이런 토미스트 사상을 심리학적으로 인간에게 적용해 보면, 다양성의 원리는 구체적 리얼리티와 드라마틱한 긴장을 가진 역사 과정을 정당화해 준다. 인간은 영혼과 신체의 합일체이고 영혼은 그 신체의 형식이다. 그러나 인간은 사물과는 다르다. 사물은 본질의 다양성은 갖고 있지만 행동의 자유가 없기 때문이다. 그리하여 인간은 모든 피조물에게 적용되는 일반적 형식 구분이나 물질적 개별주의에 복종하지 않는다. 인간은 존재, 신체, 생명, 감각 이외에도 지성과 의지를 가지고 있다. 영혼은 신체에 매어 있어 제 기능을 하려면 신체가 필요하다. 그래도 신체적 형식과 '독립된' 형식 사이에 놓인 인간의 영혼은 특별한 기능을 갖고 있는데, 인지하는 능력과 의지하는 능력이 그것이다.

따라서 인간은 저급한 형식의 피조물들과는 구분된다. 저급한 피조물은 전적으로 창조의 행위에 영향을 받기 때문이다. 또 인간은 독립된 실체인 천사들과도 다르다. 천사는 그 자신의 최초 단일한 행동 속에서 신을 향해 다가갈 수도 있고, 아니면 신으로부터 벗어날 수도 있다. 실체적 개체들 중에서 오로지 인간만이 자유를 소유하는데 그 자유는 지상의 시간과 공간 속에서만 작동한다. 자유는 인간이 개체화하는 원칙이고 인간적 행위(actus humanus)를 작동시키는 원칙이다.

인간의 의지는 당연히 선善을 지향하지만 그는 전체로서의 선은 대면하지 못하고 개별적인 선들을 마주할 뿐이다.[17] 바로 여기에 인간의 행위가 다양해지는 이유가 있다. 인간의 이성은 생각과 판단에서 드러나고, 그의 의지는 동의와 선택(electio)에서 드러난다. 이 원칙의 실천적 메커니즘, 그러니까 개별적 인간에게 적용되는 메커니즘은, 토마스에 의하면 하비투스habitus이다. 하비투스는 습득된 속성일 뿐 인간의 본질은 아니다. 하지만 그 본질을 풍성하게 하고 수정시키는 지속적인 기질이다. 하비투스는 영혼의 역사에서 영혼이 뒤에 남긴 잔존물이다. 영혼의 목표를 위한 모든 행동, 모든 의지의 발동은 그 뒤에 흔적을 남기는데 그것이 하비투스이다. 다시 말해 영혼의 활동을 통하여 영혼이 수정된 것이 바로 하비투스이다.

토미스트 심리학에서 하비투스의 다양성은 인간 캐릭터(성격)의 다양성을 설명한다. 경험적 인간이 각자 그의 본질을 어떻게 실현할지, 그 방향을 정하는 것이 하비투스이다. 그것은 영혼과 영혼의 행동 이렇게 둘의 관계를 조명한다. 그것은 시간을 전제 조건으로 삼으며 시간 속에서 인간의 내적 발전을 규정한다. 따라서 인간은 그 자신을 온전하게 성취하려면 시간적 과정, 즉 역사 혹은 운명을 필요로 한다.

단테는 『향연』과 『신곡』의 여러 수사적 문장들에서 토미스트-아리스토텔레스 심리학을 활용한다.[18] 그뿐만 아니라 이 심리학은 그가 인물들을 묘사하는 데 결정적인 도움을 준다. 그는 인물들에게 일련의 제스처를 부여함으로써 그들의 개별적 캐릭터 혹은 영혼을 시적으로 묘사한다. 일부 독자들은 시적 재능에 대한 이런 합리적 설명을 못마땅하게 여길지 모른다. 그러나 시적 창조에서 영혼의 모든 힘은 효과를 발휘한다. 단테 이전 여러 세기 동안 표현적 제스처는 아예 무시되었거나 대중 문학 속에서 코믹한 곁가지로 취급되었을 뿐이다. 하지만 신체와 영혼의 통일성을 강조하는 토미스트 심리학을 가져와서 신체적 표현에 이 정도로 수준 높은 에토스(ethos: 이성)와 파토스(pathos: 감성)를 불어넣을 수 있다면, 그 둘(토미스트 심리학과 시적 재능)의 연결관계는 부정하기가 어렵다. 단테는 고대 이후 개성의 통일성, 신체와 영혼의 합치를 믿은 최초의 사상가-시인이었다. 그리하여 이성은 자세와 제스처 속에서 인간을 묘사하는 단테의 능력을 강화시켰다. 그런 자세와 제스처는 하비투스의 총체성을 선명하게 요약한다.

『신곡』에서 인물이 재현되는 방식

그러나 『신곡』에 등장하는 인물들은 이미 세속적 시간과 시간적 운명에서 벗어난 사람들이다. 단테는 그들의 재현을 위해 아주 특별한 상황(산 사람이 죽은 사람을 만남. -옮긴이)을 선택했고, 이것이 위에서 이미 말한 것처럼, 그에게(오로지 그에게만) 새로운 표현의 가능성들을 부여한다. 이성과 신앙이라는 최고 권위의 도움을 받으면서 단테의 시적 천재성은 일찍이 선배들이 해본 적이 없는 것을 시도한다. 그는 그가 알고 체험한 세속적, 역사적 세상을 이승이 아닌 저승에다 재현하려 한다. 그 세상은 이미 하느님의 최종 심판을 받았다. 그리하여 각각의 영혼은 신적 질서가 그것(영혼)에 부여한 위치를 차지한다. 그러나 최종적, 종말론적 목적지에 도착한 개별 인물들은 그들의 현세적 캐릭터를 박탈당하지 않는다. 그들의 역사적·현세적 특징은 희석되는 것이 아니라 그 강렬함을 그대로 간직한 채 더욱 단단하게 응고되고, 또 그들의 궁극적 운명과 일치한다.

　우리가 이런 아이디어(이승의 성격이 저승까지 그대로 간다. -옮긴이)

의 파급 효과와 결과를 살펴보는 것은 본 연구서의 핵심적 사항이지만, 그 전에 이 아디이어에 대한 반론에 맞서서 그것을 옹호해야 할 것 같다. 보편적 기독교 교리에 의하면, 인간의 영혼은 사망 직후 그 최종 운명을 맞이하는 것이 아니다. 모든 인간의 최종적 운명은 시간의 종말에 가서 최후의 심판으로 결정된다. 사망과 최후의 심판 사이에, 영혼은 신체에서 분리되어 감각과 육체적 표현이 없게 된다. 그러나 성 토마스와 대부분의 교부들은 다르게 생각한다. 사후 인간의 영혼들은 연옥에서 정화를 해야 하는 영혼들을 제외하고, 그들의 생전 공과功過에 따라 정해진 최종 목적지에 곧바로 도착한다. 최후의 심판 때, 축복받은 자들의 행복과 단죄 받은 자들의 고통은 육체를 다시 회복함으로써 그 행복과 고통이 더욱 강화된다.[19] 단테는 아퀴나스의 이러한 영혼 교리를 따른다. 그는 이것을 「지옥」 제6곡에서 정식화했다.[20]

　성 토마스가 상당히 골칫거리로 생각한 문제는 '육체에서 벗어난 망자亡者의 영혼이 최후의 심판 때까지 어떤 상태를 유지하는가?' 하는 것이었다. 그것은 아퀴나스가 아리스토텔레스에게서 가져온 개념, 즉 신체와 영혼의 실질적 합치라는 개념과 크게 벗어나는 것이었기 때문이다. 아퀴나스는 그 단계(신체에서 벗어난)의 영혼에게, 신체의 형식이었던(사망 이전의 살아 있는) 영혼이 소유했던 자연스러운 완전함(perfectio naturae)을 부정할 수밖에 없었다. 그러나 실재하는 원칙으로서(영혼은 신체의 일부분이 아니라 신체의 형식이므로), 그것은 파괴된 신체로부터 벗어난 뒤에도 그 존재를 유지한다. 그리고 영혼의 합성물(esse compositi)은 변하지 않는다. 왜냐하면 형식의 존재는 물질의 존재(즉, 합성물의 존재)와 동일하기 때문이다.[21]

단테는 이 해석을 따라서 죽음에 의해 육체에서 분리된 영혼이 그 핵심적이고 민감한 기능들(합성물)을 '사실상' 그대로 유지한다고 보았다.[22] 단테는 다양한 영혼들에게 장소를 배정하는 데도 성 토마스를 따랐다. 단테는 그 핵심적이고 민감한 기능들이 주위의 공기를 주물러서 그림자 신체를 만들어낸다고 보았고, 이것은 의미심장한 추론이다. 교리에서 심각하게 벗어난 이런 자유를 행사함으로써,[24] 그는 그림자 · 신체(『신곡』에서 영혼들은 그림자지만 그것은 생전의 신체와 성격을 가지고 있는 것처럼 행동하는 그림자이다. -옮긴이)들이 사는 지하세계라는 신화적 전승을 불러냈고, 그의 시적 의도를 위해 그 전승을 활용했다.

이렇게 하여 단테는 『신곡』에서 인물들의 최종 운명을 묘사한다. 이들의 지상 생활은 끝났고 연옥에 들어간 영혼을 제외하면 이 영혼들은 배정된 장소에 도착하여 그곳을 영원히 떠나지 않는다. 연옥의 영혼들도 최종 운명이 돌이킬 수 없게 선포된 것은 마찬가지이고 단지 그 장소로 가는 것이 일시적으로 정지되었을 뿐이다. 하지만 그들의 정화淨化는 현세적 행동의 결과이므로, 그 정화는 최종 운명의 일부이고, 또 최후 심판의 필수적 구성물이다. 따라서 『신곡』 안의 모든 인물들은 신성한 심판이 그들의 현세 성적표에 따라 그들에게 부여한 상태를 고스란히 드러낸다.

그리고 이들에게 그림자 신체를 부여함으로써 단테는 그들에게 쾌락과 고통의 가능성을 주었다. 또 시인 자신은 물론이고 독자들 앞에 감각적 구체성 속에서 등장하도록 만들었다. 그들은 그림자 신체로서 그들의 현존을 드러내는 것이다. 이렇게 하여 독자들이 자명하게 느끼는 것(그리고 결국에 가서는 자명해지는 것)에는 아주 기적적인 효과가 발생한다. 다시 말해 저승에 있는 영혼들의 상황과 태도는 모든 면에서 개성을 갖고 있고, 그것은 현세에서의 행위 및 고통과 일치하는 개성이다. 그리하여 그들의 저승 상황은 현세 상황의 계속, 강화, 결정적 고착이 된다. 그리고 그들의 성격과 운명에서 가장 특수하고 개인적인 것이 온전히 보존된다.

베르길리우스의 저승관

우리에게 전해 내려오는 단테 이외의 종말론적 비전은, 고대의 것이든 기독교의 것이든 단테와는 다른 개념을 갖고 있다. 그 저승관은 모든 망자를 그림자의 영역에 일괄적으로 집어넣어 그들의 개성을 아예 말살하거나 희미한 것으로 만들어버린다. 아니면 무자비한 도덕론에 입각하여 선한 자/구제된 자, 악한 자/단죄 받는 자로 구분하고서 모든 현세적 관계를 무

無로 돌려버린다. 이 저승관에서는 저승의 위계질서가 인정되지 않으며, 그 위계질서의 각 단계에 부합하는 성격과 위엄의 통일성은 유지되지 않는다. 죄악과 미덕의 그룹에 따라서 저승의 영역을 구분하는 개념은 단테 이전에도, 특히 무슬림 종말론에서 다소 정교하게 개발되었으나, 이 개념은 유형에 의한 분류이지 개인에 의한 분류는 아니었다. 게다가 현세의 개성적 형식을 유지하려는 시도는 없었다.

그렇지만 이런 저승관은 대부분 **아리스토텔레스** 윤리학에 바탕을 둔 것으로서 단테의 『신곡』에서 구체화된 저승관을 잠재적으로 포함하거나, 아니면 예고했다. 단테에게는 『아이네이스』의 제6권을 제외하고 진정한 선배 저승관이 없었다. 그는 『아이네이스』로부터 고상한 교훈적 스타일을 가져왔을 뿐만 아니라 사건들 속에서 질서 정연한 원칙을 발견하는 방식을 배웠다. 하지만 질서 정연한 원칙의 문제에서 단테는 청출어람이라고 해야 할 정도로 베르길리우스보다는 탁월한 솜씨를 발휘했다. 두 시인의 주된 차이점을 살펴보면 이러하다. 베르길리우스는 통일된 교리가 없어서 철학적 전통과 신화적 전승을 완벽하게 융합시킬 수가 없었다. 따라서 베르길리우스의 지하세계에서는 궁극적 운명이 드러나지 않는다. 베르길리우스가 묘사하는 영혼들은 윤회의 개념에 입각하여 대부분 새로운 지상적 존재를 시작하면서 새로운 신체로 들어가게 될 운명이기 때문이다. 이것은 단테와는 전혀 다른 배경을 만들어낸다. 동일한 영혼으로 하여금 지상에서 여러 번의 생애를 살도록 허용함으로써, 윤회라는 개념은 단 한 번뿐인 지상의 삶이라는 기독교적 드라마를 파괴한다. 그뿐만 아니라 개성의 필연적인 통일성 — 부활의 교리가 증명해 주는, 영혼과 신체의 공통적인 형식과 운명 — 마저도 침해한다.

베르길리우스의 지하세계 인물들은 강화되지도 않고 영구히 결정되지도 않은 인물들이고, 아주 위축된 일시적 존재들이다. 그 인물들은 손에 만져지지 않는 방황하는 그림자들이다. 단테의 저승관과는 전혀 다른 저승관, 즉 우리 모두는 고정된 거처를 가지고 있지 않다(nulli certa domus)²⁵⁾는 믿음이 만들어낸 인물들이다. 그렇다 하더라도 베르길리우스의 이런 저승관에는 단테의 저승관이 어느 정도 암시되어 있다. 『아이네이스』의 지하세계는 불완전한 합성물이고 그래서 비평가들은 여러 이질적인 요소들을 그 세계에서 발견했다. 따라서 우리는 안키세스(→아이네이스)의 다음과 같은 말을 액면 그대로 받아들여서는 안 된다.

우리는 각자 망령이 요구하는 운명을 당하게 되어 있다.

(quisque suos patimur manes.²⁶⁾)

물론 아이네이아스와 디도의 만남은 이 말을 증명한다. 디도의 지하세계 생활은 그녀의 현세적 운명의 계속이기 때문이다.

죽은 디도를 만난 살아 있는 아이네이아스는 과거를 회상하고, 디도는 아무 말 없이 그에게서 돌아선다. 그녀의 이런 태도와, 그런 반응을 유도한 아이네이아스의 말 — "나의 출발이 당신에게 이토록 큰 슬픔을 안겨줄 줄은 나도 몰랐소."[27] — 은 디도의 개인적 운명이 지하세계에서도 계속된다는 것을 분명하게 보여 준다. 그러나 여기에서도 베르길리우스는 구체적이고 일관된 캐릭터를 창조하지 못하고, 또 그렇게 해볼 생각조차 없다. 디도의 전남편인 시카이우스에게 그녀가 돌아간다는 얘기가 나오면서, 그 장면은 그림자 같은 비현실성을 취할 뿐이다.

그러나 살아 있는 아이네이아스가 죽은 여왕 디도를 만난 장면은 단테가 볼 때 감상시의 최고 사례였고, 그에게 엄청난 영향을 주었다. 베르길리우스의 고상한 영혼이 볼 때 열정(사랑)의 산발적 사례였지만, 단테의 마음속에서 핵심적인 아이디어와 사건이 되었고, 이것이 단테 세계관의 기반이 되었다. 로마 제국의 영광을 노래하고 그리스도의 재림을 예언한 베르길리우스는 단테의 안내자가 되었다. 『아이네이스』의 제6권은 단테에게 진정한 시적 진실이 되었고 아이네이아스는 신비한 저승 여행의 선배가 되었다.

베르길리우스의 저승 분위기가 『신곡』에 흘러들었고 단테의 시적 천재성에 의해 더욱 정교하게 가다듬어졌다. 이렇게 볼 때 단테가 베르길리우스의 저승관으로부터 영향을 받았다고 말하는 것은 정확한 얘기가 아니다. 그보다는 단테가 베르길리우스의 지하세계 요소를 『신곡』속에 받아들여 그것을 완전 변모시켰다고 말하는 것이 더 정확한 얘기이다.

『신곡』은 현세적 리얼리티의 재현

　　『신곡』이 다른 저승관과 뚜렷하게 구분되는 것은 이런 점이다. 즉, 단테의 저승에서는 인간의 현세적 개성이 보존되고 고정된다는 것이다. 이렇게 하여 행동의 장면은 시적 가치와 무한한 진리의 원천이 된다. 단테의 저승에서는 직접적이고 경험적인 증거가 제시되어 작품 속에서 벌어지는 것이 모두 리얼하고 믿을 만하며 우리와 관련된다는 느낌을 준다. 『신곡』의 저승에는 현세(이승)의 세상이 포함되어 있다. 물론 현세의 역사적 질서나 형식은 파괴되어 있지만, 좀 더 완전하고 최종적인 저승의 형식(즉, 지옥, 연옥, 천국의 형식. -옮긴이) 속에서 그 파괴된 형식이 포섭되는 것이다.

　이것은 토마스 성인이 말한 그대로이다. "더 완전한 형식이 개입하면 그 전의 형식은 부패한다. 하지만 나중에 개입하는 완전한 형식은 예전 형식을 온전히 포섭하고, 또 그 이외의 것도 추가한다."[28] 현세의 형식을 파괴하는 것은 필요하다. 왜냐하면 그 잠재적 가능성, 자아-실현을 위한 노력, 그 다양성은 그 기한을 다하여 저승에서는 중지되기 때문이다. 새로운 형식은 예전 형식이 소유했던 모든 것을 소유하고, 그 이외에 다른 것도 추가하는데, 온전한 현실성 즉 불변의 '존재'를 가리킨다. 이렇게 하여 단테는 『신곡』에서 완전한 현실성을 갖춘 시간과 공간 속의 인물들을 묘사한다. 그 시간과 공간은 궁극적 자아-실현의 공간과 시간이고 그 인물들의 본질은 영원히 이뤄지고, 또 명백하게 드러난다.

우리는 제1장 "미메시스의 인간관"에서 이렇게 말했다.[29] 그리스 비극은 호메로스의 서사시와는 다르게 극단적인 상황을 제시한다. 거기에서는 다양성이나 잠재성은 없으며, 이미 해석이 끝난 인간의 운명이 파괴적이고 적대적이고 낯선 모습으로 인간을 대면한다. 비극의 주인공은 그 자신의 운명을 상대로 최종적 투쟁을 벌인다. 그 투쟁은 그를 분열시키고 소모시켜서 그의 나이, 종족, 계급, 기질의 일반적 특징 등을 제외하고 그의 개성은 남아 있지 않게 된다. 일정한 인공적 고안 — 여기서 "인공"이라고 함은, 진실이 아닌 것을 도입한다는 얘기는 아니고, 가장 보편적 진리를 이끌어내기 위해 과격한 대조법을 사용한다는 뜻이다 — 을 사용하여, 비극 시인들(특히 소포클레스)은 행위와 이성으로 자신의 운명에 맞서서 투쟁하는 주인공을 제시한다. 비극 시인들은 주인공의 개성의 통일성을 깨트려서, 주인공을 그의 운명으로부터 떼어놓으나, 파멸의 순간에 그 둘(개성과 운명)을 더욱 감동적으로 재결합시키기 위하여 그렇게 하는 것이다. 이것은 그리스 비극의 미메시스가 위대하다는 것을 보여 주며 동시에 그 한계도 드러낸다.

비극의 궁극적 운명은 죽음 혹은 그에 가까운 어떤 것이다. 보편적 운명이 일단 저 멀리서 등장하면 그 운명은 주인공의 현세적 터전으로부터 그를 이동시켜 그의 옛 존재와 행위를 무無의 상태로 축소시키면서 그의 온 존재를 그 종말의 특별한 상황에다 집중시킨다. 비극의 맨 마지막에 가서 발생하는 것은 결국 외부에서 작용하는 힘의 메커니즘이고, 그것은 운명의 선고를 집행한다. 이렇게 하여 비극은 궁극적이고 극단적 집중 속에서 개인의 에토스를 제시한다. 그러나 주인공은 그 비상한 상황 속에서 그의 현세적 리얼리티와는 다른 사람이 되고, 오로지 죽음에 의해서만 그 상황을 벗어날 수 있다. 죽음 이후에 그가 어떻게 되었는지는 알 수가 없다. 아무튼 그것은 자아-실현이 아니다. 극단적인 상황에 내몰린 주인공이 그 상황으로부터 도피하여 그림자의 영역으로 들어가 버리는 것이다.

그리스 비극의 이런 점은『신곡』에서 비극적 죽음을 초월하는 단테의 방식을 더 뚜렷하게 부각시킨다. 단테는 인간의 궁극적 운명을 현세적 개성의 통일성과 동일시함으로써 주인공의 죽음을 초월한다. 이런 작품의 구도(현세적 개성=궁극적 운명) 덕분에 단테는 현세적 리얼리티를 그가 본 그대로 재현할 수가 있다. 따라서 단테의 저승에서 등장하는 인물들은 그 상황이나 태도에서 그들 자신의 총합을 재현한다. 그들은 단 하나의 행위(죽은 사람이 산 사람 단테를 만나는 행위. -옮긴이)를 통하여, 그들의 평생을 지배해 온 캐릭터와 운명을 비장하게 드러낸다. 각 인물의 현세적 엔텔레키(entelechy: 질료가 현상을 얻어 완성하는 현실)는 이제 저승에 이르러 그 인물의 자아관(自我觀)과 융합된다. 그 현세적 엔텔레키를 재현하는 문제와 관련하여, 그 어떤 이미지도 조잡할 수가 없으며, 그 어떤 발언도 과도하다고 할 수 없다. 인물을 표현하는 데는 그 어떤 제한도 없다. 다른 데서라면 예술적 취향에 위배되는 것일지라도 여기에서는 정당화된다. 왜냐하면 각 개인에게 아주 적절하게 배분된 하느님의 정의를 묘사하려는 것이기 때문이다. 생각해 보라. 이승과 저승을 통틀어서 산 사람과 죽은 사람이 단 한번 만나는 것이 아닌가!

『신곡』의 주제 자체가 단테에게는 엄청난 자유를 부여하며, 또 그 자유를 마음껏 활용하라는 커다란 의무를 부과한다. 그리하여 인간들에 대한 모든 역사적 지식, 남들의 생애에 대한 날카로운 통찰이 『신곡』 속으로 홍수처럼 밀려든다. 여기에는 단테의 비판적 판단과 열정적이면서도 예리한 감성이 크게 작용했다. 단테의 천재성과 불운한 생애가 만들어낸 인간적 내용은 엄청난 것이었다. 단테는 그 자신 그대로 있으면서 각 캐릭터들의 마음속으로 들어갈 수 있었다. 그는 그들의 일천 가지 언어들을 말할 수 있었지만 그 언어는 언제나 단테의 언어였다.

단테 미메시스와 고대 미메시스의 차이점

이런 폭과 깊이를 가진 단테의 미메시스는 더 이상 아리스토텔레스 법칙의 지배를 받지 않으며, 또 그 어떤 고전 장르의 미메시스와도 일치하지 않는다. 이런 점에서 단테 미메시스는 중세의 기독교 예술과 닮은 점이 많다. 『신곡』은 온 우주를 포함하는 위대하고 체계적인 창작이므로 훨씬 의식적이고 뚜렷하게 미메시스의 기술을 발휘한다. 하지만 단테에게 이런 사실이 아주 선명하게 드러나지는 않았고 그래서 단테는 『신곡』의 스타일을 말하면서는 다소 불확실한 자세를 드러낸다. 고대의 단편적 지식에 바탕을 둔 학자적 견해("비극은 행복하게 시작하여 불행으로 끝나고 희극은 불행하게 시작하여 행복하게 끝난다.")[30]에 입각하여, 단테는 자신의 작품에 코미디(comedy: 희극)라는 제목을 부여했다.(→ 코메디아) 그는 『신곡』이 고상한 비극(alta tragedia)[31]인 『아이네이스』와는 다르게 사소하고 저급한(remissus et humilis) 스타일을 구사하고, 또 여자들도 이해하는 구어를 사용했기 때문에 그런 제목을 선택했다고 설명했다.[32]

반면에 단테는 **호라티우스**가 희극 작가들에게 때때로 '비극의 언어를 사용하는 것을 허용했다'[33]는 것을 명시적으로, 또 아무런 변명도 하지 않고 지적했다. 『신곡』의 여러 문장에서 단테는 자신이 고상한 스타일의 시를 창조하고 있다는 의식을 드러냈다. 그런 문장에서 단테는 자신의 시를 가리켜 "신성한 시(il poema sacro)" 혹은 간단히 "비전(vision)"이라고 했다.[54]

『신곡』에 대한 저자 자신의 이런 중대한 발언은 전통적인 학자들의 견해와 『신곡』의 진정한 성격 사이에 어떤 불일치를 드러낸다. 고전 이론으로부터 단테는 한 가지 사항, 즉 인물의 자기 일관성(sibi constare)[38]만을 취해왔다. 다른 사항들은 단테에게는 아무런 의미도 없었다. 여기서 아리스토텔레스의 정의를 폭넓은 의미로 해석해 볼 수 있다. 오랜 역사가 담겨져 있는 그토록 오래된 텍스트(아리스토텔레스의 『시학』. -옮긴이)는 아주 오래된 법칙을 규정한 것이었다. 물론 그 법칙은 지금도 타당하지만, 이미 오래전에 아리스토텔레스의 당초 의도와는 아주 다르게 해석하는 것이 가능해졌다. 이럴 경우 단테의 『신곡』은 아리스토텔레스의 정의에 비추어 보더라도 희극이 아니라 비극이 된다.

아무튼 『신곡』은 서사시라기보다 훨씬 비극에 가깝다. 왜냐하면 이 작품 속의 묘사적 · 서사시적 요소들은 자율적이지 못하고 다른 목적에 봉사하기 때문이다. 시간의 측면에서도 같은 말을 해볼 수 있다. 단테에게나 또 그의 인물들에게나 『신곡』의 시간은 운명이 서서히 전개되는 서사시적 시간이 아니고 인간의 운명이 완성되는 최종적 시간이다.

『신곡』은 여러 세기에 걸친 사상과 지각의 표현

단테의 리얼리티 재현과 중세의 시각 예술 사이에는 어떤 관계가 있을까? 이 질문에 대하여 만족스러운 답변을 내놓는 것은 지극히 어려운 일이므로 여기서는 그 문제를 간단히 언급하고자 한다.[36] 조반니 피사노 이래 화가들은 세상에 대하여 날카로운 지각을 개발해 왔다. 그래서 단테와 그 시대의 위대한 화가인 **조토** 사이에는 어떤 유사점이 발견된다. 두 사람에게 사건은 자급자족적 리얼리티로 다시 태어난다. 두 사람은 고전적 감각을 지녔고 리드미컬한 구조를 구현한다. 또 이 세상의 감각적 구체성 속에서 사물에 내재하는 법칙을 파악하는 방법도 상당히 유사하다. 두 사람에게 공통되는 문화적 영향들을 찾아낼 수도 있다.

그러나 이런 설명은 우리를 그다지 멀리 데려가지 못한다. 『신곡』의 미메시스는 그 범위가 워낙 넓고 깊기 때문에 그 어떤 1300년대 초 예술 작품보다 과거와 미래를 향해 멀리 손을 내뻗고 있다. 따라서 동시대 작품과의 일대일 비교는 불가능하다. 1300년대 미술 작품뿐만 아니라 그 앞 시대 혹은 그 뒤 시대의 작품을 모두 들이댄다 하더라도 『신곡』의 세계에는 멀리 미치지 못한다. 조토가 아니라 단테를 출발점으로 삼는다면 조토와의 비교는 애당초 말이 되지 않는다. 『신곡』은 '단 하나의' 목소리로 여러 세기에 걸친 아이디어와 지각을 표현하는 자유로운 행위이기 때문이다. 1300년대의 그림은 전통적인 도상학의 제약 내에서 주문받은 일을 수행하는 미술가의 작품일 뿐이다. 이렇게 말한다고 해서 조토를 폄하하자는 것은 아니다. 그는 다른 화가들에 비하여 배운 것이 별로 없었기 때문에 구체적 현실에 대하여 솔직한 견해를 취할 수 있었고, 또 볼가레 일루스트레(Volgare illustre: 고상한 구어)에 상응하는 것을 미술 속에서 창조할 수 있었다. 그러나 단테의 '인간 생애 대전(Summa vitae humanae)'에 내재된 과감하고 독립적인 계획은 1300년대 화가의 시야를 훨씬 넘어서는 것이었다.

이렇게 하여『신곡』의 구상은 단테에게 리얼리티 형성의 소망을 충족시키는 가능성을 열어 주었다. 또 그에 못지않게 체계적인 질서를 확립하게 해주었다. 그런 점에서『신곡』은 여러 사상의 종점이면서 여러 길의 분기점이기도 하다. 단테에 앞선 1세기 동안, 일치를 지향하는 스콜라 철학은 고대 후기의 전통과 저급한 영성주의적 알레고리에 입각한 기계적 개념들을 극복했다. 그리하여 토마스 아퀴나스의『신학대전Summa theologica』은 유기적이고 체계적인 질서를 수립했다.[37] 토미스트 철학은 열거와 분류의 방법을 채택했고, 신으로부터 시작하여 그 아래로 내려가는 여러 피조물들의 위계질서를 확립했다. 그것은 교훈적 체계이고, 그 체계의 목적에 따라서 그 실체를 존재 중(in being) 혹은 휴지 중(at rest)으로 분류했다.

단테는 '존재'를 체험으로 변모시켰다. 그는 세상을 탐험함으로써 세상이 '존재 속으로 들어오게(come into being)' 했다. 지혜는 창조력을 작동시키고 이어 시적 인물이 된다. 단테는 길을 잃은 어떤 남자를 내세워『신곡』을 시작한다. 그를 도와주기 위해 이성 — 아리스토텔레스가 아니라 베르길리우스 — 이 파견되고 이성은 그를 계시된 진리로 데려가는데, 그 진리 덕분에 그는 신을 보게 된다. 이런 식으로『신학대전』의 질서를 전도시킴으로써, 단테는 신성한 진리를 인간적 운명으로 드러내며, '존재 (Being: 하느님)'의 요소가 과오를 저지르는 인간의 의식 속에 들어 있음을 보여 준다. 과오를 저지르는 인간은 신성한 '존재'에 부적절하게 참여하며, 그래서 보완과 성취를 필요로 하게 된다. 그러한 인간의 마음속에서 '존재'는 마치 생성의 과정에 들어 있는 힘인 것처럼 긴장의 특성을 띈다. 그가 여행하는 광대한 저승 세계에서 단테는 살아 있으면서 저승을 방문하는 독특한 인물이다. 저승의 자족적 리얼리티에서든 그 저승과 그(단테) 자신의 관계에서든, 단테는 아직 그 저승을 충분히 해석하지 못한다. 저승여행의 각 단계에서 그가 체험하게 되는 파토스(감정)는 그의 개인적 관심사가 된다. 왜냐하면 여행의 각 단계는 잠재적으로 그자신의 궁극적 운명의 한 부분이기 때문이다.

이상과 같은 개괄적인 논평은『신곡』의 역동적인 요소를 정의하고 묘사하기 위한 것이다. 하느님은 휴지 중에 있고 그 분의 피조물들은 미리 정해진 불변의 길을 따라 영원히 움직이고 있으며 오로지 인간만이 불확실성 속에서 자신의 결정을 추구한다. 『신곡』의 질서 속에서 단테는 이런 교리(하느님은 휴지 중에 있고 피조물들은 영원히 움직인다)의 드라마적 요소를 구현한다. 그 드라마는 기독교적 구원의 역사에 바탕을 두고 있고, 또 성 토마스에 의해 이론적으로 정형화된 것이다. 이 교리는 유럽 문화의 가장 기본적인 사항이다. 오로지 인간만이, 그의 현세적 상황과는 무관하게 그 드라마의 주인공이고, 또 그렇게 되어야 마땅한 것이다.

저승 여행은 또한 단테에게 인간 지식의 깊이와 넓이를 서술하는 가장 좋은 틀을 제공했다. 종말론의 영역에서 물리학과 윤리학(오늘날의 용어로는 자연과학과 인문과학)은 더 이상 분리되어 있지 않다. 여기서 자연은 윤리적 기준으로 질서가 부여되며, 윤리적 기준은 자연이 신성한 '존재'에 참여하는 척도이다. 그리하여 모든 자연적 장소(풍경)는 거기에 거주하는 합리적 존재들의 윤리적 지위를 보여 준다. 풍경의 의미도 이런 식으로 정의된다. 『신곡』에서 생생한 풍경 묘사가 많이 나오는데, 풍경은 결코 자율적이거나 순수 서정일 때가 없다. 자연묘사는 독자의 감성에 직접 호소하여 기쁨 혹은 공포를 불러일으킨다. 그러나 풍경이 환기한 느낌은 막연한 낭만적 꿈처럼 저절로 사라지는 법이 없고 강력하게 재규정되는데, 풍경은 인간의 운명을 보여 주는 적절한 매개체 혹은 그 운명의 형이상학적 상징이다.

그러나 자연과 정신이 하나 되는 세계 질서를 보여 주는 저승 여행은 또한 모든 지식을 포함한다. 그 지식은 '존재'에 대한 지식 나아가 진리에 대한 지식이기도 하다. 이런 종류의 비전 속에서 시인은 진정한 '존재'와 대면하게 된다. 여기서 단테는 그의 지식의 모든 범위를 포섭하는 자연스러운 틀을 발견한다. 저승에서 벌어지는 모든 상황에서 그가 진리를 재단하는 기준은, 그 상황이 '전반적 체계(신의 질서. -옮긴이)에 들어갈 자리가 있는가' 라는 것이다.

『신곡』의 드라마는 개인적 원한과는 무관하다

똑같은 얘기(전반적 체계에 들어갈 자리가 있어야 비로소 소개된다)를 『신곡』속의 역사적 사건들에 대해서도 말할 수 있다. 그 사건들은 과거에 벌어져서 이미 심판을 받은 것이거나, 아니면 3계(천국, 지옥, 연옥)에 거주하는 자들 중에서 목격자들이 예측하는 것으로 재현된다. 그런데 『신곡』의 사건들이 단테 자신의 개인적 한풀이를 위해서 도입되었다는 해석이 있어왔다. 단테가 자신의 개인적 불운과 난폭한 기질 때문에 인물 묘사에 불공정했다는 것이다. 특히 단테가 중요성을 부여하는 정치적 사건들에서 반대파에 소속된 자들을 가혹하게 묘사했다고 비난한다. 나는 여러 가지 이유로 인해 그런 주장이 부당하다고 생각한다.

『신곡』을 쓰기 시작했을 때 단테는 그 어떤 정당에도 소속되지 않은 지 오래 되었으며, 이탈리아에서 벌어지는 모든 일에 철저하게 반대했다. 게다가 『신곡』에는 단테가 보기에 파멸적인 목적을 추구한 사람들인데도 인간적 위엄을 갖춘 매력적인 인물로 묘사한 문장들이 많이 나온다. 그리고 이게 제일 핵심 사항인데, 인물에 대한 모든 판단은 단테가 마음대로 내리는 것이 아니라, 전반적인 철학적·역사적 견해, 혹은 하느님이 지상에 주신 균형 잡힌 질서의 관점에서 판단된다. 물론 이런 견해에 동의하지 않으면서 단테 이후에 벌어진 각종 사건들을 감안하면 그게 공정한 태도가 아니었다고 주장할 수도 있다.

그러나 단테가 그런 견해를 체계적·윤리적 형식 속에 담았다는 사실은 의심의 여지가 없다. 사건들의 진행 과정을 목격했던 단테의 동시대인들은 결코 그런 형식을 만들어내지 못했으며, 또 단테의 형식이 역사 속에서 실패했음에도 불구하고, 단테 때와는 완전히 달라진 오늘날의 세계에서도 아주 명석하고 진정한 정치적·역사적 사고방식에 영감을 주고 있다. 단테가 이런 견해(전반적인 철학적·역사적 관점에 입각하여 인물들을 평가)를 갖고 있었다는 사실로 미루어볼 때, 개인적 한풀이가 인물 묘사의 주된 동기라는 주장은 맞지 않는다.

마지막으로 『신곡』에서 다루어진 동시대인들에 대해서는 단테가 유일한 정보의 원천이고, 또 모든 경우에 유일한 '효과적' 원천이라는 사실을 언급하고 싶다. 달리 말해서 그 인물들은 단테가 재현한 대로 기억되는 것이다. 따라서 이 인물들에 대해서는 비교의 기준이 없다. 그들에 대해서는 우리에게 전해져 오는 단테의 초상화들(단테가 작품 속에서 묘사해 놓은 인물 정보들. -옮긴이)을 서로 비교할 뿐이다. 단테의 공평무사함, 다시 말해 저승 인물들의 위계질서를 제대로 이해하려면, 우리는 다음과 같은 사실을 명심해야 한다. 즉, 각 인물들의 궁극적 운명이 제시되는 이곳 저승에서, 그들은 상호 관계 속에서 등장하는 것이 아니라 각자 단독으로 등장한다. 그들은 하나의 소재로만 활용되고 단테는 그 자신의 구체적 목적에 필요한 것들만 그들로부터 뽑아낸다. 각 인물은 세계 질서와의 직접적인 관계에 따라 단독으로 심판된다. 그 인물이 세계 질서에서 차지하는 의미는 오로지 그 자신만이 결정한다.[38]

여기서 우리는 다시 한 번 저승 여행이 단테의 세계 질서와 딱 맞아들어 간다는 것을 발견한다. 저승에서 역사적 유대관계는 해소되고, 역사적 장소와 현세적 지위는 상실된다. 그러나 개인의 성격과 단일성은 유지된다. 이런 변모 속에서, 그 개인에게 내재된 세상은 말하자면 따로 떼어내져 새롭게 수립된다. 이때 그 개인에게 가장 핵심적인 질문은 이런 것이 된다.

전반적으로 보아 당신의 역사적 행위는 천지창조의 궁극적 목표와 어떤 관계를 갖는가?

우리가 카토를 포함한 카이사르의 적수들 또는 서로 긴밀하게 연결되어 있는 역사적 인물들을 생각해 보면, 이 점은 특히 분명해진다. 단테는 이런 사람들의 상호 관계는 완전 무시해버리고, 각 인물을 개별적으로 해석하여 그 인물에게 천지창조의 목적에 알맞은 지위를 부여하는 것이다.

『신곡』은 신적 계획의 최종 질서를 보여 준다

또한 구성, 작시, 언어 등 미학적 수준에서 살펴보면, 『신곡』의 주제는 특정한 질서를 요구한다. 그것은 단테가 제공하려 했고, 또 제공할 능력이 있는 그런 질서이다. 저세상은 여행자 앞에서 펼쳐지면서 세상의 모든 부분들이 하느님과 관련되어 조직되는 최종 구조를 드러낸다. 단테의 저승 이야기는 그런 신적인 계획에 포함된 관계와 일치된 시스템을 완벽하고도 충실하게 반영한다. 이렇게 볼 때, 내가 다음 제4장에서 자세히 다루게 될 『신곡』의 구성은 주제의 제약을 강하게 받게 된다.

다른 미학적 문제는 이 주제에 적합한 스타일을 발견하는 것이다. 단테는 평생 동안 최종적 해결을 위해 노력해 왔고, 『신곡』을 집필한 고상한 스타일은 그의 귀를 사로잡았던 모든 목소리들의 하모니였다. 프로방살 시인, 스틸 누오보, 베르길리우스와 기독교 찬송가의 목소리, 프랑스 서사시, 움브리아의 찬양시 등의 목소리가 『신곡』의 시행에서 들려오는 것이다. 또한 여러 철학적 학파들의 용어들과 풍성한 대중적 구어들이 사상 처음으로 고상한 스타일로 집필된『신곡』속으로 흘러들었다. 이런 다양한 요소들을 혼합하여 어색하거나 튀는 느낌 없이 하나의 일관된 흐름, 유연한 힘과 자연스러운 위엄을 갖춘 언어의 합창을 만들어낸다. 단테의 그런 능력은 참으로 놀랍다. 이것 또한 단테는 그가 다루는 초자연적인 주제로부터 부여받았다. 그 주제는 인간이나 인간적 사건들과는 다른 것이고, 그리하여 고상해지기 위하여 높이 현양되거나 과장되게 선전해야 할 필요가 없다. 그 안에 이미 고상함과 기타 모든 요소들, 가령 최고의 것과 최저의 것, 지혜와 우둔, 추상적인 개념과 구체적 사물, 느낌과 사건 등 모든 요소를 포함하고 있다. 이런 것들은 모두 천지창조 안에 포함되어 있고 그런 것들 특유의 자연스러운 표현과 함께 재현된다. 여기에는 현양되거나 은폐되어야 할 것이 없다. 사물들이 창조주의 질서 아래 명상되고 묘사되기 시작하면 사물들의 진리가 곧 위엄이 되기 때문이다.

단테의 주제는 그를 언어적 제약으로부터 해방시켰다. 그 주제는 각 사물에 어울리는 언어적 표현을 자동적으로 정당화해주고, 또 정확하게 정의해 주기 때문이다. 엉뚱하거나 어색한 과도함, 심미적 취미에 대한 감각적 탐닉 등은 창조주의 목적에 위배되고 그분의 질서를 깨트리는 것이므로 자연히 배제된다. 설사 과도한 표현과 감각적 탐닉을 기술적으로 교묘하게 감추려 한다 하더라도 그것은 용납이 되지 않는다. 특히 지상(이승)의 주제를 다룰 때에는 더욱 합목적적인 표현만 허용된다. 『신곡』의 언어에서 질서와 리얼리티는 상승작용을 일으켜 서로를 반영하고 풍부하게 해준다. 단테는 엄격하고 복잡한 시작법의 제약에도 불구하고 아주 자연스럽게 움직이기 때문에 이런 질서와 리얼리티의 상승작용을 더욱 촉진시킨다. 비상한 의미 때문에 특수한 표현을 요구하는 경우를 제외하고, 단테의 문장은 간단하고 명료하며 또 단단하다. 각운이나 운율을 위해 자연스러운 구조로부터 이탈하는 법이 거의 없다. 그 문장은 마치 인간 언어의 자연스러운 리듬인 양 복잡 미묘한 테르자 리마의 운율 안에서 살아 숨쉰다.

단테가 볼 때 『신곡』이 이탈리아 구어로 집필되어야 한다는 사실은 무척 자명했다. 우리가 『향연』에서 인용한 문장을 상기하면 여기에는 더 이상의 변명이 필요 없다.[39] 그렇지만 단테의 시대, 그러니까 휴머니즘이 막 동터 오던 그 시대에 이런 선택에 놀라움을 표시한 사람도 있었다는 것을 여기에 언급해 두고자 한다.[40] 단테가 볼 때 문화와 전통은 살아 있는 현재와 불가분의 관계였다. 교양은 지식의 모든 분야를 받아들이지만 학자들의 전유물은 아니며, 스틸 누오보로부터 물려받은 단테의 고상한 개념은 마음의 움직임을 다루는 개념으로서, 일반 대중(profanum vulgus)에 대한 지식인의 경멸 같은 것을 배제했다. 최고의 지식이 모든 사람 앞에 제공되어야 하고, 일상생활의 언어를 사용하고 인간의 일상적 삶을 다룰 때에만 비로소 보편적 표현의 고상한 스타일을 창조할 수 있다. 이렇게 하여 단테는 이탈리아의 국민 문학을 창도했고 그와 함께 모든 자국 문학의 밑바탕이 되는 고상한 유럽 스타일을 창조했다. 만약 후대의 휴머니스트들이 그의 유산을 그대로 물려받았더라면, 지금껏 계속되어 해결되지 않는 구파(anciens)와 신파(modernes)의 싸움 같은 것은 아예 벌어지지 않았으리라.(→구파와 신파)

베르길리우스와 베아트리체의 역할

이제 가장 중요한 사항을 가지고 이 장의 결론을 지으려 한다. 『신곡』의 주제 덕분에 단테는 자신의 불우한 인생을 정당화할 수 있었고, 그 인생을 보편적 질서 속에 편입시킬 수 있었다. 『신곡』의 첫 시행에서 단테는 길을 잃은 남자로 나온다. 그는 3계를 통과하는 여행자이고 가장 높은 은총(베아트리체)은 그에게 구원자 겸 안내자를 보내 준다. 베아트리체는 지하세계로 내려와 영원한 그림자 세계로부터 안내자 베르길리우스를 불러낸다. 은총의 사역을 수행하기 위하여 두 사람(베아트리체와 베르길리우스)이 이미 정해지고 확립된 저승의 제 자리를 떠나온 것이다. 구원의 신성한 계획을 집행하는 이 두 사람은 동시에 단테의 인생을 안내하는 힘이기도 하다. 베르길리우스는 팍스 로마나Pax Romana의 시인이고 마지막 사물들의 예언자이며 단테에게 아직 드러나지 않은 진리의 담지자擔持者이다. 베르길리우스는 단테에게 모든 것을 내포하는 지혜시智慧詩의 멋진 스타일을 알려준다.

베아트리체는 예전에 은밀한 진리의 가시적 구현체였고, 이제 완전한 질서의 계시로 등장한다. 그녀는 단테 자신의 다이몬(운명)이다. 그는 베아트리체를 따라가 구원되거나, 아니면 그녀로부터 멀어져 저주받거나 둘 중 하나이다. 베아트리체와 베르길리우스는 그의 내부에 있는 커다란 힘이다. 그의 진정한 사랑을 보여 주는 힘이고 단테를 오류로부터 구원하기 위해 동원되는 힘이다. 거기에 저 준엄한 선고를 무효화시키는 은총의 정의正義가 있는 것이다.[41] 두 사람은 단테에게 그들을 따라오는 힘과, 파괴적 힘들로부터 그 자신을 떼어내는 용기를 부여한다. 그들은 단테를 신적 질서에 대한 직관적 지식 쪽으로 인도한다. 그의 과거뿐만 아니라 그의 미래 또한 해석되고 정당화된다. 왜냐하면 그런 비전의 시간은 1300년이기 때문이다. 이 해에 단테는 여전히 피렌체에 살고 있었고, 재앙은 아직 닥쳐오지 않았다. 따라서 『신곡』의 맨 앞에 나오는 과오는 이 연도보다 앞서는 것이고, 그 다음에 벌어진 일들 — 추방, 헛된 희망, 가난, 오만한 물러감 등 — 은 단테의 과오와는 아무런 관련이 없다. 이런 것들은 그가 받아 마땅하고, 또 합당한 지상의 운명이고, 고위직에 부수된 위엄처럼 그에게 소속된 것이다. "당신은 고통을 당하고, 또 불행해

질 것이다."라고 브루네토와 카차구이다가 각각 지옥과 천국에서 단테에게 말했다. 하지만 그 고통을 기억하라. 자부심을 느끼면서 당신의 입장을 고수하라. 그 고통의 정당함은 곧 계시될 것이다. 단테는 아주 겸손하고 아주 확신에 찬 상태로 지상의 명성과 저승의 축복을 기대하며 그의 시대에 맞서서 그의 몸을 내던진다.

신성으로 변모한 애인이 개입하고, 그녀의 도움으로 지옥과 연옥을 여행한다는 것은 방랑자가 젊은 날의 영감으로 되돌아온다는 뜻이다. 소년 시절 단테가 겪었던 첫 체험과 그녀를 처음 보았을 때의 감정이 연옥의 꼭대기에서 반복된다. 그의 도정道程은 감각에서 출발하여 지식과 운명을 거쳐 감각에 대한 제2차적, 비전적 체험으로 나아간다. 이 모든 단계에서 신적 질서는 이렇게 작용한다. 처음에는 압도적 암시로 나타나고, 그 다음에는 올바른 행동을 지향하는 의지의 충동으로 나타나고, 마지막으로 단테의 노력을 완수시키고 가지성(可知性: 신)을 계시하는 현현으로 나타난다.

이것은 모든 기독교 신자가 걸어가는 길이다. 그는 먼저 감각으로부터 시작한다. 하지만 변증법적 원칙인 이성이 부여되어 있기 때문에, 지상생활에서 벌어지는 드라마 속에서 그 이성은 점점 더 확대되는 (세상으로의) 참여와 영원한 (세상으로부터의) 이탈 사이에서 결정을 내려야 한다. 그러나 그 길의 끝에서 계시되는 베일에 가려진 신비, 그(기독교 신자)에게 따라오라고 종용하고 명령하는 은밀한 암호, 다시 말해 다이몬(천상과 지상을 매개하는 존재. -옮긴이) 베아트리체는 이제 더 이상 어린 시절의 그녀가 아니다. 구체적인 어떤 여자 혹은 아주 개인적이고 우발적인 체험을 겪는 그런 여자가 아니다. 감각적인 매혹이 이제 구원의 작업에 더욱 박차를 가하기 위해 변모했고, 그것(추상화된 베아트리체)은 '사랑' 그 자체가 되어 인간을 하느님의 비전 앞으로 들어올린다. 궁극적인 저승에서는 외관이 관념과 구분되지 않으며 그(관념) 안에 포함되어 변모할 뿐이다.

이러한 변모는 오로지 시만이 표현할 수 있는 형이상학이다. 시 안에서 형이상학은 이성에 갇혀 있는 교훈적 철학을 초월한다. 오로지 시만이 계시에 가까이 다가갈 수 있고, 그것을 표현할 수 있다. 이러한 시는 아름다운 환상 그 이상의 것이다. 그것은 진리와 관련하여 세 번째 등급에 불과한 모방이 아니다. 여기에서는 계시된 진리와 그 시적 형식이 완전 혼융되어 하나가 된다.

제4장

『신곡』의 구조: 물리적 · 윤리적 · 역사-정치적 체계

이 위대한 시의 구조는 3개의 체계와 서로 긴밀하게 연결되어 있고 그 체계들은 신적 질서에 조응하는 것으로 인식된다. 『신곡』에는 물리적 체계, 윤리적 체계, 역사-정치적 체계의 3개 체계가 있는데, 이것들은 각자 다른 전통들을 종합한다.

『신곡』의 물리적 체계

물리적 체계는 기독교적 아리스토텔레스주의에 의하여 기독교 교리 속에 편입된 프톨레마이오스의 우주 질서이다. 이 체계는 전반적으로 또 아주 상세하게 전성기 스콜라 철학자들의 저서 속에, 또는 그 철학자들로부터 영감을 받은 교훈적 저서들 속에 체계화되어 있다. 그리하여 단테는 아리스토텔레스, 알프라가누스, **알베르투스 마그누스**, 토마스 아퀴나스, 브루네토 라티니 등의 원천으로부터 물리적 체계의 근본 특징을 가져올 수 있었다.

지구는 우주의 중심이다. 그 주위로 아홉 개의 동심원을 가진 천체가 돌고 있으며, 모든 것을 포섭하는 열 번째 천체인 지고천은 하느님이 계신 곳으로 완전한 휴지休止의 상태에 있는 것으로 인식된다. 지구 중에서도 절반인 북반구만이 인간이 거주 가능하다. 오이코메네oikomene, 즉 거주 가능한 세계의 동쪽 끝과 서쪽 끝은 각각 갠지스 강과 헤르쿨레스의 기둥이다. 북반구의 중심은 예루살렘이다. 지구의 속에는, 그러니까 북반구의 땅속에는 밑으로 내려갈수록 끝부분이 좁아지는 깔때기 같은 지옥이 있다. 지구 내부의 가장 깊은 곳, 그러니까 지구의 정중앙에는 대악마 루키페르의 영원한 거처가 있다. 루키페르는 천지창조 직후에 타락하여 지구 내부 깊숙이 파고들어 갔는데, 그 결과 지구 내부의 상당 부분을 위로 들어 올리게 되었다.[1]

이렇게 들어 올려진 부분은 거대한 산이 되어, 남반구를 뒤덮고 있는 거대한 바다 위로 우뚝 솟았다. 이곳이 바로 연옥산인데, 천국에 오르기로 되어 있으나 아직 정화의 과정이 필요한 영혼들이 머무르는 곳이다. 이 산의 꼭대기는 지상의 낙원이고 동시에 지구가 제일 낮은 천구天球에 가장 가까이 다가간 지점이다.[2] 지상의 낙원에서는 최초의 남자와 여자가 살아 있는데 그만 하느님의 은총을 잃어버리고 타락했다. 진정한 천국인 천계는 그 안에 들어 있는 천체에 따라 순서가 결정된다. 고대 천문학의 일곱 개 항성들이 각각 일곱 개의 하늘을 관장하는데, 제1천은 월광천, 제2천은 수성천, 제3천은 금성천, 제4천은 태양천, 제5천은 화성천, 제6천은 목성천, 그리고 제7천은 토성천이다. 이어 별들이 고정되어 있는 제8천인 항성천이 있고, 제9천인 원동천은 보이지 않는 수정水晶 같은 하늘이다. 그리고 마지막으로 제10천인 지고천이 있다. 천체들은 동심원을 따라 둥글게 회전한다. 제9천은 하느님과 합일되려는 불타는 욕망을 가지고 있기 때문에 초고속의 원운동 회전 속도를 획득한다. 반면에 움직임이 없는 제10천에 하느님이 거주하신다. 9개의 천체는 원동자(原動者: 지성들 intelligences)들 혹은 천사들의 위계질서를 통하여 그 내부에 있는 하급 천체에게 그에 걸맞은 움직임을 부여한다.[3)]

성스러운 평화의 하늘 안에서 돌고 있는 천체의 권능 안에 모든 사물의 존재가 담겨 있습니다. 수많은 별들이 있는 그 다음 하늘은 그것과 구별되면서 그 안에 포함된 여러 본질들에게 그 존재를 나눠주지요. 다른 하늘들은 서로 다른 방식으로 자체 안에 갖고 있는 서로 구별된 힘들을 고유의 목적에 맞게 배치하고 확산시키지요. 우주의 이런 기관들은 그대가 보다시피 그렇게 단계별로 배치되어 있으니 위에서 힘을 받아 아래로 작용합니다…… 신성한 하늘들의 힘과 움직임은 마치 대장장이에게서 망치의 기술이 나오듯이 복받은 원동자原動者들에게서 발산되고, 수많은 별들이 아름답게 꾸미는 하늘은 그것을 돌리는 심오한 정신(하느님)의 모습을 취하고 그 봉인封印을 남기지요. 마치 먼지 같은 그대들 속에서 영혼이 서로 다른 기관들에 퍼져 적절하게 서로 다른 기능들을 수행하는 것처럼. 지성(즉 하느님)은 자신의 선善을 많이 늘려 별들 사이에 퍼지게 하면서도, 하느님은 여전히 그 단일성을 유지하십니다. 하느님이 생명을 부여하는 귀중한 몸체와 다양한 힘이 다양하게 연결되는데, 그대들 몸에 생명이 연결되는 것과 같지요. 거기에서 나오는 즐거운 본성으로 인해 눈동자에 즐거움이 생생하게 빛나듯이 그 뒤섞인 힘은 몸체에서 빛납니다. 이 때문에 빛과 빛이 서로 다르게 보이는 것이지, 빛의 밀도나 희박성 때문에 그런 것은 아닙니다. 이것이 형성의 원리입니다……[4]

이 문장으로부터 우리는 다음과 같은 두 가지 사실을 알 수 있다.
1. 우주의 존재와 전반적인 움직임은 원동자(primum mobile)로 나온다.(다시 말해 하느님의 사랑과 하느님에 대한 사랑으로부터 나온다.) 모든 창조물은 신성한 '존재'의 펼침이며 반영이다. "죽지 않는 것이나 죽어야 하는 것은 모두 우리 주님께서 사랑하여 낳으시는 그 이데아의 빛이 아닌 것이 없답니다."[5] 피조물의 움직임과 모든 행위는 '그분'에게서 영원한 원천을 얻는다. 위에 인용된 문장은 월광천의 성격을 다룬 문장에서 나온 것이므로, 천체들에 대해서만 언급하고 있다. 하지만 실은 모든 피조물에 대해서 같은

말을 할 수 있다. 하느님이 직접 창조하신 것들(지성들, 천체들, 최초의 물질[primus materia], 인간의 영혼 등)과 하느님이 그분의 기관들(organs)을 통해 간접적으로 만드신 것들(원소, 식물, 동물 등)[6]도 사랑의 힘이 작용하여 그 존재를 지탱하는 것이다. 이 세상 어디에서나 하느님의 선하심이 인장처럼 찍혀 있으며, 그 선하심이 만들어내는 움직임이 곧 사랑이다. "아들아, 창조주나 창조물은 사랑이 없었던 적이 없으니 알다시피 자연이나 영혼이나 모두 그러하다. 자연의 사랑에는 언제나 오류가 없으나 (인간) 영혼의 사랑은 그릇된 대상 때문에, 또는 너무 넘치거나 모자라서 잘못될 수 있다."[8]

2. 우주는 첫 번째 움직임이 일파만파로 번져나가는 것이다. 지성들 혹은 천사들은 그 움직임을 하위 등급의 피조물에게 전한다. 그러나 이런 파급 효과에도 불구하고 신성한 '존재'의 단일성은 결코 사라지지 않는다. 단테는 **삼위일체**와 관련하여 성 토마스의 말씀을 인용한다.[9]

당신의 선하심으로 아홉 실체(아홉 하늘)들에 마치 거울처럼 그 빛을 비추면서도, 당신은 영원히 하나로 남아 계십니다. 거기에서 하늘과 하늘을 거쳐 빛은 마지막 가능성에까지 내려와서 덧없는 우연물들만 만들게 되는데, 그 우연물들이란 하늘이 움직이면서 만들어낸 것들이라는 뜻이지요……

이렇게 하여 천지창조의 다중성이 신성한 선하심(divine good-ness)의 펼쳐짐과 반영으로부터 비롯된 것임을 알 수 있다. 아홉 개의 실체는 아홉 천사(아홉 하늘을 관장하는 아홉 품계의 천사들)를 가리키는데, 이들은 소관所管 천체와 그 천체의 빛을 받는 자들을 움직이는 힘이다. 여기에서 천문학적 개념과 신적 질서의 상관관계가 아주 분명해진다.

「천국」의 제1곡에서 단테는 육신을 가진 자신이 하늘에 오를 수 있다는 사실에 놀라움을 표시한다. 그러자 베아트리체는 이렇게 대답한다. "모든 만물에는 서로의 사이에 질서가 있으니 그것은 우주가 하느님을 닮은 형상이기 때문이지요. 여기에서 높은 창조물들(천사들)은 영원한 가치(하느님)의 흔적을 보게 되니, 그것은 바로 그런 질서가 만들어진 목적이지요. 모든 자연은 내가 말하는 질서 속에서 서로 다른 조건으로 그 원리에 더 가깝거나 멀게 기울어지게 되고, 그래서 존재의 넓은 바다에서 서로 다른 항구로 움직이고, 각자 자신에게 주어진 본능을 간직하지요. 우주의 질서는 달을 향하는 불에도 있고 죽어야 할 사물들의 마음을 움직이고, 땅을 뭉쳐 하나로 만들지요. 그 활은 지성이 없는 피조물들만 쏘는 것이 아니라, 지성과 사랑을 지닌 피조물들까지 쏜답니다. 그렇게 모든 것을 배려하시는 섭리는 가장 빨리 도는 하늘(제9천)을 감싸는 하늘(제10천)을 자신의 빛으로 언제나 평온하게 만들지요. 기쁨의 표적을 향하여 곧바로 화살을 날리는 활시위의 힘이 바로 그곳, 정해진 자리로 지금 우리를 데려가고 있답니다……"[10]

이 본능은 천체들의 작용이다. "모든 씨앗을 어떤 목적으로 인도하는 위대한 천체들의 작용"[11](여기서 씨앗은 피조물을 가리킨다. 점성술에 의하면 모든 피조물은 태어나는 시간의 별자리가 그를 이끌고 인도해 준다. -옮긴이) 인간을 제외하고 지상에 창조된 모든 피조물은 천체들의 작용에 복종한다. 그렇지만 인간도 신체를 가지고 있으므로 영혼의 감각적 능력은 별자리의 영향을 받는데, 영혼에는 이성적 부분도 들어 있으므로 그 영향을 관리하고 제한한다. 그렇게 관리하고 제한하는 힘이 바로 자유 의지이다.[12] 성 토마스는 이렇게 말한다.[13] "천체들은 자유 의지가 작동하는 직접적 원인이 될 수 없다. 그렇지만 천체들은 그런 작용 쪽으로 기울어지는 경향을 거드는 원인이 될 수는 있다. 천체가 인간의 몸에 인상을 남기기 때문이다. 그 결과 신체적 기관의 행위인 감각적인 능력에도 영향을 미칠 수 있다. 이렇게 하여 인간의 행위에 대하여 어떤 경향을 결정한다." 토마스 성인은 다른 문장에서는 이렇게 말하기도 했다.[14] "천체들은 우리의 의지 발동과 선택 행위의 원인은 아니다. 왜냐하면 의지는 영혼의 지적인 부분이기 때문이다……." 영혼의 지적인 부분(pars intellectiva)은 인간의 궁극적 본질(vis ultima)이다.[15] 이것이 인간을 인간으로 만들고, 인간은 선을 향해서든 혹은 악을 향해서든 의지를 행사해야 한다.

그것이 없다면 그는 식물이나 동물이 악을 행할 수 없는 것처럼 악을 행하지 못한다. 왜냐하면 자연적인 것은 언제나 오류가 없기 때문이다.[16]

『신곡』의 윤리적 체계

인간의 특별한 지위에 대한 이런 논평 덕분에 우리는 『신곡』에 내재된 두 번째 체계인 윤리적 체계에 눈을 돌리게 된다. 오로지 인간만이 선택의 자유를 갖고 있고, 그것은 지성과 의지로 구성된 힘이다. 비록 이 힘이 자연적 기질과 밀접한 관련을 맺고 있지만 언제나 개별적인 것이고, 그래서 인간의 자연적 기질을 초월하게 된다. 바로 이 힘 덕분에 인간은 지상에서 살아가는 동안 옳은 방법으로 혹은 그른 방법으로 사랑을 할 수 있고, 그래서 그 자신의 운명을 결정할 수 있다. 이런 개념을 바탕으로 구축한 윤리적 체계 속에서 단테는 성 토마스가 더욱 정교하게 발전시킨 『니코마코스 윤리학』(→아리스토텔레스)을 따라간다. 일찍이 브루네토 라티니는 그의 장편시 『보물』(특히 제6권과 7권)에서 아리스토텔레스와 성 토마스의 윤리적 교리들을 설명한 바 있다. 라티니의 설명은 단테와 여러 면에서 겹친다. "당신(라티니)은 나에게 인간이 영원한 존재가 되는 방법을 가르쳐 주셨습니다."라는 말은[17], 단테가 윤리적 문제와 관련하여 라티니를 최고의 권위로 인식했다는 사실을 분명하게 보여 준다.

인간의 윤리적 성질은 그의 자연적인 성향 혹은 기질에 바탕을 두고 있다. 그런 만큼 인간의 윤리적 성질은 언제나 선량하다. 왜냐하면 그것은 사랑이고, 더 구체적으로 말해 보자면 어떤 선함에 대한 사랑이기 때문이다. 최고선과 선의 원천은 곧 하느님이다. 인간의 이성(anima rationalis)은 하느님에 대한 절실한 사랑을 지상 생활의 주된 목표로 선택할 수 있고, 명상적 생활(vita contemplativa)을 통하여 가장 높은 지상적地上的 탁월함을 획득할 수 있다. 그러나 개별적 기질과 밀접한 관계를 맺고 있는 이성은 하느님에 대한 매개된 사랑을 선택하여(하느님의 피조물들에 대한 사랑을 매개로 하여 하느님을 사랑할 수 있다는 뜻. ―옮긴이), 그분의 피조물들, 특히 지상의 선한 것들에 시선을 돌릴 수 있다. 이 후자의 선택은 필연적으로 활동적 생활로 유도하고 그 생활은 아주 다양한 형태를 취한다. 그 매개된, '2차적인' 선한 것들에 대한 사랑이 적절한 절제 속에서 이루어진다면, 그것은 활동적 생활(vita activa)의 미덕으로 인도한다. 그러나 자연의 사랑(자연 속에 있는 선한 것들에 대한 사랑)은 과도함이나 대상의 잘못된 선택으로 인해 부패될 수 있다. 이런 부패가 죄악인데 그 원천은 언제나 과도하거나 오도된 사랑에 있다.

단테가 『신곡』에서 탐험한 저승 세계에서, 인간들은 이미 심판을 받았다. 그들의 삶에 대한 결산표가 작성되었고, 그들은 영구히 그들 고유의 장소에 배치되었다. 각 단계의 물리적 특성은 그 단계에 거주하는 사람들의 윤리적 가치와 일치한다. 어떤 영혼들은 단죄를 받았다. 연옥에 있는 영혼들은 앞으로 다가올 축복의 기대감을 맛보고 있다. 어떤 영혼들은 그 축복을 이미 얻었다. 지옥, 연옥, 천국의 3계에 속한 인간들은 지상에서의 행동 혹은 기질에 따라 그에 합당한 그룹에 배치되었다. 이 그룹에 소속한 개개 인간들은 그 자신의 특수한 삶과 성격에 적합한 태도와 위엄을 가진 개인으로 재현된다. 분류의 3체계 — 3계, 각계의 내부 그룹들, 그리고 각 그룹에 속한 개인의 특성 — 는 그 안에 각각 윤리적 의미를 갖고 있다. 하지만 단테의 동정심 나아가 우리 독자의 동정심을 결정하기 위해서, 각 그룹에 속한 개인의 특성은 앞의 두 원칙(3계와 각계의 내부 그룹들)보다 훨씬 중요하다. 이 점은 특히 「지옥」과 관련하여 더욱 그러하다. 베르길리우스를 포함하여 림보에서 거주하는 덕성스러운 이교도들을 제외하고, 「지옥」에는 의미 있는 인물들이 아주 많다. 그들의 비상한 미덕은 단죄의 원인인 악덕에 의해 취소되지 않는다. 비록 왜곡된 것이기는 하지만 선을 향한 그들의 당초 충동은 아직도 무척 강력하다. 그리하여 그들은 우리가 보기에 아주 강력한 인간성을 유지하며 그들 중 몇몇은 특히 우리의 강한 동정심을 자아낸다. 단테는 그것을 명시적으로 언급하지는 않지만, 이러한 개인적 태도의 유지는 아주 위엄 있는 것이었으며, 그런 개인적 태도가 영원한 심판의 한 부분으로 간주되어야 한다.[18]

218

연옥과 지옥의 죄악 분류법

그룹을 형성하는 원칙은 3계가 각자 다르다. 각 계가 추구하는 목적이 다른 점을 감안하면 이런 차이는 자연스러운 것이다. 영원한 징벌의 영역(계)인 지옥에서, 미덕에 의한 분류는 불가능하다. 반면에 천국에서는 죄악도 악덕도 없다. 연옥에는 그 두 가지가 다 있다. 연옥의 목적은 정화이므로, 분류의 기반은 속죄해야 할 필요가 있는 사악한 충동이 되어야 마땅하다. 하지만 그것은 지옥의 죄악 분류와는 다르다. 왜냐하면 징벌은 이미 저질러졌으되 충분히 회개하지 않은 행동을 기준으로 하는 반면, 정화는 개인적 행동이 고백되고 참회된 이후의 부패한 기질에 적용되기 때문이다. 우리가 이미 살펴본 바와 같이, 죄악은 과도한 사랑이나 오도된 사랑에 그 원천을 두고 있으며, 그 사랑들은 그것들이 영혼 속에 일으킨 사악한 경향에 따라 분류된다.

과도한 사랑은 '너무 많은' 혹은 '너무 적은'으로 세분된다. 너무 많은 사랑은 세속적인 좋은 것들에 대한 열정을 말하는데 욕정, 대식, 탐욕이 여기에 해당하고 너무 적은 사랑은 게으름이 대표적이다. 토미스트 사상 체계에서 악은 순수하게 부정적인 것이다. 왜냐하면 신적 선하심(divine goodness)의 확산인 피조물은 그 자체로는 악이 될 수 없기 때문이다. 따라서 오도된 사랑은 어떻게 정의될 수 있을까? 그것은 선한 것을 왜곡시키려는 욕망,

그 선한 것의 선함으로부터 달아나려는 욕망이다. 그 누구도 자기 자신을 증오할 수 없으므로 오도된 사랑은 이웃을 향한다. 오도된 사랑은 다시 교만[19], 질투, 분노로 세분된다. 이것은 연옥의 분류이다.[20] 연옥에서 자신의 죄를 참회하고 고백한 영혼들은 정화가 되고, 그들의 지위는 가장 중대한 죄악에서 가장 경미한 죄악에 따라 위로 올라간다. 그 죄악의 순서를 적어 보면 교만, 질투, 분노, 나태, 탐욕, 탐식, 방탕이다.

반면에 우리가 지옥에서 단죄되는 죄악들(하느님의 은총에 의해 용서받지 못한 죄악의 행동들)을 살펴보면, 여기에는 새로운 고려 사항이 등장한다. 즉 의지의 동의가 그것인데 이것 없이는 그 어떤 행동도 수행되지 못하기 때문이다. 따라서 지옥에서는 의지의 성향이 판단과 분류의 기준이 된다. 만약 원숙하고 조심스러운 생각 끝에 어떤 사악한 행동에 동의했다면 그것은 순수한 사악함의 행위가 된다. 과도한 욕망에 의해 생각에 혼란이 왔다면, 그것은 열정의 행위가 된다. 따라서 징벌의 경중에 따라 지옥은 두 부분으로 나누어진다. 열정 때문에 죄를 저지른 사람들은 사악한 의도로 죄를 저지른 사람보다 가벼운 징벌에 처해진다. 따라서 가벼운 죄를 지은 사람은 땅속 덜 깊은 곳에, 그리고 무거운 죄를 지은 자일수록 땅속 깊숙이 들어가게 된다.

이런 근본적인 차이가 두 계(연옥과 지옥)의 윤리적 질서이다. 지옥에서는 사악한 행위에 대하여 징벌을 받는 한편, 연옥에서는 왜곡된 기질들이 정화된다. 이런 사실은 왜 교만과 질투가 지옥에서는 분류 그룹이 없는지 설명해 준다. 왜냐하면 그것들은 어떤 기질로서 어떤 구체적 행동과 연계되지 않기 때문이다. 또 이것은 다음과 같은 점도 설명해 준다. 연옥에서 분노는 죄악에 대한 사랑으로 해석되며, 그래서 두 번째로 중대한 죄악으로 분류된다. 반면에 분노는 지옥에서 두 가지 형태를 취한다. 하나는 갑작스러운 분노인데 열정의 죄악으로 간주되어 비교적 덜 낮은 원에 배치된다. 그러나 사전에 모의된 보복적인 분노는 지옥의 더 낮은 원에 배치된다. 게으름은 지옥 그 자체에는 자리가 배정되지 않는데, 게으름은 어떤 구체적 행동으로 나타나지 않기 때문이다. 반면에 림보의 비겁자들은 연옥의 제4원에 있는 게으른 자들과 상응한다.

마지막으로 천국의 영혼들은 선하고 왜곡되지 않은 기질, 그들의 정당하고 절제된 사랑에 따라 분류된다. 이렇게 분류된 각 클래스는 천체의 권역에 자리를 배정받는다. 천국 영혼들의 이성은 선을 지향하게 만드는 천체의 영향을 순수하게 간직하고 있다. 만약 일부 왜곡된 것이 있다면 연옥에 있을 때 이미 정화를 받았다. 각 영혼은 자신에게 주도적인 영향을 미쳤던 천체에 배치된다.[21]

지옥에서 사악한 행동을 분류하는 전반적인 기준은 아리스토텔레스 윤리학에서 나온 것이다. 하지만 림보, 지옥의 제1원과

제6원, 그리고 많은 특수한 다른 곳들에서는, 다른 윤리의 원천과 개념이 활용된다. 징벌을 고안하고 악령을 창안創案하는 데 단테의 시적 판타지(幻想)는 엄청난 양의 전통적 신화를 활용한다. 그래서 그 신화의 원천과 의미를 찾아 많은 연구가 수행되었으나 전적으로 만족스러운 결과는 나와 본 적이 없다. 지옥이라는 분화구는 아홉 개의 원으로 나뉘어져 있다. 원이 아래로 내려갈수록 죄악은 더 혐오스럽고 징벌은 더 끔찍한 것이 되어 간다. 제1원에는 덕성스러운 이교도들과 세례 받은 어린아이들이 거주한다. 이들은 크리스천이 아니라는 이유로 천국에 들어가지 못하는 그룹이다. 이들은 결코 하느님의 얼굴을 보지 못하는데, 그것이 이들에게 부과된 유일한 징벌이다. 고대의 인물들은 엄숙하고 위엄 있는 행동을 해 보이는데, 우리에게 고대의 저승관을 상기시킨다. 제1원에서 제5원까지는 무절제의 죄악을 저지른 자들이 거주한다. 먼저 지상의 열정 — 방탕과 탐식 — 에 탐닉한 자들이 나오고, 이어 정신적 무절제 — 탐욕과 분노 — 를 저지른 자들이 나온다. 제5원은 비교적 가벼운 죄악을 저지른 자들이 거주하는 마지막 원인데, 여기에 지옥의 강인 스틱스가 흐른다.

베르길리우스와 단테는 이 강을 건너 무거운 죄악의 성벽 도시 혹은 악마의 도시(civitas diaboli)로 들어간다. 이 도시 중 가장 위쪽에 있는 원(제6원)은 아리스토텔레스가 카테고리를 부여하지 않은 자들, 즉 이교도와 무신론적 '쾌락주의자들'이 거주한다. 이어 아리스토텔레스의 순서에 따라 난폭한 자들(제7원)과 속이는 자들(제8원)이 나온다. 이 두 그룹은 그들의 죄악과 징벌의 특별한 특징에 따라 다시 세분된다. 폭력에는 세 종류가 있는데 이웃에 대한 폭력, 자기 자신에 대한 폭력, 하느님에 대한 폭력이 그것이다. 반면에 속이는 자들은 구체적 범죄 행위에 따라 분류된다. 매춘부 주선자, 아첨꾼, 성직 판매자, 점쟁이, 사기꾼, 위선자, 도둑, 사악한 조언자, 소란을 일으키는 자, 문서 위조자 등이다. 이들보다 한 등급 더 아래로 떨어져서 제일 낮은 제9원에 거주하는 자들은 신뢰의 신성한 유대관계를 깨트린 자들, 즉 배신자들이다. 지옥의 가장 깊은 밑바닥에 살고, 세 개의 아가리를 가진 마왕魔王 루키페르는 최악의 배신자들을 계속 물어뜯고 있다. 그 중 하나는 그리스도를 배신한 유다이고, 다른 둘은 카이사르를 암살하여 제국을 배신한 브루투스와 카시우스이다.

단테는 림보(지옥의 변방)에 비겁하고 인색한 사람들[22], 비난도 칭송도 듣지 못하고 살았던 사람들을 다수 배치했다. 또 루키페르가 반란을 일으켰을 때 명확한 입장 표명을 하지 않은 천사들도 여기에 배치했다. 이러한 분류는 아주 자연스러운 것이다. 나태는 아무런 구체적 사악한 행위로 이어지지도 않고, 따라서 지옥의 징벌 체계에 포함되지 않기 때문이다. 하지만 아리스토텔레스와 성 토마스는 나태를 죄악이라고 생각한다. 왜냐하면 사랑이 없으면(나태하여 사랑의 의지를 발동하지 않으면) 인간은 하느님을 볼 수가 없기 때문이다.

우리는 『신곡』을 읽으면서 단테가 냉정도 열정도 없는 사람들을 아주 경멸한다는 것을 분명하게 알 수 있다. 이런 자들에 대한 징벌은 지독한 고문을 가하는 것이 아니라 짜증나는 괴롭힘을 안겨주는 것이다. 가령 벌레에 물어뜯기면서 시끄럽게 원을 빙빙 도는 징벌이 가해진다. 하지만 그들이 당하는 도덕적 고통은 그보다 훨씬 심각하다. '동정'과 '정의'는 그들을 쳐다보지도 않고 외면한다. 그들의 흔적은 지상에 아예 남아 있지 않다. 천국은 그들을 아예 제외시켰고, 최악인 것은 그들이 심지어 지옥에도 들어가지 못한다는 것이다. 왜냐하면 지옥의 사악한 자들은 지옥에 떨어졌을망정 그래도 영광을 얻어내려고 노력했기 때문이다. 어떻게 보면 림보에 떨어진 자들은 지옥 제일 밑바닥의 죄인들보다 더 열등한 자들이다.

제일 밑바닥 죄인들은 그래도 자신이 인간임을 자각하고 인간적인 방식으로 선 혹은 악을 저질렀지만, 림보에 떨어진 자들은 나태하고 미적지근하여 "삶을 제대로 살아본 적이 없는" 자들이다. 그들은 인간의 궁극적 힘을 사용하지 않았고, 자신의 이성과 의지의 결정에 따라 행동하지 않았다. "제대로 살아본 적이 없는 이 불행한 자들"이라는 말과 함께 단테는 림보에 빠진 자들의 영원한 운명을 서술한다. 여기에서도 그들은 적절한 징벌의 법칙[23]에 따라 그들의 영원한 거주지를 배정받는다. 하지만 이들을 묘사할 때 단테가 아주 격정적인 어조가 된다는 사실에서 우리는 그들을 경멸한 단테의 개인적 취향을 엿볼 수 있다. 단테는 열정적이고, 겁이 없으며, 선을 옹호하기 위해 감연히 앞장 서는 사람이었다. 따라서 적극적인 투쟁이 단테의 자연스러운 생활양식이었고, 그런 사람들을 선호했다.

단테는 낭만주의의 선구자

적절한 징벌의 법칙이 지옥의 징벌 체계를 지배하고, 그리하여 아주 구체적이고 현실적인 알레고리적 해석이 나온다. 그런 해석은 다양한 인물들의 외양에 적절하면서도 다채로운 배경을 제공한다. 이들에게 가해지는 징벌은 환상적이면서도 괴기한 솜씨로 선택된다. 이것은 천재 단테가 갖고 있는 자료의 풍부함, 어두운 파토스, 때로는 현학적이기까지 한 구체성과 정밀성을 잘 보여 준다. 이미지를 환기하는 놀라운 힘과 정서적인 어조 덕분에, 지옥의 풍경 묘사에는 막연한 인상적 암시 따위는 없다. 실제로 벌어진 일을 기록하는 것처럼 그 설명은 언제나 질서정연하고 방법론적이다. 그가 이미지를 환기하기 위하여 목소리를 높이는 곳에서나, 독자들의 공감, 분노, 위구, 혹은 공포심을 불러일으키려 하는 곳에서도 저 엄격한 명료성은 결코 희생되는 법 없이 그대로 유지된다. 낭만주의 시대에 들어와 단테가 명성을 누리게 된 것은 지옥의 풍경과 징벌 때문이었다. 매우 당연한 일이지만 심지어 오늘날에도 그것들(풍경과 징벌)은 단테가 누리는 대중적 명성과 상당한 관련이 있다. 하지만 엄격한 신고전주의의 시대에는 그것들 때문에 단테가 경원시되기도 했다.

그러나 결론부터 말하자면 낭만주의적 관점이나 신고전주의적 관점은 모두 오해에 지나지 않는다. 단테는 실제로 낭만주의를 만들어낸 사람들 중 하나였다. 낭만주의는 환상적인 고딕 Gothic적 꿈의 세계와 괴기하고 공포스러운 것들을 선호하는데, 단테의『신곡』은 그런 측면에 상당한 영향을 주었던 것이다. 하지만 단테는 후배 문인들의 그런 엽기 추구의 태도를 기꺼이 받아들이지는 않았을 것이다. 단테 숭배는 낭만주의의 미학에서 절정에 달했는데 이때 처음으로 단테 숭배를 표시한 사람은 이탈리아 사람 **잠바티스타 비코**(1668-1744)였다. 비코가 활동했던 시기는 단테를 배척하는 신고전주의의 시대(18세기)였으나, 그래도 비코는 단테를 높이 평가했다. [24]

비코는 단테를 **호메로스**와 비교한다. 그가 말하기를, 두 시인은 그들의 민족이 막 야만주의로부터 벗어난 시기에 활동했고, 그들의 시에 그 야만 시대를 반영했다. 두 시인은 과감하고 대가다운 솜씨로 진정한 스토리를 말했다. 두 시인은 힘차고 순수한 상상력의 소유자였고 문명시대의 특징인 철학적·합리적 복잡성의 흔적이 전혀 없었다. 호메로스가『일리아스』에서 잔인하고

유혈적인 전투를 장엄한 어조로 노래했다면, 단테는 지옥의 끔찍한 징벌을 순수한 마음으로 장엄하게 노래했다. 두 시인은 결코 철학자가 아니었다. 그들의 지혜는 원시적이고 야만적인 사람들이 지닌 영웅적이고 신화적인 지혜였다.

우리는 18세기 초에 나온 이런 판단에 진리의 요소가 들어 있는지 아닌지는 여기서 따지지 않기로 하겠다. 물론 비코는 1300년대의 문화에 대해서 명확한 개념이 없는 사람이었다. 그렇지만 단테의 텍스트를 자칭 읽었다고 하면서도 단테와 호메로스의 비교가 이처럼 엉뚱하다니 놀라울 뿐이다. 비코는 다음의 사실을 간과했거나 아니면 받아들이지 않으려 했다. 즉 『신곡』은 전성기 스콜라 철학의 작품일 뿐만 아니라 충분하게 설명된 인간이성의 작품(umana ragione tutto spiegata)이라는 사실 말이다.[25] 게다가 비코는 단테를 가리켜 야만인이라고 했으나 그 야만인 단테는 "지적인 복잡성", 즉 상상의 정밀성과 명료성에서는 비코보다 우월했다. 비코는 별로 입맛에 맞지도 않은 스콜라 철학, **얀센주의**, 데카르트 등의 논리학을 억지로 공부한 사람이었다. 비코가 단테에 관하여 이처럼 분명한 사실을 간과한 것은 텍스트를 정확하게 읽지 않았기 때문이다. 그것은 낭만주의적 숭배자들이 그들의 문학적 이상을 설명하기 위하여 단테의 「지옥」을 툭하면 끌어다댄 것만큼이나 엉뚱한 짓이다. 왜냐하면 「지옥」에서 단테의 시적 위력은 야만적인 순수함이나 낭만적인 환상성에서 나오는 것이 아니기 때문이다. 단테는 무질서하고 감상적인 감정의 발로나 분출은 철저히 거부했다. 오히려 명료하고 정밀한 지성을 바탕으로 하여 시를 썼고, 바로 여기서 단테 시의 엄청난 힘이 흘러나오는 것이다.

지옥의 징벌들을 구상하는 데 단테는 신화적 소재와 대중적 신앙의 요소들을 활용했다. 그 징벌들은 아주 상상력이 넘치지만 각각의 징벌은 엄격하고 정밀한 명상, 관련된 죄악의 정도와 지위, 합리적인 윤리적 체계 등을 바탕으로 하여 부과되었다. 또한 각각의 징벌은 신적 질서의 구체적 실현으로서, 그 죄악의 성질에 관하여 합리적인 생각을 유도한다. 다시 말해 그 죄악이 신적 질서로부터 어떻게 벗어났는지 독자로 하여금 곰곰 생각하게 만든다. 욕망의 노예들은 폭풍에 의해 이리저리 내몰린다. 탐식가는 차가운 빗속에서 땅 위에 엎드린다. 분노 때문에 죄를 저지른 자들은 늪지에서 서로 싸운다. 자살한 자들은 나무들로 변신하여, 사냥개 떼가 그 숲을 지나가자 껍질이 벗겨져 피를 흘린다. 아첨꾼들은 똥물 속에서 허우적거리고 배반자들은 영원한 얼음 속에서 뒤척거린다. 단테가 풍부한 상상력을 발휘하여 생각해낸 이런 사례들은, 끔찍한 것들을 계속 들이대려는 무책임한 판타지의 우연한 소산이 아니다. 그것은 진지하고 탐구적인 정신이 만들어낸 결과물이다. 각각의 죄악에 대하여 적절한 징벌을 생각해냈고, 그 이미지의 힘과 구체성은 그런 징벌이 신적 질서와 일치한다는 확신에서 나온다.

　지옥의 여러 원들의 수호자이며 문장적紋章的 상징 역할을 하는 신화적 괴물들에 대해서도 같은 말을 할 수 있다. 이런 괴물들을 도입한 단테는 프랑스 낭만주의의 관점에서 보자면 정말로 '중세적인' 사람이다. 게다가 그 괴물들에는 저급한 영성주의 도상학자들이 좋아하는 개념이 부여되어 있다. 그들(도상학자)은 감추어진 역사적 · 도덕적 의미를 구체적이고 가시적인 것으로 만들기 위하여 신화적인 전승들을 혼합하고 과장했다. 그들이 이렇게 혼합하고 과장하는 데는 일정한 원칙이 있었겠지만 그 원칙은 후대에 전해지지 않고 있고, 단지 악마적인 힘을 환상적인 반공(半空: 땅도 하늘도 아닌) 세계에서 움직이는 괴물들로 재현했다는 것만 알려져 있다. 빅토르 위고를 즐겁게 했던 고딕 조각의 괴물들과 기괴한 인물들과 마찬가지로, 단테의 괴물들은 이질적 교리들과 뒤섞인 고대의 흔적을 보여 준다. 하지만 단테의 괴물들은 임의적인 판타지의 요소가 배제되어 있다. 다른 예술가들은 그 괴물들의 합리적 의미를 망각했거나 혼란스럽고 불완전한 방식으로 그 괴물들을 어떤 개념과 동화同化했을지 몰라도 단테는 그렇지 않았다. 얼핏 보면 단테의 피조물들은 음울한 환상적 괴물들의 무시무시한 공포를 그대로 간직하고 있으나, 좀 더 자세히 살펴보면 단테는 그들의 의미를 아주 조심스럽게 부여하고, 또 정의하고 있다. 그리하여 괴물들은 별도의 논평이 불필요할 정도로 존재감이 뚜렷하며, 텍스트를 명료하게 밝혀주는 역할을 한다. 괴물들의 의미는 거의 언제나 분명하게 제시되며, 금방 설명이 되지 않는 몇몇 난해한 시행들의 경우에는, 그 시행 안에 감추어진 구체적 교리들을 단테가 명시적으로 밝힌다.[26]

7대 죄악과 사랑의 결합

우리가 이미 살펴본 바와 같이, 「연옥」의 윤리적 질서는 악은 사랑의 왜곡이라는 토미스트-아리스토텔레스 원칙에 의해 지배된다. 연옥에서 특정한 죄악은 더 이상 고려되지 않는다. 출입문 앞의 계단과 그 문을 여는 천사들의 말씀은 고백성사를 상징한다. 그 문을 통과하면 영혼은 지상의 죄책감으로부터 해방되어 최종적인 신을 향한 변화(conversio ad deum)를 시작하고 더 이상 유혹에 빠지지 않는다. 이렇게 하여 정화 작업이 시작되고, 그와 함께 영혼도 정화된다. 그러나 그 출입문에 도착하기 전에 베르길리우스와 단테는 대기하는 영혼들의 지역을 통과한다. 그들은 아직 연옥에 들어가지 못한 영혼들이다. 그들은 파문당한 채로 죽었거나 태만함이나 갑작스럽거나 난폭한 죽음 등으로 인해 오로지 죽음 이후에만 회개할 수 있는 자들이다. 연옥 바깥에서 대기하는 자들 중에는 '군주들의 계곡'에 머물고 있는 영혼들도 포함된다. 이 군주들은 불완전하거나 완수되지 않은 세계 질서 아래에서 통치를 했던 자들이다. 밤이면 유혹의 뱀들이 이 대기 영혼들에게 다가온다. 그 뱀들을 물리치기 위하여 그들은 기도를 올려서 칼을 가진 두 천사들의 신성한 도움을 받는다.

여기서 단테는 기적 같은 잠에 빠져든다. 그가 잠든 동안 신비한 인물 루치아가 그를 연옥 출입문 앞으로 들어올린다. 이렇게 하여 연옥산을 둘러싼 일곱 원을 통과하는 정화의 실제 과정이 시작된다. 여기서 영혼은 앞에서 언급된 7대 죄악, 즉 교만, 질투, 분노, 나태, 탐욕, 탐식, 방탕을 씻어 버린다. 이 개념 속에서, 사랑(Amore)의 교리는 7대 죄악의 교리와 융합된다. 정화는 황금률(medotes)이라는 아리스토텔레스의 중용 원칙에 의하여 효과를 거두게 된다. 연옥의 영혼들은 그들의 죄악을 이겨내기 위해 노력하고, 마침내 그런 결점으로부터 해방되었다고 느끼면 천국으로 가는 여행을 시작한다.

비록 단테는 연옥의 참회 사례를 선택하는 데도 지옥의 징벌들보다는 범위가 넓지 못하지만 그 이미지는 지옥 못지않게 구체적이며 여기에서도 예의 그 날카로운 합리성이 발휘된다. 풍경과 환경은 매 단계에서 정화의 다양한 목적과 부합되게 꾸며져 있다. 이미지, 비전, 목소리, 보상받은 미덕과 죄를 다스린 악덕의 구체적 사례 등에 둘러싸인 영혼들은 고통에 의해서 치유된다. 그들을 치유시키는 고통은 대부분의 경우, 그들이 원래 가지고 있던 질병과는 정반대되는 것이다. 가령 거만한 자는 무거운 짐 밑에서 신음하거나, 질투하는 자는 눈먼 거지로 변신하여 서로 돕거나, 게으른 자는 빠른 속도로 경주를 하거나, 탐식가는 음식이 빤히 보이는 데서 기아와 갈증으로 고통을 받거나 음탕한 자는 정화시키는 불 속에서 살아가는 식이다. 아니면 그 질병과 유사한 고통을 당하면서 치유의 과정을 거친다. 그것은 죄악의 구체적 상징화로서, 참회자의 행동은 그가 갖고 있는 참회의 선의善意와는 극명한 대조를 보인다. 가령 탐욕스러운 자는 얼굴을 땅에 처박은 상태로 쇠줄에 의해 땅에 단단하게 결박되어 있고, 분노하는 자는 검은 연기의 구름 속에서 움직여야 한다.

「연옥」에서 묘사된 운명들은 「지옥」의 그것에 비해서 덜 다양하지만, 그래도 현세적 개성의 연속성은 그대로 유지된다. 연옥에서 말을 하거나 등장하는 각 개인은 이런 저런 그룹에 속하는 참회자일 뿐만 아니라 지상에 있었을 때의 그 사람 그대로 남는다. 가령 오데리시는 사본 채식가彩飾家로, 부온콘테는 기벨린 당원으로, 휴 카펫은 군주로, 스타티우스나 아르노는 시인으로 남는 것이다. 지옥에서의 징벌이 그러하듯이, 연옥에서의 참회는 완전히 새롭거나 추가적인 어떤 것이 아니다. 다시 말해 개인의 특성을 소거시켜 동일한 질병을 앓고 동일한 참회를 하는 사람들 속에 이름 없는 영혼으로 뒤섞이는 것이 아니다. 오히려 그 참회자의 세속적 특성 속에 포함되어 있던 잠재태潛在態가 현실화함으로써 개별적 특성이 계속되면서 강화되는 것이다. 따라서 참회라는 행위를 균일하게 수행하고 있음에도 참회를 수행하는 방식과, 참회가 개별적 인생의 사건들과 관계를 맺는 방식이 다양하게 제시되면서 참회자들의 개성이 보존되는 것이다. 개별적 삶은 망각되는 것이 아니라 참회 속으로 이월된다. 참회 속에서도 그 삶은 그 모든 구체성, 그 심리적·신체적 하비투스, 그 기질, 그 실제적 분투노력 등을 그대로 간직한다.

지상 낙원의 기능

연옥산의 꼭대기, 전全 지구에서 가장 고귀한 곳에 지상 낙원이 있다. 이곳에서 아담과 이브가 창조되었고 행복하게 살다가 타락하여 신의 은총에서 멀어졌다. 단테는 지상 낙원을 연옥과 연계시키는데 이는 연옥의 개념이 동방에서 유래한 것처럼, 지상낙원 개념도 동방에서 건너와 중세에 널리 유포되었기 때문이다. 성 토마스 자신도 지상 낙원은 죽은 자의 거처가 아니라 경유지라고 말했다.[28] 동시에, 베아트리체가 단테를 맞이하기 위하여 내려온 이 지역은 지상의 완성을 상징한다. 하지만 단테는 베아트리체가 죽은 후 그녀로부터 멀어지면서 그 지상의 완성을 방기放棄했다. 따라서 연옥에서의 모든 정화 과정을 면제 받은 후, 완성으로부터 멀어진 단테에게만 적용되는 특정한 참회와 속죄가 이 지역에서 시작되어야 한다.

청소년 시절 단테는 높은 신적 은총을 받았고, 그래서 인간이 성취할 수 있는 가장 높은 완성을 이룩할 운명인 것처럼 보였다. 하지만 베아트리체의 죽음과 변모 이후, 그녀의 빛은 더 이상 그를 올바른 길로 안내해 줄 수가 없었고, 그래서 단테는 그녀로부터 멀어졌다. 단테는 자신의 배교 행위가 구체적으로 어떤 것이었는지 어디에서도 분명하게 밝히지 않는다. 그의 고백과 참회의 장소를 미루어볼 때 우리는 다음과 같이 추측해 볼 수 있다. 연옥의 여러 둘레들에서 정화된 죄악들은 — 이들 중 전부 혹은 일부가 단테가 타락한 원인이 될 수도 있었겠지만 — 그의 오류에서 핵심을 차지하지 않는다. 그의 핵심적 오류는 비상한 특혜를 받은 시인에게 어울리는 그런 개인적 오류이다. 『신곡』의 텍스트는 이렇게 말한다. 최고선을 잃어버린 후에, 그는 다른 그보다 못한 지상의 선들에 유혹되었다. 하지만 그 유혹은 「연옥」의 7대 죄악 중 어느 하나라고 할 수는 없다. 오히려 그 죄악은 비상한 은총이 주어진 사람이 저지를 수 있는 그런 비상한 죄악이다. 바로 여기서 지상 낙원의 두 가지 기능이 등장한다.

첫째, 단테가 저지른 그 비상한 죄에 대하여 속죄하는 장소이다. 단테는 지상에서 길을 잃음으로써 그 낙원으로부터 멀어졌다.

둘째, 세계 역사라는 거대한 알레고리에 구체적 장소를 제공한다. 먼저 부패하지 않은 지상의 질서와 그 질서로부터 인간의 타락이 있었다. 이런 1차적 타락이 있어야만 그 자리에 2차적 질서와 그로부터의 2차적 타락을 적절하게 재현할 수 있다. 바로 이것이 단테가 바라보는 그리스도의 도래 이후 전개되어온 세계의 역사이다. 우리는 뒤에서 『신곡』의 구조 중 세 번째인 역사적-정치적 체계를 살펴보면서 이 역사를 구체적으로 검토하게 될 것이다.

레테 강과 에우노에 강에서 목욕하고 새롭게 창조된 단테는 이제 베아트리체의 안내를 받아가며 천체들에 오를 준비를 한다. 천체들은 하느님이 직접 창조하신 오염되지 않은 고장(paese sincero)[30]이고 구제받은 영혼들의 거주지이다. 「천국」의 윤리적 질서는 「지옥」이나 「연옥」의 그것에 비해 많은 어려움을 제시한다. 우선 단테는 「지옥」의 11곡(죄인들의 분류에 대하여 설명하고 기만이 무절제나 폭력보다 더 심한 형벌을 받는 이유를 설명하는 곡. -옮긴이)이나 「연옥」의 17곡(죄의 원인이 되는 사랑에 대하여 설명하고, 죄의 유형에 따라 연옥이 어떻게 구성되는지 설명하는 곡. -옮긴이)에서 설명한 것과 같은 체계적 설명을 제시하지 않는다. 또 다른 어려움은 「천국」에서 일부 영혼들이 두 번 등장한다는 것이다. 한 번은 회전하는 천체에서 등장하고 다른 한 번은 지고천의 거대한 하얀 장미꽃에서 등장 하는데, 이 두 천체는 두 개의 서로 다른 별도의 위계질서이다. 그리하여 「천국」은 해설가들에게 교묘한 추론 능력을 발휘하는 좋은 기회를 제공한다. 우리가 볼 때 그들의 추론은 너무 정교하거나, 아니면 그 정교하다는 바로 그 이유 때문에 너무 삭막해 보인다. 그렇다고 해서 그들의 해설이 전혀 도움이 안 된다는 얘기는 아니다. 전반적으로 볼 때 그 추론은 불만족스러운 것이지만, 스콜라 신학에 입각한 날카로운 설명은 『신곡』에 대한 이해와 그 복잡한 교리적 의미를 잘 이해하게 해주고, 그리하여 『신곡』을 감각적으로 또 정신적으로 감상할 수 있게 해준다.

몇몇 지도적인 논평가들 가령 필로무시-펠피, 부스넬리, 론초니 등의 해설서를 읽는 단테 애독자들은 분명 도움을 받는다. 그러나 내가 볼 때, 성령의 일곱 개 선물이라는 이론이나 카리타스의 정도程度 이론 등은 중요한 이론이기는 하지만 「천국」의 조직을 설명하는 진정으로 포괄적인 원리가 되지 못한다. 이런 이론들을 체계적으로 적용하려는 순간, 우리는 각종 어려움에 부닥치고, 무리한 논리적 비약을 동원하지 않으면 그 어려움을 극복할 수가 없다.[31] 또 단테가 어떤 핵심 문장에서 그것(천국을 설명하는 단일한 이론)을 명시적으로 밝히지 않은 채, 「천국」 전반을 통괄하는 어떤 단일한 이론을 적용했을 것 같지도 않다. 『신학대전』을 단테의 사상에 대한 정보적 원천으로 삼을 수는 있지만, 그 책 속에 들어 있는 어떤 특정 교리들을 가져와 관련 문제를 풀려고 하는 것은 위험한 일이다. 단테는 『신곡』의 교리적 바탕을 은폐한 적이 없고 그런 바탕을 활용할 때에는 명시적으로 밝혔기 때문이다.

『신곡』의 역사-정치적 체계

단테가 하느님의 어전 앞으로 나아가기 위해 거쳐 가는 천체들은 지옥의 원들이나 연옥의 둘레들과는 다르게, 단테가 거기(천체)서 만난 영혼들의 실제 거주지가 아니다. 영혼들은 천상의 위계질서 속에서 그들이 어떤 지위를 차지하는지 분명히 보여 주기 위해서 그 천체들 중 어느 하나에 나타난 것이다. 그들의 실제 거주지와 그들의 궁극적 운명은 모든 장소를 초월하여 축복받은 자들의 무리가 함께 있는 곳으로 묘사되는데 그곳은 지고천의 거대한 하얀 장미꽃이다.[32] 여기에서 또다시 축복받은 자들의 위계질서가 묘사된다. 그러나 그 위계질서에 대한 언급 — 하인리히 황제의 옥좌, 구약성경과 신약성경의 성인들의 구분, 다시 그 성인들 사이의 구분, 축복받은 어린아이들, 두 꼭대기인 성모 마리아와 세례자 요한, 이들 가까이에 있는 자들 등 — 은 세상의 위계질서를 직접 가리키는 것이 아니라, 구원의 역사적 목적을 드러낸 것이고 그래서 역사-정치적 질서에 소속되는 것이다.

물론 역사적 질서와 정치적 질서는 구분될 수 없고, 서로 통합되어야 한다. 장미꽃의 뿌리에 해당하는 천국의 위대한 두 인물 (성모 마리아에 가장 가까이 앉아 있는 두 사람으로 아담과 성 베드로. -옮긴이) 이 역사적 섭리와 윤리적 위엄의 관점에서 볼 때 가장 높은 위치를 차지하는 것은 명백하다. 천국의 꼭대기에서 두 질서의 정체성이 현실화한다. 하지만 천국의 가장 낮은 단계들에서, 하얀 장미꽃의 윤리적 위계질서는 완전하지 않은 듯하다. 우리가 히브리 여인들의 이름과, 구약성경의 복자와 신약성경의 복자 사이에서 중간 지위를 차지하는 성인들의 이름으로 그 위계질서를 채워 넣지 않는다면 말이다. 실제로 그 두 복자 사이를 이렇게 채워 넣는 작업을 여러 논평가들이 시도했다. 일부 논평가들은 하얀 장미꽃의 위계질서와 아홉 천체들 사이에서 완벽한 일치를 확립하려고 했다. 하지만 그 결과는 그리 만족스럽지 못하다. 단테는 거대한 하얀 장미꽃 속에서 "꽃잎이 겹겹이 겹쳐진 1천 개 이상의 계단들"을 보지만, 한 꽃잎 '계단'의 이쪽에서 일곱 이름, 그리고 반대쪽에서 세 이름을 명시적으로 거론할 뿐이다. 우리가 그 묘사에서 알 수 있듯이 거대한 꽃잎들의 계단은 아래쪽으로 내려오고 있다. 이름으로 거론된 일곱 개의 지위, 즉 마리아-요한, 이브-프란체스코, 베아트리체-라헬-베네딕트, 사라-아우구스티누스, 리브가, 유딧, 그리고 루스[34]는 천상질서의 가장 높은 단계를 구성할 뿐이다. 따라서 이런 장미꽃의 위계질서를, 「천국」의 전반적 윤리 질서를 상징하는 천체들의 위계질서와 일치시킬 수 없다. 이런 두 위계질서의 난점을 일치시키려는 논평가들은 내가 볼 때 너무 교묘하여 설득력이 떨어진다.

따라서 「천국」의 전반적 윤리 체계는 천체들의 순서를 바탕으로 수립되어야 한다. 축복받은 자들이 단테에게 나타나 천체의 질서와 등급을 보여 준 그 순서 말이다. 이들에게 공통되는 점은 하느님의 비전(visio Dei)을 통한 축복인데, 그들은 모두 그 축복 안에서 평화를 발견한다. 그러나 개인에 따라 그 비전은 정도의 차이가 있다. 이것은 "다른 무리들", 즉 천사들의 경우도 마찬가지인데, 축복은 곧 은총에 달려있기 때문에 그러하다. 아무도 하느님을 온전하게 알 수 없으며 심지어 성모 마리아나 가장 높은 천사들도 예외가 아니다. 오로지 하느님만이 그 자신을 온전하게 바라보고 알 수 있다. 하느님의 비전을 체험하는 정도는 은총에 달려 있는데, 이 은총을 받기 위해 공로는 필요조건일 뿐 충분조건은 아니다. 은총은 무상으로 주어지는 것이고, 모든 공로를 압도한다. 하지만 은총을 받는 것은 기특한 일이다. 왜냐하면 선의善意의 도움이 있어야만 은총을 받을 수 있기 때문이다. 은총은 비전을 일으킨다. 비전은 천상 사랑(caritas patriae)의 정도程度를 결정하고, 그 사랑은 다시 영혼이 발하는 빛의 정도에서 드러난다. 이러한 위계질서는 아주 미묘하고, 궁극적으로 각 개인은 저마다의 방식으로 그 위계의 정도를 반영한다.

이러한 위계질서의 그림을 그 자신과 독자들에게 분명하게 보여 주기 위해 단테는 고대 후기의 점성술적 전승에 의존한다. 영혼에게 은총을 수령하도록 준비시키는 것은 미덕이고, 미덕은 하느님에 대한 현세적現世的 사랑(caritas viae: 위의 천상 사랑 caritas patriae와 대조되는 사랑)이며, 이런 사랑의 구체적 방향은 자연적 기질(즉 별들의 영향)에 의해 결정되기 때문에, 올바른 사랑과 미덕이라는 것은 곧 합리적 영혼이 그 자연적 기질을 올바르고 절제된 방식으로 사용하는 것이다. 따라서 단테는 자연적 기질을 따르는 점성술적 분류 속에서 천국의 위계질서를 발견한다. 이 위계질서는 **사랑**의 교리와 일치하는 것이므로, 그 덕분에 단테는 하느님 왕국의 영원한 위계질서 속에서 인간적 특성의 다양성을 보존할 수 있다.

월광천에서 지고천까지

제일 밑에 있고 제일 덜 빛나는 천체는 월광천이다. 점성술적 전승에 의하면, 이 천체는 서늘하고, 축축하고, 변하기 쉽고, 모든 영향들에 쉽게 반응한다. 월광천은 천국으로 가는 일종의 대합실이다. 이 천체에 나타난 영혼들 가령 피카르다와 콘스탄차는 그들 사랑의 특별한 성격 때문에(다른 천체들의 영혼들이 그러하듯이) 여기에 있는 것이 아니라, 그 사랑의 결핍 때문에 여기에 있다. 그들은 다른 사람들의 힘에 굴복함으로써 그들의 맹세를 완수할 수 없었던 자들이다. 두 번째 하늘인 수성천 또한 천국으로 가는 대합실이다. 이 천체는 다양한 행동과 인공의 상징이며, 동시에 명성과 영향을 얻기 위한 분투노력의 상징이기도 하다. 단테는 지상에 있을 때 좋은 행위를 하였으나, 명성과 세속적 이해관계에 너무 몰두한 사람들을 여기에 배치한다. 다음 네 개의 하늘, 즉 금성천, 태양천, 화성천, 목성천은 능동적 생활에 대한 카리타스, 즉 4대 주요 미덕을 상징한다. 사랑하는 사람들의 별인 금성천은 절제를 상징하고, 교부들과 신학자들이 등장하는 태양천은 지혜 혹은 신중함을 상징한다. 전사와 순교자들이 나오는 화성천은 용기를 상징하고, 군주들과 독수리의 별인 목성천은 정의를 상징한다. 제7천인 토성천에서는 명상적 생활의 영혼들이 등장하는데 이들은 금욕적 명상에 평생을 바친 자들로서 지상에서 가장 하느님 가까이 다가간 존재였다. 토성은 인간적 외모를 갖춘 윤리적 질서의 마지막 단계이다. 여기서 단테는 하느님의 신적 질서로 오르기 위한 준비를 한다.

이 토성천에서, 야곱이 꿈에서 보았던 **천상의 사닥다리**를 통하여 단테는 천국의 숭고한 높이, 즉 제10천인 지고천을 향하여 오르게 된다. 하지만 지고천에 도달하는 것은 장래의 일이다. 현재로서, 베아트리체는 단테에게 미소를 짓지 않는다. 단테가 아직 그 찬란한 광경을 감당할 능력이 없기 때문이다. 그리하여 천상의 합창대는 침묵을 지키고, 신의 섭리에 대한 단테의 질문에 대해서는 아직 답이 나오지 않는다. 베일에 가려지지 않은 진정한 모습의 성 베네딕트의 영혼을 보고자 하는 단테의 열망은 아직 이뤄지지 않는다. 다소 결핍된 성질을 가진 준비, 피터 다미안의 성직자 비난에 뒤이은 분노의 외침 등은 토성천의 어둡고 문제적인 특성을 암시한다. 다른 시행들이 보여 주듯이, 이런 특성을

단테도 잘 알고 있었다.[35]

토성천에 이르면, 인간 세상의 윤리적 질서, 즉 개별적 영혼들의 궁극적 운명에 대한 묘사 작업이 마무리되고, 두 명의 호스트가 있는 진정한 키비타스 데이(civitas Dei: 하느님의 나라)에 대한 오르기가 시작된다. 단테는 지구라는 별을 잠시 되돌아본 후, 제미니 별자리(단테가 태어난 시간의 별자리)에 있는 제8천 항성천恒星天으로 들어간다. 여기서 그리스도의 승리는 커다란 태양으로 나타나고, 그 태양은 수천 개의 별들을 비추면서 그것들을 그 주위로 끌어당긴다. 첫 번째 무리(prima milizia, 즉 인류)를 구원하는 상징(그리스도)이 그 자신 위로 단테의 정신을 들어 올리자, 단테는 비로소 진정한 모습의 베아트리체를 바라보는 것이 허용된다. 그가 젊은 시절 보았던 비전의 실제적 현존은, 인간에게 계시되는 진리로서 그 모습을 드러낸다. 그녀는 단테의 시선을 축복받은 무리 쪽으로 유도한다. 그는 이미 높이 들어 올려진 구세주를 따라가는 마리아의 대관戴冠과 승천昇天을 지켜본다. 이어 단테에게 세 가지 질문이 던져진다. 그것은 구원이라는 정신적 열매의 선언이며 동시에 세 가지 신학적 미덕에 대한 답변이다. 단테는 베드로에게는 신앙에 대하여, 야고보에게는 희망에 대하여, 그리고 요한에게는 사랑에 대하여 답변한다.

「천국」의 24-26곡에 해당하는데, 신앙에 대해서는 "신앙이란 바라는 것들의 실체이며, 눈에 보이지 않는 것의 확증"(24곡)이라고 답하고, 희망에 대해서는

"희망은 미래의 영광을 확실히 기다리는 것이며, 하느님의 은총과 이전의 공덕이 그 희망을 낳는다."(25곡)고 답하며, 사랑에 대해서는 "성서의 권위를 통하여 사랑이 내 안에 봉인되며 선은 선으로서 이해되는 만큼 사랑을 불붙이며, 더 많은 선을 그 안에 내포할수록 사랑은 더 커진다."(26곡)고 답한다. ─옮긴이)

제9천인 원동천原動天에서, 단테는 순수 지성들, 즉 천사들의 무리를 만나고, 그들이 창조된 시기와 성격을 알게 되며, 천사들의 위계질서가 천상 및 지상 질서와 일치하고, 천사들이 아주 다양한 방식으로 하느님의 실재를 반영한다는 것을 알게 된다. 하지만 그 비전 또한 사라진다. 단테는 또다시 위로 올라간다. 지고천의 흐르는 빛과 그 가장자리의 꽃들에서 단테는 신적 은총이 벌이는 행동의 상징을 본다. 베아트리체의 명령에 순응하여 그는 허리를 굽히고 반짝거리며 흐르는 물에 자신의 눈꺼풀을 적신다. 새로운 종류의 환희가 그에게 닥쳐와 비전이 바뀐다. 지고천의 거대한 하얀 장미 속에서, 하얀 옷을 입은 무리들 중에서[36] 두 명의 호스트(성모 마리아와 성 베르나르)가 영광 속에 나타난다. 성모 마리아의 충실한 추종자인 성 베르나르(최고 높은 황홀의 상징)는 마리아를 대신하여 궁극적 성취, 즉 하느님의 비전을 단테에게 부여한다. 점점 솟아오르는 빛 속에서, 의지와 필연이 하나 되어 밀어붙이는 추동력에 힘입어, 단테의 두 눈은 그의 동경을 성취해 주는 그 빛 속을 깊숙이 꿰뚫어보고, 그리하여 그의 의지는 보편적 사랑의 움직임과 하나가 된다.

「천국」에서는, 구원된 영혼들 중에서 현세적(지상의) 존재의 기억을 그대로 간직한 개별적 인물들이 거의 등장하지 않는다. 이 영혼들은 「지옥」이나 「연옥」과는 다르게 단테가 금방 알아볼 수 있는 현세적 모습이 아니다. 그 영혼들은 축복의 눈부신 의상 속에 그 모습이 감추어져 있다. 단테가 높이 올라갈수록 등장하는 영혼들은 더욱 보편적이고 더욱 몰개성적인 존재가 된다. 제7천인 토성천을 넘어서면 하늘 왕국에 거주하는 저명한 고위인사들만 등장한다. 이런 높은 지위를 배정받은 그들의 지상 생활은 일반적으로 널리 알려져 있어서 새로운 이야기를 덧붙일 필요가 없다.

하지만 단테는 프란체스코와 도미니크의 두 성인에 대해서는 특별대우를 하고 싶어 한다. 이 두 성인의 현세는 단테 시대로부터 불과 백 년 전의 일이었다. 두 성인의 생시生時 행동들은 단테에게 특별한 의미가 있었고, 그래서 구원의 역사라는 전반적 배경에서 뚜렷하게 돋보이는 것이었다. 그러나 두 성인이 등장하는 지고천의 영광 속에서는 이런 문제들을 자세히 다룰 공간이 없기 때문에, 단테는 다른 천체 속의 다른 인물들이 두 성인의 생애를 말해 주도록 처리하고 있다. 즉, 태양천에서 도미니크 수도사인 성 토마스가 성 프란체스코 얘기를 하고, 프란체스코 수도사인 보나벤투레가 성 도미니크에 대해서 얘기하는 것이다. 이 두 얘기는 『신곡』에서는 희귀한 현상인 온전한 전기傳記를 전한다. 그것은 주제 집중적인 전기로서, 단테의 목적이나 성인의 궁극적 운명에서 벗어나는 법이 없다. 서사시적 길이를 자랑하는 성인의 전설은 나오지 않는다.

특히 프란체스코 성인과 관련하여, 단테에게는 전기적 자료와 매혹적인 세부 사항들이 풍성하게 갖추어져 있어 그런 늘어놓기의 유혹을 느낄 법도 한데 단테는 그렇게 하지 않았다. 그는 목표와 궁극적 운명에 적합한 것들만 마치 보고서를 작성하듯이 기록했다. 성인의 행동을 단테의 목표에 일치시킴으로써 저마다 아주 개성적이고 다른 성격을 가진 두 성인의 감동적인 그림이 완성되었다. 두 성인은 직접 등장하지 않고 다른 사람들의 입을 통하여 언급될 뿐이다. 그렇지만 다른 천체들의 인물들과 별반 다를 바 없이 그들의 구체적 리얼리티는 빛의 베일을 두르고 있다. 두 성인의 현세적 모습은 보이지 않고, 그들의 유일한 제스처는 때로는 강하게, 때로는 약하게 빛날 뿐이다. 하지만 그들의 말은 그들의 제스처를 포함하고 그들 속에 살았고, 현재도 살아 있는 현세적 인간의 특징을 그대로 유지한다. 때때로 그들은 아주 간단한 말도 하면서 핵심적 행동이나 사건만을 언급하고 간단한 일화나 자연스러운 일화는 피해 나간다. 그 고상한 어조에도 불구하고, 말씀은 언제나 정곡을 찌르고, 그 개인의 천상 지위를 설명해 주며, 그 지위를 지상에서의 (현세적) 지위와 연결시킨다. 그리하여 이미 변모했지만 현세적 모습은 그대로인 전인숲人이 묘사된다.

인류의 1차 타락: 역사-정치적 체계의 시작

구원받은 인류(prima milizia)가 그리스도의 승리와 결합하는 제8천 항성천에 이르면, 네 번째 인물이 등장하여 앞에서 단테의 신앙을 검사한 세 명의 사도와 합류한다. 그는 최초의 인간 아담이다. 아담은 항성천 장면의 마지막 부분에서 드라마의 원초적 시작을 설명함으로써 제8천을 마무리 짓는다. 그가 설명하는 사건들은 『신곡』의 역사-정치적 체계의 시작이 된다.

왜냐하면 아담의 타락으로 인류는 창조된 당시의 원초적 순수함과 선량함을 잃어버렸고 타락한 천사 루키페르처럼 단죄를 받았기 때문이다. 이브의 원죄는 단지 금단의 열매를 맞본 것이 아니었다. 제한된 경계를 위반하고, 그녀에게 배정된 운명을 초월하려고 했기 때문에 원죄를 저지른 것이다. 하늘과 땅이 그 경계에 복종했는데, 오로지 창조된 한 여인이 자신의 사전 경계 구역에 머무르기를 거부한 것이다. 지상의 모든 피조물들 중에서 인간은 가장 완벽했다. 인간은 불멸, 자유, 하느님과의 닮은 꼴 등을 소유했으나 배교의 죄악을 저지름으로써 이 모든 은사를 박탈당하고 바닥모를 구덩이로 추락했다. 이것은 그가 추락하기 전에 그처럼 높은 지위에 있었다는 것을 뜻한다.

게다가 인간은 속죄의 수단마저 주어지지 않았다. 그 어떤 속죄도 하느님의 은총으로부터 멀어진 저 끔찍한 죄악을 충분히 보상할 수 없기 때문이다. 오로지 무한한 자비심을 가진 하느님만이 인간을 용서하고 그를 예전의 지위로 회복시킬 수 있다. 하느님은 선하시면서 동시에 정의롭다. 정의는 세상의 영원한 질서이다. 따라서 하느님은 무한한 자비를 베푸는 과정에서도 정의의 요구에 기꺼이 귀를 기울이신다. 그 결과가 인간의 어머니에게서 태어난 그 분의 아들(그리스도)의 **성육신**成肉身이다. 하느님은 이 순수하고 온유한 인간을 지상에 내려 보내어 인간의 원죄를 정의롭고 온전하게 속죄하도록 했다. 그리스도의 양성(→ **양성론**)은 하느님의 정의라는 요구사항을 만족시키는 신비이다. 인간 그리스도는 그의 온유한 생애와 수난으로 인간의 원죄에 대하여 속죄를 했다. 그러나 그리스도의 신성이라는 관점에서 보자면, 그의 속죄 행위는 모든 정의를 초과하는, 하느님의 무한한 선하심이 베푸신 (인간의 분수를 넘어서는) 선물인 것이다.[37]

이런 사상은 모든 기독교인들에게는 잘 알려져 있다. 그런데 단테는 이 사상을 다른 사상과 연결시킨다. 그 다른 사상은 이런 연결의 맥락에서 보면 현대인에게는 다소 기이하게 보인다. 그것은 로마와 로마 제국이 역사상 특별한 임무를 부여받고 태어났다는 사상이다. 역사의 시초부터 신의 섭리는 로마를 세계의 수도로 선정했다. 그 섭리는 또한 로마인들에게 이 세상을 정복하여 평화를 유지하는 데 필요한 영웅심과 자기희생의 정신을 부여했다. 일찍이 아이네이아스에게 선언된 정복과 평화의 성스러운 사업이 여러 세기에 걸친 치열한 전투와 희생 끝에 완수되어 인간 세계가 아우구스투스의 통치 아래에 놓이게 되었을 때 역사의 시간은 완성되었고, 그리하여 구세주가 나타났다. 구제된 세상은 완벽한 평화 속에서 살 것이고 역사의 마지막 날까지 지상의 완벽함이 유지될 것이라고 일찍이 선언되었다. 이처럼 인간의 역사는 로마를 중심으로 전개되는 것으로 이해되었다. 그 때문에 그리스도는 카이사르의 것은 카이사르에게 돌렸고, 그의 심판에 복종했다. 또한 베드로와 바울은 로마로 갔고, 로마는 기독교의 중심이며 교황제의 터전이 되었다.

로마의 전설이 시작된 이래 섭리의 두 가지 계획은 서로 연계되어 왔다. 아이네이아스가 지하세계로 여행하는 것이 허용된 이유는 로마의 정신적 승리와 현세적 승리를 보여 주기 위한 것이었다. 로마는 신적 질서를 비추는 거울이었고, 그래서 천국은 "그리스도께서 다스리는 저 로마"[38]라고 언급되었다. 그리스도가 말씀과 행동으로 분명하게 밝혔듯이, 현세의 로마에서는 두 개의 독립된 힘(교황과 황제)이 완벽한 균형을 이루며 다스려야 한다고 선언되었다. 정신적 힘을 대표하는 교황은 아무것도 소유해서는 안 되는데 교황의 왕국은 이 세상의 것이 아니기 때문이다. 세속적 힘을 대표하는 황제는 정당한 권력의 소유자인데, 하느님께서 그를 지명하여 지상의 모든 것을 통치하라고 위임했다.

이렇게 하여 모든 로마의 전통이 구원의 역사로 흘러들고, 다음과 같은 두 개의 유언은 상호보완적인 동급同級의 것이 되었다. 하나는 베르길리우스의 "너는 제국으로서 모든 나라를 다스리게 될 것이다.(Tu regere imperio populus)"이고 다른 하나는 아베마리아Ave Maria이다. 그리스도가 도래하기 이전에 로마의 독수리 군단이 벌인 행적(유스티니아누스 황제는 수성천에서 이 행적을 설명한다)은 하나의 예고편이고, 나중에는 신의 구원 계획의 집행자로 여겨졌다. 제3대 로마 황제인 티베리우스는 인간 그리스도에 대한 합법적 재판관으로 인식되었고, 인간의 원죄에 대하여 형벌을 집행하는 자였으며, 그런 형벌 집행은 하느님의 분노를 풀어드렸다. 예루살렘의 정복자인 티투스는 유대인들에 대한 분노를 집행하는 정당한 집행자였다. 그리고 지옥의 맨 밑바닥에서, 루키페르의 세 아가리는 유다의 동료인 카이사르의 암살자, 브루투스와 카시우스를 물어뜯고 있다.[39]

세상의 두 번째 타락

그러나 세상은 두 번째로 신의 의지로부터 추락했고, 다시 한 번 그 죄는 하느님이 정한 지상의 세상 질서를 위반했다. 이 죄는 지상 낙원에 나오는 신비한 수레의 운명으로 상징된다.[40] 그리프스(독수리의 머리와 날개, 그리고 사자의 몸통을 가진 괴상한 동물, 여기서는 그리스도의 상징. -옮긴이)는 그 수레를 과거에 아담이 금단의 열매를 따먹은 나무에다 묶어 둔다. 이 수레는 지상의 세상 질서 혹은 로마제국의 상징이다. 이 나무 아래에서 인류는 편안하게 휴식을 취할 수 있다.(단테의 잠) 그 나무의 그늘은 기독교 교리 속의 계시된 권위가 자연스럽게 수립되는 거처이다. 교회의 수레는 독수리(초창기 로마 황제들의 기독교도 박해)와 여우(초창기 기독교의 이단적 종파)의 공격을 이겨낸다. 그러나 독수리가 그 날개로 수레를 감싸면서(콘스탄티누스 기증서), 재앙이 시작된다. 사탄이 깊은 웅덩이에서 솟아올라와 수레의 바닥에서 한 조각 — 온유함의 정신 — 을 뜯어내고, 수레의 나머지 부분들은 독수리의 깃털(세속적 재화)로 가득 차오르고, 7대 죄악이 수레의 깃대와 네 구석에 죽음의 머리가 되어 나타난다. 수레의 좌석에는 창녀, 즉 로마 교황청이 앉아서 거인과 간음을 하고 있다. 그 거인은 제약받지 않는 불법적 힘을 상징하는데(구체적으로 프랑스 왕), 이 거인은 창녀(교황)를 완전히 장악하기 위하여 수레를 그 나무로부터 떼어내어 달아나 버린다.

세속적 타락의 여러 사례들을 다루는『신곡』의 여러 시행들에서, 알레고리의 교훈이 분명하면서도 열정적으로 진술되어 있다. 세상은 나사가 빠졌고, 하느님이 명령하신 균형은 뒤집어졌다. 모든 악의 뿌리는 교회가 갖고 있는 물질적 재산이다. 신성한 질서에 의하면 교회는 아무것도 소유하지 못하게 되어 있는데 이처럼 많은 재산을 쌓아올렸으니 죄악을 저지르지 않을 수 없다. 탐욕, 즉 암늑대 — 넓게 말해서 세속적 권력에 대한 불법적 탐욕, 또는 하느님이 지정하신 권력의 범위를 넘어서려는 노력 분투 — 는 최악의 죄이며 세상의 파멸이다. 재산을 쌓아올리면서 로마 교회는 그 무한한 탐욕으로 심지어 황제의 권력마저 찬탈했다. 그들의 임무를 망각해 버린 합스부르크 황제들이 세상의 머리인 이탈리아와 로마를 내버린 이래, 혼란스러운 무절제가 온 세상을 지배했다. 그리하여 모든 사람들이 손만 뻗치면 잡을 수 있는 권력을 잡기 위해 탐욕스럽게 손을 내밀었다.

인간의 열정이 제멋대로 풀려나왔고, 그 결과는 전쟁과 혼란이었다. 교황은 세속적 재화를 두고서 크리스천들과 싸웠다. 황제의 지고한 권위로부터 해방된 왕들은 아무런 통치의 목적도 없었고 그런 만큼 무능하게 통치했다. 도시들에서 당파들은 하느님이 합법화하지 않은 권력을 얻기 위해 투쟁했고, 당파의 음흉한 목적을 달성하기 위해 황제나 교황의 대의를 교묘하게 이용했다. 교회의 성직은 돈으로 사고파는 것이 되었으며, 성직에 취임한 자들은 혐오스럽고 비기독교적인 물적 과시를 일삼으며 살아갔다. 수도원들은 그들의 규약을 무시했고 심지어 프란체스코 수도회와 도미니크 수도회도 이런 비위에서 예외는 아니었으며, 그리하여 수도회들은 서서히 붕괴되었다. 무질서와 부패가 상승작용을 했고, 여러 국가들이 정부情婦로 삼고 싶어 하는 이탈리아는 매음굴, 혹은 풍랑 중에 선장이 없는 배처럼 되었다.

제2차 타락과 피렌체 정치 상황

단테가 활동한 도시 **피렌체**는 이런 사악함의 세계에서 특별한 지위를 차지했다. 단지 그 의 고향 도시이기 때문에 그런 지위를 차지한 것은 아니었다. 고향에 대한 변함없는 사랑과 동경, 그 자신의 쓸쓸한 인생 체험 때문에, 그가 이 도시의 사악함을 더욱 강력하게 비난한 것은 이해가 된다. 단테의 개인적 동기나 그 도시에 대한 개인적 유대관계를 떠나서도, 이탈리아 여러 도시들 중에서 특히 피렌체는 단테가 말한 절대악의 가장 분명한 사례이다. 바로 이 도시에서 새로운 상업적 중산층 정신이 처음 개화했고, 시민들은 자의식을 가졌다. 바로 이 도시에서 정치 세계의 형이상학적 기반들이 사상 처음으로 재검토되었다. 피렌체는 그 자체의 정치적 목적을 위해 일관된 실용 사상에 입각하여 그 기반들을 재평가하여 다시 활용했다. 또 이 도시에서 모든 세속적 제도가 그 초월적 원천이나 권위와는 상관없이 냉정한 이해타산 속에서 재고되었다. 그러니까 피렌체 사람들은 세속적 제도를 세력 게임의 한 가지 요소로만 파악한 것이다. 이러한 태도는 도시의 구석구석에서 주도적인 현상이 되었다.

여러 번 좌절을 겪기는 했지만 이런 사고방식은 심지어 단테의 시대에도 이미 피렌체에 성공을 가져다주었다. 무역은 번성했고 도시의 주민 숫자는 늘어나고 물질적 번영은 증가했다. 피렌체 금융가들은 유럽에서 우월한 지위를 차지했고, 그 영향력이 점점 정치적 영역에서 아주 뚜렷하게 드러나기 시작했다. 세속적이고 이해타산적인 집단이 생겨나 이해와 권력에 몰두하기 시작했으며, 이들에게 전통적 세계 질서의 유대감은 무의미했다. 물론 그들은 사업의 목적을 위해 그 유대감에 입 발린 칭송의 말을 해댔으나 속으로는 그런 질서를 믿지 않았다. 이런 사람들 사이에 생겨난 새로운 문화는 더 이상 현세 생활에 침투하여 규제했던 하느님의 보편적 질서를 숭상하지 않았다. 그것은 도덕적 의무감이 완전 배제된 심미적 쾌락주의 문화였다. 온갖 변천과 소란이 난무하는 당파 싸움은 피렌체 시에 피해보다는 이익을 더 많이 가져다주었다. 그런 싸움은 힘들의 자유로운 놀이를 허용하여 자연 도태의 과정을 도입시켰다. 그리하여 도시의 조직은 경쟁을 통하여 더 젊은 힘을 유지할 수 있었고, 실제생활의 시시각각 변화하는 요구사항에 적절히 대응했으며, 그 요구사항을 동화하여 극복할 수 있었다. 일찍이 **마키아벨리**는 이렇게 말한 적이 있었다. "피렌체는 다른 도시 같았더라면 망해 버리고 남았을 당파 싸움을 겪었으면서도 위대한 도시로 발전했다. 이것처럼 피렌체 시의 내적 강인함을 잘 보여 주는 사례는 없을 것이다."[41] 마키아벨리의 이런 발언은 실제 생활을 절반 정도밖에 보여 주지 못한 것이다. 왜냐하면 마키아벨리는 피렌체 시의 내분을 반드시 극복해야 할 장애물로 보았기 때문이다. 실제에 있어서 그 장애물은 아주 생산적인 것이었다. 따라서 피렌체 시가 처음부터 내적 단합을 했더라면 훨씬 큰 발전을 하였을 것이라는 가정법은 잘못된 것이다. 영원히 새롭게 피는 꽃[42], 피렌체는 그 내적 갈등 덕분에 도시의 근육이 강화되어 그처럼 위대한 도시 국가가 된 것이다.

하지만 단테는 그런 내분을 원하지 않았다. 그는 자율적인 현세적 성공에 바탕을 둔 정치 생활을 인정하지 않으려 했다. 지상 세계는 하느님의 손바닥 안에 들어 있는 것이었다. 하느님으로부터 합법성을 부여받은 사람만이 지상의 재화를 소유할 수 있고, 그 소유도 합법성의 범위 내에서만 가능한 것이었다. 지상의 재화(권력, 영토 등)를 얻으려고 투쟁을 벌이는 것은 신성한 의지에 위배되는 것이었다. 그것은 반기독교적 혼란을 의미하는 것이고, 심지어 실제적인 수준에도 재앙을 초래하고, 또 세속적이고 영원한 파멸을 가져오는 것이다. 피렌체의 내분을 개탄하고 비난하는 단테에게 다음과 같은 생각은 전혀 떠오르지 않았다. 즉, 단테 시대의 그런 갈등과 재앙은 새롭고 유익한 생활 질서를 준비하는 과정이다. 그래서 이런 단테는 현대의 관찰자가 보기에 낯설고 보수반동적인 인물이며, 미래에 대하여 눈멀고 전혀 예언을 하지 못하는 사람으로 보인다.

하지만 그 미래, 새로운 시대의 문화는 엄청난 희생을 치르고 사들인 것이었다. 내면적 생활과 외면적 생활 사이의 균열은 점점 고통스러운 것이 되었고, 삶의 정치적 · 인간적 일체성은 붕괴되었으며, 모든 이데올로기의 파편화와 불모성은 누구에게나(심지어 가장 낮은 계급의 사람에게도) 분명하게 보였다. 게다가 인간의 공동체를 회복하려는 모든 근대적 시도들은 단테의 세계 질서보다 훨씬 취약한 질서에 바탕을 둔 것이었다. 이런 점들을 감안할 때 우리는 이미 회복 불가능할 정도로 사라져버린 것을 회복시키려는 쓸데없고 어리석은 욕망을 품어서는 안 되지만, 동시에 단테의 사고방식에 근본적 바탕을 제공하는 유의미한 질서를 비난해서도 안 된다.

단테의 정치적 예언

우리가 이미 살펴본 바와 같이, 가장 현저한 정치적 죄악의 원천이며 징조는, 단테가 보기에, 교황청의 세속 권력 확대였다. 황제의 권력에서 자유롭게 벗어난 교황청은 그 고유의 임무에 전념하지 않음으로써 모든 기독교권을 파멸 속으로 몰아넣었다. 단테는 교황청을 바빌로니아의 창녀로 비유할 정도로 맹공을 퍼부었지만 그 권위에 대해서는 의문을 품지 않았다. 이상하게 들릴지 모르지만 단테는 아무리 타락한 교황이라도 베드로의 후계자(successor Petri), 그리스도의 대리인으로 여겼다. 교황은 지상에서 묶고 풀 수 있는 권한을 부여받은 최고의 사제라고 생각했다. 베아트리체는 말한다. "그대들에게는 신약성경과 구약성경이 있고 그대들을 인도하는 교회의 목자가 있소.

그대들의 구원에는 그것으로 충분하오."[43] (→ 성육신) 단테는 교황청을 비판할 뿐이지 신앙의 영역까지 비판할 생각은 없었다. 동시대의 다른 사람들은 지옥의 낮은 곳에 처박힌 영혼(교황 보니파키우스 8세)이 한때 지상에서 그리스도의 적법한 대리인으로서 적법하게 최고의 권한을 휘둘렀다는 생각을 끔찍하게 여겼을 수는 있다. 하지만 그들은 그런 생각을 불가능하다거나 불합리하다고 여기지 않았다.

단테의 정치적 희망은 **하인리히 7세**가 룩셈부르크에서 이탈리아 원정에 나섰을 때 다시 한 번 살아났다. 단테는 말과 행동으로써 황제를 지지했다. 하인리히의 실패와 죽음도 그를 절망시키는 못했다. 하인리히 7세는 단테 시대의 역사적 인물이고, 그래서 단테는 하인리히를 명시적으로 지고천에 배치했다. 베아트리체는 황제의 영혼이 앉을 옥좌를 가리키면서, "황제는 이탈리아가 준비를 채 갖추기도 전에 이탈리아를 교정하러 올 것"이라고 말한다.[44] 이탈리아는 아직 준비가 되지 않았다. 그러나 장래 어느 날 신성한 질서가 지상에 회복될 것이다. 이것이 단테의 열정적 믿음이었고 그는 그 믿음을 난해하고 환상적인 예언의 말로 표현했다. 이 예언들은 후대 독자의 호기심을 자극하고 해설가들의 연구를 촉발시켰다. 하지만 6세기가 지난 지금, 그 누구도 그 예언들에 대하여 믿을 만한 해석을 내놓지 못하고 있다.

두 가지 중요한 예언이 있다. 하나는 단테가 탐욕의 늑대를 만나 겁을 먹고 위축되었을 때 베르길리우스가 한 말이다.[45] "이늘 배고픈 짐승은 많은 동물들을 파멸시킬 터인데, 어느 날 사냥개가 나타나 그 짐승을 죽여 버릴 것이다. 그 사냥개는 불쌍한 이탈리아를 구원할 것이고 암늑대를 지옥으로 쫓아버릴 것이다. 원래 암늑대는 지옥에 있었는데 사탄의 질투심이 발동되어 그 늑대를 지상에 풀어놓았던 것이다." 또 다른 문장에서는 베아트리체가 말한다.[46] 우리가 위에서 이미 설명한 수레의 알레고리는 끝나고 거인은 창녀를 교회의 수레에 태워 달아났다. 베아트리체는 "조금만 있으면 너희는 나를 못 볼 것이고, 그러나 얼마 안 가서 나를 다시 보게 될 것이다."(요한복음 16장 16절)라는 기쁜 예언을 말하면서 이어 교회의 구원을 말한다. 독수리는 늘 후예가 없지는 않을 것이고 "별들이 이미 가까이 있어서 하느님께서 보낸 5백과 10과 5가 거인과 창녀를 죽일 것이다."

(여기서 말하는 515는 「요한계시록」 13장 17-18절에 나오는 666처럼 수수께끼의 숫자이다. 로마 숫자로 515는 DXV로 표시되는데 이것은 라틴어 DUX를 철자를 바꾸어 쓴 것처럼 보인다. 라틴어에서 U와 V는 같이 사용된다. 이 경우 두크스(dux)는 지도자, 우두머리, 사령관 등을 의미한다. 그 지도자 혹은 사령관이 누구인지는 불분명하나 언젠가 출현하여 세상을 바로잡을 인물을 가리킨다. 이 지도자는 「지옥」 1곡에 나오는 사냥개, 즉 암늑대를 지옥으로 쫓아버리는 사냥개와 비교된다. -옮긴이)

이성(베르길리우스)과 계시(베아트리체)가 지상의 장래 일들을 언급하는 이 두 예언은 서로 관련이 되어 있는 듯하다. 첫 번째 예언은 두 번째 예언 안에 내포되어 그것을 보완하고 해명한다. 실제로 이 두 예언의 연결 관계를 부정하는 사람은 없다. 두 예언의 골자는 미래의 구세주가 현재의 죄악을 죽여 없앤다는 것이다. 암늑대와 창녀는 탐욕의 상징인데, 현세의 정신적 지도자인 교황청을 가리킨다.『신곡』속의 여러 시행들은 교황의 세속적 재화 찬탈이 모든 현세적 혼란의 원천이라고 지적한다. 목자(교황)가 저주받은 꽃(즉, 피렌체의 황금) 때문에 늑대로 돌변하여 기독교권을 파멸로 몰아넣고 있다는 이미지가 자주 등장한다. 단테의 불행한 운명,『신곡』내에 등장하는 여러 번의 비방, 특히 항성천에서 성 베드로가 토하는 열변, 단테의 전반적 정치 이론 등은 현세적 축복을 방해하는 자가 누구인지 분명하게 밝히고 있다. 따라서 창녀를 교황 이외의 다른 인물로 보는 것은 어색하다.

우리는 또한 상당한 확신과 함께 곧 다가올 구세주가 누구인지도 전반적인 윤곽을 파악할 수 있다. 이 세상에서 부족한 것은 무엇인가? 그것은 제국의 주권이다. 독수리(로마 제국)는 후예가 없고 독일인 알브레히트는 그의 제국을 내버렸으며 하인리히는 너무 일찍 왔다. 그러나 세상의 머리인 로마는 지상의 길과 천상의 길을 비추는 두 개의 태양이 필요하다. 그러나 지금은 한 태양이 다른 태양을 소멸시켰다. 칼이 목자의 지팡이와 합쳐졌으며 올바른 질서가 폭력에 의해 파괴되었다. 지상에는 합법적인 통치자가 없고, 그래서 인간 공동체(humana famiglia)는 길을 잃어버렸다. 내가 볼 때, 미래의 구세주는 제국의 권력을 가진 자인 듯하고 이것은 학자들 사이에서 통설로 받아들여진다. 그러나 단테가 추가하는 상징들이나 연대 정보로부터[47], 나는 어떤 확정적 정보를 이끌어내지는 못한다. 그러나 무엇보다도 먼저 이탈리아가 구원되어야 한다는 사실은 분명하게 말할 수 있다. 따라서 세계의 군주 역할을 해야 한다는 로마의 임무는 과거에도 그러했지만 미래에도 여전히 타당하다.

고대 신비 신앙의 흔적

그러나 이런 역사-정치적 상징들은 고대의 신비신앙이라는 더 심오한 층위에 뿌리를 내리고 있다. 먼저 베르길리우스의 예언은 "모든 즐거움의 시작이요 터전인" 햇빛 환한 산 기슭에서 언명된다. 단테가 자력으로 이 산을 오르려 했지만 실패한 이후에 베르길리우스는 그 말을 하는 것이다. 두 번째 예언은 연옥산 꼭대기인 지상 낙원에서 언명된다. 그러나 연옥산은 남반구의 바다에서 솟아오른 산으로서 일곱 개의 테라스(둘레)를 갖춘 접근 불가능한 지역이다. 또 이 산에는 에덴동산과 기적의 나무가 있다. 단테의 이러한 연옥산 묘사 및 우주관은, 세상이 새롭게 탄생한다는 근동近東의 신비주의에 깊이 뿌리 내리고 있다. 그것은 바빌론 탑의 일곱 테라스, 신들의 산, 행성들의 상징 등으로 소급된다. 또 에제키엘의 하느님 산, 영지주의적 여행을 떠나는 영혼이 거쳐 간다는 일곱 개의 출입문 등으로 소급된다. **영지주의**에서는 사후 영혼이, 감독관이 지키고 있는, 정화를 위한 일곱 개의 천체를 거쳐 간다고 믿었다. 마지막 천체인 불의 행성을 통과하면 영혼은 그리스도와 소피아(지혜)의 결혼 예식에 참가하는 특권을 얻는다. 단테의 우주관은 또한 카발라, **요아킴주의**, 세상이 새롭게 태어남을 믿는 프란체스코 신화에 뿌리를 내리고 있다.

단테는 루치아-아퀼라라는 애매한 인물에 의해서 첫 번째 관문으로 들어 올려진다. 루치아는 『신곡』의 시작 부분에서 베르길리우스에게 베아트리체의 임무를 알려주는 인물이며, 조명하는 은총(gratia illuminans)과 올바른 세계 질서(독수리, 즉 로마 제국)의 상징을 동시에 결합한 인물이다. 연옥산의 꼭대기에서 단테는 마텔다의 영접을 받는다. 마텔다는 순수하고 능동적인 생활과 아직 부패되지 않은 성질의 상징이다. 그녀는 단테를 레테와 에오누에 강으로 인도하여 정화淨化시키는 망각忘却을 거쳐 새로운 탄생으로 거듭 나게 한다. 또 여기에서 단테는 하나의 신비로운 과정을 목격하게 되고, 그 과정에서 변모된 모습의 베아트리체를 태우고 오는 수레가 등장한다.

이렇게 하여 단테의 저승 여행은 정화의 예비 과정을 상징하고, 또 비시오 데이(visio Dei: 하느님의 비전)를 통한 개인 영혼의 재탄생을 상징한다. 그럴 경우, 여행의 시작과 끝에서 나오는, 인간 공동체의 장래에 대한 예언들은 모든 인류의 장래 재탄생과, 미래의 황금시대를 언급하는 것이 된다. 그 미래의 황금시대에는 천상 왕국뿐만 아니라 지상의 왕국도 완전하고 순결한 것이 된다. 하느님이 정해 주신 질서에 따라서 과거의 황금시대가 아니라 미래의 황금시대가 도래하는 것이다. 그러면 지상에 낙원이 실현될 것이다.

위에서 나온, 탐욕의 늑대를 죽이는 사냥개(Il Velro)가 **베로나의 칸그란데**와 타타르족의 대칸(大汗)을 결합한 용어로서 펠트천(veltro) 오두막과 담요의 개념에서 나온 것이라는 이론이 있는데, 나는 이 이론을 선뜻 받아들이기가 망설여진다. 또 515(cinquecento dieci e cinque: 위에서 나온 "하느님께서 보낸 5백과 10과 5가 거인과 창녀를 죽일 것"을 가리킨다. -옮긴이)가 피닉스(불사불멸) 시대의 암유라는 이론도 있는데 내 판단이 타당해 보인다. 이러한 이론들을 제시한 독일 학자들 — 비서만, 캄퍼스, 부르다흐[48] — 의 저작들 중에는 한 가지 공통적으로 눈에 띄는 사항이 있는데, 『신곡』에서 세상이 새롭게 다시 탄생하는 근동近東 신화가 중요한 역할을 한다는 주장이다.

이런 근동 신화와 관련하여 단테가 어떤 원천에서 직접 인용했는지 밝히는 것은 쉽지가 않다. 실제로 지금껏 그 누구도 그것을 입증하지 못했다. 그렇지만 그런 원천들 중 일부는 단테 당시에 별로 알려지지 않은 것인 듯하다. 안 그랬다면, 그의 아들들이나 다음 세대의 논평가들이 『신곡』 속의 일부 난해한 시행들에 대하여 뭔가 구체적인 논평을 내놓았을 것이다. 『신곡』에는 무수한 재탄생 신화가 흘러들어와 새로운 힘과 활력을 얻었다. 재탄생 신화 이외에 다른 전승과 사상의 흐름에 대해서도 역시 같은 말을 할 수 있다. 『신곡』 속에서 그러한 신화들은 균형 잡힌 위계적 비전의 체계 속에서 잘 갈무리되어 있어서 그 신화들이 마땅히 부여받아야 할 기준과 위엄을 누리고 있다. 그 신화들은 단테의 작품 속에 들어와 신화다운 무게감을 획득함으로써 무책임한 판타지의 황당한 토로나 급조된 유토피아의 환상을 모면했다.

키비타스 디아볼리와 키비타스 데이의 대립

역사-정치적 세계 질서의 위계적 구조는 물리적 체계나 윤리적 체계처럼 선명한 연속성 속에서 제시되지는 않는다. 가령 저승 여행의 모든 단계가 사회생활의 특정 단계를 상징한다고 주장하기는 어렵다. 프리츠 케른은 『인간의 사교성 *Humana Civilitas*』[49]이라는 책에서 그런 일대일의 대응을 제시하고 있다. 이 책은 그러한 분류의 책자로는 아주 철저하고, 또 시사하는 바가 많지만, 내가 보기에는 상당히 근거가 희박하다.

그렇지만 우리가 『신곡』을 이런 관점에서 관찰한다면 다음과 같은 해석을 불러일으키는 이미지에 주목하게 된다. 즉『신곡』은 두 도시의 대립이라는 것이다. 한쪽, 그러니까 지옥에는 디스 Dis, 즉 키비타스 디아볼리(civitas diaboli: 악마의 도시)가 있고, 다른 한쪽 그러니까 천국에는 키비타스 데이(civitas Dei: 신의 도시)가 있는 것이다. 대악마 루키페르의 성벽 도시는 로마적 세계 질서를 대표하는 현명한 시인에게 출입문이 닫혀 있다. 신의 전령(어쩌면 일 벨트로[사냥개])이 강제로 그 출입문을 밀고 들어가야 할지 모르는데, 아무튼 이곳은 사악함의 영역이고 사악함의 목적은 불의不義이다. 불의는 하느님에 대한 죄악일 뿐만 아니라 이웃에 대하여 그리고 지상의 올바른 생활에 대하여 죄를 짓는 것이다. 디스의 도시는 사회적 파멸의 거처이다.

그러나 디스는 악惡마저도 포함하는 전반적인 신적 질서의 일부로 제시된다. 그런 의미에서 디스는 질서가 잘 잡혀 있다. 디스는 하느님의 지고한 힘에 대항하여 부질없는 반항을 지속적으로 시도한다. 디스의 사악한 의지는 그 거주자들로부터 건전한 통찰을 박탈했고, 그리하여 그들의 의지를 빼앗아 버렸다. 자유란 무엇인가? 인간이 지상 생활을 영위하면서 올바른 방향을 선택하라고 하느님이 준 능력이 아닌가. 그렇지만 디스에서는 그 자유가 박탈되었다. 지옥의 거주자들은 공동으로 힘을 합쳐 어떤 유익한 일을 하지 못한다. 그들 모두에게서 공통적으로 발견되는 사악한 의지가 그들을 하나로 묶어 주는 것이 아니라 혼란을

안겨주고 소외시킨다. 각자를 사로잡는 왜곡된 의지가 동료에게
작용하여 그 동료를 파멸로 몰아넣는 것이다.

지옥의 공동체는 아무 희망 없이 싸움과 비참함 속에 꽁꽁 묶
여 있다. 마왕 루키페르는 무기력하여 아무 활동도 하지 못하지
만, 그래도 그의 나라에 증오라는 차갑고 마비적인 입김을 강력
하게 불어넣을 수 있다. 지옥의 중심을 관통하는 곳,[50] 하느님에
게 난폭하게 굴었던 자들이 불처럼 내리는 비로 고통을 받는 원
에서, 뜨거운 피가 흐르는 강(플레게톤)이 그 딱딱하고 돌 많은 하
상 위로 흘러간다. 그것은 '크레타의 노인'이 흘린 눈물로 만들
어진 지옥 강의 일부이다. 크레타의 노인은 등을 동쪽으로 대고
마치 거울을 쳐다보듯이 고개를 들어 로마 쪽을 바라본다. 이 노
인은 신의 은총에서 쫓겨난 인류가 여러 시대를 거쳐 서서히 퇴
락해 온 과정을 상징한다.

(크레타의 노인은 「지옥」 14곡에 나오는 인물인데, "그의 머리는 순금으로 되
어 있고, 팔과 가슴은 순은으로 되어 있고, 허리까지는 놋쇠로 되어 있으며, 그 아
래는 모두 쇠로 되어 있다." 이 노인은 인류가 거쳐 온 네 시대 즉, 황금시대-순은
시대-청동시대-강철시대를 상징한다. 이러한 노인의 이미지는 구약성경 「다니
엘서」 2장 31절, 느부갓네살 왕의 환상에서도 나타난다. -옮긴이 → **황금시대**)

디스와는 대조적으로, 천국의 키비타스 데이는 정의의 장소이
다. 여기에는 적합한 질서 속에 있는 영혼들이 거주한다. 그들은
공동으로 일하고 자신의 지위에 만족하며 참된 선을 행한다. 그

264

런 선은 무한히 공급되며, 더욱 큰 만족을 부여한다. 더 많은 구제된 영혼들이 그런 만족감에 동참하기 때문이다. 행성천들(제1천-제7천)에서 축복받은 자들이 등장하는데, 그들의 다양한 기질과 소명召命[51]은 자연스러운 질서를 형성하고 인간은 그 질서 안에서 천상의 시민이 된다.[52] 그의 적합도에 따라서 그는 신적 질서를 지상에 구현하는 목적을 가진 인간 공동체의 구성원이 된다. 이런 인간 공동체에서 올바른 생활을 영위함으로써 그는 건전한 통찰과 축복에 도달하게 된다. 이렇게 하여 그는 참된 영원한 로마(Roma aeterna)인 하느님의 왕국 시민이 되고, 그의 기질에 적합한 위계질서 내의 지위를 차지한다.

지옥의 도시와 천국의 도시 사이에 연옥산이 있다. 그곳은 참회의 장소일 뿐만 아니라, 영혼들이 공동생활을 실천하고 진정한 자유를 행사하도록 훈련받는 곳이다. 연옥 바깥의 대합실에서, 혼자 힘으로 연옥산을 올라가지 못하는 대기待機 영혼들은 외부의 인도와 도움을 필요로 한다. 현세적 자유를 위해 싸운 올바른 전사인 **카토**는 대기 영혼들에게 감각적 쾌락이 그들을 길 잃게 만들 때 나아갈 길을 보여 준다. 또 두 개의 칼을 든 천사들은 무방비 상태의 영혼들을 유혹으로부터 보호해 준다. 일단 대기 영혼들이 연옥의 출입문을 통과하면 독립된 의지가 그들 내부에서 발동하여 공통의 정화를 향해 나아가게 한다. 먼저 그들은 공동체의 생활을 위협하는 중대한 죄악에 대하여 속죄한다. 이어 그보다 덜 중대한 감각적 혼란에 대하여 속죄하는데 그런 혼란은 그들의 윤리적 자유를 제약할 뿐만 아니라 그 혼란에 과도하게 집착하면 주로 사회적 질서를 해치게 된다.

단테는 연옥의 제7둘레에서 마지막 코스인 불에 의한 정화를 받으면서 영혼에 자유를 수여받는다. 베르길리우스는 단테에게 왕관(세속적 권위)과 주교관(정신적 권위)을 씌워 주면서 그를 모든 권위로부터 해방시킨다. 이제 완전한 자유 의지에 따라 행동해도 무방하게 된 단테는 지상 낙원으로 들어간다. 그곳에서 인간은 순진무구한 상태에서 평화로운 기질을 유지하며 살아가고 물질은 전혀 필요로 하지 않는다. 그러나 이곳은 경유지(status viatoris)일 뿐이다. 가장 완벽한 지상 생활도 인간 공동체의 궁극적 목적이 아니라 준비 과정이기 때문이다 궁극적 목적은 비시오 데이(하느님의 비전), 즉 하느님을 뵙고 영원한 축복을 얻는 것이다.

『신곡』은 세속을 재현한 인간 드라마

우리가 살펴본 바와 같이, 이 천상 질서는 다른 두 질서와 완벽하게 공명한다. 『신곡』 전편은, 물리적 관점이나 윤리적 관점에서 살펴보든 혹은 역사-정치적 관점에서 살펴보든, 인간과 그 영혼의 운명을 구축하여 우리 앞에 아주 구체적인 이미지를 보여 준다. 그 이미지는 하느님과 천지 창조, 완벽한 필연 속에 잘 내포되고 정돈되어 있는 정신과 자연이다.(여기서 완벽한 필연이란 그 본질에 따라 각각의 사물에 부여되어 있는 완벽한 자유, 바로 그것을 말한다.) 인간의 지상 역사에서 비좁은 틈새, 즉 인간이 지상에서 삶을 영위하는 시기를 제외하고는 그 어떤 것도 미결 상태로 남아 있지 않는다. 지상의 삶은 위대하고 드라마틱한 결정이 내려지는 시기이기도 하다. 관점의 방향을 완전히 돌려서 인간 생활의 관점에서 바라보자면, 이승의 삶은 그 다양한 현현에도 불구하고 그 궁극적 목표에 의해 측정된다. 그렇다면 궁극적 목표는 무엇인가? 지상에서 인간은 자기의 개성을 발휘하여 실제로 성취하고, 모든 사회는 보편적 질서 속에서 미리 정해진 최종 휴식처를 발견하는 것이다.

이렇게 하여 『신곡』은 사후의 영혼 상태를 묘사하지만, 그 주제는 결국 광대한 범위와 내용을 가진 현세의 생활이다. 지하 세계에서 벌어진 것, 혹은 천상 세계에서 벌어진 것, 이 모든 것은 현세의 인간 드라마와 관련이 된다. 하지만 인간 세계는 저승 3계의 기준에 따라 구축되고 판단되는 유동적인 세계이기 때문에, 음울한 필연의 영토도 아니고 하느님의 평화로운 땅도 아니다. 그렇다. 지상 생활이라는 틈새는 정말로 미결정의 상태이다. 이승의 삶은 시기적으로 짧고 불확실하지만 그래도 나중에 심판을 받을 때에는 결정적인 것(영원토록 변치 않는 것)이 된다. 잠재적 자유라는 멋지면서도 무서운 선물 덕분에 긴급하고, 좌불안석이며, 인간적이고, 기독교-유럽적인 분위기가 생겨났다. 따라서 이 회복 불가능한 짧은 시기를 최대한 잘 활용해야 한다.

하느님의 은총은 무한하지만 그 분의 정의 또한 무한하고 이 둘(은총과 정의)은 서로 배척하지 않는다. 『신곡』을 읽는 사람 혹은 듣는 사람은 이 저승 여행의 이야기 속으로 빠져든다. 성취된 운명의 위대한 영역 속에서, 그(읽는 사람 혹은 듣는 사람)는 그 자신만이 아직 성취하지 못한 것을 발견한다. 그는 위에서 내려오는 빛을 받지만 그래도 어두운 상태에서, 현실적이며 결정적인 단계에 들어서서 각종 행동을 취한다. 그는 위험 속에 있고 결정은 가까이 다가와 있다. 그는 자기 앞에서 펼쳐지는 단테의 저승 여행 이미지들 속에서 단죄 받거나(지옥), 속죄하거나(연옥), 아니면 구제된(천국) 자기 자신을 본다. 그렇지만 그의 개성은 사라지지 않고 그는 언제나 그 자신이고 자신의 본질을 유지한다. 언제까지나.

이렇게 볼 때 『신곡』은 세속을 재현한 인간 드라마이다. 완벽한 폭과 깊이를 자랑하는 인간 세상이, 저승의 구조 속에서 잘 갈무리되어 완벽한 구조를 갖춘 채 거기 우뚝 서 있다. 인간 세상(속세)이 온전하고 거짓 없고 영원한 질서 속에 구현되어 있다. 지상 사건들의 혼란이 은폐되거나 희석되거나 없었던 것처럼 처리되지 않는다. 속세를 모두 포용하면서도 그 우연성을 완전 초월한 계획(신의 계획) 속에서, 속세의 온전한 모습이 세밀한 증거와 보충 자료에 의해 뒷받침된 채로 보존되어 있다. 이 위대한 시에서는 교리와 판타지, 역사와 신화가 촘촘한 실타래처럼 정밀하게 엮여 있다.

때로는『신곡』의 시행 한 줄을 이해하기 위하여 엄청난 시간과 노력을 투자해야 한다. 그러나 일단 독자가 빛나는 **테르자 리마** 속에 집필된 100편의 칸토(곡)를 전반적으로 살펴본다면, 이 칸토들의 맺고 푸는 노래 가락들은 꿈과 같은 경쾌함과 아득함을 독자들에게 제공할 것이다. 그 통렬한 시적 온전함에서 흘러나오는 경쾌함과 아득함은 마치 별유천지別有天地에 사는 인간들의 춤처럼 우리의 머리 위에서 너울너울 춤추며 흘러간다. 그러나 그 꿈을 만들어내는 법칙이 있다. 그것은 일정한 계획에 따라 행동하고 자신의 운명을 의식하는 인간의 이성이다. 이성은 인간의 운명을 지배하고 조직할 수 있다. 왜냐하면 이성의 용감한 선의善意는 결국 하느님의 은총으로부터 힘을 얻기 때문이다.

제5장

『신곡』의 인물들이
재현되는 방식

이렇게 하여 우리는 『신곡』 속에서 다양한 모습의 지상 세계가 궁극적 운명과 완벽한 질서의 저승 세상으로 전위되어 있는 것을 발견한다. 우리는 지금까지 전체적인 관점에서 『신곡』의 내용과 구조를 말해 왔는데, 앞으로는 그것들이 어떤 구체적 장면과 이미지 속에 반영되어 있는지 살펴보기로 하자.

삶과 죽음의 특별한 만남

단테는 저승을 여행하면서, 영혼들의 궁극적 운명을 표시하는 저승의 각 단계에서 그가 예전에 친히 알았던 혹은 그 생애에 대해서 들어 알았던 사람들의 영혼을 만난다. 『신곡』에 대해서 아무런 사전 정보가 없는 사람이라도 그 상황을 잘 생각해 보면, 그 만남이 환기하는 정서를 쉽게 상상할 수 있다. 또 그 만남이 가장 진실하고, 가장 강력하며, 가장 인간적인 표현의 자연스러운 장場이 되겠구나 하고 짐작할 수 있다. 그 만남은 이승에서 벌어지는 것이 아니다. 이승에서는 사람들이 서로 우연하게 만나는 경우가 많기 때문에 그들의 삶의 본질이 부분적으로만 표출된다. 또 활기차게 살아가는 일상생활의 강렬한 속도 때문에 자기 자신을 의식한다는 것이 어렵고, 그래서 인간 대 인간의 진정한 만남을 이루기가 쉽지 않다. 또 단테와 영혼들의 만남은 죽음의 그림자에 의해 개인들의 개성이 말살되어 버린 그런 저승에서 만나는 것이 아니다. 그 저승은 이승에 대한 기억이 희미한 베일에 가려진 기억 혹은 아무래도 상관없는 기억으로 남아 있는 그런 곳이 아니다.

그렇다. 단테가 저승에서 만난 영혼들은 죽어 버린 사람들이 아니다. 그들은 온전한 개성을 그대로 유지하기 때문에 진정으로 살아 있는 사람들이다. 그들이 전에 지상에서 생활했을 때의 구체적 데이터나 그들의 개성적 분위기 등은 이승 생활에서도 끄집어낼 수 있다. 그러나 이곳 저승에서, 그들은 이승에 있던 동안 아무에게도 드러낸 적이 없는 개성의 리얼리티를 완벽하게 또 집중적으로 드러낸다.

단테는 바로 이런 간절한 상태의 영혼들을 발견한다. 그리하여 만남의 두 당사자는 놀람, 경악, 기쁨, 공포를 경험한다. 그 만남에서 오히려 저승의 거주자들이 더욱 깊은 감동을 느낀다. 왜냐하면 그것은 죽은 자가 산 자를 만나는 특수한 경험이기 때문이다. 두 당사자는 서로 보고 상대를 알아본다는 사실만으로도 깊은 인간적 공감의 상태로 들어간다. 그것은 전례 없는 시적 힘과 풍성함의 이미지를 불러일으킨다.

이렇게 하여 『신곡』 내에서 영혼들 사이의 만남은 많은 장면들을 만들어낸다. 주로 지상에서의 만남에 대한 기억으로부터 표현의 요소가 생겨나지만, 그 만남에 수반되는 강력한 정서 때문에 그 어떤 지상에서의 만남보다 강력한 호소력을 지니며, 또한 아주 다양한 상황들을 만들어낸다. 지상에 있을 때의 실제 생활에 바탕을 둔 것이든 혹은 내적·정신적 영향력에 바탕을 둔 것이든 단테와 그 영혼들 사이에 지상에서의 유대가 있었을 때, 그 만남은 가장 감동적인 것이 된다. 수줍음이든 혹은 말할 기회가 없었기 때문이든 세속에 살고 있을 때 감추어졌던 열정이 여기 저승에서는 마치 폭발하듯 터져 나온다. 그 영혼들은 그들 자신을 표현할 수 있는 기회가 이때 딱 한 번뿐이라고 처절하게 의식한다.

단테가 다가오는 파멸을 앞에 두고 도움을 절실히 필요로 할 때, 신적 은총으로 파견된 도우미가 그의 앞에 나타난다. 그 사람은 베르길리우스이다! 그러나 단테는 그를 알아보기도 전에 너무나 심한 고민에 내몰려 혼신의 힘을 다해 간원한다. 시의 스승이며 인생관의 선구자인 베르길리우스가 자신을 소개하자, 단테의 사랑과 존경이 아주 자연스럽게 걷잡을 수 없을 정도로 흘러나온다. 이런 상황에서 그가 하는 최초의 말들은 그 자신과 베르길리우스의 본질적 측면을 보여 주는 말이 될 수밖에 없다. 실제로 그 말은 자명하며 파토스(감정)가 가득하고 구체적 상황에 어울리는 자연스러운 말이다. 그리고 지상낙원에서 개선식의 행렬 속에서 베아트리체가 나타나자 도움이 필요한 단테는 베르길리우스에게 고개를 돌리면서 말한다. "떨리지 않는 피는 제게 한 방울도 남아 있지 않습니다." 하지만 그는 이제 아주 인자하신 아버지(dolcissimo padre: 베르길리우스)가 그의 곁에 없음을 발견한다. 단테의 이름이 최후의 심판에서의 호명처럼 울려 퍼지자, 잘 준비되어 온 정서가 강력하게 환기된다. 그것은 단테의 과거와 현재 운명에 뿌리를 박고 있는 정서로서 이성뿐만 아니라 감성에 의해서 합법화되는 것이고, 단테 자신이 즉각 시인하는 정서이다. 독자 또한 단테 못지않게 그런 정서에 사로잡히고 그리하여 단테의 말을 따라 외치게 된다. "떨리지 않는 피는 제게 한 방울도 남아 있지 않습니다."

이 특별한 경우에, 강력한 정서는 만남의 한쪽 당사자인 단테에게만 엄습해 온다. 다른 두 당사자인 베르길리우스와 베아트리체는 누구를 만날 것인지 이미 알고 있고, 또 다른 영역에 거주하고 있다가 위로부터 임무를 부여받고 현장에 나타났기 때문이다. 그러나 다른 곳에서, 단테와 영혼들과의 만남은 쌍방의 당사자들에게 깊은 감명을 준다.

브루테노 라티니와 로마 시인 스타티우스

예전의 스승 혹은 본보기였던 브루네토 라티니와의 만남은 그런 카테고리에 들어간다.[1] 이 장면은「지옥」을 읽은 독자들의 마음속에 깊이 각인된다. 높은 둑 위에서 걸어가던 단테는 불타는 구덩이에서 어둠을 뚫고 위를 올려다보던 남색꾼들을 알아보지 못한다. 그러다가 그들 중 하나가 그의 옷자락을 잡으며 말한다. "정말 놀랍군요!" 그가 나를 향하여 팔을 뻗쳤을 때 나는 그의 익숙한 얼굴을 눈여겨보았다. 비록 얼굴은 불에 그슬려 있었지만 내 지성이 그를 몰라보지는 않았으니, 그의 얼굴에 내 얼굴을 가까이 숙이며 말했다. "브루네토 님, 당신은 여기에 계십니까?" 그러자 그가 말했다. "오 나의 아들이여……."

그러나 부루네토의 의미심장한 말을 도입하고 정당화하는 이 장면은 간단한 스케치 혹은 나중에 나올 이미지의 맛보기에 불과하다. 그 이미지는 여기에 제시된 주제, 즉 스타티우스와 베르길리우스와의 만남에 내포된 감정을 더욱 강화시킨다.[2] 여기에서 처음으로 단테는 『신곡』의 주제와 장소가 제공하는 풍성한 가능성들을 개발하며, 또 그런 가능성들을 정신적 스승과 제자의 만남이라는 주제에 연결시킨다. 두 사람은 동시대인이 아니다. 그들은 생전에 서로 알지 못했다. 그들의 생존 당시로부터 이미 12세기가 흘러갔다. 베르길리우스는 이교도들과 함께 림보(지옥의 변방)에서 살고 있고, 스타티우스(단테의 허구에 의하면 은밀한 기독교 신자)는 연옥에서 속죄를 하고 있다.

베르길리우스가 제자 단테를 데리고 연옥을 통과할 때, 스타티우스는 막 정화의 기간을 마쳤다. 그는 죄로부터 자유롭게 되어 천국에 오를 준비가 되어 있다. 지진이 발생하여 영혼의 구원을 알리자 그는 천상에 오르기 시작한다. 두 순례자에게 아직 신분이 밝혀지지 않은 제3의 인물, 스타티우스가 합류한다. 그는 그 두 사람을 알아보지 못한다. 그는 두 사람에게 자신의 생애와 시적 작업을 알려주면서 베르길리우스에 대한 찬양으로 말을 끝맺는다. "『아이네이스』는 나의 유모였고, 그것이 없었더라면 나는 아무런 시도 쓰지 못했을 겁니다. 베르길리우스가 살아 있을 때 나도 동시대를 살 수 있었더라면 한 해 더 연옥에서 고생하더라도 기꺼이 받아들였을 겁니다." 이 말에 베르길리우스는 단테에게 고개를 돌리면서 아무 말도 하지 말라는 신호를 한다. 그러나 의지의 힘에는 한계가 있다. 그는 눈짓만 하는 사람처럼 웃고 있었고 그 영혼은 침묵하며 나를 쳐다보았다……. 그리고 그는 말했다. "그대의 힘든 노정이 잘 끝나기를. 그대의 얼굴에 미소가 스쳐 지나가는 것을 보았는데 무슨 까닭이오?" 이제 나는 이쪽과 저쪽 사이에 있었으니, 한쪽은 침묵하라 하고 다른 한쪽은 말하라고 했기에 내가 한숨을 쉬자 스승님이 이해하고 나에게 말했다. "어려워하지 말고 말하도록 하라……." 그래서 내가 말했다. "오래된 영혼이여, 아마도 내가 미소 지은 것에 놀라는 모양이나 그대가 더 놀랄 만한 것을 알려주겠소. 내 눈을 높은 곳으로 인도하는 이 분이 바로 베르길리우스이니……." 그는 벌써 스승의 발을 껴안으려 무릎을 꿇었으나 베르길리우스가 말했다. "형제여, 하지 마오. 그대나 나나 모두 그림자이니." 스타티우스는 몸을 일으키며 말했다. "나는 우리가 그림자라는 것을 잊어버리고 그 그림자를 마치 실체인 것처럼 여겼으니, 이로 미루어 그대에 대한 나의 뜨거운 사랑이 얼마나 큰지 아시겠지요."

포레세 도나티와 파리나타 우베르티

이처럼 장대한 제스처를 보여 주지는 못하지만, 그래도 이승에서 함께 보낸 생활에 대한 달콤한 기억이 스며들어간 친구들 사이의 만남도 있다. 연옥(23곡)에 들어가 수척해진 과거의 대식가들 중에서, 단테는 포레세 도나티를 만난다. 도나티는 단테의 젊은 시절 친구였고 소네트를 주고받으며 아주 불경한 논쟁을 벌였던 상대였다. "문득 한 영혼이 머리의 깊은 곳에서 나에게 눈을 돌려 뚫어지게 응시하더니 크게 외쳤다…… 나는 그 얼굴을 전혀 알아보지 못했을 것인데, 그의 목소리가 안으로 감추어진 모습을 나에게 분명히 밝혀 주었다. 그 불꽃은 바뀌어 버린 모습에 대한 나의 기억을 완전히 되살려주었으니 나는 포레세의 얼굴을 알아보았다." 나는 포레세의 얼굴을 알아보았다! 이런 만남 — 이런 장소에서의 — 이 갖고 있는 강력한 힘은 자명해진다. 이 마지막 시행은 차근차근 다져온 내적 움직임의 꼭짓점이다. 그리하여 이어지는 대화는 포레세의 움푹 들어간 얼굴과 지상에 있을 때의 빛나는 젊음 사이의 대조로부터 흘러나온다.

단테는 1294년 피렌체에서, 헝가리의 젊은 왕인 앙주 가문의 샤를 마르텔을 알고 지냈다. 왕은 당시 20대 초반이었는데 그 후 곧 사망했다. 그는 고치 속의 누에처럼 축복에 잠겨 있는 왕을 금성천[3)]에서 만나지만 왕을 알아보지 못한다. 왕은 단테가 젊은 시절 썼던 가장 아름다운 시행을 읊으면서 시인을 환영하면서 단테에 대한 사랑과 함께 자신의 신분을 소개한다. 젊은 시절 단테를 존경하고 따랐던 기억이 제3천의 축복 속에서 환하게 빛난다.

단테는 저승에서 구이도 카발칸티를 만나지는 못한다. 왜냐하면 1300년에 구이도는 아직 생존해 있었기 때문이다. 하지만 이교도들 사이에서, 빨갛게 달아오른 석관 속에 누워 있는 구이도의 아버지를 만난다. 카발칸티는 석관에서 일어나 앉아 아들도 거기 오지 않았는지 살펴본다. 노인이 볼 때 아들 구이도의 생각이 아주 심원하여 그의 친구 단테처럼 살아생전에 저승 여행을 할 만하다고 생각되었기 때문이다. 그러나 아들이 더 이상 살아 있는 자들 사이에 있지 않다고 짐작되는 말을 듣자, 그는 탄식하며 다시 석관 속으로 가라앉는다. 그것은 아버지다운 자만심과 오만한 에피쿠로스주의자의 이미지이다. 하지만 이런 이미지는 천재성의 높은 경지를 강조하는 그의 고집, 태양의 달콤한 빛에 대한 그의 칭송, 아들 구이도의 궁극적 운명에 대한 무관심(그는 그 운명에 대해 물어보지도 않는다) 등에도 내포되어 있다.

이 장면은 단테가 기벨린파의 지도자 파리나타 델리 우베르티를 만나는 장면에서 끼어든 것이다. 파리나타 장면은 단테가 고향 친구들을 만나는 기다란 시리즈의 만남들 중에서 가장 인상적인 것이다. 단테가 방문한 저승에서는, 같은 고향과 같은 사투리는 사랑과 즐거움의 연결고리를 제공한다. 고향으로부터 멀리 떨어진 곳에서 고향 친구를 만난다는 모티프는, 우리가 보기에는 감상적일 수 있어도, 『신곡』에서는 의미심장한 주제로서 숭고한 높이로 들어 올려져 있다. 베르길리우스와 단테가 대화를 하면서 이교도들의 무덤을 지나가는데, 파리나타는 그 사투리를 듣고서 단테가 피렌체 사람이라는 것을 알아본다.

"오, 살아 있는 채로 불의 도시를 지나가며 그렇게 맵시 있게 말하는 토스카나 사람이여……."[5]

이 문장 자체가 고상한 언어의 장엄한 사례이다. 이 시행은 간결하면서도 직접적인 어휘 속에서 마지막 한 음절까지 복잡한 생각을 속속들이 표현한다. 우리가 이 시행을 몇 번 낭송해 보면, 위대한 파리나타가 얼마나 강력한 감정을 느끼고 있는지 생생하게 짐작할 수 있으며, 시행의 어휘가 그 풍성함 속에 감추고 있는 굉장한 힘을 느낄 수 있다. 파리나타가 말하는 "맵시 있는 말"은 곧 아름다운 피렌체 사투리이다. 따라서 우리는 이 시행에서 단테가 베르길리우스와 대화를 나누면서 피렌체 말을 쓰고 있다는 것을 알 수 있다. 그리고 베르길리우스는 만토바 방언으로 말한다는 것을 짐작할 수 있다. 이것은 파리나타의 말과 비슷한 또 다른 시행[6]에 의해서 뒷받침된다. 이 시행(『지옥』 27곡 19행)은 베르길리우스가 1300년대의 이탈리아 롬바르디아 말을 쓰고 있음을 보여 준다. 우리는 이 시행과 관련하여 앞으로 같은 고향의 문제를 말할 때 좀 더 언급하게 될 것이다.

고향 사람과의 만남이라는 현재의 주제와 관련하여, 우리는 또 다른 만토바 사람을 만나는데 그는 만토바 출신 프로방살 시인 소르델로이다. 그는 밤이 된 직후 연옥의 대합실에서[7], 쉬고 있는 사자처럼 초연하고 외롭게 있으면서 베르길리우스의 질문에 대답조차 하지 않으려 한다. 그러다가 '만토바'라는 말이 나오자 벌떡 일어선다. "오 만토바 사람이여, 나는 그대 고향의 소르델로라오!" 그러면서 그는 베르길리우스를 껴안는다.

이것은 이러한 만남을 가능하게 해주는 무대의 힘을 가장 잘 보여 주는 사례이다. 이런 무대가 자연스럽게 제공하는 소개와 상황이 없었더라면 이어지는 이탈리아와 황제에 대한 돈호법은 단순한 레토릭[修辭]에 그쳤을 것이다. 그러나 적절한 무대 위에 배치되기 때문에 그 명료한 사고방식과 함께 리얼한 상황 속에서 터져나오는 외침이 된다. 단테와 듣는 사람, 창조하는 자와 받아들이는 자는 똑같이 폭포수처럼 터져나오는 열정을 맛보는 것이다. 하지만 그것은 인공의 산물이 아니다. 인간 감정의 자연스러운 움직임에 조응하는, 교묘한 예술적 솜씨의 결과이다.

말을 하고 싶어 하는 저승의 영혼들

이것으로 우리는 영혼들과의 만남을 마무리 지으려 한다. 그 만남을 아주 자세히 기록하자면 『신곡』의 상당 부분을 요약해야 하기 때문이다. 아무튼 우리가 전달하고자 하는 것, 즉 영혼들이 서로 만났을 때 동요하는 상태는 충분히 전달했으리라 본다. 영혼들이 그처럼 동요하는 것은 그 장소 탓도 있지만 저승 세계에 산 자(단테)가 등장했다는 사실 때문이기도 하다. 모든 영혼이 그 만남을 반가워하는 것도 아니다. 지옥의 가장 낮은 집단들에는, 익명의 상태로 남아 있기를 바라는 영혼도 있다. 또 반가워한다고 해서 모두 동일한 방식으로 반가워하는 것도 아니다.

낮은 상태에 있는 영혼들은 세상의 소식을 알기를 간절히 바란다. 그들이 아직도 이승에서 기억되고 있는지 아주 궁금해 한다. 그러나 이런 열망은 연옥에 올라가, 다른 기독교적 즐거움의 모티프와 뒤섞이면서 희석된다. 천국에서는 영혼이 즐거움을 얻는 원천은 그 선택받은 손님(단테)에게 베풀어 주는 사랑에 있다. 저승에 모여 있는 모든 영혼들, 각 시대와 나라의 사람들, 저마다의 지혜와 우둔을 가지고 있는 사람들, 선과 악, 세상에 대한 사랑과 증오, 한 마디로 역사의 요약인 이들은 그들을 찾아온, 살아 있는 단테에게 말을 하고 싶어 한다. 그 기회를 이용하여 그들이 무엇을 하는 사람이고, 왜 그런 궁극적 운명에 도달했는지를 더 명료한 언어로 말하려 한다.

그러나 그 영혼들이 하고 싶은 말을 언제나 술술 쉽게 할 수 있는 것은 아니다. 특히 지옥에서 그런 어려움이 심하고, 연옥에서도 말하고 싶은 욕구와 그 충족 사이에는 장애물이 놓여 있다. 그 장애물은 징벌이든 속죄든 그들이 처해 있는 상황에서 생겨나는 것인데, 이 때문에 그들의 말이 터져나올 때 소통하고자 하는 욕구는 그만큼 더 간절해진다. 끔찍하게 변형되고 고문 받는 신체를 가진 이 사람들 중 일부는 영원히 움직이고 있고, 일부는 고통스러운 부동자세를 취하고 있으므로 마음속의 말을 할 만한 힘도 시간도 없다. 그들은 어렵고 힘들게 자신의 의사를 표현한다. 바로 이런 고문과 노고 때문에 그들의 말과 동작은 사람들의 마음을 끄는 힘을 갖게 된다.

화염에 휩싸인 채 늙은 몬테펠트로는 두 순례자에게 다가온다.[8] 솟구치는 화염을 뚫고서 천천히 고통스럽게 그의 말을 내뱉는다. 그는 두 순례자가 인내심을 잃어버릴까봐 두려워하면서 고향 사람과 함께 잠시 머무르면서 대화를 해달라고 간원한다. 마침내 그가 하고자 했던 질문, 그 동안 내내 그의 가슴을 채웠던 질문이 영육간의 모든 존재가 폭발하듯이 터져나온다. "로마냐 사람들이 지금 평화로운지 아니면 전쟁을 하는지 내게 말해 주세요." 우리는 의도적으로 이 사례를 골랐다. 이 장면을 마무리 짓는 이 대사는 그 자체로는 그리 의미심장한 것이 아니다. 한때 자기 고장의 운명적 사건들에서 중요한 역할을 했으나 지금은 죽어 영혼이 된 사람이 현재 고향의 일은 어떻게 되어가고 있느냐고 묻는 것은 아주 자연스러운 것이다. 그러나 그런 질문이 나오는 무대의 설정 덕분에 그 대사는 특별한 의미를 지닌다. 그 말을 하기 위해 몬테펠트로가 극복해야 하는 어려운 장애물이 그 말에 간절한 동경과 뜨거운 호기심의 특질을 부여한다.

한 번뿐인 리얼리티의 순간: 개요와 축약

지금까지 우리는 저승에서 만난 영혼들이 그들의 가장 내밀한 리얼리티를 기꺼이 드러낼 준비가 되어 있다는 것과, 그들을 가로막는 장애 때문에 그들의 발언이 비상한 힘을 얻는다는 것 등을 말했다. 하지만 우리는 그 '내밀한 리얼리티'의 본질은 살펴보지 않았으며, 단테가 그 리얼리티의 구성 요소들을 어디에서 가져왔는지 물어보지 않았다. 이에 대하여 아주 일반적인 답변은 쉽게 할 수가 있다. 그는 자신이 기억하는 자신의 체험에서 그런 구성 요소들을 가지고 왔다. 그 기억들을 고르고 혼합하는 데서 단테는 개요 혹은 축약의 방법을 사용한다. 따라서『신곡』속의 모든 인물들은 단테의 내적 존재에서 유래한 것이다. 그것은 분명하고 더 이상의 토론을 필요로 하지 않는다. 단테가 작업하는 소재는 체험과 예언적 재능이 결합된 초자연적 인 밑천이다. 특히 뛰어난 예언적 능력 덕분에 단테는 인간적 느낌의 다양성과 차별성을 꿰뚫어본다.

이보다 더 어려운 문제는 이런 소재를 어떻게 선별하느냐는 것이다. 각각의 사례에서, 단테는 아주 풍성한 특징과 해석들로 부터 선택해야 하는데 이런 선택에서 걸러진 진정한 리얼리티는 단테가 어떤 권위에 호소하느냐에 달려 있다. 무엇보다도 그가 재현하는 것은 삶의 서사시적 광폭廣幅이 아니라, 리얼리티의 단 한 순간이기 때문이다. 그리고 그 한 순간은 섭리에 의해 결정된 그 사람의 궁극적 운명이다. 따라서 단테가 저승의 이런 저런 장 소에서 이런 저런 인물들을 등장시킬 때, 그는 인물들의 진정한 본질을 재현하려고 시도할 뿐만 아니라, 그들에 대한 하느님의 심판 혹은 비전 속에서 보았던 하느님의 심판을 알아내려 한다. 따라서 그 비전이 명백한 진실이 아니라면 이런 시도는 어리석 을 뿐만 아니라 주제넘기까지 하다. 그 비전은 독자의 심오한 확 신과 일치해야 할 뿐만 아니라 나아가 그 확신을 넘어서서 서로 불일치하는 사항들을 종합하면서 그런 종합의 밑바탕이 되는 공 통 요소를 창조적으로 보여 주어야 한다.

개요와 축약은 이런 모든 작업을 포함하며, 우리가 위에서 말한 것처럼 단테는 이것들(개요와 축약)을 가지고 선택의 문제를 해결한다. 그는 어떤 인물의 한 평생을 말하지 않는다. 또 그 영혼의 모든 모습을 펼쳐놓고서 각 부분을 분석하지도 않는다. 그는 많은 것들을 생략한다. 라블레는 자신을 가리키는 여러 가지 별명 중에서 본질의 축약자(abstracteur de quinte essence)라는 말을 썼다. 어떤 현대 화가는 "그림이란 곧 생략이다."라고 말한 것으로 인용되었다. 단테는 이런 생략의 방식을 가지고 시작하는 듯하다. 하지만 이런 비교는 라블레 등 최근의 사례에서 취해 온 것이다.

단테 이전의 시인으로 이와 유사한 방식으로 작업한 시인이 있었는가? 분명 없었다. 고대나 중세의 시인들이 어떤 인물의 전반적 개성을 묘사하고자 한다면 그들은 그 인물이 영위했던 삶의 서사시적 광폭에서 본질을 빼내온다. 그들은 그 삶의 축약만을 제시하려고 할 때, 그 인물의 전인全人을 묘사할 생각은 아예 없다. 가령 사랑하는 사람, 질투하는 사람, 대식가, 귀찮은 사람 등을 묘사하려 한다면 오로지 사랑, 질투, 대식, 귀찮음 등만 말한다. 많은 것을 '생략'하면서도 어떤 인물의 전인을 묘사하고자 하는 고전 비극조차도 시간 속에서 펼쳐지는 사건을 필요로 한다. 이 사건을 바탕으로 하여 고대 비극 시인은 집어넣을 것과 생략할 것을 결정한다. 그리고 그 사건을 통하여 비극의 주인공은 운명이 그 자신에게 제시한 질문에 점점 더 분명하고 확정적인 답변을 한다. 또 그 자신이 어떤 존재인가 하는 질문에도 대

284

답을 한다.

그러나 단테는 사건들을 기록하지 않는다. 그는 모든 것이 단번에 드러나야 하는 단 한 순간을 가지고 있을 뿐이다. 그것은 순간이면서 영원이기 때문에 아주 특별한 한 순간이다. 단테는 그리스 비극이 경멸했던 것, 즉 인간의 개성적이고 구체적인 특질을 제공한다. 그는 언어, 어조, 몸짓, 자세 등을 통하여 본질까지 뚫고 들어간다. 그리스 비극을 읽는 독자는 프로메테우스, 안티고네, 히폴리투스 같은 주인공의 구체적 모습을 상상할 수 있다. 또 그리스 비극을 직접 무대 위에서 보는 사람들은 더욱 선명한 모습을 볼 수 있다. 또 그리스 비극의 묘사는 단테의 『신곡』에 비하여 한결 상상력이 발휘될 공간을 남겨놓는다. 그러나 단테의 작품에서는 그럴 공간이 별로 없다. 왜냐하면 『신곡』 속의 모든 사건과 모든 동작은 상상력의 도움이 필요 없을 정도로 리얼하게 묘사되어 있기 때문이다.

기억과 자의식

이와 관련하여 신체와 영혼의 통일성이 어떻게 더 단단해져서 새로운 의미를 획득하는지 살펴보는 것도 흥미로운 과제이다. 왜냐하면 인간의 신체는 기독교의 교리를 통하여 영원에 동참하기 때문이다. 하지만 이 문제는 우리의 주제에서 너무 동떨어진 것이다. 그래서 여기서는 단테가 생략한 것이 무엇인지 그것만 살펴보기로 하자. 이것은 고대와 중세의 시인들과의 비교에서 분명하게 밝혀졌다. 그는 세속적(시간 속에서 일어나는) 사건들을 생략한다. 저승에서는 더 이상 세속적 사건들이 없다. 역사는 끝이 나서 기억으로 대체된다. 저승의 영혼들에게는 최후의 심판 날을 제외하고는 새로운 사건이 일어나지 않는다. 최후의 심판도 현재의 지위를 강화하는 것에 불과하다.

영혼들은 여행자의 지위(status viatoris)를 벗어버리고 공로에 따른 정착자의 지위(status recipientis pro meritis)를 갖는다. 이것은 연옥에 있는 영혼들도 마찬가지이다. 더 이상 변화에 대한 희망이나 공포는 없고 영혼들에게 시간의 차원을 의식하게 만드는 불확실한 미래도 없다. 그들에게는 아무런 일도 일어나지 않는다. 아니 그들에게 현재 일어나는 것은 앞으로 영원히 일어난다. 그러나 시간이나 역사가 없는 이러한 상황은 그들이 지상에서 보낸 역사의 열매이다. 따라서 그들 자신에 대하여 생각하거나 말을 하는 데에 그들은 현 상황과 지상의 역사를 하나로 묶어서 볼 수밖에 없다. 그들의 무수한 체험들 중에서, 그들의 기억은 결정적인 체험을 반드시 선택할 것이고, 그것은 그들의 기억 중 가장 본질적인 것이다. 왜냐하면 하느님은 그분의 판단에 따라 그들에게 결정적인 것만 보여 주셨기 때문이다.

이렇게 하여 변화무쌍한 역사는 그들에게서 제거되고 이제 남아 있는 것은 기억뿐이고 그것은 필연적으로 본질과 접촉하게 된다. 게다가 영혼들은 그들의 개별적 형태를 유지한다. 그 형태는 변화무쌍한 역사적 상황에 의해 영향 받는 굴곡 많은 역사적 형태가 아니라, 진정하고 진실하고 확정적인 형태이다. 그것은 하느님의 심판이 확정해 준 것으로서 말하자면 영원히 그 상태로 고정되어 있다. 물론 「지옥」의 어떤 인물들, 가령 자살자들은 상당한 모습의 변화를 겪고, 도둑들의 경우에도 지속적인 변화를 겪는다. 하지만 이 경우 그들의 변신은 그들의 영원한 형태라고 간주되어야 한다. 그리고 이건 약간 위험한 표현이기는 하지만, 그런 변신은 그들의 현세적 존재의 총합을 재현한다.

이 설명을 약간만 수정하면 연옥에 있는 영혼들에게도 그대로 적용해 볼 수 있다. 그들에게도 결정적이고 궁극적인 운명이 할당되었다. 그들 또한 그들의 기억을 지상의 생활과 연결시켜야 한다. 그들의 형태는 최종적인 것이 아니다. 하지만 그것(형태)이 지상 존재의 총합을 상징하고, 또 이미 결정된 시기와 방식에 의해 변화된다는 점을 감안하면, 그들의 형태 또한 최종적인 것이다. 그들은 그런 형태의 변화가 언제 일어날지 아직 알지 못한다. 그들은 아직도 희망과 기대를 갖고 있다. 이런 점에서 연옥산은 여행자 지위의 역사적 특징을 일부 갖고 있다. 하지만 연옥 영혼들의 불확실성은 지상 생활의 불확실성에 비하면 아주 사소한 것이다. 연옥에는 지상적 체험이란 없고 오로지 그 체험에 대한 기억만 있다.

이렇게 하여 세속적 사건들은 제거되고 오로지 기억만 남아 있다. 이 기억을 통하여 리얼리티가 저승에 들어오게 된다. 하지만 지상의 세속적 사건과 관련된 우발성을 제거한 기억은 오로지 본질만을 포착한다. 불확실성과 애매함이 가득한 세속적 사건들은 본질을 잘 파악하지 못하는 데 반하여, 기억은 아주 지적인 정밀함과 생생한 구체성과 총체성 속에서 본질을 파악한다. 저승에서 인간은 자의식을 갖게 된다. 왜냐하면 하느님의 심판을 통하여 그런 자의식이 부여되었기 때문이다. 자의식은 기억으로만 형성 가능하다. 우리 인간이 지상에서 갖고 있는 파편적이고 애매한 자의식 또한 기억이 없으면 성립되지 않는다. 그리고 기억 속에서 모든 사건들이 동시에 등장할 수 있는 가능성은 언제나 확정적 이미지로 현실화된다.

그러나 이미지 자체는 의식意識에 의해 형성되기 때문에 의식 속에 들어 있는 모든 체험은 이미지의 형성에 기여한다. 이와는 대조적으로, 사건의 순간에 의식이 어떻게 작동되는지는 애매하다. 그런 순간에 다른 사람들은 우리를 이해하지만, 정작 우리는 자신을 이해하지 못한다. 그래서 인물들의 자화상을 그들의 기억을 가지고 만들어낼 때, 단테는 그들의 가장 내적인 체험을 이끌어낸다. 그들이 회상(기억)할 때, 회상의 대상이나 실체는 그들의 궁극적 운명에 의해 결정되는데, 이 운명은 기억과 운명의 완벽한 일치를 이루도록 유도한다. 따라서 저승의 영혼들은 본질적인 것만 기억한다. 기억이 현세의 생활로부터 어떤 이미지를 불러일으키든 간에 그것은 본질을 드러내 주는 포괄적이면서 결정적인 이미지이다. 심지어 자신의 내밀한 존재를 감추고 싶어 하는 영혼들도 살아 있는 사람[9]과의 만남을 통하여 본심을 털어 놓게 된다. 그들이 찾아내는 표현은 아주 날카로우면서도 아주 개인적인 표현이다. 왜냐하면 그들은 자기 자신과 지상 생활의 의미를 잘 알기 때문이다. 그리고 이제 저승의 궁극적 리얼리티 속에서 그들은 아무런 모순도 없이 자기의 개성과 일치하는 존재가 된다.

단 하나의 사건: 생략과 내포

이렇게 볼 때 『신곡』은 일련의 기다란 시리즈의 자화상들로 구성된다. 그것은 이미 오래 전에 죽은 사람들, 혹은 우리 자신과는 아주 다른 조건에서 살았던 사람들, 혹은 아예 존재하지 않았던 사람들에 대한 자화상인데 그들에 대하여 아주 명료하면서도 온전한 그림을 보여 준다. 그리하여 우리 자신에 대해서 생각할 때 우리에게서 감추어져 있던 어떤 것, 혹은 우리가 날마다 접촉하는 사람들의 어떤 것을 발견하게 된다. 다시 말해 그들의 전 존재를 지배하고 조직하는 간단한 의미를 발견한다. 단테가 우리에게 제시하는 의미는 대부분 간단하며 종종 짧은 문장이다. 워낙 간단하여 때때로 초라하게 보이는 경우에도,

아주 초인적인 재현 기술이 동원된다. 이처럼 풍성한 의미를 획득하는 것은 그것(의미)을 둘러싼 많은 사건들로부터 그런 의미를 추출해내기 때문이다. 인물이 겪은 체험들의 작은 부분만 표현되지만 그 작은 부분이 바로 본질이다. 현재 생략되어 있는 것은 내포에 의해 그 작은 부분 안에 들어간다. 노인 몬테펠트로는 이렇게 말한다. "나는 군인이었다가 수도사가 되었습니다."[10) 단테는 이 짧은 문장을 가지고, 순수함에 대하여 은밀하면서도 불충분한 동경을 가진 이 강인하고 술수 많은 남자의 본질적 특성을 정확하게 짚어냈다. 몬테펠트로 생애의 다양한 에피소드들 중에서, 단 하나의 사건만 진술된다. 그것은 자신의 간교한 술책을 이기지 못하여 마지막으로 그것을 써먹은 사건이다. 이 하나의 사건은 그의 궁극적인 운명을 결정했을 뿐만 아니라 그의 성격적 특징을 보여 준다. 그리고 표현되지 않은 그의 나머지 생애 — 갈등, 고난, 음모, 헛된 참회의 시절 — 는 그런 성격적 특징 속에 내포되어 있다.

단테의 저승에서 영혼들이 갖고 있는(혹은 말해 주는) 기억은 현세의 사건들을 아주 생생하게 감동적으로 묘사한다. 그 어떤 미메시스도 이 기억을 따라가지 못한다. 음흉한 남편에게 시집갔다가 그 남편에 의해 외진 곳에서 살해당한 가녀린 젊은 여자의 주제를 한번 살펴보자. 온갖 모티프와 분위기가 풍성한 이 주제를 하나의 드라마 혹은 서사시로 취급해 보기로 하자. 그런 다음 연옥 대합실 장면의 마지막 두 테르셋(3행 연구. → 테르자 리마)을 읽어 보자. 여기서 갑작스러운 죽임을 당한 자들 중 마지막 인물인 피아 데 톨로메이가 나와서 목소리를 높인다.

> 오, 세상으로 되돌아가서
> 그대가 기나긴 여행길에서 쉬게 될 때
> 나 피아를 기억해 주세요. 시에나는 나를 낳았고
> 마렘마는 나를 죽였는데 그 일은 굳게
> 언약하며 내게 보석 반지를 끼워 주어
> 아내로 맞이했던 자가 잘 알고 있어요. [11)

여기에 남편이 왜 그녀를 죽였는지 살인의 동기나 세부 사항은 없다. 단테의 동시대인들은 이 은유에 의한 빈 공간을 채워 넣을 수 있었겠지만 우리는 피아 데 톨로메이에 대하여 그 어떤 확정적인 정보도 없다. 하지만 그 어떤 것도 결핍되어 있지 않다. 그녀의 존재는 아주 생생하고 뚜렷하다. 그녀의 기억은 남편에게 살해당한 그 시각에 집중되어 있고, 그 죽음은 그녀의 최종 운명을 봉인한다. 그 기억 속에서, 그리고 지상에 돌아가면 그녀를 기억해 달라는 애원 속에서, 그녀의 온 존재가 명확하게 드러난다. 그녀 자신과 무관한 시행, 그녀가 단테에게 부드럽고 나지막하게 해준 말, "그대가 기나긴 여행길에서 쉬게 될 때"는 우리가 이 여인의 총체적 생애를 파악하기 위해 알고 싶은 모든 것을 말해 준다.

궁극적 운명에 의해 미리 정해진 장소에서, 기억을 통하여 도달된 인물의 본질은 결코 현대인들이 말하는 '분위기' 혹은 '상황'에서 얻어진 것이 아니다. 거의 언제나 기억은 명확한 행동이나 사건을 향한다. 이런 행동이나 사건으로부터 인물의 아우라 aura가 생겨나는 것이다. 행위, 사건, 악덕 혹은 미덕, 실용적인 역사적 상황 — 간단히 말해서 결정적인 구체적 팩트fact — 은 관련 인물에게 아주 감각적인 리얼리티를 충분히 부여하는 것이다. 날마다 만날 수 있는 자연스러운 구체적 사항들은 아예 등장하지 않는다. 지옥에서 고통을 당하는 어떤 영혼이 처음에는 숨으려고 하다가 이렇게 말한다고 하자. "나는 아름다운 기술라를 데려가 후작의 욕망을 채워주게 한 사람이오."[12] 이렇게 말하는 사람은 그의 지상 생활에 대하여 세부사항을 말할 필요가 없다. 여기서는 이렇게 말하는 것만으로 이미 모든 것을 말했다.

스스로 신화를 창조하는 단테

여기에서 단테는 전설 혹은 신화의 방식으로 서사를 진행해 나간다. 그러나 단테 신화 속의 시적 캐릭터나 구체적 인물들은 언제나 손으로 만져볼 수 있는 데이터에 바탕을 두고 있다. 단테의 이러한 방식은 후대의 자연주의적 시인들과는 다르다. 후대의 시인들은 캐릭터가 행동에 나서기 전에 먼저 캐릭터를 사회적 관계, 습관, 환경 속에 위치시킨다. 단테는 또한 고대의 시인들과도 다르다. 전설과 신화를 비극적 혹은 서사시적 방식으로 처리하는 고대 시인들은 본질적으로 말해서 새로 창조해야 할 것이 없다. 캐릭터와 그 운명은 이미 거기 존재하고 있어서 모든 독자 혹은 청중들이 그것을 알고 있다.

그러나 단테는 스스로 신화를 창조한다. 그가 다루는 인물들이나 운명은 동시대의 많은 사람들에게 알려져 있을지 모르지만, 그들은 대체로 말해서 다양한 해석이 가능한 인물들이었고, 그래서 단테가 『신곡』 속에서 다루기 전에는 명확한 형태가 없는 인물들이었다. 유명하지만 신화적 명성은 없는 인물들을 다루는 데서, 단테는 고대 그리스의 코미디 작가인 **아리스토파네스**와 비슷한 데가 많다. 아리스토파네스 또한 세속적 캐릭터들을 취급하여 그들을 또 다른 영역으로 들어 올려 그들로 하여금 스스로의 존재를 드러내게 하였다. 비코 또한 『신곡Commedia』이라는 제목과 고대 그리스 코미디(희극)의 연계성을 발견하였으나, 그런 발견의 근거로서 장난스러운 위트 이상의 것을 제시하지 못했다.[13] 하지만 두 작가의 유사성은 동시대인들이 작품 속에 등장한다는 것과 그 당시의 시대를 비판하는 것 두 가지뿐이다. 왜냐하면 아리스토파네스는 그의 인물들을 명확한 신화적 혹은 이상적 타입으로 구축하지 못하기 때문이다. 반면에 단테는 그런 타입을 구축했다.

단테의 자연주의는 아주 새로운 것이었다. 그는 많은 동시대
인들 중에서 어느 한 사람을 들어 올려 저승에다 배치한다. 그리
고 그 인물이 마치 신화적 인물 혹은 중요한 역사적 인물인 것처
럼 그의 본질적 리얼리티를 해석한다. 이것은 아주 직접적인 방
식이고, 단테 이전에는 알려져 있지 않았던 방식이다. 이제 이 방
식을 구체적 사례를 들어가면서 설명해 보겠다.

고대인들은 "영광을 추구하는 것의 헛됨"이라는 주제를 내세
우려면 아킬레스를 그 주제에 결부시켰다. 아킬레스는 지하세계
에서 오디세우스에게 고백하기를, 죽은 자들의 왕이 되기보다는
살아 있는 노예들의 말단이 되는 것이 더 낫다고 했다. 우리 현대
인들도 그런 주제를 어떤 이미지로 구체화하려 한다면 만년의
명상적 생활이나 사후의 통찰로 영광의 헛됨을 깨달은 위대한
통치자를 내세우려 할 것이다. 하지만 단테는 이 문제를 다르게
다루었다.『신곡』에서 현세적 영광의 헛됨을 말하는 인물은 율
리우스 카이사르가 아니다. 단테가 볼 때 카이사르의 영광은 섭
리의 역사(로마 제국은 장차 다가올 천상 왕국의 예표라는 주장. -옮긴이)라
는 맥락에서 유의미한 것이다. 실제로 단테는 위대한 정치적·역
사적 상황을 다룰 때에만 신화적 혹은 역사적 인물을 동원했다.

그러나 윤리적이거나 경험적인 주제를 구체적으로 예증하려
할 때에는 그런 위대한 인물들을 동원하지 않았다. 그렇다면 "영

광의 헛됨"을 예증하기 위하여 그는 구체적으로 어떤 사례를 들었는가? 그 인물은 채식화가 구비오의 오데리시이다. 이 사람은 단테와 동시대인(1299년 사망)으로서, 그에 관한 정보는 **바사리**의 짤막한 노트뿐이다. 게다가 바사리도 이 인물에 대하여 그리 많이 알지 못했다. 비록 그가 단테 시대에 채식화의 거장이었다 할지라도, 이런 장대한 주제를 다루기에는 그 사람의 영광이 너무 허약하지 않은가! 단테의 동시대인들 중에서 그의 존재를 알지 못하는 사람들이 너무 많지 않은가!

하지만 단테는 장래 여러 세기의 독자들이 『신곡』을 읽을 것이라고 확신하고서 그들을 위해서 글을 썼다. 단테는 저승(연옥)의 지위와 지상에서의 혁혁한 지위가 극명한 대조를 이루는 저명한 인물이 필요 없었다. 단테가 볼 때, 오데리시가 채식화 분야에서 알려져 있었고 그 분야의 명성에 집착했다는 사실만으로 충분했다. 오데리시 장면은 「연옥」의 제11곡 오만한 자들의 사이에서 나온다. 오만한 자들이 무거운 짐 때문에 거의 땅바닥에 고개를 처박은 채 천천히 걸어가는 동안, 단테는 그들 중 한 사람과 말을 나눈다.

> 그 말을 들으며 나는 얼굴을 숙였는데
> 말하던 자가 아닌 다른 영혼 하나가
> 짓누르는 짐 아래에서 몸을 비틀어

나를 알아보았다. 그는 그들과 함께

천천히 몸을 숙이고 가던 나를 불렀다.

나는 그에게 말했다. "오 그대는 구비오의 영광,

파리에서 채식화라 부르는 그 분야의 영광,

오데리시 아닌가요?" 그가 이렇게 대답했다.

"형제여, 볼로냐 사람 프랑코가 채식한

양피지들이 훨씬 더 생생하니

영광은 그의 것이고 내 것은 일부분이오.

나의 마음은 뛰어나고 싶은 욕망에

온통 쏠려 있었기에 살아 있는 동안

그에게 그리 친절하지 않았지요.

그런 교만의 벌을 여기서 받고 있습니다."

알아보는 자세("나를 알아보았다…… 나를 불렀다.")를 묘사한 후에,
단테는 칭찬의 말로써 그에게 인사했다. 단테는 상대방의 약점
을 알고 있었던 것이다. 하지만 단테의 말투에는 좀 가볍게 보는
듯한 혹은 냉소적인 기운이 희미하게 배어 있다. 아, 구비오의 오
만함이라니! 또한 오데리시의 채식화 기술을 조심스럽게 언급하
는 단테의 말투에서도 미소의 그림자를 엿볼 수 있다. 하지만 참
회하는 자의 대답은 얼마나 감동적인가! "형제여, 볼로냐 사람
프랑코가 채식한 양피지들이 훨씬 더 생생하니……." 그는 아직

도 라이벌의 생각에 몰두해 있는 것이다. 일찍이 살아생전에 오데리시는 라이벌의 우월성을 인정하지 않으면서 그것 때문에 괴로워했었다. 그리고 이제 그런 우월성을 인정하는 것이 참회의 한 부분이 되었다.

이것은 오데리시가 처음 내뱉은 말이다. 그런 다음 잘 알려진 명성에 관한 말이 나오는데, 그 속에서 **치마부에**, 조토, 스틸 누오보의 시인들이 언급된다. 여기에서 장대한 주제가 평범한 사람에 의해 예증된다. 오데리시가 영광을 과도하게 탐욕하는 것은 세상을 주름잡으려는 장대한 의도에서 나오는 것이 아니라 그가 갖고 있는 비전이 협소한 데서 나오는 것이다. 그의 "뛰어나고 싶은 욕망"은 비록 아름다운 것이긴 하지만 채식화 분야에 국한되어 있다. 오데리시는 당시에 널리 알려진 사람이기는 하지만 그의 개성은 일반 대중의 의식 속에 각인되지 못했다. 오데리시에 대하여 완벽한 이미지를 구축함으로써, 악덕과 그 악덕을 초월하는 속죄의 전형이면서도 이상적인 인물로 내세운 것은 순전히 단테의 공로이다.

이런 의미에서 볼 때 단테는 『신곡』에 나오는 인물들의 창조자일 뿐만 아니라 최초의 재현자再現者이다. 카차구이다는 「천국」 17곡에서 이런 말을 했다. "저승에서 단테에게 나타나는 자들은 유명한 사람들이다. 왜냐하면 사람들은 이름 없는 인사들의 사례는 별로 신뢰하지 않기 때문이다."[14] 이것은 당대의 독자들에게도 마찬가지였을 것이다. 단테의 동시대인들은 우리 현대인보다 『신곡』 속의 인물들을 더 잘 알았을 것이고, 또 그 인물들에 대하여 어떤 특정한 의견이 비교적 널리 형성되어 있었을 것이다. 그러나 이 인물들의 리얼리티와 그들의 궁극적 운명을 파악한 것은 단테였으며, 또 그들에 대한 당시의 의견에 최초로 구체적 형태와 항구성恒久性을 부여한 것도 단테였다.

우리 현대인은 상당수 등장인물들의 배경을 잘 알지 못하며, 또 안다고 해도 고작 몇몇 역사적 문서에서 관련 정보를 한두 가지 얻어내는 것이 전부이다. 따라서 유명 인사의 사례를 내세울수록 신빙성이 높아진다는 카차구이다의 얘기는 맞는 얘기가 아니다. 우리들이 볼 때 단테가 내세운 대부분의 사례는 유명한 사람들이 아니다. 그렇지만 우리는 그 인물들의 리얼리티를 믿어주는 것이다. 여기에 대한 구체적 사례로는 프란체스카 말라테스타 다 리미니를 들 수 있다. 단테 생존 당시에는 그녀의 이야기가 잘 알려져 있었을 것이다. 그러나 오늘날 그 얘기에 대해서는 남아 있는 것이 거의 없고, 오로지 단테의 「지옥」 제5곡의 후반부에서만 나온다. 하지만 이 시행들은 그녀를 역사적(거의 신화적) 위상을 가진 아주 시적인 인물로 만들었다.

피구라의 개념

이처럼 거의 망각된 단테 당시의 인물들 사이로 역사와 전설 속의 위대한 인물들이 섞여든다. 이미 단테 당시에도 집단의식 속에 선명하게 각인된 영웅과 왕들, 성인과 교황들, 군주들, 정치가들, 장군들 같은 사람들이다. 이들은 그들의 궁극적 운명 속에 등장하여 그 존재를 드러낸다. 단테는 언제나 이 위대한 인물들의 전통을 고수한다. 그러나 심지어 이렇게 하는 데서도, 독일학자 군돌프가 카이사르 관련 연구서에서 분명하게 밝힌 것처럼, 단테는 그 인물들의 창조자이다.

단테 자신이 직접 알았거나 소문으로 들어서 알았던 사람들을 다룰 때와 마찬가지로, 이런 전설적 인물을 다루는 데서도 단테는 그들의 생애의 우발적이고 특수한 세부 사항들로부터 몸짓과 운명의 총합을 이끌어낸다. 그는 중세 역사가들의 기록들 — 감각적 이미지가 아주 부족한 자료 — 로부터 리얼하고 선명한 인물을 걸러낸다. 그가 창조한 인물들이 모두 유럽인의 마음속에 선명하게 각인된 것은 아니다. 그가 만들어낸 이미지는 후대에 들어와 고대의 정신에 대한 좀 더 정확한 정보가 발굴되면서 종종 수정되었다. 하지만 그런 교정도 단테가 먼저 작업을 해놓은 토대 위에서 가능한 것이었다. 가령 손에 칼 든 호메로스[16]는 나폴리의 흉상으로 대체되었던 것이다.

(「지옥」 제4곡에는 베르길리우스가 이렇게 말하는 부분이 나온다. "저기 세

사람 앞에서 마치 주인처럼 손에 칼을 들고 오는 분을 보아라. 그는 최고의 시인 호메로스이다." 그 다음에 언급된 세 시인은 호라티우스, 오비디우스, 루카누스이다. -옮긴이)

그렇지만 단테는 그 인물들에 일정한 형식을 부여한 최초의 근대적 작가였다. 『신곡』에 나오는 고대의 인물들은 시간이 경과함에 따라 생겨난 중세적 해석의 수단에 의해 변경되었다. 또 그 인물들은 그들의 리얼리티에 늘 일치한다고는 할 수 없는 세계 질서 속으로 편입되어 들어갔다. 사정이 이렇기는 하지만 단테에 이르러서 비로소 그런 세계 질서, 그런 중세적 해석이 체계적인 교화敎化 이상의 의미를 획득했다. 단테에게는 무게를 달기 어려운 새로운 요소 — 시, 체험, 비전이 잘 뒤섞인 요소 — 가 있었다. 그렇다고 해서 우리는 다음의 사실을 망각해서는 안 된다. 즉, 단테는 합리적 교리의 보편성을 보여 주려 했고, 그것을 신적 비전의 틀 속에서 구체화했다. 단테가 『신곡』에서 높은 시적 비전을 성취하게 된 것은 바로 이 합리적 교리의 보편성 덕분이다.

『신곡』이라는 열정적 시의 기반은 다음과 같은 질문과 답변에서 찾아볼 수 있다.

질문: 하느님은 세속의 세상을 어떻게 보시는가?

답변: '세상의 모든 구체적 사항들은 영원한 목표를 의식하며 조직되어 있다.'라고 보신다.

『신곡』의 100곡 총 1만 5천 행은 이런 합리적 기반으로부터 그 생생한 장면과 마법적 코드의 힘을 얻는다. 카이사르는 **수에토니우스**가 말한 "그 꿰뚫어보는 두 눈"으로 우리들 앞에 서 있다. 오디세우스는 우리 앞에서 생생하게 살아난다. 카토는 아무리 괴상하게 해석한다 하더라도 리얼리티가 충만한 인물이다. 각각의 사례에서 이 인물들의 영원한 자세는 이런 것을 보여 준다. 그들의 핵심적 특징은 섭리에 따라 움직이는 세상의 방향과 일치한다는 것이다. 그 세상의 움직이는 방향 속에서 그들은 그렇게 행동한 것이고 달리 행동할 수는 없다. 그들의 빛나는 아름다움에도 불구하고 그들은 엄정한 교리를 구체화한다.

단테가 창조한 오디세우스는 이 얼마나 대단한 피구라인가!

오디세우스는 자신의 운명을 봉인한 행위(로마의 어머니인 트로이를 속여서 망하게 한 행위)에 대한 기억을 먼저 꺼내기를 싫어하는 소수 인물들 중 하나이다. 단테는 그리스인(오디세우스)이 대답하지 않을 것을 우려하여 직접 그에게 말을 걸지는 않는다. 그리하여 그리스 영웅들을 노래한 고대의 시인 베르길리우스가 오디세우스에게 그의 삶이 어떻게 끝났는지 말해달라고 간청한다. 불꽃에 갇혀 있는 오디세우스는 그의 마지막 여행에 대해서 말한다. 집에서는 평온을 얻지 못했고 지식과 모험에 대한 욕구가 무척 간절하여 다시 한 번 여행에 나서게 되었다고 말한다. 늙고 피곤한 채로 헤르쿨레스의 기둥(지브롤터 해협)까지 나아갔다가 마지막으로 동료들에게 과감한 모험을 시도해 보자고 제안한다.

오 형제들이여, 수많은

위험들을 거쳐 그대들은 서방에

이르렀고, 우리에게 남은 감각들은

이제 정말 막바지에 이르렀지만

태양의 뒤를 따라 사람 없는 세상을

경험하고 싶은 욕망을 거부하지 마라.

그대들의 타고난 천성을 생각해 보라.

짐승처럼 살려고 태어난 것이 아니라

미덕과 지식을 따르기 위함이었으니.

이 이야기는, 리얼리티를 해석하는 인간의 꿈처럼, 유럽인의 캐릭터(특성)가 세계 정복의 정신과 같은 것임을 보여 준다. 이런 특성은 고대 그리스로부터 현대 유럽에 이르기까지 면면히 전해져 내려왔다. 그리하여 우리는 이 이야기에서 근대적 의미의 캐릭터가 자동적으로 창조되었다고 해석을 내리기 쉽다. 하지만 그것이 아니고, 이야기의 끝에 가서야 그 진정한 의미가 드러난다. 다섯 달 동안 오디세우스와 그의 동료들은 바다를 항해한다. 그들은 커다란 산을 발견하고 기뻐하지만 그 기쁨은 단명한 것이었다. 그 산은 연옥산이었는데 거기서 불어온 회오리바람이 그들의 배를 난파시킨다.

세상의 신적 질서는 인간의 무모함에 대하여 일정한 목표를 제시한다. 그래서 오디세우스의 과감함은 그 자체의 타당성을 갖고 있지 못하다. 인간의 성격(캐릭터)은 그 자체가 하나의 기준이 되는 것이 아니라 최종적 판단의 근거인 운명으로부터 그 기준을 획득한다. 이런 교리 — 우리가 지금껏 말해온 바와 같이, 이것이 단테가 인간을 묘사하는 특징이다 — 에도 불구하고, 그는 성격의 자율성을 유지할 수 있었다. 아니, 오디세우스는 이런 엄정한 평가와 해석으로부터 오히려 구체적 존재감을 획득하는 것처럼 보인다. 그의 예전(세속적) 감각적 존재의 아주 극단적인 세부 사항에 이르기까지, 개성적 인간이 보존되는 것이다. 궁극적 운명을 이미 맞이했는데도 그 개성은 변하지 않는다. 오디세우스의 정신적 존재와 신체적 존재는 그대로 유지된다. 신체와 정신이라는 구분은 오해를 사기가 쉽다. 오디세우스의 영혼에 보존되어 있는 것은 신체와 정신이라는 두 개의 별도 사안이 아니다. 그것은 단일한 개성 속에서 통합되어 있는 것이다.

사건과 인물의 밀착된 재현

단테는 많은 사람들을 만났고, 그의 비전은 명료하고 정확했다. 그는 그저 구경만 하는 사람이 아니었다. 그가 직접 보지는 못했지만 듣거나 읽어서 아는 사건들은 종종 난해한 성격을 띠고 있어도 단테의 손을 거치면 생생한 이미지로 거듭났다. 그는 인물들의 어조를 들었고, 그들의 움직임을 보았으며, 그들의 감추어진 충동을 파악했고, 그들의 생각을 읽어냈다. 이 모든 것이 하나로 통합된다. 이런 통합성으로부터 단테는 인물을 형상화한다. 단테가 그려내는 인물들의 동작을 가리켜 한 이탈리아 학자는[18] 형성적 재현이라고 한 바 있거니와, 그 동작들은 결코 한가한 관찰을 그냥 적어 놓은 것이 아니다. 그 동작은 현재 서술되는 사건에 기반과 한계를 두고 있다. 그 동작은 인물의 신체적 존재를 드러내지만, 이런 동작과 신체의 일치는 필연적으로 개인적 성격과 사건의 일치에서 흘러나온다.

우리는 단테와 베르길리우스의 외양에 대하여 아무런 세부사항도 제공받지 못한다. 그들의 신체적 특징은 묘사되지 않으며, 그런 정보에 해당하는 베아트리체의 말 — "당신의 턱수염을 올려요."[19] — 은 아주 놀라운 발언이다. 이것은 순전히 은유적인 표현이다. 왜냐하면 단테가 턱수염을 기르지 않은 것은 거의 확실하기 때문이다. 그러나 그들이 상황에 따라 말하고 행동하는 여러 장면들에서 언행의 일관성이 유지된다. 그리고 『신곡』에 등장하는 모든 인물들이 그런 일관성을 뒷받침한다. 가령 흙비 속에서 벌떡 일어섰다가 혐오스럽게 눈알을 굴리며 다시 주저앉는 대식가 치아코, 자기 자신을 물어뜯는 아르겐티, 양팔을 벌리며 단테를 맞이하러 나오는 카셀라, 자신의 무릎을 껴안은 채 앉아서 산 자(단테)가 예기치 않게 나타나도 고개조차 들지 않으려 하는 게으른 벨라콰 같은 인물들을 살펴보자. 이들은 자연스러운 관찰이 현재 서술되는 특정 사건에 의해 통제되고 제약받는다는 것을 보여 준다. 그런데도 불구하고 인물들이 감각적인 충만함을 유지한 채 거기에 등장할 수 있는 것은 그 인물들이 사건 속에 깊숙이 관여하고 있기 때문이다.

인물들의 제스처(동작)는 별로 많지 않지만 단테는 아주 정밀하게 그것을 묘사한다. 그는 암시하는 것이 아니라 실제 움직임을 묘사하고 분석한다. 때때로 이것마저도 단테를 만족시키지 못한다. 그는 길게 구사되는 은유를 통하여 그 동작을 좀 더 분명하게 보여 주려 하고, 또 의미의 방점을 찍으려 한다. 그 은유 때문에 독자는 글을 읽다가 약간 머뭇거리게 된다. 『신곡』의 첫 시작 부분에서 단테는 몸을 돌려 나무가 울창한 계곡을 바라본다. 그러면서 "깊은 바다에서 바닷가로 도망쳐 나와" 숨을 헐떡이며 위험스러운 바다를 되돌아보는 헤엄꾼의 이미지를 서술한다. 「천국」의 끝부분에서는 자신이 하느님의 비전에 푹 빠져드는 것을 어려운 수학 문제를 풀려고 몰두하는 수학자의 집중에 비유한다. 이 두 이미지 사이에 『신곡』의 100곡이 놓여 있고, 그 안에는 무수하게 많은 은유들이 있다. 그 은유들은 대체로 느낌을 강화하기 위해서라기보다 구체적 사건을 더욱 선명하게 묘사하기 위해 구사된다. 은유는 『신곡』의 그 어떤 요소보다 더 적절하게 단테의 깊고 넓은 지각知覺을 보여 준다.

동물과 사람, 운명과 신화, 전원시, 전투 같은 행동, 풍경들, 자연스러운 거리 장면들, 4계절과 인간의 직업과 관련하여 벌어질 수 있는 가장 흔한 정기적 사건들, 가장 개인적인 기억들, 이 모든 것이 거기에 들어 있다. 그리하여 개구리들은 밤중에 개굴개굴 울어대고, 도마뱀은 길 위를 재빨리 지나쳐가고, 양떼는 울타리에서 몰려나오고, 말벌은 그 침을 거두어들이고, 개는 자신의 어깨를 긁는다. 물고기, 송골매, 비둘기, 황새가 등장한다. 회오리바람은 나무의 줄기를 꺾어 버리고, 봄철의 아침 들판은 하얀 서리가 내린다. 대양을 여행해야 하는 첫날에 밤의 어둠이 내리고, 수도자는 살인자의 고백을 받아들인다. 어머니는 아이를 불에서 구출하고 외로운 기사는 씩씩하게 말달려 나아가며 로마에 사는 농부는 어리둥절해한다. 때때로 아주 간단한 반 줄짜리 시행 — 가령 "그는 귀 기울이는 사람처럼 우뚝 섰다"— 때로는 파도치는 것처럼 긴 시행이 등장한다. 그리하여 풍경, 사건, 전설이 그 깊은 폭을 다하며 펼쳐지고 언제나 시의 움직임과 진행에 봉사한다.

우리가 알고 있는 바와 같이 이러한 은유의 기술은 아주 오래되었다. 일부 비유는 베르길리우스에게서 가져온 것이어서 베르길리우스의 어조를 그대로 간직한다. 하지만 비유의 정신과 목적은 다르다. 베르길리우스의 비유는 장식적인 것이다. 그의 비유는 유사하고 병렬적인 아디이어를 환기함으로써 아주 일반적인 방식으로 시의 진행을 지원한다. 그 비유가 제거된다면 시적 흐름에 혼란이 오고 하모니를 이루는 그림은 다소 빈약한 몰골이 된다. 그렇지만 사건의 리얼리티 — 막연하고 동화적인 리얼리티이기는 하지만 — 는 손상을 입지 않는다.

이에 비해 단테의 은유는 평행적이지 않고 상호 연관적이다. 이 점에서 단테는 동시대인들과 아주 다르다. 가령 귀니첼리는 그의 칸초네 「나의 여인을 칭송하고 싶네」에서 상상력을 배회시켜 매혹적이고 화려한 파편들만 집어 들게 함으로써 명확한 구체사항에 대한 장악력을 잃어버린다. 단테는 구체사항과 상상력의 일치를 강조한다. 그는 은유를 장식용으로 쓰는 것이 아니라 사건을 더욱 선명하게 보이기 위하여 사용한다. 이 때문에 단테의 비유는 베르길리우스의 비유보다 훨씬 풍성하며 서정적 효과 이상의 기능을 발휘한다. 단테의 비유는 아름다운 발명품일 뿐만 아니라 리얼리티를 더욱 리얼하게 만든다. 그 비유 덕분에 단테는 무사이(뮤즈)의 도움을 요청했던 그 기도의 목적을 달성한다. "나의 말이 사실과 다름이 없도록 해주오."[20]

시적 형식: 은유와 변신

지금까지 은유에 대해서 해온 말은, 단테가 고대의 시적 형식에서 빌려 온 변신에도 그대로 적용된다. 『신곡』에서 신체는 정신과 함께 보존된다. 그렇지만 저승에서 이뤄진 자아실현은 외모의 변화를 가져오는데 때때로 예전의 감각적 외양을 완전히 파괴해 버린다. 그러한 변화는 외모에만 적용되고 성격에는 적용되지 않는다. 오히려 새로운 외모는 예전 외모의 연속, 강화, 해석이고, 그리하여 사상 처음으로 리얼한 개인을 드러낸다. 따라서 단테에게 변신은 고대의 환상적 특징을 잃어버린다. 변신은 전설의 아득한 어둠에서 벗어나서 현재의 리얼리티 속으로 들어온다. 왜냐하면 모든 살아 있는 사람들 내면에는 변신이 은닉되어 있기 때문이다. 그 어떤 사람이 감히 자신은 결코 자살하지 않는다고 말할 수 있겠는가?

외모의 변화는 자살자와 도둑들에게서 가장 현저하다. 자살자는 나무로 변신하여 하르피이들에 의해 뜯겨지고, 또 더럽혀진다.[21] 도둑들은 단테의 목전에서 기이한 변신을 한다. 그들은 뱀에게 물어 뜯겨 몸이 불타서 완전히 재가 되거나 아니면 뱀이 되었다가 사람이 되었다가 무시로 그 둘(뱀과 사람) 사이를 왕복한다.[22] 단테 시대의 잘 알려진 인물들이 이런 변신을 하게 되는데, 그것은 그들의 전생에 대한 심판이다. 바로 이 때문에 단테의 변신은 신화가 아니라 리얼리티의 영역으로 들어선다. 변신된 몸을 가지고 탄식하고 조롱하고 야유하고 침을 뱉는 사람은 단테의 동시대인들이 알았던 바로 그 사람이며, 동료의 일원으로 생각했던 그 사람이다. 단테의 변신은 개별적 인간의 운명이기 때문에 오비디우스나 루카누스의 변신보다 훨씬 구체적이다. 피에르 델라 비냐와의 만남과 뱀으로 변신하는 두 피렌체 도둑과의 만남은 아주 강렬하면서도 정밀하게 묘사되어 있다. 이러한 만남은 고대 문학에서는 그 유례를 찾아볼 수 없는 생생한 리얼리티를 제시한다. 은유의 경우와 마찬가지로 변신이라는 시적 환상의 아름다움은 심판이라는 구체적 진실로 대체되어 있다.

「천국」에서 모든 영혼은 인간의 눈으로 간파할 수 없는 변신을 한다. 그 영혼들은 그들이 누리는 축복의 빛으로 감추어져 있어서 단테는 그들을 알아보지 못한다. 그들은 자신이 누구라고 말할 수는 있으나 그들의 정서를 인간적 제스처(몸짓)로 표현하지는 못한다. 엄밀하게 말해서, 개인적 정서는 빛의 강도가 높아지는 것에 의해 표현될 뿐이다. 따라서 여기에는 몰개성화沒個性化와 단조로운 반복의 위험이 명백하게 도사리고 있다. 많은 논평가들은 단테가 그런 위험에 빠졌다고 보면서 「천국」이 앞의 「지옥」이나 「연옥」에 비해 시적 박력이 떨어진다고 말한다.

그러나 단테의 최종 작업(ultimo lavoro, 즉 「천국」)에 대한 이런 비판은 우리가 앞에서 말한,[23] 낭만주의의 편견(끔찍하고 괴상한 것을 좋아하는 낭만주의의 태도. -옮긴이)에서 비롯된 것이다. 이렇게 비판하는 논평가들은 단테의 전반적 주제를 파악하지 못한 것이다. 천국의 영혼들은 공통된 축복을 누리면서 빛을 발하는데, 이들이 서로 유사하다고 해서, 개별적 개성이 사라지는 것은 아니다. 사람의 형태는 완전히 사라져서 안 보이거나 거의 보이지 않지만, 그래도 여전히 거기 존재하여 그들 자신을 알리는 수단을 발견한다. 「지옥」이나 「연옥」에 비해서 천국의 영혼들이 드러나는 양태는 중간 매개가 없는 좀 희미한 양태이다. 하지만 이것 또한 지상 생활과 궁극적 운명 사이의 독특한 일치에 그 뿌리를 두고 있다. 그런 일치를 이루는 계기는 또다시 산 자(단테)와의 만남이 제공한다. 영혼들의 신체는 감추어져 있지만, 「천국」에 등장하는 빛을 발하는 영혼들은 지상 생활의 기억에 따라오는 표현적 제스처를 가지고 있다. 그것은 빛의 서로 다른 양태와 움직임으로 알 수 있다. 단테는 이런 빛의 제스처를 풍부한 은유로써 설명한다.

제1천인 월광천의 여성적 영혼들은 하얀 이마 위의 보석으로 등장한다. 제2천인 수성천의 영혼들은 맑은 물속의 물고기처럼 단테 주위로 모여들면서 그들에게 던져진 먹이를 향해 헤엄쳐간다. 새로운 멜로디가 시작할 때 춤이 멈추는 것, 아침 성무일과聖務日課에 오라고 부르는 시계 종소리, 무지개의 이중 아치 등, 이 모든 것은 제4천인 태양천에서 벌어지는 춤의 여러 단계를 해석한 것이다. 유성이 지구로 떨어지듯이 카차구이다의 빛은 제5천인 화성천에서 그의 손자孫子에게로 떨어지고 '그리스도의 승리'는 "청명한 보름달 밤에 온 하늘에 밝게 빛나는"[24] 달의 광경을 연출한다. 독자는 이런 시행들을 꿈꾸는 어조로 낭송해 볼 수 있으리라. 또 어떤 해석자들은 이런 시행들로부터 모든 의미 혹은 목적을 제거하고 그 시행들을 순수한 영감으로 읽을 수도 있고,

또는 물질적·정신적 세상과는 무관한 신비하고 오묘한 느낌으로 해석할 수도 있으리라.(이것은 시를 직관의 가장 사실적인 유(有: ens realissimum), 다시 말해 원천으로 소급시킬 수 없는 어떤 것으로 보는 현대적 시론과 일치한다.) 하지만 이런 태도들은 단테의 정신으로부터 천리만리 떨어진 것이다. 왜냐하면 이런 구체적 이미지를 만들어내고 그 이미지에 힘을 부여하는 것은 합리적 교리의 진실이기 때문이다.

아름다운 시행만 기억하고 그것이 '그리스도의 승리'를 가리킨다는 사실을 잊어버리는 사람은(대부분의 독자들은 잊어버린다) 케이크에서 건포도만 떼어내서 먹는 어린아이와 같다. 그 어린아이는 케이크의 전반적인 맛 중 가장 작은 일부만 맛볼 뿐이다. 이렇게 읽는 독자들은 "마음을 빼앗기 위해 눈을 현혹하는 미끼"[25)에 너무 집중하는 것이다. 이런 독자들은 본질적인 것은 "마음을 빼앗는 것"임을 잊어버렸거나 간과한 것이다. 감각적인 표현은 비록 아무리 아름답다 할지라도 결국에는 합리적 생각을 전달하는 보조 수단에 지나지 않는다. 이런 생각을 통하여 우리는 감각의 매혹이 눈속임이냐 아니면 진짜냐를 판단한다.

단테의 풍경과 시간 표기에 대해서도 같은 말을 할 수 있다. 풍경이나 시간은 단지 감각을 매혹하기 위한 것이 아니다. 그의 시간 표기에서 나오는 신화적 혹은 점성술적 언급은 단지 학식을 과시하려는 게 아니다. 신화적 박식과 감각적 매혹은 리얼리티를 더 잘 구현하기 위한 것이다. 시간의 구체적 리얼리티 — 가령 아침이나 저녁, 대낮이나 어떤 계절 등 — 는 신적神的 질서를 표현하는 양식이다. 언제나 신적 질서 안에 내포되는 자연에는 정신이 깃들어 있다. 그것은 공감하는 자연(natura sympathetica)이다. 모든 것을 포용하면서 동시에 자연 안에서 벌어지는 구체적 사건들의 정신적 의미를 함축한다. 이러한 행위와 무대의 통합성으로부터, 가장 난폭한 표현도 그 기준과 정당성을 획득한다. 가령 "비는 그들을 개들처럼 울부짖게 했다"는 시행26)은 이런 통합성 혹은 상호 일치에 뿌리박고 있기 때문에 그 음울한 표현 속에서도 일정한 가락을 유지한다.

『신곡』의 궁극적 리얼리티는 신적 질서

저승의 3계를 통하여 경험적 리얼리티는 보존된다. 그것은 우리에게 즐거움 혹은 공포를 안겨주지만 우리 일상생활의 리얼리티처럼 우리를 물리게 하지 않는다. 인물들의 개별적 이미지는 결코 우발적이거나 맹목적이거나 파편적이지 않으며 우리 앞에 놓여 있는 그림은 언제나 총체적이다. 신적 비전에 의하여 조직되고 변모된, 지상의 외양은 저승에서 진정하고 명확한 리얼리티로 바뀐다. 그 리얼리티는 그 본질과 그것이 발현되는 장소 덕분에 모든 것을 그 안에 예정하고 포함하는 풍성한 신적 질서를 드러낸다. 『신곡』은 아주 철학적인 작품이다. 그 안에 철학적 교리를 포함하기 때문에 그런 것이 아니라, 그런 교리의 정신이 단테로 하여금 철학적인 글쓰기를 시키기 때문에 철학적이다.

사후 영혼의 상태(status animarum post mortem)라는 주제는 시인에게 제약을 가한다. 시인은 각 개인별로 그에 합당한 정의正義가 부과된다는 기독교적 믿음을 갖고 있었다. 그래서 단테는 개인이라는 아이디어에 구체적 형태를 부여해야 한다. 인물들의 외부적 발현에는 우발적이거나 시간적인 것(시간의 경과에 따라 변하는 것)은 제외되어야 하지만, 정작 개인 그 자신은 이승에서 지녔던 정신과 신체의 통합성을 유지해야 한다. 그래야 그 개인은 신적 질서에 따라 고통을 받거나 아니면 즐거움을 누릴 수 있다. 저승에서 시간적 관계들은 종료되지만 개인의 현세적 형태, 그러니까 현세에서 했거나 받았던 행위와 고통들의 결과는 그대로 보존된다. 현상에서 순수 관념을 이끌어내는 철학적 방식과 아주 비슷하게, 『신곡』은 현세적 외양으로부터 신체와 정신이 하나 된 진정한 개성을 뽑아낸다. 이 작품은 관념적이면서도 감각적인 현존을 창조한다. 그것은 신체가 부여된 정신이며 그 안에 들어 있는 것은 모두 필연적이고, 합일적이며, 본질적인 것이다. 모든 외양들은 저승의 진정한 질서 속에서 자리를 잡아들어 가고 바로 이것이 『신곡』의 필연적 리얼리티의 원천이다. 그 리얼리티는 단테가 독자들에게 약속하는 생명의 양식(vital nutrimento)이다.[27]

단테는 "지금 이 시간을 옛날이라고 말한 사람들"[28]이 호의적으로 대해 주기를 희망했고, 그런 희망은 이루어졌다. 하지만 그의 작품이 그의 신앙과 세계관을 무의미하거나 낯선 것으로 여기는 많은 사람들에 의해서도 장래 어느 날 존경을 받으리라는 생각은 하지 못했다. 그는 그런 사람들 사이에서의 존경은 결코 생각할 수가 없었다. 왜냐하면 그의 동시대인들과 마찬가지로 그는 역사적 감각이 결여되어 있었다. 그는 어떤 시대를 자신(단테)의 시대를 기준으로 해석할 뿐, 그 시대를 특유의 리얼리티와 전제사항들을 가진 고유한 시대로 구축할 수가 없었다. 단테와 베르길리우스의 관계는, 우리 현대인과 단테의 관계와 별반 다를 것이 없었다. 왜냐하면 베르길리우스 예술의 밑바탕이 되었던 정신적·문화적 기반들은 이미 붕괴되어 버려 단테에게는 없는 것 혹은 낯선 것이었기 때문이다. 단테는 그런 역사적 기반들을 의식하지 않았다. 그래서 단테가 베르길리우스를 리모델링하는 방식은 시간의 경과(역사적 변화)를 무시했다. 그는 아우구스투스 시대의 로마와 그(단테) 시대의 피렌체가 단지 시간적으로만 떨어져 있고 그 동안에 여러 사건들이 발생하여 특정한 지식들이 쌓였다고 생각한다. 하지만 그 동안에 인간의 생활이나 사상의 형태에 발생한 커다란 변화는 아예 없는 것처럼 행동한다.

그리하여 조상 베르길리우스는 후손(단테)의 말을 잘 알아듣고 그를 잘 이해한다. 하지만 우리 현대인은 어떻게 생각하는가?

아나톨 프랑스는 이 문제를 다소 유식하지만 좀 안이한 태도로 표현한 바 있다.[29] 우리는 만약 누군가가 베르길리우스에게 단테 얘기를 하면, 베르길리우스가 그(단테)를 평가하기는커녕 아예 이해를 하지 못했을 것이라고 생각한다. 우리는 과거나 낯선 문화에 대하여 상대적으로 잘 이해하고, 또 그런 것들에 잘 적응할 수 있다. 단테처럼 그것들을 무시하는 방식은 아예 취하지 않는다. 우리는 잠시 동안 우리를 구속하지 않는 범위 내에서, 낯선 형식들과 전제조건들을 받아들일 수 있다. 마치 게임의 규칙을 받아들이듯이 말이다. 우리는 낯선 나라들과 그 제도에 대하여 감을 잡기 위하여, 또 그들의 예술을 즐기기 위하여 그런 규칙을 받아들이는 것이다.

단테와 몇몇 작가들의 경우에는 이런 대입代入이 불필요하다. 그의 언어를 이해하고 인간 운명에 공감할 수 있는 사람이라면 누구나 그의 작품 중 상당 부분을 직접 받아들일 수 있다.『신곡』 그 자체가 알게 모르게 최소한의 역사적 이해를 제공한다. 하지만 대답하기 더 까다로운 다른 문제가 있다. 여기에 아주 학식이 많고 높은 역사적 이해력을 가진 현대의 독자가 있다고 해보자. 그런데 그 독자가 단테의 사고방식을 전혀 받아들일 마음이 없다면 과연 그는 단테를 깊이 있게 이해할 수 있을까? 물론 위대한 작품은 그것을 배출시킨 특정 사상이나 신앙에만 연계되는 것은 아니다. 위대한 작품은 그것을 존경하는 모든 세대에 다르게 읽혀지면서, 그 본질적 특징을 잃지 않은 채 새로운 얼굴을 각 세대에게 선사한다. 하지만 위대한 작품이 변신하는 데는 한계가 있다. 독자들이 위대한 작품을 존경하는 형식이 너무나 제멋대로이면 위대한 작품은 그런 독자들을 거부한다. 아주 조심스럽게 말해 보자면, 『신곡』의 경우 이미 이런 곤란한 상황에 도달한 것이 아닌가 여겨진다. 특히 어떤 논평가들이 『신곡』의 신학적 체계와 교리는 거부하고 오로지 시적 아름다움만 칭송하는 것은 단테 이해의 한계를 드러내는 것이다. 이들은 『신곡』의 신학은 작품 이해(나아가 감상)와 무관하다고 보는데, 이것은 정말로 안이한 태도이다.

시적 아름다움의 원천인 주제와 교리

『신곡』의 주제와 교리는 결코 부수적 사항이 아니다. 그것들은 시적 아름다움의 뿌리이며, 시적 은유와 마법적 시행을 배후에서 만들어내는 추진력이다. 그것들은 시라는 질료의 형상이다.(→ 아리스토텔레스) 시인의 숭고한 판타지에 불을 붙여주는 것도 바로 그것들이다. 비전에 진정한 형식을 부여하고, 또우리를 감동시키고 매혹시키는 힘을 부여하는 것도 주제와 교리이다. 우리는 이런 확고한 신념 아래, 판타지에 대한 단테의 돈호법으로 이 문제를 마감하려 한다.

오, 수천 개의 나팔이 주위에 울려도

사람이 깨닫지 못하도록 때로는

우리 자신을 망아상태로 몰아넣는 판타지여.

감각이 네 앞에 아무것도 가져다주지 않는다면

누가 너를 움직이는가? 하늘에서 저 스스로 생겨나는 빛

혹은 그것(빛)을 아래로 내려 보내는 의지(신)에 의해 형태를 취하는

빛이 너를 움직이는구나. [30]

『신곡』의 내용은 비전이다. 그러나 비전 속에서 본 것은 구체적 리얼리티를 갖춘 진실이고, 그래서 그 비전은 리얼하면서도 합리적이다. 따라서 그 진실을 전하는 것은 기록의 언어이면서 동시에 교훈적 논문의 언어이다. 그것은 기록의 언어이지 서사시의 언어가 아니다. 왜냐하면 판타지는 저 먼 전설의 땅에서 제멋대로 떠돌아다닐 정도로 자유롭지 않기 때문이다. 『신곡』의 화자는 자신의 두 눈으로 모든 것을 살펴본 목격자이고 그래서 정확한 보고를 해야 한다. 그는 그 어떤 전설보다 더 기적적인 것을 보았다. 그래서 "무사이여, 내가 그 사람의 이름을 말하게 하소서……"(호메로스의 『일리아스』의 첫머리. –옮긴이)라거나 "옛날 옛적에 아서 왕이 사순절에 왕궁에서 연회를 베풀었다"(『아서왕의 전설』의 첫머리. –옮긴이)고 말하지 않는다. 그는 이렇게 시작한다. "우리 인생길의 한중간에서 나는 올바른 길을 잃어버렸기에

어두운 숲속에서 헤매고 있었다." 이것은 교훈적 논문의 언어이다. 왜냐하면 그가 비전 속에서 보았던 것은 '**존재**' 혹은 진실이었기 때문이다.『신곡』은 언제나 합리적으로 조직되어 있고 비시오 데이visio Dei의 바로 직전에 이르기까지 엄격한 합리적 담론을 유지한다.

현학적이라고까지 할 정도로 합리적인 자세로 사건들과 교리적 사항들을 정확하게 기록하는 것, 바로 이것이『신곡』의 스타일에서 결정적인 요소이다. 사건과 교리는 결코 구분되지 않으며 완벽하게 융합되어 있다. 교리를 예증하지 않는 사건은 벌어지지 않으며, 구체적 사건에 바탕을 두지 않은 가르침은 없다. 또한 시의 핵심적 요소인 판타지는『신곡』에서 그 자율성을 잃어버린다. 이것은 오래된 전설들에서 사건들을 가져와 연결시키고 변모시키는 서사시적 판타지에도 그러하고, 또 무제한이나 다름없는 감정을 일으키고 그것(감정)에 자유로운 목소리를 부여하기 위해 합리적 제약을 가하는 서정적 판타지에도 그러하다.(판타지는 자율성을 잃어버린다는 뜻. -옮긴이)『신곡』에는 서사적 판타지와 서정적 판타지의 사례가 무수히 등장한다. 그 판타지들은 다양한 사건과 깊은 감정을 아주 웅변적으로 표현한다. 그러나 그 어느 것이든(서사적 판타지든 서정적 판타지든) 저 혼자서는 자유롭지 못하고 주도적이지도 않다. 사건은 간결하고 명료하게 서술될 뿐, 민담의 형식을 취하는 법이 없으며 장황한 전설의 형식은 더 더욱 취하지 않는다. 어떤 사건이 되었든 엄격하게 배정된 자리를 지키며 그보다 더 높은 원칙에 종속하도록 되어 있다. 아주 강력한 감정(느낌)도 마치 자로 잰 것처럼 일정한 공간 속에서 정밀하게 묘사된다. 감정은 할당된 시행 속에 다 들어가서 아주 재빠르고 명확하게 처리되기 때문에, 서정적 공명은 그 제한된 공간에서만 울릴 뿐, 질질 끌면서 계속되지는 않는다.

시와 산문의 결합

아무리 아름다운 판타지일지라도 교훈적 기록에 종속되기 때문에 『신곡』의 언어는 엄청난 집중력을 얻게 되고 바로 이것이 작품의 가장 현저한 특징이다. 계시된 진리가 그것을 소통하려고 하는 사람(단테)에게 부과하는 첫 번째 요구사항은 정확성이다. 계시된 진리는 그 형식이나 한도가 엄격하게 규정된, 있는 그대로의 존재(→존재)이다. 따라서 그렇게 재현해 줄 것을 요구한다. 화자는 날카롭고 분명하게 말해야 한다. 서정적 완만함이나 수사적 장황함을 피하면서 그가 보거나 느낀 것을 진실하면서도 정확한 가락으로 재현해야 한다. 여기서 하나의 사례가 생각난다. 젊은 영국 왕 헨리에 대한 프로방살 시의 한탄은 아주 아름다운 시행으로 시작한다. 그것은 단테 이전에 씌어진 시들 중 아주 멋진 시이다.

이 슬픈 나라가 목격한 모든 애도와 눈물과 슬픔,

그리고 고통과 상실과 죄악을 한데 모은다 해도

그것들은 젊은 영국 왕의 죽음에 비하면

아무것도 아닐지니…….[31]

애도와 눈물과 슬픔 등의 시어들이 만들어내는 수사적 애매함을, 똑같은 압도적 슬픔을 묘사하는 단테의 시행과 한번 비교해 보라. "그것은 거의 죽음에 가깝다고 할 만큼 쓰라린 일이었나니."[32] 단테가 헤매던 숲은 험한 숲이었는데 얼마나 험한지 말하기가 어려워 죽음에 가깝다고 한 것이다. 하지만 실제로는 죽음보다 더한 방황이었다. 그 진실의 합리성이 시인으로 하여금 그 경험을 정확하게 측정하도록 강요한다. 그리하여 시인이 쓸데없는 주변적 사항으로 그림을 채우는 것을 불허한다. 그 체험은 시인의 시적 자원들을 시에 종속시키고 그리하여 시의 힘을 "죽음"과 "쓰라린"의 두 시어에 응집시킨다. 문장의 구조 또한 그 속에 장식적인 것은 전혀 없다. 오히려 수학의 방정식처럼 시인의 감정을 아주 정확하게 측정하여 전달한다. 『신곡』 속에 포함되어 있는 다른 비교 구문도 엄청난 서정적 매혹을 풍기지만 그 목적은 장식이 아니라 정확한 치수(measure)의 방정식이다.

아주 드문 일이지만 때로는 박식한 회상이나 **테르자 리마**의 운율적 필요성에 때문에 시인이 딱 필요한 치수 너머로 나아가는 일도 있다. 나는 이런 넘치는 치수의 시행을 여기서 인용하지는 않겠다. 왜냐하면 그것은 느낌의 문제이기 때문이다. 내가 보기에 조금 과도해 보이는 시행이 다른 독자에게는 딱 필요하고 적절한 시행으로 보일 수도 있다. 이런 과도한 시행이 구사되는 경우에도 그 결과는 언제나 명확하고 정밀한 그림이다. 막연한 서정적, 수사적 근사치를 제시하는 경우는 없으며 언제나 상상력을 정확하게 발휘하여 한계를 설정하고 정신을 만족시킨다.

바로 이런 정밀성 때문에 단테 그 자신과 많은 비평가들은『신곡』의 스타일을 가리켜 시와 산문의 결합이라고 판단했다. 무작위로 고른 구체적 문장을 보면 이러하다. "그리고 우리가 걸어가는데 그가 내게 말했다. '왜 그리 당황하는가?'"[34] 이 문장은 맥락에서 떼어놓고 보면 아주 산문적이고, 또 사무적이다. 단테가 이런 문장의 구사도 망설이지 않았다는 사실로부터 더 시적이고 더 이미지가 강렬하고 더 간접적인 시행들이 나오게 되었다. "그대의 얼굴에 미소가 스쳐지나가는 것을 보았는데 어떤 까닭이오?"[34] "말씀의 활시위를 놓아라, 화살촉까지 팽팽히 당겼으니까."[35] 이런 시행들은 자동적인 이미지를 위해 쓰어진 것이 아니다. 눈을 크게 뜨고서『신곡』의 가장 멋진 시행들 — 시적 힘이 넘쳐나는 시행들, 가령「지옥」의 첫 부분이나「천국」끝부분의 성모 마리아에게 올리는 기도 — 을 읽은 독자는 명확한 교리적 사항이 구체적 이미지로 전환되어 있는 것을 발견한다.

동정녀 어머니여, 당신 아들의 따님이여,

피조물 중 가장 겸손하고 높은 분이여,

영원하신 뜻의 확정된 목표시여.

당신은 인간의 본성을 높이셨으니,

그로써 창조주께서는 스스로 피조물이

되시기를 꺼려하지 않으셨습니다.

당신의 배 안에서 사랑이 불타올랐으니

그 따뜻함으로 영원한 평화 속에서

이렇게 영혼들의 장미꽃이 싹트게 되었습니다.[36)]

이것은 교리를 설명한 것이다. 성모송(Stabat mater) 같은 자매편에는 과도한 서정성이 들어 있다고 보기 어려우나 그 안에 포함된 서정적, 전설적 요소는 위의 단테 시행보다 훨씬 더 자율성이 높다. 첼라노의 토마스는 이 전설의 서정적 양상을 묘사하기 위하여 아주 공을 많이 들였다. 가령 다음과 같은 시행 안에 들어 있는 서정적 요소를 한번 살펴보라. "이러한 그리스도의 어머니를 보고서 울지 않는 사람이 누가 있을까(Quis est homo qui non fleret, Christi matrem si vederet)?" 이러한 서정의 노출은 단테에게서는 찾아볼 수 없다. 그리스도의 수난을 다룬 시행이라고 할지라도 이런 서정적 분출과, 『신곡』 속에 제시된 계시되어 진리의 기록 사이에는 커다란 차이가 있다. 단테는 때때로 시 밖으로 나오기도 한다. "당신 독자여!"라고 말하거나, "건전한 지성을 갖춘 당신들이여" 하고 말한다. 하지만 이것은 어떤 구체적 사람을 가리키는 때이다. 마치 선생이 학생을 부르고서 어떤 주제에 주의를 주는 것과 비슷하다.

리얼리티에 밀착하는 시어

단테는 가장 서정적인 시행에서도 정확성 — "분명하고도 아주 정확한 말"[37] — 을 지향한다. 이것은 시어의 선택, 음운 장치, 구문, 각운 등에도 그대로 적용된다. 심지어 젊은 시절의 단테 시에서도 우리는 리얼리티를 포착하는 탁월한 능력을 발견한다. 그리고 『신곡』에서는 그런 능력이 풍부한 주제와 심오한 체험에 의해 더욱 강화되고 동시에 임무의 명확한 성격에 의해 더욱 추진력을 얻는다. 단테에게는 그 어떤 단어도 너무 조잡하거나 너무 평범하지가 않다. 그는 도움을 얻기 위해 모든 감각을 동원하며 자신의 생각에 구체성을 부여한다. 그렇게 하기 위해 가장 평범한 일상적 체험을 도입하는 것도 마다하지 않는다. "너는 다른 사람의 빵이 얼마나 짠지 맛보게 될 것이다"[38]라는 시행이나, 성 베르나르가 천국의 하얀 장미꽃을 옷감에 딱 알맞게 옷을 재단하는 재단사에 비유한 것[39] 등이 그러하다. 일반적으로 말해서, 내적 체험을 재현하기 위해 동원된 구체적 은유들은 일찍이 볼 수 없었던 목적의식 아래 주제의 핵심까지 깊숙이 침투한다.

마찬가지로 단테의 음운 처리도 목적과 밀접하게 결부되어 있다. 베아트리체는 베르길리우스의 명성을 언급하면서 같은 음운을 반복한다. "오, 친절한 만토바의 영혼이여, 그대의 명성은 아직도 남아 세상이 지속될 때까지 지속될 것이오."[40] 이것은 많은 사례들 중 하나일 뿐이다. 풍경도 소리와 리듬 속에서 묘사된다. "바야흐로 뱃사람들이 정든 친구들과 작별한 날 가슴이 애틋해지고",[41] "스치는 바람결에 피지직 소리를 내듯이"[42] 이런 시행들은 단지 독자들에게 어떤 인상을 남기는 것으로 그치지 않는다. 독자는 구체적 리얼리티를 주목하지 않을 수 없는데, 단테는 자신의 비범한 기술적 자원들이 그런 효과를 내는 것이다.

때때로 문장 구조는 거의 산문적이고 의도적으로 병렬적이거나 단순함을 지향한다. 시행은 테르셋(→테르자 리마)과 정확하게 일치하고, 의미 강조에 의해 요구된 휴지는 정확하게 시행 끝이나 압운 위에 떨어진다. 그러나 날카로운 연결 관계, 접속사의 정확한 사용, 주제가 표현되고 통제되는 방식 등은 새로운 생각의 언어를 만들어낸다. 단테는 고전적 시행을 변모시켜 거기에 새로운 숨결을 불어넣었다. 1200년대 방식, 교황청 스타일, 말하기의 기술(artes dictandi) 등의 수사학적 처방을 여기서 말하고자 한다면 너무 장황하게 될 것이다. 여기서는 다음과 같이 간단하게 말해두고자 한다. 그 당시의 가장 큰 지적 성취인 『신학대전』의 언어는 결코 『신곡』의 그것처럼 풍요롭지 못하고, 그 논리도 『신곡』만큼 정밀하지 못하다. 단테 이전에 다음과 같은 복잡한 생각은 이처럼 간단한 하나의 단위로 표현되지 못했다. "당신(베르길리우스)이 말하기를, 실비우스의 아버지(아이네이아스)는 살아 있는 몸으로 불멸의 왕국에 들어갔어도 생생한 육신으로 살아 왔다고 했습니다. 모든 악의 반대자(신)께서 그에게 친절을 베푸신 것은, 그에게서 높은 뜻이 나오리라 생각했기 때문입니다. 이것은 이해력 있는 사람에게는 타당해 보입니다. 아이네이아스는 최고의 하늘에서 위대한 로마와 제국의 아버지로 선택되었으니까요. 사실대로 말하자면, 로마와 제국은 위대한 베드로의 후계자(교황)가 자리 잡은 그 성스러운 곳에 세워졌습니다. 당신이 노래한 그 저승 여행을 통하여 아이네이아스는 자신의 승리와 교황 법의의 원인이 되는 것들이 무엇인지 알았습니다. 그 후에…… 그리고 나는……."[43] 이런 구문론적 기술이 비전을 체계적으로 구체화하려는 노력에서 나온 것이다. 비전은 시인에게 그런 정확성을 지양하도록 요구했다.

저승은 여행하기보다 기록하기가 더 어렵다

하지만 그런 정밀한 표현을 요구하면서 신적 진리는 불가능해 보이는 어떤 것을 요구한다. 신성한 것을 정확하게 표현한다는 것은 시인의 능력을 훌쩍 넘어서는 일이다. 신의 은총이 어떤 결정적인 순간에는 시인의 재능을 높여 주지만, 그래도 저승 여행 후에 지상으로 돌아와 그 비전을 묘사하는 일은 너무나 엄청난 작업이어서 시인은 도저히 감당하지 못할 것 같은 느낌이 든다.

「지옥」제2곡의 시작 시행들에서 시인은 저승 여행과 그에 대한 두려움을 묘사하기 위하여, 아주 드문 일이기는 하지만 다음 문장의 시작 시어들("그리고 나 혼자서")로 그 테르셋을 마무리 짓는다. 이어 무사이에 대한 간원과 시인 자신의 힘에 대한 호소가 따라 나온다. "오, 무사이여, 최고의 지성이여, 나를 도와주오. 내가 본 것을 기록한 기억이여."[44] 그 지난한 일에서 그(시인)를 버리지 말아달라고 호소한다. 여기와 뒤의 시행들에서 시인은 자신의 작품에 대하여 오만할 정도의 자신감을 가지고 말하지만, 「천국」에서 그는 점점 더 인간의 무능을 의식하게 된다. 그의 어깨는 그 부담을 견디어낼 수 없다고 생각하고 그 신성한 시는 "자신의 길이 가로막힌 것을 발견한 사람처럼 도약을 해야 한다"고 느낀다. 이 지난한 일은 시의 언어에서 분명하게 엿볼 수 있다.

『신곡』은 전체적으로 보면 그 명료하고 질서정연한 구조 덕분에 경쾌하고 간명해 보인다. 그러나 긴장과 노력의 흔적이 엿보이지 않는 시행은 단 하나도 없다. 『신곡』은 발전의 모든 단계에서 시인에게 무한한 헌신과 끝없는 노력을 요구한다. 가령 "하늘

과 땅이 도움을 주었으며, 여러 해 동안 나를 여위게 했던 이 성
스러운 시가 혹시라도…… 잔인함을 이긴다면"이라는 시행을
보자.[45] 이 시행에서 우리는 온몸이 야위어가며『신곡』을 써온
시인이 마침내 자신의 여행이 끝에 왔음을 느끼면서, 자신이 이
제 목격하고자 하는 일이 곧 벌어져야 한다고 느끼는 것을 알 수
있다.『신곡』의 거의 모든 시행이 이런 엄청난 노력을 드러낸다.

　시의 언어는 각운과 운율의 단단한 족쇄 속에서 꿈틀거리면
서 반항한다. 특정 시행과 문장의 형식은 아주 부자연스러운 자
세로 얼어버리거나 굳어버린 시인을 암시한다. 그 시행들은 괴
이할 정도로 명료하고 표현적이지만, 동시에 이상하고 오싹하
고 초인적이다. 바로 이 때문에 단테는 일반 대중의 마음속에서
미켈란젤로와 함께 연상된다. 단테는 그 어떤 중세의 문장가보
다 자연스러운 어순에서 빈번하게 또 과도하게 벗어난다. 갑자
기 하모니에 대한 고려 없이, 어떤 시행을 일상적 어휘로 구성된
아주 산문적인 문장 바로 옆에 배치한다. 단테는 이런 수법을 베
르길리우스와 고전 시학으로부터 배웠을 것이다. 그러나 베르길
리우스의 시행은 언제나 하모니를 배려했고, 고전시의 언어들은
일정한 시어의 순서를 규정한 전통을 가지고 있었다. 따라서 그
전통에 입각하여 시어의 장치를 인식하고, 그것을 점검하고, 또
그것이 좋은지 나쁜지를 판단했다. 단테는 시적 일탈을 하면서
도 조화를 잊지 않았던 것이다.

고유의 시적 전통을 창조한 단테

단테는 그 자신의 전통을 창조했다. 그는 문장을 과감하게 분해했다. 특정 시어들을 고립시키거나 전위시켰으며, 함께 있어야 할 것들을 분리하거나 통상적으로 떨어져 있어야 할 요소들을 병치시켰다. 이렇게 한 것은 의경(意景: 뜻과 풍경)이 서로 일치하는 표현을 얻기 위한 본능적 노력에서 나온 것인데, 단테의 초기 시에서 발견되는 미적 고려사항으로부터 멀리 떨어진 것이다. 이런 교묘한 솜씨는 본능적인 느낌에 입각하여 발휘되었고, 그런 느낌이 곧바로 독자들을 파고들게 꾸며져 있다. 독자는 시행을 읽을 때마다 어떤 장치를 동원했기에 이런 효과가 나는 것일까 곰곰 생각하게 된다.

단테는 이러한 어순의 갑작스러운 파괴를 거의 산문적인 이야기 속에다 도입했다. 그리하여 이야기는 사건이나 행위를 아주 정밀하게 열거하거나 제한하면서 진행되는데 이 때문에 시행에 울퉁불퉁한 불균형의 느낌을 주기까지 한다. 그러나 이러한 시와 산문의 결합이 『신곡』에 고상한 어조를 제공해 준다. 이런 어조는 단테 이전의 시인들이 성취한 바가 없으며, 그래서 이 어조를 듣는 사람은 곧바로 그것을 기억하고, 또 단테의 것이라고 알아본다.

그렇지만 많은 학식과 전통이 녹아들어간 이 고상한 언어는 곧바로 주제에 뿌리를 내리고 있으며 그 주제를 적절히 표현하려는 노력으로부터 힘을 얻는다. 단테는 전통적 시적 장치들을 활용하는 데는 능수능란한 솜씨를 발휘한다. 어떤 때는 그 장치들을 적극 활용하는가 하면 어떤 때는 가볍게 일축해 버린다. 그러다가 그 장치들을 완전히 새로운 어떤 것으로 변모시킨다. 그러니 우리는 다음과 같이 말해도 무방하리라. 단테는 전통적 스타일의 장치들을 완전 소화하여 그로부터 제2의 새로운 스타일을 만들어냈다.

> 커다란 천둥소리가 내 머릿속의
> 깊은 잠을 깨웠다. [46]

단테는 갑작스러운 깨어남을 이렇게 묘사했다. 아주 구체적인 이미지 — 내 머릿속의 깊은 잠 — 를 갖고 있는 이 시행을 면밀히 검토해 보면, 시행의 구조가 효과를 의식하여 아주 교묘하게 배치되어 있다. 우리는 먼저 어떤 직접적인 영감이 이 작품에 깃들어 있다는 타당한 느낌을 갖게 된다. 왜냐하면 단테가 부리는 시적 영감은 지성의 관찰력을 벗어나는 게 아니라 그 능력을 높여 주는 것이기 때문이다. 그 결과 단테의 시행은 물 흐르듯이 흘러간다. 베르길리우스 스타일에 대한 기억, 그 다음에 이어지는 시행에 대한 관심, 각운과 음절에 대한 배려 등이 적절히 혼융되어 이런 효과를 낸다. 그리하여 단테 시행은 느낌의 폭풍우에 압도되는 법이 없고, 감정의 틈입 때문에 지성의 작용이 방해받는 법도 없다. 어떤 단어 하나를 중점적으로 사용하는 것은 프로방살 시인들의 수법인데(물론 단테의 수법에 비해 그 선명도가 다소 떨어지기는 하지만), 위의 시행은 '깨웠다'는 동사가 그런 작용을 하고 있으며, 이것은 많은 유사한 사례들 중 하나일 뿐이다.[47] "그는 금발에다 멋지고 기품 있는 용모였고/ 한 쪽 눈썹 위에 상처난 흉터가 있었다"[48]와 같은 시행에서 시어의 효과는 달콤하면서도 중점적이다. 때로는 시어의 효과가 둔탁하여 노골적인 대조의 효과를 내기도 한다.

내 눈을 좀 열어 주오.
하지만 나는 열어주지 않았다.
그에게 무례하게 대하는 것이 예의니까.[49]

그리고 다른 시행들에서, 문장의 이런 돌연한 일탈은 행동을 분해하여 마치 슬로비디오처럼 보여 주는 효과를 낸다. 가령 성 스테파노를 돌로 쳐 죽이는 장면이 그러하다.

죽음의 무게 때문에 그는 땅에 넘어졌으나
얼굴은 여전히 하늘로 돌린 채
두 눈을 천상에의 문으로 삼았느니.[50]

이런 사례들을 전부 제시하지 아니하고 일부만 열거하는 것은 오해를 불러일으킬 수도 있다. 반대 의견을 가진 사람은 어떤 특정 사례를 가리켜 그 효과가 각운과 기타 시적 장치에서 발생한 부수적인 것이라고 지적할 수도 있으니까 말이다. 따라서 아주 많은 사례들을 제시해야 항구적 갈등이 외적·내적 힘들의 협력을 이끌어낸다는 것을 보여 줄 수 있다. 사정이 그렇다 하더라도 나는 몇몇 사례만 인용하고자 한다.

> 그대가 누구든 가면서 고개를 돌려
> 혹시 나를 본 적이 있는지 생각해 보오.[51]

이 시행에서 "그대가 누구든"을 압운押韻하기는 쉽지 않은 일이다. 그러나 이 구절은 소리나 의미에 아주 중요한 행수 잉여음(시행 첫머리에 파격으로 덧붙인 하나 또는 두 개의 약한 음절)이기 때문에, 이런 시어를 도입한 것이 필연이었는지 오묘한 목적 때문이었는지 알아내기가 어렵다. 하지만 압운의 편의성 때문에 두 개의 서로 대조되는 사항들의 불평등한 구조가 생겨난다.

> 약속은 길게 이행은 짧게 하세요.[52]

하지만 이런 편의성을 즐겁게 여기지 않을 사람이 누가 있겠는가? 단테의 시는 대상과 그 형태 사이에 벌어지는 끊임없는 갈등이다. 이것은 강强 대 강强의 경기이고 시인은 언제나 승리를 거둔다. 그러나 갈등의 끝에 가면 패배당한 대상은 시인이 부여한 형태 속에서 젊어져서 새롭게 태어난다. 하지만 그 경기의 승자(시인)는 너무나 지쳐서 거의 죽을 지경이 된다. 문장 구조의 비상한 다양성만이 그런 갈등의 유일한 표시는 아니다. 우리는 같은 단어를 싸고도는 이런 대조의 축적이 어떤 효과를 내는지 먼저 느껴볼 필요가 있다.

사랑은 사랑받는 사람이 그 사랑을
거부할 어떤 구실도 허용하지 않느니.[53)]

혹은 이런 시행.

사람이 사람을 이기는 것과는 다르게,
하느님의 뜻은 지기를 원하기 때문에 이기고
진 하느님의 뜻은 인자함에 의해 다시 이긴다.[54)]

우리는 다음과 같이 노래하는 시인을 이해해야 한다. 그는 천지창조의 짧은 순간을 빛의 광채에 비유하는 것으로 만족하지 않는다. 그래서 빛의 광채가 투명한 물질, 유리, 호박, 수정 등에

332

떨어지게 한다.

그리고 마치 유리나 호박, 수정에
빛을 비추면 빛이 와서 그 안에
비칠 때까지 전혀 틈이 없듯이.[55]

이 놀라운 이미지, 이 놀라운 리얼리티에의 몰입!『신곡』에서
이런 고상한 어조를 만들어낸 것은 오로지 단테 자신의 분투노
력이다. 온전히 단테의 것이라고 할 수 없는 힘, 저승 여행의 사
명이 단테에게 부여해 준 힘을 가지고 이런 절창을 노래 불렀다.
그 힘은 뒤로 갈수록 자라나고 단테 자신도 그에 따라 성장한다.
그러나『신곡』이 완성되면 그 힘은 시인을 떠날 것이다. 그는 마
치 자기 살을 베어내는 것처럼 시어를 만들어낸다. 그리고 각각
의 시어를 제 자리에 배치한 후 새로운 뿌리와 생명을 준다. 각각
의 시어가 이처럼 자율적이고, 생생하며, 유기적이고 명확한 리
얼리티를 가진 시, 특히『신곡』처럼 장편인 시를 본 적이 있는가?
단테는 조각가가 석산에서 직접 원석을 캐와 돌을 하나하나 다
듬는 것처럼, 시어들을 새롭게 형성하여 각각 알맞은 자리에다
배치했다,

그는 반드시 이렇게 해야만 되었다. 그의 주제, 즉 완벽한 초월
적 세계가 적절한 소재를 가지고 신선한 창조를 할 것을 엄중히

요구했던 것이다. 그 주제는 단테에게 최고의 표현력을 주었고 시인의 정력을 고갈시켰다.『신곡』이 뒤로 진행되어 나갈수록 시인의 창조력에 가해지는 부담은 점점 커진다. 시행 끝부분에서의 갑작스러우면서도 놀라운 전환, 운율이 휴지를 맞이하는 시행 끝부분의 갑작스러운 이탈과 함께 찾아오는 머뭇거리는 느낌이 있다. 이럴 때 나는 이런 생각이 자꾸 떠오르는 것을 어쩔 수 없었다. 시인이 너무 피곤하여 뒤로 주저앉는구나.

형상화된 진리의 네 가지 요구 사항

형상화된 진리(인물과 사건을 통하여 묘사되는 신적 질서. -옮긴이)는 아주 정확하면서도 초인적인 것이기 때문에 시인에게 첫째, 정밀성 둘째, 초인적인 능력을 요구한다. 그리고 세 번째 요구사항으로서, 시인에게 신적 질서에 걸맞은 시적 질서를 요구한다. 3이라는 신성한 숫자는『신곡』의 3계, 칸토의 숫자(『신곡』은 총 100곡[칸토]으로 되어 있는데 지옥, 연옥, 천국의 3계에 각각 33곡이 들어 있고 지옥에 결론에 해당하는 1곡이 추가되어 총 100곡이다. -옮긴이), 테르셋(3행 압운 연구), 테르자 리마 등에 반영되어 있다. 이처럼 서로 연결되어 있는 질서를 테르셋으로 묶어 두려면 특수한 시적 언어가 고안되어야 한다.

우리가 앞에서 말한 바와 같이, 이러한 제약은 시인의 다양한 자유를 구속하는 것이 아니라 그 자유를 창조하고 신장시킨다.

334

그러한 제약으로부터 인공적 솜씨나 매너리즘이 생겨나는 것이 아니라 제2의 시적 성질 — 아주 힘들게 획득했지만 그로 인해 더욱 풍성한 성질 — 이 창조된다. 시의 자연스러운 형태적 통일성은 두 개의 3행 질서(테르셋과 테르차 리마)에 의해 촘촘하게 연결되어 있다. 중간 시행의 각운을 예상하면서 이어지는 테르셋이 반응하면서 칸토들을 끊어지지 않는 사슬로 연결하고, 그 사슬 안에서 각각의 연결 고리는 앞선 3행과 뒤따라 나오는 3행에 의해 단단하게 묶어진다. 운율 구조의 경직성(혹은 단조로움)과 각운의 반복되는 패턴이 있기는 하지만 그것이 움직임의 다양성을 방해하지는 않는다. 리듬 휴지休止의 적절한 배분, 어조의 오르내리기, 어떤 특정 시어를 골라내거나 그 시어들을 함께 흐르도록 하기 등 움직임의 다양성이 보존된다. 이런 움직임이 무척 다양하기 때문에 리듬의 용솟음은 그것을 막으려는 둑이 있음에도 불구하고 마치 대양처럼 출렁거린다. 『신곡』의 리듬은 하나의 거대한 바다, 폭풍우에서 잔잔한 해수면에 이르기까지 모든 뉘앙스를 전달한다.

이렇게 볼 때 질서를 요구하는 원칙의 저항이 오히려 언어의 내적 움직임을 강화한다. 그것은 리듬의 가락에 자기 충족성을 부여하고, 또 자유로운 시 형식은 결코 도달할 수 없는 기념비적 견고함을 부여한다. 형식이 다양한 곳에서는, 모든 움직임이 현존으로 충만하고, 그 때문에 앞에 나온 것은 잊혀진다. 그러나 각

부분은 아무리 자기 충족적이라고 할지라도 전체를 잊어버리는 법이 없으며, 전체를 대변하면서 아주 토미스트적 관점에서 전체를 반영하되, 각 부분의 특성을 유지한다. 그리하여 『신곡』에서는 그 어떤 특정한 리듬의 표현도 상실되지 않는다. 모든 리듬은 그 자체로 살아 있는 것이며, 움직일 수 있는 공간의 비좁은 제약성에도 불구하고(혹은 그 제약성 때문에) 더욱 강렬하고 자기 충족적으로 움직인다. 모든 리듬은 그 뒤에 따라 나오는 무수한 변형 속에서 유지되고 반영된다. 그리하여 독자는 『신곡』의 어디를 펼치든 전체의 윤곽을 얻게 된다.

더욱이 의미와 리듬이 하나로 합쳐져 있는 운율 구조의 엄격성 덕분에 단테는 아주 효과적인 스타일 상의 장치를 구사할 수 있다. 그 장치는 비상한 것이고 널리 통용되는 스타일의 법칙과는 위배되는 것처럼 보이기 때문에 그런 효과를 발휘한다. 극도의 강렬한 느낌이 표현되는 순간에는, 감정의 용솟음이 시행을 마무리 짓는 리듬의 둑을 범람해 버린다. 순례 길의 초입에서, 지상의 동물들을 하루의 노고에서 해방시켜주는 밤에 대하여 말한 후, 단테는 다가오는 투쟁을 의식하면서 그 부분의 **테르셋**(→ **테르자 리마**)을 공중에 매달린 채 내버려둔다. 저녁 풍경의 묘사로부터 "나는 혼자서 준비하고 있었으니……"[56)]라는 시행이 갑작스러운 폭풍우처럼 솟구치면서, 테르셋의 끝에 통상적으로 나오는 휴지를 무시해 버린 채 다음 시행까지 뛰어든다. 『신곡』에 이런 사례는 많지 않다. 그렇다고 우리는 문장이 시행의 끝을 넘어가 버리는 경우를 자동적으로 무시해 버릴 수도 없다. 오히려 명확하지 않을 경우에는 시행의 끝이 휴지를 암시한다고 생각해 볼 수도 있다. 몇몇 시행들은 그것을 분명하게 보여 준다. 가령 부온 콘테의 죽음을 노래한 테르셋은 이러하다.

> 그곳에서 나는 시력을 잃었고
> 마리아의 이름을 끝으로 말도
> 잃고 쓰러져 내 육신만 남았소.[57]

두 번째 시행의 끝 "말도"는 간단한 휴지로 볼 수 있으나[58] "쓰러져 내 육신만"은 계속 이어지고 있어 휴지라고 볼 수 없다.

이제 형상화된 진리의 네 번째 요구 사항을 살펴보기로 하자. 그것은 독자의 무조건적인 받아들임을 요구한다. 신성한 진리를 담고 있는 시는 독자를 압도하여 그것을 있는 그대로 받아들이게 해야 한다. 그것은 목격자의 권위와 관련이 있다. 인간에게 가장 중요한 것, 즉 인간의 진정한 개성과 그의 궁극적 운명을 자신의 두 눈으로 직접 본 사람의 증언은 워낙 강력하여 독자는 의심하거나 무관심해 질 수 없고, 그 증언에 압도되어 그것을 완전 확신할 뿐이다.

리얼리티와 초인적 의지, 질서, 강력한 권위

이 책의 제2장에서 젊은 시절의 단테가 돈호법을 적절히 사용하여 청중들을 선택하고, 또 매혹당한 그들을 마법의 동그라미 안에 잡아놓았다고 말했다. 『신곡』의 언어 또한 그런 마법적 특성을 가지고 있다. 시인이 독자들을 향해 직접 말을 걸 때뿐만 아니라 작품 전편을 통하여 그런 환풍호우換風呼雨하는 마법이 구사된다. 단테가 극도로 위험한 상황을 즉각적으로 제시하는 엄정한 현장성, 엄청난 고민의 깊이, 궁극적 구원의 희망 등은 저승 여행의 기록에 개인적 증언의 가치를 부여한다. 『신곡』에서 모든 인물들은 해석되고, 그들의 개인적 운명은 이뤄진다.

그러나 순례자인 단테 그 자신은 불확실성의 상태에 놓여 있고, 운명이 이뤄지지 않은 채로 해석을 기다리고 있다. 그는 숲속에서 방황하며 불확실성을 맞이했고, 오로지 그 혼자만이 확정된 처소를 가지지 못한 채 저승 세계를 탐구했다. 바로 이런 사실 때문에 그는 모든 살아 있는 사람의 전형이 되고, 모든 살아 있는 사람은 단테와 그 자신을 동일시할 수 있다. 그 휴먼 드라마, 모든 살아 있는 사람이 맞이해야 하는 위험, 이런 것들이 단테 비전의 틀이다. 숲에서의 당혹감과 베르길리우스의 임무, 은총을 수여하는 3인, 연옥산 꼭대기에서의 세정식, 베아트리체와의 만남, 비시오 데이를 향한 승천, 이런 것들은 단테의 드라마를 구성하는 위대한 이정표이다.

저승 세계에 대한 비전은 위험에 빠진 산 자(단테)의 영혼이 체험하는 것이다. 그리고 그 저승을 목격한 사람은 영웅이 된다. 시인의 말을 듣는 사람과 관련해 볼 때, 단테는 가장 중요한 메시지를 가져온 전령일 뿐만 아니라 그 자신에 대한 메시지도 가지고왔다. 단테가 저승 3계로 순례 여행을 떠난 것은 그 여행이 구원으로 가는 유일한 길이었기 때문이다. 그래서 단테의 보고서는 감동적인 진지함을 획득하게 되고, 그의 정서는 보편적인 힘을얻어 독자들을 납득시킨다. 그 자신의 체험이 가져다주는 고통과 즐거움 — "그 힘겹고 고통스러운 전쟁"[59] — 이 그의 언어를형성한다.

그는 배움을 얻기 위해 다른 사람의 지시를 받아 떠난 것이 아니다. 그는 자기 자신을 위해 배움을 얻고자 하며, 그에게 계시된 것에 온몸을 던져 매달린다. 그가 본 모든 것은 그에게 개인적으로 발생한 일이다. 그 어떤 장면을 고른다고 해도, 가령 프란체스카 혹은 파리나타, 카셀라 혹은 포레세, 카를로 마르텔로 혹은카차구이다 등의 에피소드에서 우리는 그의 정신이 공포와 동경속에서 그런 만남에 이르렀다는 것을 알게 된다. 단테의 정서는구체적 표현과 함께 묘사된다. "나는 두려워서 머리를 움켜쥐고말했다"[60]와 같은 시행을 읽을 때, 두려움의 압박을 물리칠 수있는 사람이 과연 누가 있겠는가?

이 세 가지 요소 — 리얼리티와 초인적 의지, 질서, 강력한 권위 — 가 단테 글쓰기 스타일의 실체이다. 그것은 아주 독특한 스타일이어서 단테의 작품을 아는 사람이라면 모든 단어, 모든 어조에서 단테의 목소리를 직접 듣는 듯한 인상을 받는다. 그것은 엄중하게 경고하는 강력한 목소리이면서 동시에 부드러움이 가득하고, 근엄하기 짝이 없는 목소리이다. 그렇지만 인간미가 흘러넘친다. 진실되고 올바른 것을 언명할 때 그 목소리는 교사의 어조를 취한다. 리얼한 사건들을 기록할 때 그 목소리는 연대기 편찬자가 된다. 그러나 신학적 교리와 연대기는 시적 움직임에 사로잡혀 지속되고 고양되다가 마침내 우리 앞에 아주 분명하게 드러난다. 비록 접근하기는 어렵되 형언할 수 없을 정도로 완벽하게 계시된다. 이 연구서의 여러 군데에서 거듭하여 말했듯이, 『신곡』은 진실하고 명확한 형태를 가진 현세적(지상의) 리얼리티를 다룬다. 이 리얼리티가 손으로 만져질 정도로 구체적이지만, 저승세계에서는 공기 같고 꿈같은 성질을 취한다.

우리가 살펴본 바와 같이, 후기 프로방살 시인들, 스틸 누오보의 시인들, 그리고 젊은 시절의 단테 등은 아모레(Amore: 사랑)의 고상한 헌신자들을 별개 인간들로 파악하는 오래된 비교적秘教的 전통을 따르면서 그들만이 시의 가치 있는 청중이 될 수 있다고 생각했다. 다른 많은 전통들과 마찬가지로 그 전통은 『신곡』 속에서 버려지지 않고 단지 변모되었다. 여기서 나는 소수의 사람들을 부르는 산발적인 돈호법을 가리키는 것이 아니다. 여기에서 그런 돈호법은 중요하지 않다. 왜냐하면『신곡』은 모든 사람 혹은 모든 기독교인을 돈호법의 상대로 삼기 때문이다. 단테는 모든 사람을 별로도 떨어져 있는 영역으로 데려간다. 그곳의 공기는 일상생활이 펼쳐지는 지상의 공기와는 같지 않다. 그렇다고 해서 생활의 리얼리티가 사라진다는 얘기는 아니다. 저승에서 그 리얼리티는 만져질 정도로 아주 분명하다. 하지만 그 빛은 다르기 때문에 우리의 눈은 그 빛에 적응해야 한다. 어떻게 적응하라는 것인가? 아무리 사소한 사항이라도 하찮은 것, 흔해 빠진 것, 파편적인 것으로 바라보지 않는 새롭고 날카로운 비전을 가져야 한다. 저승에서 등장하는 것은 명확하고 불변하는 것이기 때문에 아주 충만하고 아주 세밀한 주의력을 요구한다.

단테는 그의 청중들을 낯선 세계로 데려간다. 그 세계는 리얼리티의 기억이 워낙 깊이 침투되어 있기 때문에 삶 그 자체는 파편적 꿈이 되었을지라도 그 기억은 리얼하게 남아 있다. 리얼리티와 기억의 통합은 단테로 하여금 뛰어난 심리적 위력을 발휘하게 만들었다.

제6장

리얼리티에 대한 단테의 비전:
그 존속과 변모

여기서 우리는 단테가 후세에 미친 영향을 보편적 관점에서 말하지는 않을 것이다.『신곡』을 모방하여 시를 쓴 몇몇 시시한 시인들, 단테의 사상과 가르침이 끼친 심원한 영향, 그보다 더 중요한 "단테 명성의 역사" — 이탈리아에서 la fortuna di Dante라고 하는 것 — 등을 여기서 다루지 않을 것이다. 여기서 우리는 단테가 창조한 것, 아직도 생명력이 있어서 효과가 있는 것만 다루기로 하겠다. 우리가 그런 효과를 발견한 사람들이 단테의 교리를 따르는지, 그들이 단테를 좋아하는지 미워하는지, 말이 난 김에 그들이 단테의 작품을 잘 알고 있는지 아닌지 등은 역시 논하지 않겠다.

왜냐하면 단테가 발견한 땅은 사라지지 않았기 때문이다. 많은 사람들이 그 땅에 들어갔고 일부는 그 땅을 탐사했다. 하지만 단테가 그 땅을 최초로 발견한 사람이라는 사실은 잊히거나 무시되었다. 내가 지금 말하고 있는 그 어떤 것, 아직도 남아 있는 그 발견은 단테 시가 증언하는 리얼리티이다. 다시 말해, 단테 시는 사건들의 구체성을 강조하는 예술적 미메시스의 효시인데 『신곡』은 근대 유럽에서 수립된 미메시스의 형식을 증언하는 것이다.

역사가 된 신화와 전설

슈테판 게오르게[1])는 단테 시의 어조, 움직임, 게슈탈트 [形象]에 대하여 언급하면서 이것들 덕분에 단테가 근대 문학의 아버지가 되었다고 말했다. 단테는 인간의 유럽적 재현 (게슈탈트)을 발견했는데, 이와 똑같은 재현이 그림과 역사학에도 등장했다. 인간에 대한 단테의 미메시스는 고전 고대의 미메시스와는 전혀 다른 것이었고, 그 이전의 중세 시대에는 전혀 없었던 미메시스를 도입한 최초의 인물이다. 단테는 고전 고대처럼 인간을 아득히 떨어져 있는 신화적 영웅으로 보지도 않았고, 중세 시대처럼 인간의 윤리적 타입을 추상적으로 혹은 일화적逸話的으로 재현하지도 않았다. 단테는 살아 있는 역사적 리얼리티 속의 인간, 단일성과 전체성을 간직한 구체적 개인으로서의 인간을 재현했다.

이 점에서 후대에 인간을 묘사하는 작가들은 모두 단테의 추종자이다. 그 작가들이 어떤 주제 가령 역사적, 신화적, 혹은 종교적 주제를 다루었는지 아닌지는 무관하다. 왜냐하면 단테 이후에 신화와 전설 또한 역사가 되었기 때문이다. 심지어 성인들을 묘사하는 데서도 작가들은 실제와 똑같은 진실과 역사적 구체성을 획득하려고 노력했다. 마치 성인들이 역사적 과정의 일부인 것처럼 말이다. 우리가 이미 살펴본 바와 같이 기독교의 전설은 지상에 내재된 역사적 리얼리티로 취급되기에 이르렀다. 미술은 정신과 신체의 완벽한 통일성을 재현하려고 애쓰면서 그것(미메시스)을 인간의 운명이라는 바탕 속에 짜 넣으려 했다. 예술적 취향과 기술의 차이에도 불구하고 이런 노력은 지속되어 왔고 많은 위험과 곡절을 겪으면서도 오늘날까지 계속되어 왔다.

이 연구서에서 우리는 이런 엄청난 문학적 정복(놀라운 미메시스 효과의 성취. -옮긴이)이 단테의 직관으로부터 나온 것이 아니라, 그의 주제가 그런 창조적인 힘을 촉발시켰다는 것을 밝히려 했다. 단테가 취한 주제는 하느님의 심판을 기술하고, 개인적·역사적 인물들에 대하여 완벽한 진실을 발굴하고, 인물들의 온전한 캐릭터와 개성을 드러내는 것이었다. 우리가 여러 번 강조한 바와 같이, 그의 시적 천재성은 그의 신학적 교리와 밀접한 관계가 있다. 하지만 그 교리는 오래 지속되지 못했다. 『신곡』은 **스콜라 철학**이 이데올로기로서의 결집력을 잃어가던 시기에 스콜라 철학의 우주관에 입각하여 물리적, 윤리적, 정치적 통일성을 재현했기 때문이다. 단테는 보수반동적인 패배자의 태도를 취했고, 그의 싸움은 이미 잃어버린 것을 되찾으려는 노력이었다. 이 싸움에서 그는 패배했고, 그의 희망과 예언은 이뤄지지 않았다.

세계를 지배하는 로마 제국의 사상은 후기 르네상스 시기까지 존속했고, 교회의 부패에 대한 분노는 종교개혁과 반종교개혁이라는 커다란 운동을 불러일으켰다. 그러나 이런 이상과 움직임은 단테의 세계관과 비교해 볼 때 피상적인 특성만 공유할 뿐이다. 그 이상과 운동은 단테 세계관과는 무관하게 생겨나 성장했다. 어떤 것은 환상적 꿈이었고, 어떤 것은 위대한 대중 봉기였으며, 어떤 것은 실제 정치의 행위였고, 어떤 것은 이 세 가지 특징을 모두 갖고 있었다. 그러나 그 어떤 것도 단테의 토미스트 세계관의 깊이와 보편적 통일성을 갖추지 못했다. 그런 이상이나 운동의 결과는 단테가 희망했던 범세계적인 인간 국가(humana civitas)가 아니었고, 문화적 세력들을 더욱 파편화시킬 뿐이었다.

제국의 이데올로기와 기독교의 중세적 세계관이 17세기와 18세기의 합리주의에 의해 휩쓸리면서 비로소 인간 사회의 통합성에 대한 새로운 실용적 견해가 형성되기 시작했다. 이렇게 하여 단테의 저작은 유럽 사상사에 거의 영향을 미치지 못하게 되었다. 단테의 사망 직후에, 아니 심지어 그의 생전에 문학적·문화적 사회 구조는 스콜라주의에서 휴머니즘으로 완벽하게 바뀌었고, 이러한 변화에 단테는 전혀 영향력을 발휘하지 못했다. 이런 변화는 필연적으로『신곡』과 같은 명확한 사상체계를 갖춘 작품의 영향력을 제한했다.

페트라르카와 인간 자율성의 강조

가치관의 급격한 변화는 단테보다 겨우 40세 연하인 **페트라르카**의 사례가 분명하게 보여 준다. 페트라르카는 완전히 다른 당파의 소속도 아니고 단테의 문학적 노력에 반대한 것도 아니었다. 하지만 단테가 평생 보여 준 태도와 형식은 이미 그에게는 낯선 것이었다. 그가 단테와 다른 점은 무엇보다도 그 자신의 인격에 대해서 새로운 생각을 갖고 있다는 것이었다. 단테는 자아 완성을 위해 하늘을 쳐다보았다. 이것은 **오르카나**가 산타 마리아 노벨라 교회의 '최후의 심판' 벽화에서 단테를 묘사한 모습이었다. 하지만 페트라르카는 더 이상 하늘을 쳐다보지 않았다. 그는 인간 본성의 의식적인 개발이 곧 자아 완성의 길이라고 생각했다. 개성이나 천품에는 단테보다 아주 열등했지만 페트라르카는 어떤 우월한 질서나 권위를 인정하고 싶은 마음이 없었다. 단테가 그토록 열정적으로 옹호했던 보편적 세계 질서의 권위에도 승복하지 않았다.

그는 자율적인 인간의 개성을 신봉했고, 그것을 구체화한 근대적 유럽인의 선구자였다. 그래서 페트라르카는 수천 가지의 형식과 다양성 속에서 살았다. 이러한 사상은 근대의 모든 경향들, 사업가 정신, 종교적 주관주의, 휴머니즘, 세상을 물리적·기술적으로 지배하기 등의 형식을 취했다. 그것은 고대의 인격 컬트에 비하여 무한히 풍성하고, 깊고, 그리고 위험한 것이었다. 기독교에서 생겨나 마침내 기독교를 패배시킨 이 사상은 불안과 무절제를 물려받았다. 이런 특성으로 인해 그 사상은 단테적 세계의 구조와 제한을 내버렸으나, 이 사상의 구체성은 실은 그런 단테적 세계에 힘입은 것이었다.(단테는 이승과 저승을 아우르는 세계 질서를 정립하려 했으나, 페트라르카 이후의 휴머니즘은 저승은 무시하고 이승에서의 현실적 질서를 수립하려 했다는 뜻. -옮긴이)

단테의 창작 행위는 그의 주제와 밀접하게 관련되어 있고, 그의 시는 그의 교리와 불가분의 관계에 있다. 이런 점에서 그는 특별한 케이스이고, 그는 시적 과정의 성질에 대하여 우리에게 아무것도 말해 주지 않는다. 왜냐하면 리얼리티를 모방하는 기술은 단테 저작의 밑바탕이 되었던 전제 조건들과 무관하게 발전해 왔기 때문이다. 단테 이후의 시인이나 예술가는 인간 개성의 통합성을 지각하기 위해 궁극적·종말론적 운명을 필요로 하지 않았다. 단테 이후의 작가들은 순전히 직관적인 힘을 발휘하여 내적인 관찰과 외적인 관찰을 하나의 전체로 통합시킬 수 있었다.

하지만 이러한 주장은 진실을 모두 말한 것은 아니다. 이런 주장을 하는 사람들은 오래된 지성의 흔적이 창조적 추진력에 기여하는 역할을 무시하거나 과소평가하는 것이다. 그들은 의식

내의 피상적 변화들 바로 밑에서 어른거리는 지성의 흔적을 보지 못했다. 르네상스가 유럽 문화사에서 하나의 통합성을 제시했고, 그 통합성의 결정적 요소는 인간 개성의 자아-발견이라고 널리 인정되어 왔다. 또한 단테의 중세적 세계관에도 불구하고 자아-발견이 단테로부터 시작한다는 것도 널리 인정되어 왔다. 따라서 중세 세계관의 구조 중 일부가 새로운 발전 속으로 편입되어 그런 발전을 가능하게 만들었다고 볼 수 있다.

근대 유럽 문화사에는, 종교와 철학의 갖은 변화에도 불구하고 변하지 않은 채 후대로 전해져온 상수常數가 하나 있다. 그 상수는 단테에게서 처음 발견되는데 다음과 같은 사상(그 근본이 무엇이든 간에)이다. 즉, 개인의 운명은 무의미하지 않으며, 반드시 비극적이면서 유의미하다. 그리고 온 세상의 맥락이 그 운명 속에서 계시된다. 이러한 사상은 고대의 미메시스 속에 이미 깃들어 있었으나 호소력이 단테보다 훨씬 약했다. 왜냐하면 고대인들의 종말론적 신화는 기독교 교리나 그리스도 스토리에 비해 이승에 대한 의미부여가 훨씬 약했기 때문이다. 원시 기독교는 개인이 불멸의 존재이며, 지상에서의 개별적 생활이 비록 짧으나 취소불능의 결정을 이끌어내는 결정적 계기라고 가르쳤다. 중세 초기에 들어와 역사 인식은 둔화되었다. 인간의 이미지는 도덕적 · 정신적 추상, 저 아득한 전설적 꿈, 혹은 희극적인 캐리커처(서투른 모방) 수준으로 전락했다. 간단히 말해서 인간은 그의 자연적, 역사적 서식지(현세)로부터 절연되었다.

단테에 이르러 역사적 개인은 신체와 정신이 온전하게 통합된 존재로 재탄생했다. 그는 오래된 사람인가 하면 새로운 사람이다. 그는 전보다 훨씬 큰 힘과 폭을 가지고서 오랜 망각으로부터 솟아났다. 이런 새로운 인간관을 탄생시킨 기독교 **종말론**은 그 통합성과 활기를 잃어버리게 되지만, 인간의 운명이라는 사상은 유럽인의 정신에 깊숙이 침투하여, 아주 비非 기독교적 예술가들 사이에서도 기독교적 힘과 긴장이 보존될 정도였다. 바로 이것이 단테가 후대에 안겨준 선물이다.

개인의 운명과 근대의 미메시스

근대의 미메시스는 인간을 그의 개인적 운명에서 발견한다. 그것은 저 먼 꿈나라 혹은 철학적 추상이라는 2차원적 비현실성으로부터 인간을 구출하여 그가 실제로 거주하는 역사적 지역으로 이동시킨다. 하지만 그 역사적 세계는 재발견되어야 한다. 정신을 강조하는 문화에서 지상의 사건들은 무시되거나 인간의 최종적 운명을 암시하는 은유적 존재로만 여겨진다. 이런 정신문화에서 인간의 역사적 세계는 세속적 사건의 목표요 의미인 인간의 최종적 운명을 통해서만 발견될 수 있다. 이런 식으로 역사적 세계를 발견한다면, 지상의 사건들은 더 이상 무심하게 쳐다볼 수가 없게 된다.

『신곡』은 종말론적 비전을 통하여 그런 역사 인식과 내재된 리얼리티에 도달했다. 그리고 그것들이 다시 실제 역사 속으로 흘러들어와 그 역사에 진정한 진리의 피를 수혈한다. 왜냐하면 다음과 같은 인식이 인간의 마음속에서 생겨났기 때문이다. 즉, 인간의 구체적인 현세 생활이 그의 궁극적인 운명 속에 내포되고, 진실하고 구체적이고 온전하고 독특한 지상의 사건이 하느님의 심판에서 중요한 역할을 한다고 보는 것이다. 이러한 인식의 중심으로부터 인간의 세속적·역사적 리얼리티는 새로운 생명과 가치를 이끌어낸다. 요동치는 새로운 힘들(생명과 가치)을 종말론의 틀 속에 가까스로 제압한 『신곡』은 그런 힘들이 얼마나 재빨리, 또 난폭하게 경계를 넘어 범람하는지 암시한다.

페트라르카와 **보카치오**에 이르러 역사적 세계는 완전히 지상에 내재된 자율성을 획득했고 이러한 지상 생활의 자기 충족성은 도도한 강물처럼 유럽의 나머지 지역으로 퍼져나가 열매를 맺었다. 이것은 겉보기에는 그 종말론적 근원으로부터 완전 절연된 것처럼 보이지만, 인간이 그의 역사적 운명과 맺고 있는 긴밀한 유대관계를 통하여, 그런 근원에 은밀하게 연결되어 있다.

그렇다고 해서 문학과 예술이 오로지 실제 생활과 역사에서 나온 주제들만 다룬다는 얘기는 아니다. 이런 주장은 사실과도 부합하지 않는다. 신화적·종교적 주제들이 계속 다루어지면서 전보다 더 예리하게 통찰되고 있다. 이런 주제들이 우리가 방금 묘사한 역사적 비전 속으로 편입되었기 때문이다. 전통적인 신화와 전설은 그 상징적인 경직성을 잃어버렸고, 교리적·정신적 상징들 밑에 감추어져 있던 풍성한 소재들로부터 이제 작가는 성격이 곧 운명이라는 독특한 통찰을 통하여, 풍부한 증거와 본질적 진실을 제공하는 다양한 관점을 선택할 수 있게 되었다.

그리고 근대 유럽에서 가장 유의미한, 문학의 또 다른 형식이 있다. 그것은 페트라르카가 창시한 서정적 자기 초상화로서 예술의 다른 분야에도 널리 파급되었다. 이런 형식 또한 역사적 세계의 발견에 의해 비로소 가능해진 것이다. 왜냐하면 이 역사적 분야에서만 감정과 본능의 다양한 수준, 개성의 통합성과 다양성 등이 전개될 수 있기 때문이다. 그리하여 경험적 개인, 자신의 내면적 생활을 갖춘 개인이 미메시스의 대상으로 등장한다.

이러한 흐름은 미메시스에 새로운 가능성을 열었는가 하면 중대한 위험을 제기한다. 그것을 논의하는 것은 이 연구서의 목적이 아니다. 나는 이 책에서 하나의 통합된 단위로서의 단테 저작을 보여 주려 했고, 또 그것이 주제의 통합성에 뿌리 내리고 있다는 것을 증명하려 했다. 이러한 접근이 "말씀과 사실이 부합하는" 방식으로 단테의 역사적 리얼리티를 재현한다고 나는 믿는다.

인명 · 용어 풀이

겔프와 기벨린 Guelph and Ghibelline 13-14세기에 이탈리아에 존재했던 두 정치적 당파. 이렇게 두 당으로 나뉘어진 배경은 독일의 영유권과 신성로마제국 황제 자리를 놓고서 오토 4세와 프리드리히 2세가 싸운 시절(1212-18)로 소급된다. 특히 프리드리히 2세는 이탈리아 반도의 통치권을 확보하기 위해 많은 노력을 기울였다.(1230-50) 겔프라는 단어는 바바리아를 통치했던 벨프스Welfs 가문에서 유래했다. 기벨린이라는 단어는 슈바비아에 있던 호엔슈타우펜 왕가의 성들 중 하나인 바이벨룽겐Weibelungen에서 나온 것이다. 호엔슈타우펜 왕가의 왕들, 즉 프리드리히 1세 바바로사, 하인리히 6세, 프리드리히 2세 등이 1152년 이후 1세기 동안 왕좌를 차지하고 있었으므로, 이 왕들과 그 지지자들은 강력한 군주제를 추구했다. 반면에 이들에게 반대하는 세력은 봉건 영주들의 자율권을 주장했다. 교황은 자신의 독립성이 호엔슈타우펜 왕가의 야심 때문에 위협받는다고 생각했으므로 전통적으로 겔프당을 지지했다. 그러나 1268년 콘라딘이 사망하여 호엔슈타우펜 왕가가 소멸하자 기벨린과 겔프라는 호칭은 정치적 당파를 가리키는 명칭에 지나지 않게 되었다.

피렌체의 경우, 정부를 지배하는 유력 가문들과 그 지지자들의 갈등으로부터 이 두 파벌이 생겨났다. 1216년 피렌체 정부의 실력자인 부온델몬테 데 부온델몬티가 정적인 아리기 가문과 우베르티 가문의 공격을 받아 살해당했다. 이 사건으로 인해 겔프당과 기벨린당이라는 두 당파가 생겨나고, 그 후 1세기 동안 피렌체 정치를 지배했다. 겔프당은 주로 교황을 지지했고 기벨린당은 프리드리히 2세 황제를 지지하는 정치 세력이었다. 이런 두 당은 피렌체뿐만 아니라 토스카나와 이탈리아 전역의 다른 도시들에서도 생겨났다.

피렌체에서는 부온델몬티 가문이 겔프당의 영수가 되었고 라이벌 세력인 우베르티 가문은 기벨린당을 이끌었다. 1220년대와 1230년대에 두 당은 서로 세력 범위를 넓히려고 싸웠다. 1237년 프리드리히 2세가 코르테누오바 전투에서 겔프당을 지지하는 롬바르디아 도시들에 대하여 승리를 거두자, 기벨린당이 정치적 우위에 서게 되었다. 그 후 1260년의 몬타페르티 전투에서 승리하여 다시 겔프당이 정권을 잡게 되었다. 그러나 겔프당 내에서도 귀족 지지파와 길드 소속의 평민 지지파로 세력이 갈라지게 되었다. 이런 당내의 대립은 도나티 가문과 체르키 가문의 권력투쟁이 주도했고, 마침내 이 두 가문은 겔프당 내에서도 흑파(도나티 가문과 그 지지자들)와 백파(체르키 가문과 그 지지자들)로 분파되었다.

구파와 신파 anciens et modernes 1400년대 중반기에 활약한 실재론을 지지하는 신학자들(구파)과 유명론을 지지하는 신학자들(신파)을 가리키는 말. 통칭 구파(anciens)라고 하는 토미스트와 스코티스트는 50년 동안 파리 대학에서 오캄과 뷔리당의 지지자인 유명론자 혹은 신파(moderns)들과 논쟁을 벌였으나 1482년에 이 두 그룹 사이에 타협이 이루어졌다. 실재론은 보편적 아이디어가 먼저 존재하고 그 다음에 각 개체(특수)에 그 아이디어가 구체화되었다고 보는 철학 이론이다. 반면에 유명론은 보편적 개념(이데아)이란 그것이 구체화된 사물(특수)을 떠나서는 실제로 존재하지 않는다는 철학적 이론으로서. 이데아란 단지 이름(nomen)에 불과하다고 주장하는데 여기서 유명(唯名: 오로지 이름)이라는 용어가 생겨났다. 후대의 휴머니스트들이 단테의 유산을 물려받았더라면, 구파와 신파의 싸움은 아예 벌어지지 않았을 것이라는 아우어바흐의 주장은, 단테가 『신곡』 속에서 관념과 경험을 완벽하게 융합시켰다는 뜻이다.

귀니첼리 Guido Guinicelli 1230/1240년경~1276년경 프로방살 시를 이탈리아에 정착시킨 인물. 귀니첼리 시의 상당수는 프리드리히 2세 궁정(시칠리아 시파)의 시적 스타일과 사랑의 주제를 취해 왔다. 또 트로바르 클뤼trobar clus 시법으로 유명한 귀토네 다레초Guittone d'Arezzo의 영향을 받았다. "고상한 마음은 언제나 사랑을 발견할 것이다"라는 칸초네가 가장 유명하다. 단테는 이 시에서 혁명적 시학이 생겨났다고 보았고 돌체 스틸 누오보 시의 선언서라고 판단했다. 이 시의 주제는 사랑이다. 이 시에 의하면 사랑은 오로지 고상한 마음속에서만 머물고, 마음의 고상함은 사랑과 동의어이다. 마음은 자연으로부터 고상하게 될 수 있는 가능성을 취해오고 숙녀의 미덕에 의하여 사랑에 빠진다. 천체(天體)를 감독하고 하느님을 명상하는 천사들이 그들에게 배정된 천체를 움직이면서 지복을 얻듯이, 시인은 자신의 숙녀에게 충실함으로써 그 자신의 행복을 얻는다. 하느님은 여자를 천상의 존재인 양 떠받드는 시인을 비난하지만, 시인은 자신의 숙녀가 천사의 모습을 하고 있다면서 자신의 입장을 옹호한다.

낭만주의 romanticism 18세기 계몽주의 시대에 신고전주의에 반발하여 생겨난 사상운동. 낭만파들은 자연 속에서 신을 발견했다. 이들 자연적 초자연주의자들은 뉴턴적 기계론에 반발하면서, 인간이 신과 다시 가까워지며 살 수 있는 터전으로서 자연을 높이 평가했다. 낭만주의자들은 데카르트 시대 이래 인간과 자연을 엄격히 구분해온 이원론의 문제를 해결하고자 했다. 주로 비현실적, 반이성적, 환상적이고 감상적인 태도를 유지했다. 낭만주의 시대에 들어와 단테가 명성을 누리게 된 것은 지옥의 풍경과 징벌 때문이었다. 반대로 엄격한 신고전주의의 시대에는 그것들 때문에 단테가 경원시되었다. 낭만주의는 환상적인 고딕 풍의 꿈 세계와 괴기하고 공포스러운 것들을 선호하는데, 단테의『신곡』은 그런 측면에 상당한 영향을 주었다. 하지만 단테는 후배 문인들의 그런 엽기 추구의 태도에 영합하기 위해 글을 쓴 것은 아니었다. 낭만주의 시대에 단테에 대한 숭배를 처음으로 표시한 사람은 잠바티스타 비코(1668-1744)였다.

다미안 Peter Damian 1007-1072 이탈리아 라벤나에서 태어난 기독교 성직자. 성 로무알도의 철저한 금욕주의 규칙을 채택한 폰테 아벨라나 베네닉트 수도원의 원장을 지냈다. 성직 매매로 사제나 주교에 취임한 자가 베푸는 성사가 과연 효력이 있겠는지 의문을 표시하면서 가톨릭교회의 개혁을 추구했다. 다미안은 그레고리우스 대성인과 아우구스티누스에게 소급되는 지적 전통의 계승자이다. 하느님의 전능하심을 철저하게 믿었으며 하느님은 이미 이루어진 일도 다시 원상회복할 수 있다고 믿었다. 교회 개혁의 일환으로 성직자들에게도 강도 높은 교육을 시켜야 한다고 주장했다. 로무알도와 마찬가지로 다미안은 성직자들이 수도원 생활에 걸맞은 금욕적 생활을 해야 한다는 아우구스티누스의 이상을 지지했다. 다미안은 12세기에 널리 퍼진 사도적(使徒的) 청빈의 이상을 주장한 최초의 인물로 평가되는데 이 사상은 탁발 수도회의 발족을 가져왔다.

돌체 스틸 누오보 dolce stil nuovo 13세기 후반에 사랑을 독특한 시체와 철학에 입각하여 노래한 이탈리아 서정 시인들을 가리키는 말. 혹은 그런 시체(詩體)를 가리킨다. 스틸은 이 시인들이 써낸 서정시의 독특한 스타일을 가리키고, 돌체는 그 스타일이 듣기에 감미롭고, 또 지적으로 유쾌하다는 뜻이며, 누오보는 시 속의 개념이나 방식이 새롭다는 뜻이다. 돌체 스틸 누오보라는 말은 단테의『신곡』「연옥」편 24곡에서 보나준타 다 루카가 단체를 만나 "당신은 '사랑을 이해하는 여인들이여'라는 시를 쓴 사람이 아닙니까?" 하고 묻자 단테가 "나는 사랑이 영감을 줄 때 기록하고, 사랑이 내 마음속에 속삭이는 것을 그대로 표현하는 사람일 뿐이오,"라고 대답한다. 이때 보나준타가 "아, 돌체 스틸 누오보 말입니까"라고 말한 데서 유래한다. 이 문장을 미루어볼 때, 돌체 스틸 누오보가 단테만을 가리키는 것인지, 구이도 귀니첼리가 시작한 새로운 시 운동을 가리키는 것인지는 불분명하다. 아무튼 돌체 스틸 누오보는 기사도적 이상에서 생겨나왔고, 프로방스에서 정신적으로 세련되었으며, 그 후 이탈리아로 건너와 귀니첼리에 의해 계승된 문학 운동이다. 단테는 이 시적 운동을 발전시켜 가장 완벽하게 표현한 시인이다.

디도 Dido 베르길리우스의 장편 서사시『아이네이스』에 나오는 카르타고 시의 여왕. 디도는 바다에서 배회하다가 아프리카 북안으로 밀려온 아이네아스 일행을 따뜻하게 맞이한다. 이어 그녀는 아이네아스를 사랑하게 된다. 아이네아스도 디도의 환대를 고맙게 여기며 카르타고에 눌러앉으려 하나 여신 베누스가 나타나 로마 건설의 사명을 일깨워 주자 할 수 없이 디도 몰래 카르타고를 떠난다. 그러자 실연의 슬픔을 이기지 못한 디도는 장작더미를 높이 쌓아 올려놓고 불을 붙인 후 거기에 올라가 불타죽는다.『아이네이스』제6권은 아이네아스가 지하 세계로 내려가 죽은 디도와 아버지 앙키세스의 망령을 만나는 장면을 묘사한다. 아이네아스는 희미한 디도의 모습을 알아보자 눈물을 흘리며 말한다. "불행한 디도여, 그대가 죽었다는 말을 들었거늘, 그 소식이 사실이었단 말이오? 아아, 그대가 죽은 것은 나 때문인가요? 맹세하노니, 나는 내키지 않는 마음으로 그대의 해안을 떠났소, 여왕이여." 그러나 그녀는 땅에다 시선을 고정시키고 있더니 이윽고 홱 돌아서서 그에게 적의를 품은 채 그늘진 숲속으로 달아났다. 이어 아버지 앙키세스의 망령을 만난 아이네아스는 아버지로부터 그가 건설하게 될 찬란한 로마 제국의 모습을 미리 보게 된다. 『아이네이스』 제6권은 단테에게 커다란 영향을 주었다. 사랑하는 애인 디도를 저승에서 만난다는 아이디어는 베아트리체를 천상에서 만난다는 아이디어와 조응하며, 아이네아스가 앞으로 건설하게 될 로마제국은 앞으로 오게 될 하느님의 나라의 예표이다.

라티니 Latini Brunetto 1220-1294 피렌체의 행정가, 정치가, 작가. 단테의 『신곡』 중 지옥편 15곡에서 나오는 단테의 발언("당신은 나에게 인간이 영원한 존재가 되는 방법을 가르쳐주셨습니다.")에 의해, 단테와는 사제 관계로 인식된다. 라티니는 겔프당 소속으로 피렌체 정계에서 실력자로 군림하다가 1260년 9월 4일 몬타페르티 전투에서 라이벌 기벨린당에 패배하면서 권좌에서 밀려났다. 기벨린당의 지도자인 파리나타 델리 우베르티가 시칠리아의 왕 만프레드의 도움을 받아서 겔프당에 일격을 가한 것이었다. 라티니의 대표작은 산문으로 쓴 『보물의 서』(1265)인데 3권으로 구성되어 있다. 제1권은 철학, 교리, 역사, 과학 등에 대해서 논한다. 제2권은 아리스토텔레스의 『니코마코스 윤리학』을 바탕으로 윤리의 문제를 다룬다. 제3권은 가장 중요한 부분으로서 수사학과 정치학을 다룬다. 그는 이 두 학문(수사학과 정치학)이 불가분의 관계임을 강조하면서 공공정신이 투철한 시민이라면 반드시 두 학문을 습득해야한다고 주장한다. 이 두 과목은 우리에게 이성과 정의에 입각하여 평화 시나 전쟁 때에 사람들과 공동체를 다스리는 방법을 가르쳐주기 때문이다. 라티니는 남색을 저지른 죄악으로 지옥에 떨어졌다고 단테는 묘사했는데, 학자들은 라티니가 『보물의 서』를 이탈리아 어가 아니라 프랑스어로 집필한 것을 두고서 남색에 비유한 것으로 해석한다.

롬바르드, 피터 Peter Lombard 1095-1160 이탈리아의 신학자. 롬바르디의 노바라 근처 루멜로그노 마을에서 태어났다. 처음에는 이탈리아에서 수학했으나, 1133년 루카의 훔베르트 주교가 롬바르드를 베르나르 드 클레르보에게 추천했고, 그 후 프랑스에서 계속 수학했다. 1144년에 이르러 저명한 신학자라는 명성을 얻었다. 프랑스 교회 내의 여러 직책을 거쳐 1159년 파리 주교로 임명되었고, 그 다음해 현직에 있는 채로 사망했다. 롬바르드의 가장 유명한 저서는 『의견들Sententiae』이다. 총 4권으로 되어 있는데 1권은 삼위일체와 신성의 본질을 다루고, 2권은 천지 창조와 낙원 추방을 다루었으며, 3권은 성육신, 구원, 그리스도의 미덕을 다루며, 4권은 전례와 종말론을 다루고 있다. 이 작품은 1155년과 1158년 사이에 저술된 것으로 보인다. 이 작품은 훌륭한 체제와 간결한 설명이 특징이다. 신학을 가르치기에 적합한 교재였으며 17세기까지 신학생들의 필독서였다. 후대의 신학자들에게 많은 영향을 주었다. 토마스 아퀴나스, 보나벤투라, 알베르투스 마구누스, 둔스 스코투스, 윌리엄 오브 오캄, 장 제르송, 마르틴 루터 등이 이 저서에 대하여 논평을 내놓았다.

루카누스 Marcus Annaeus Lucanus 39-65 스페인의 코르도바에서 태어난 로마의 서사시인. 세네카의 조카이다. 어린 시절 로마로 보내져 그곳에서 수사학과 철학을 공부했고 이때 이미 시인의 자질을 유감없이 드러냈다. 네로 황제가 그를 총애하여 검찰관으로 임명했다. 그러나 네로는 곧 루카누스의 시적 천재성에 대하여 정신병자 같은 질투심을 드러냈고, 그가 시를 낭송하거나 발표하는 것을 금지했다. 이에 대한 반항으로 루카누스는 네로를 폐위시켜 살해하려는 피소의 음모에 가담했다. 네로는 그를 체포하여 65년 4월 30일 자결하라는 명령을 내렸다. 루카누스가 비극적인 죽임을 당할 때 삼촌 세네카도 함께 자결 명령을 받고 죽었다. 루카누스의 현존하는 서사시는 미완의 『내전』이 있다. 이 작품은 공화파인 폼페이우스, 카토, 원로원을 칭송하고 독재자의 기미를 보이는 카이사르를 비난했다.

리얼리티 reality 일반적으로 우리들이 주변에서 만나게 되는 객관적 현실을 가리키는 말. 그러나 리얼리티는 세분해 들어가면 객관적 리얼리티(objective reality)와 상상적 리얼리티(imagined reality)로 나누어 볼 수 있다. 가령 우리가 극장에 가서 셰익스피어의 연극 〈맥베스〉를 볼 때, 그 극장의 장소는 서울이지만, 우리의 정신은 스코틀랜드에 가 있게 된다. 이런 상상적 리얼리티는 때때로 객관적 리얼리티와 명확하게 구분되지 않는데, 특히 형이상학적 문제를 다룰 때가 그러하다. 여기에 궁극적 리얼리티(ultimate reality)를 추가해 볼 수 있는데, 이 경우는 보통 대문자를 써서 Reality로 표기한다. 이것은 경험적 관찰과 상상적 허구를 초월하는 또 다른 실재가 있다는 뜻으로 신을 가리킨다. 저자 아우어바흐는 단테의 『신곡』과 관련하여 리얼리티라는 단어를 쓸 때 이 세 가지 리얼리티를 모두 아우르는 뜻으로 사용하고 있다.

마키아벨리 Niccolo Machiavelli 1469-1527 이탈리아의 정치가, 사상가, 문인. 1469년 5월 3일 피렌체에서 태어났다. 마키아벨리는 1498년 피렌체 정부 제2서기국의 서기장으로 임명되었다. 1500년 프랑스의 루이 12세와 협상하기 위하여 리옹으로 파견되었고, 1505년 시뇨리아(피렌체 정부)는 마키아벨리가 초안한 민병대 창설의 법률을 채택했다. 그 다음해에 '9인 위원회'가 창설되어 마키아벨리가 민병대 업무를 관장하게 되었다. 1511년 6월 말, 마키아벨리는 프랑스 궁정에 파견되어 프랑스 왕 루이 12세가 교황과 화해하기를 요청하는 임무를 수행했다. 그러나 1512년 4월 피렌체 공화국은 붕괴했다. 그러자 메디치 가문 세력들이 1512년 9월 1일 권력에 복귀했다. 이 해에 마키아벨리는 관직에서 해임되어 그 후 다시는 관직으로 돌아가지 못했다. 1513년 12월 마키아벨리는 프란체스코 베토리에게 편지를 써서 아직 미완의 원고인『군주국에 대하여』(『군주론』은 당시 이런 제목을 달고 있었다)를 한번 읽어 줄 것을 제안하면서, 그 책이 완성되면 줄리아노에게 헌정할 수 있겠는지 알아봐 달라고 요청한다. 줄리아노 메디치가 1516년 3월에 사망하자, 마키아벨리는『군주국』의 헌정 대상을 로렌초 데 메디치(줄리아노의 사촌이며 새로운 피렌체 통치자)로 바꾸어 논문을 보냈다. 1526년 여름, 마키아벨리는 다시 서기국으로 복직될지 모른다는 희망을 품었으나 임명되지 않았다. 그는『로마사 논고』에서 공화국을 열렬하게 지지했으나, 공화주의자들은 마키아벨리가 메디치 가문과 너무 밀접한 인물이라고 보아 경원시했다. 이 일로 인한 실망과 충격으로 마키아벨리는 병이 들었고, 1527년 6월 21일에 사망했다. 15세기의 인문학자인 마키아벨리는 정치 행위에 대한 현실적 근거로서 고대 로마의 역사가 리비우스의『로마사』에 크게 의존했다. 그는『군주론Il Principe』에서 군주는 좋은 사람일 필요가 없고 좋은 사람인 척하기만 하면 된다고 주장하여 후일 '악(惡)의 교사(敎師)'라는 별명을 얻었다.

매너리즘 mannerism 1520-1600년 사이에 이탈리아에서 생겨난 회화와 건축의 한 스타일. 균형과 비율을 강조한 하이 르네상스에 반발하여 생겨난 예술 운동이다. 피렌체, 폰토르모, 로마 등지에서 활약한 일로소, 프라미지아니노, 베카푸미 등의 화가들은 인물들을 길게 늘이거나 왜곡시켜서 불편해 보이는 포즈를 취하게 만들었다. 매너리즘 화가들은 의도적으로 스케일과 공간을 비트는 구도를 고안했고, 그리하여 인물들을 비좁은 공간 속으로 밀어 넣었다. 티토렌토와 엘그레코의 작품에서는 터널 같이 생긴 공간들이 제시된다. 빛의 조명은 거칠게 처리되고 채색은 껄끄러운 느낌을 준다.

매너리스트 화가들은 복잡하면서도 애매한 비유를 사용했다. 구불구불하고 괴상한 형태를 만들어낸 매너리스트 조각가들로는 조반니 볼로냐, 암마나티, 첼리니 등이 있다.

바사리 Giorgio Vasari 1511-1574 이탈리아의 건축가, 작가, 화가. 그는 『예술가들의 생애』(1550)라는 아주 흥미로운 책으로 유명하다. 이 책은 1914년 가스통 드 비어에 의해 전 10권으로 영역되었다. 바사리는 동시대의 예술가들에 대해서는 정보의 신빙성이 높지만 14세기와 15세기 예술가들에 대한 묘사는 신빙성이 좀 떨어진다. 이 전기는 르네상스와 매너리즘 예술가들의 생애에 대하여 1차적인 정보를 제공한다. 그 자신도 매너리스트였던 바사리는 피렌체의 팔라초 베키아, 바티칸의 살라 레기아 그림을 제작했고, 메디치 가문 사람들의 초상화를 제작했다. 그의 주요 건축 작품으로는 피렌체의 우피치, 아레초와 피사의 교회와 왕궁 등이 있다.

바울 Paul the Apostle 서기 1세기에 활약한 기독교의 사도. 전승에 의하면, 킬리키아의 타르수스에서 태어났고, 바리사이파로 성장했다. 예루살렘에서 가말리엘의 제자로 수학했다. 그 후 기독교도를 적극 박해하다가 다마스쿠스로 가는 길에서 예수님을 만나 기독교로 개종했다. 여러 해 동안 해외 선교 사업에 주력하던 중 로마에서 순교했다는 전승이 전해진다. 단테는 저승 여행을 한 선배는 아이네아스와 성 바울뿐이라고 말했는데, 바울이 자신의 저승 여행을 언급한 부분은 「고린도후서」 12장에 나오는데 인용하면 다음과 같다. "나는 그리스도를 믿는 어떤 사람(바울 자신을 가리킴)을 알고 있는데, 그 사람은 열네 해 전에 셋째 하늘까지 들어 올려진 일이 있습니다. 나로서는 몸째 그리되었는지 알 길이 없고 몸을 떠나 그리되었는지 알 길이 없지만 하느님께서는 아십니다…… 낙원까지 들어 올려진 그는 발설할 수 없는 말씀을 들었는데, 그 말씀은 어떠한 인간에게도 누설해서는 안 되는 것이었습니다."

베르길리우스 Vergilius 기원전 70-기원전 19 로마 시대 최고의 시인으로 그의 장편 서사시『아이네이스』는 중세 내내 라틴어 문법 연구의 교과서로 활용되었다. 베르길리우스가 중세에 큰 인기를 얻게 된 것은 그가 쓴『농경시』제4편이 한 아이의 탄생을 예고했기 때문이다. 그 아이는 평화의 시대를 가져올 것이라고 예언했는데, 기독교 신자들은 이것이 그리스도의 탄생을 예언한 것이라고 생각했다. 베르길리우스는『신곡』에서 단테가 지옥과 연옥을 여행하는 데 길잡이로 나섰고, 작품 속에서 인간 이성(理性)의 알레고리로 등장한다.

베르나르 Bernard de Clairvaux 1090-1153 프랑스의 성직자. 귀족 가문 출신의 시토회 수도자로서 나중에 클레르보 수도회를 설립했다. 처음에 시토회에 들어가 이 수도회에 개혁의 바람을 일으켰으며 12세기의 가장 영향력 있는 수도회로 만들었다. 한적한 수도원에서 하느님을 경배하는 수도원적 이상에 헌신했지만, 동시에 가장 활발한 대외적 활동을 펼쳤다. 교회의 대분열을 종식시키고 이노켄티우스 2세를 새로운 교황으로 옹립했고 제2차 십자군 운동을 추진했으며, 대외 인사들과 많은 서신을 주고받았고, 심지어 신전 기사단의 규칙까지도 작성했다. 그의 사후에 성모 마리아 컬트와 신비주의가 만개한 것은 주로 그의 영향력 덕분이었다. 베르나르는『신곡』천국편 제33곡에 등장하여 성모 마리아에게 기도하면서 단테가 하느님을 직접 볼 수 있게 해달라고 부탁한다. 그리하여 단테는 하느님의 빛을 직접 바라보면서 태양과 모든 별을 돌리는 힘이 하느님의 사랑이라는 것을 깨닫는다.

베아트리체 Beatrice Portinari 1266-90 포르티나리 가문의 딸로 태어나 1287년 은행가인 시모네 데 바르디에게 시집갔으나 1290년에 사망했다. 단테는 18세이던 1283년 피렌체의 길거리에서 우연히 베아트리체를 만나 그녀를 사랑하게 되었다. 그러나 단테는 어릴 때부터 결혼 약속이 되어 있던 도나티 가문의 젬마 도나티와 1285년에 결혼하여 3~4명의 자녀를 두었다. 아우어바흐는 단테가 『신생』에서 노래한 베아트리체라는 여성이 문학적 허구라고 단정하고 있으나 많은 학자들이 실존인물일 것으로 추정하며, 또 어떤 학자는 『신곡』 속의 베아트리체 묘사가 단테의 아내 젬마 도나티의 모습을 많이 보여 준다고 주장했다. 『신곡』에서 단테는 베아트리체의 도움으로 자신의 감각적 탐닉으로부터 구제되어 비시오 데이 앞으로 나아가게 되는데 작품 전체를 통하여 베아트리체는 신적 은총, 혹은 계시의 알레고리로 등장한다.

보니파키우스 8세 Boniface VIII 1235-1303 로마의 교황.(1294-1303) 법률학에 뛰어나서 일찍부터 교황청에 들어갔다. 교황 위에 오른 후에는 교황청 내의 반 교황 세력을 척결하고 교황권의 확대 강화를 위해 노력했다. 자부심이 강하고 오만한 성격이었으며, 이 때문에 남들에게 모욕당하는 것을 잘 견디지 못했다. 프랑스 왕 필립 4세가 국내 경제의 위기를 극복하기 위해 프랑스 내의 교회 부지에 과세하려 하자, 교황은 1296년 과세에 반대하는 회칙을 발표했다. 그러나 프랑스 왕이 이에 불응하자 교황은 왕을 파문하는 것으로 맞섰다. 필립 왕은 이탈리아에 군대를 파견하여 1303년 9월 7일 아나니에서 교황을 체포하고 죄수로 가두었다. 교황은 이틀 뒤 로마로 돌아왔으나 병색이 완연했고, 그 직후 사망했다. 교황은 재임 중에 피렌체 겔프당의 갈등을 기화로 피렌체의 정권을 장악하려 했다. 1301년 백파(단테가 소속된 당파)가 피렌체의 정권을 잡았을 때, 교황 보니파키우스 8세는 피렌체의 혼란을 진정시키려고 프랑스 왕자 샤를 드 발루아가 지휘하는 군대를 피렌체에 보냈다. 교황이나 샤를은 흑파 지지자였으므로 유배 중이던 흑파 지도자 코르소 도나티를 도시로 다시 불러들였다.(1301년 11월 5일) 정권을 잡은 흑파는 대대적인 정치 보복에 나섰고, 1300년 피렌체 정부의 장관으로 임명되었던 단테는 반역죄로 사형에 처해졌으나 아레초로 도피함으로써 평생 유배의 길을 떠났다. 단테는 이 교황을 아주 증오하여 그를 『신곡』의 「지옥」편에 등장시킨다. 단테가 보기에, 교황이 세속의 권력을 확대하려고 혈안이 된 것은 커다란 문제였다. 교황청은 그 고유의 정신적 임무에 전념하지 않고 세속적인 일에 몰두함으로써 모든 기독교권을 파멸 속으로 몰아넣었다. 단테는 교황청을 바빌로니아의 창녀로 비유할 정도로 맹공을 퍼부었다.

보에티우스 Boetius 480-524 로마 귀족 가문에서 태어나 테오도리쿠스 통치 하에서 총무 장관을 지내고 집정관과 귀족의 호칭까지 하사받았다. 그러나 억울한 국가 전복의 누명을 쓰고 파비아의 탑에 감금당하는 신세가 되었다. 족쇄가 채워지고 언제 내려질지 모르는 사형 선고를 기다리면서 집필한 책이 바로 『철학의 위안』이다. 이 한 권의 책 속에서 보에티우스는 철학, 시가, 웅변 등 다양한 장르를 다루는데 그가 평소 희망하던 두려움을 모르는 평상심이 잘 서술되어 있다. 테오도리쿠스의 처형 명령이 떨어져서 교수형을 당했는데 형리들은 그의 목에 굵은 밧줄을 두르고 힘껏 죄여 그의 눈알이 밖으로 튀어나올 정도였다고 한다. 『철학의 위안』은 중세 내내 널리 읽혀진 책이다. 잉글랜드의 알프레드 대왕은 라틴어로 씌어진 이 책을 앵글로색슨어로 번역했고, 단테도 베아트리체의 사망 이후 철학에 몰두하면서 이 책을 읽었다.

보카치오 Boccaccio, Giovanni 1313-1375 이탈리아 산문의 아버지이며, 이야기 모음집 『데카메론』의 저자. 그의 아버지는 피렌체의 상인이었는데 보카치오는 사생아로 출생했다. 그는 자신의 이런 낮은 출생 배경을 의식하여 작품 속에 다양한 천민 계급의 사람들을 등장시켰다. 바르디 은행가에서 몇 년 동안 일하다가 교회법을 연구했고, 이어 문학으로 시선을 돌렸다. 나폴리에서 몇 년을 보낸 후 1340년에 고향 피렌체로 돌아와 거기서 생애의 대부분을 보냈다. 그는 1350년 페트라르카를 만날 당시 이미 『데카메론』을 집필하고 있었다. 이 작품은 중세 시대의 산문으로 씌어진 걸작으로서 10명의 등장인물이 열흘 동안 말한 100개의 이야기로 구성되어 있다. 데카메론은 '열흘'을 의미하는 그리스어이다. 그는 휴머니스트(인문주의자)들로부터 강한 영향을 받았기 때문에 고전을 많이 연구했다. 그는 그리스 신들의 계보를 연구하기 위해 고전들을 뒤적이던 중에 숨을 거두었다.

비코 Giambattista Vico 1668-1744 나폴리에서 태어난 이탈리아의 사상가. 나폴리 대학의 수사학 교수를 지냈다. 17세기 합리주의, 특히 데카르트 주의에 크게 반발했다. 그는 신화를 강조하여 신화의 철학을 처음으로 구상하고 철학적 · 역사적 지식이 서술(이야기하기)에 바탕을 두고 있다며 "모든 것이 역사이다."라고 말했다. 역사의 순환론을 주장했고, "민족들의 세상"은 인간이 만들어낸 것이므로, 그 세상을 연구하는 데는 물리적 자연을 연구하는 방식을 적용해서는 안 된다고 주장했다. 이렇게 하여 그는 역사 연구와 자연과학의 연구를 명확하게 구분했다. 비코의 대표작은 『새로운 학문』인데 1725년에 처음 발간했고, 사망하던 해까지 3정판을 냈다. 그의 새로운 학문은 대략 이런 내용을 담고 있다. 최초의 인류는 "시적 특징" 혹은 "상상적 보편" 속에서 사유했다. 모든 민족은 상상력(fantasia)의 힘을 발휘하여 이 세상을 신의 관점으로 파악되는 것으로 만들었다. 이 신들의 시대는 다시 영웅들의 시대에 의해 밀려나게 되는데, 영웅들의 시대에는 판타지아가 그 시대에 알맞은 사회적 제도와 유형을 만들어내는 데 동원된다. 신들의 시대와 영웅의 시대에는 판타지아가 작동했지만, 그 다음인 인간의 시대로 오면 판타지아는 밀려나고, 이성이 위력을 떨치게 되어 세상은 순전히 추상적이고 논리적인 관점에서 질서가 부여된다. 그리고 이 3시대는 이 세상에서 계속 반복된다. 비코는 『새로운 학문』에서 호메로스를 새롭게 논평했다. 그의 새로운 논평기술에 비추어볼 때 호메로스의 서사시는 철학적 지혜를 담은 작품으로 읽어서는 안 되고, 그 대신 고대 그리스 인들의 판타지아가 총체적으로 작동하는 신화적 지혜로 읽어야 한다고 보았다. 비코의 작품은 생전에 큰 빛을 보지 못했다. 그러나 프랑스 역사가 미슐레가 『새로운 학문』을 1824년에 발견하여 프랑스 내에 널리 알렸다. 비코의 역사주의는 에리히 아우어바흐에게 영향을 주었다. 20세기 독자들에게 비코의 사상을 가장 널리 알린 작가는 제임스 조이스이다. 그는 새로운 학문을 『피네간의 경야』라는 장편소설의 밑바탕으로 삼았다. 조이스는 비코의 3시대 개념과 "기억은 상상력과 같은 것이다"라는 명제에 특히 관심이 많았다.

사랑 Amore 사랑은 고대 그리스에서는 남녀 간의 육체적 사랑을 의미하는 것이었다. 그러나 중세에 들어와 특히 프로방살 시에서 정신적 사랑을 강조하기 시작했다. 이런 사랑의 신비주의가 13세기 이탈리아의 새로운 문학 운동인 돌체 스틸 누오보에 신비주의적인 종교적 영감을 주었다. 스틸 누오보 시인들은 사랑의 힘이 매개 작용을 하여 하느님의 지혜를 알게 해준다고 보았다. 또 사랑을 받는 여자와 하느님의 나라 사이에 직접적인 소통이 가능하고, 그 여자는 사랑을 바치는 남자에게 신앙, 지식, 내적 부활을 부여한다고 보았다. 단테는 스틸 누오보의 신비주의적 사랑을 받아들여 그것을 비시오 데이(Visio dei: 하느님에 대한 비전)로 연결시켰다.

단테에게 직접적인 영향을 준 아퀴나스는 『신학대전』 제2부 1편에서 사랑을 이렇게 정의한다. "사랑한다는 것은 선을 원함(velle bonum)이다. 자기 자신에게 또는 남에게 선을 원하는 것이다. 따라서 사랑은 이기적 사랑과 우정의 사랑으로 나뉜다. 사랑의 고유한 원인은 선이다. 사랑은 사람의 본성에 타고난 것이나 그 본성에 어울리는 것이다. 악이 선 '처럼' 나타날 때 악을 사랑하게 된다. 아름다움(pulchrum)은 선과 같은 개념이다. 다른 점이 있다면 아름다움의 소유는 보는 것 또는 인식에 있는데, 선의 소유는 사랑 속에 있다. 사랑의 가까운 원인은 선에 대한 인식이다. 이 인식이 없으면 그것을 결코 욕심낼 수 없다. 사랑의 결과는 상호 침투이다. 왜냐하면 사랑은 그것을 주는 자가 그것을 받는 자 속에 있고, 또 반대로 사랑 받는 자가 사랑하는 자 속에 있도록 만드는 것이기 때문이다. 엑스터시(황홀)는 사랑의 결과이다. 왜냐하면 자신의 영혼이 자기 자신으로부터 나와서 사랑의 대상으로 옮겨가기 때문이다. 격정과 질투는 사랑의 결과다. 강렬한 사랑은 그것을 반대하고 가로막는 온갖 장애물을 다 물리치기 때문이다. 사랑은 사랑하는 자가 행하는 모든 것의 원인이다. 바로 사랑하기 때문에 모든 것을 행하게 되는 것이다."

단테는 이러한 가르침에 영향을 받아서 『신곡』에서 사랑을 다음과 같이 정의한다. 우주의 존재와 전반적인 움직임은 하느님의 사랑과 하느님에 대한 사랑으로부터 나온다. 모든 창조물은 신성한 '존재'의 펼침이며 반영이다. 하느님이 직접 창조하신 것들과 하느님이 여러 기관을 통해 간접적으로 만드신 것들(원소, 식물, 동물)도 사랑의 힘이 작용하여 그 존재를 지탱한다. 이 세상 어디에서나 하느님의 선하심이 인장처럼 찍혀 있으며, 그 선하심이 만들어내는 움직임이 곧 사랑이다. 죄악은 과도한 사랑이나 오도된 사랑에 그 원천을 두고 있으며, 그 사랑들은 그것들이 영혼 속에 일으킨 사악한 경향에 따라 분류된다. 과도한 사랑은 "너무 많은" 혹은 "너무 적은"으로 세분된다. 너무 많은 사랑은 세속적인 좋은 것들에 대한 열정으로서 욕정, 대식, 탐욕 등이고 너무 적은 사랑은 게으름이 대표적이다. 토미스트 사상 체계에서 악은 순수하게 그 자체로 존재할 수 없다. 왜냐하면 하느님의 선하심이 흘러넘쳐 생겨난 피조물은 그 자체로는 악이 될 수 없기 때문이다. 따라서 오도된 사랑은 선한 것을 왜곡시키려는 욕망, 그 선한 것의 선함으로부터 달아나려는 욕망이다. 바로 이것이 악을 만들어내는 원인이다.

살림베네 Salimbene 1221-1288 이탈리아의 프란체스코 종단 소속의 사제 겸 저술가. 그의 저서 『연대기』는 13세기의 이탈리아와 프랑스의 역사를 살펴볼 수 있는 중요한 자료이다. 1249년 제노바에서 사제로 서임되었고 그 후 페레라에서 7년(1249-56)을 머물렀다. 그는 평생 동안 이탈리아 각지의 프란체스코 수도원을 돌아다니며 살았다. 『연대기』는 그가 주로 보고 체험한 사건들을 이야기 형식으로 엮은 것이다. 그가 여행한 곳, 그가 만나본 저명하고 영향력 있는 인물들을 기술한다. 신학이나 역사에 관하여 거대한 주제를 중심으로 집필해 나간 것이 아니라 일화, 인물평, 사건 기록 등 화제(話題) 성의 기사들로 가득 차 있다. 심지어 그가 여행하는 동안 즐겨 마신 와인이나 음식에 대한 기록도 나온다. 『연대기』는 개인적인 체험을 위주로 프란체스코 종단의 현실 감각과 북이탈리아 도시 정치의 호전성을 잘 종합한 작품이라는 평가를 받는다.

삼위일체 trinity 하느님이 성자, 성부, 성령의 3위격으로 존재한다는 기독교의 근본 교리. 이 교리가 신약성경에 명시적으로 언급되어 있지는 않으나 원시 기독교 공동체는 예수가 인간의 몸으로 오신 하느님이라고 믿었다. 삼위일체의 교리는 요한복음으로부터 추론되었다. 이 교리는 오랜 세월 동안 도전을 받아왔다. 7세기에 접어들자 스페인 종교회의, 나중에 프랑스 종교회의에서는 삼위일체의 세 번째 위격과 관련하여 니케아 신경(삼위일체를 기독교 정통 교리로 수립한 신경)을 미세하게 수정했다. 동방에서는 오랫동안 논쟁을 벌여, 그리스도의 본성과 발현을 니케아 신경에다 구체적으로 정의했다. 성부와 성자의 관계는 잘 알려진 대로 사람들의 마음에 어렴풋한 이미지를 전달할 뿐이다. 발현이라는 개념은 성령에 그리 해당되는 것이 아니었다. 가톨릭교도는 성령을 신의 능력이나 속성이 아니라 하나의 체, 위격(位格), 신이라고 여겼다. 성령은 태어난 것이 아니라, 정통적 교리의 설명대로 발현했다.(proceeded) 그렇다면 성령은 오로지 아버지에게서, 아니면 아들에게서 발현한 것일까? 아니면 아버지와 아들 양쪽에서? 비잔티움 사람들은 성령이 아버지에게서만 나온다고 주장했다. 반면에, 라틴인은 성령이 아버지는 물론이고 아들에게서도 나온다고 주장했다.

갈리아 교회에서 니케아 신경에다가 당초에는 없던 필리오케(filioque: 그리고 아들로부터, 즉 성령이 성부에게서 그리고 성자에게서도 나온다)라는 단어를 덧붙인 것은 동방교회와 갈리아 교회 사이에 엄청난 불화를 촉발했다. 논쟁 초기에, 로마 교황들은 중립적이고 온건한 입장을 보였다. 그들은 알프스 저편에 있는 형제들의 혁신을 비난하면서도 그들의 태도를 묵인했다. 교황들은 불필요한 탐구에 대해 침묵과 자비의 베일로 가리려 했다. 샤를마뉴와 레오 3세가 주고받은 편지에서 교황은 정치가의 관용적인 태도를 취했고, 황제는 사제의 열정과 편견을 보여 주었다. 하지만 로마 교회의 정통적 입장은 기꺼이 세속적 정책의 추진을 따랐다. 그리하여 레오 교황이 지우고 싶어 했던 필리오케는 신경에 덧붙여졌고, 바티칸의 전례에서 노래로 불려졌다. 니케아 신경은 가톨릭의 가장 근본적인 신조이고 이것이 없다면 그 누구도 구원받을 수 없는 가톨릭 신앙의 핵심이다. 오늘날에도 가톨릭교도와 개신교도는 성령의 성자 발현설을 부정하는 비잔티움 사람들(그리스 정교)과 반목하고 있다.

성육신 Incarnation 하느님이 인간의 몸을 빌어 지상에 오신 것을 이르는 용어. 성육신의 이유에 대해서는 여러 설이 있으나 성 아우구스티누스의 설이 통설로 받아들여진다. 하느님은 여러 가지 현실, 가령 역사적 인물과 사건, 기록된 말과 발화된 말, 자연 현상 등을 통하여 타락한 인간을 변모시키려 한다. 아우구스티누스가 볼 때 성경은 이런 변모를 추구하는 신적 의지가 흘러드는 도관이다. 따라서 성경을 올바르게 읽는 자는 이런 변모에 자동적으로 참여하게 된다. 그러나 인간은 그 자부심(즉 현실의 모든 측면을 자신의 힘으로 충분히 제압할 수 있다는 자기충족성의 믿음) 때문에, 변모를 유도하려는 신의 노력을 거부한다. 이처럼 오만한 인간이지만 그 인간에 대한 사랑 때문에 마침내 하느님의 말씀이 인간이 되어(성육신) 지상에 오신 것이다. 따라서 성육신은 하느님의 자기-겸손의 구체적 표현이며, 오로지 이것만이 자기 충족성을 고집하는 인간의 자부심을 중화하고, 또 제거할 수 있다는 것이다.

소크라테스 Socrates 기원전 469-399 그리스 철학자 중 가장 유명한 사상가이며 플라톤의 스승. 그는 저서를 남긴 것이 없으며 플라톤의 대화편과 크세노폰의 저작을 통하여 생애와 사상이 알려져 있다. 그는 아테네 근처의 알로페케에서 태어났고, 악처로 소문이 자자한 크산티페와 결혼했다. 젊은 시절 소크라테스는 아버지 소프로니스쿠스와 마찬가지로 조각가로 일했다. 그러나 곧 철학 연구에 몰두했고, 아테네의 거리를 돌아다니면서 청년들을 계몽시키려 노력했다. 그가 신봉한 명제는 살아볼 만한 가치가 있는 인생은 철저히 반성(反省)하는 인생이라는 것이었는데, 그 결과 "너 자신을 알라"는 소크라테스의 명제가 나왔다. 소크라테스는 지식과 미덕이 밀접한 관계에 있다고 보았고, 아무도 그것이 악인 줄 알면서 악을 저지르지는 않는다고 주장했다. 악을 선으로 착각했기 때문에 악을 저지르게 되는 것인데, 이 때문에 반성하는 인생이 중요하다고 강조했다. 그는 악을 행하는 것보다 고통을 당하는 것이 더 낫다고 믿었다. 그는 거리의 철학자로 아테네 청년들을 타락시키려 했다는 혐의로 고소되어 법정에서 사형이 선고되자, 법정에서 내린 독배를 들고 사망했다. 그는 국외로 도피할 수도 있었으나, 악법도 법이라고 말하면서 스스로 죽음을 선택했다. 소크라테스의 죽음은 예수의 죽음을 연상시키는 바가 많다.

소포클레스 Sophocles 기원전 496-기원전 406년 고대 그리스의 비극 작가. 소포클레스는 부유한 가문에서 태어나 별 어려움 없이 성장했고 커서는 안정되고 성공적인 삶을 누렸다. 그가 쓴 120~130편의 비극 중 『오이디푸스 왕』등 7편만이 전해지고 있다. 그는 선배작가인 아이스킬로스와는 다르게 3부작이나 4부작이 아닌 단편 비극을 많이 썼다. 그리스 신화의 소재를 가져와 인간의 고통과 절망을 잘 형상화했다는 평가를 받는다. 그가 극중에 묘사한 인물은 개인이면서 보편적 인물이었다. 그의 주제는 아주 개인적인 것이면서도 사회적인 것이었다. '자신의 정체성과 진리를 찾아 나선 개인의 고통과 위엄을 소포클레스처럼 잘 묘사한 극작가는 없다.'고 평가된다. 소포클레스 비극의 주인공은 자신의 운명과 맞서 싸우면서 끔찍한 대가를 치르지만 그 보상으로서 자신이 누구인지를 명확하게 깨닫게 된다. 소포클레스는 『티라누스의 오이디푸스』에서 "이 세상에서 가장 좋은 것은 태어나지 않는 것이요, 그 다음 좋은 것은 일찍 죽는 것"이라고 했다.

소피스트 Sophist 기원전 5세기 중반과 말엽에 주로 아테네에서 활동하면서, 지식의 이론과 수사법의 기술을 가르친 학자들을 총칭하는 말. 궤변론자로 번역되기도 한다. 가장 잘 알려진 소피스트로는 프로타고라스, 고르기아스, 히피아스 등이다. 그들은 돈을 받고 지식의 이론과 수사법의 기술을 가르친 최초의 교사들이다. 소피스트들은 조직적인 철학 체계를 갖고 있다고 할 수는 없으나 회의론자였다. 프로타고라스가 했다고 한 말, "인간은 만물의 척도이다"는 이런 관점을 잘 보여 준다. 플라톤은 소피스트들이 젊은 학생들을 타락시킨다면서 그들을 맹렬하게 공격했다. 소피스트들이 순전히 웅변과 연설의 기술을 강조했기 때문에, 소피스트라는 말은 교묘한 논증과 복잡한 세부 사항으로 상대방을 속이려 드는 사람으로 간주되었다. 희극 작가 아리스토파네스는 『구름』에서 소피스트들을 풍자했고, 소크라테스도 그들과 한패라고 오해하여 맹렬하게 공격했다.

수에토니우스 Suetonius 70-140 로마의 역사가. 트라야누스 황제의 측근이었던 소(小) 플리니우스의 친구였으며 그의 배려로 세금 혜택 등 여러 가지 특혜를 받았다. 수에토니우스는 하드리아누스 황제의 비서로 일하기도 했다. 그의 대표작은 『카이사르들의 생애De Vitae Caesarum』인데, 율리우스 카이사르를 비롯하여 아우구스투스에서 도미티아누스에 이르는 로마 황제 10명의 전기이다. 이 작품은 121년경에 집필되었는데 귀중한 역사적 정보를 담고 있으며, 황제들의 개인적 생활과 습관 등에 대해서도 유익한 정보를 제공한다.

스콜라 철학 Scholasticism 엄밀한 의미에서 스콜라주의는 중세 신학교들의 교육 전통을 가리킨다. 그러나 그 후에 의미가 확대되어 기독교의 계시된 진리를 더 잘 이해하는 것을 목적으로 하는 철학적 · 신학적 사유 방식을 가리키는 용어로 자리 잡았다. 따라서 스콜라 사상에서는 철학이 중요한 역할을 한다. 한편으로는 아리스토텔레스의 영향을 받아 철학적 사유에서 이성의 힘을 중시했고, 다른 한편으로는 플라톤주의의 영향을 받아 신비주의와도 연계를 맺었다. 스콜라주의의 원조는 성 아우구스티누스이다.

그는 먼저 "믿는다는 것은 동의하면서 깊이 생각하는 것이다(credere est cum assensione cogitare)"라고 정의했다. 여기서 더 발전하여 이런 격언을 내놓았다. "믿기 위하여 이해하고, 믿어서 이해하도록 하라(ergo intellege ut credas, crede ut intelligas)." 이후 스콜라주의의 발전은 대체로 3기로 구분되는데 다음과 같다. 제1기는 초기로서 9세기에서 12세기까지인데 교권이 이성보다 우위에 있다고 주장하며 아우구스티누스의 호교(護敎) 사상을 플라톤주의의 관념으로 설명했다. 이 시기의 대표적인 스쿨맨은 에리우게나(9세기)와 안셀무스(11세기 말)이다. 제2기는 전성기인데 13세기이다. 이 시기에 스페인을 점령한 아라비아 사람들을 통하여 아리스토텔레스 철학이 유럽에 전해지자 그로부터 결정적인 영향을 받았다. 이 시기의 스쿨맨들은 인간의 이성을 통하여 기독교의 신앙을 해명할 수 있다고 믿었다. 이성과 신앙 사이에 조화가 존재한다고 보았고, 또 하느님이 자신의 모상으로 인간으로 만들었기 때문에, 인간의 이성을 통하여 하느님의 진실을 가능한 한 많이 알기를 바란다고 보았다. 이 시기의 대표적 인물은 토마스 아퀴나스이다. 그는 아리스토텔레스 철학과 기독교 신학을 접목시켜 하나의 사상체계를 수립했다. 이 시기에는 또한 실재론과 유명론이라는 서로 갈등하는 철학 사상이 등장했다. 아퀴나스 철학이 유명론에 밀려 쇠퇴하는 시점에 단테의 『신곡』은 철학과 경험을 잘 혼융하여 기독교 세계의 경험적 리얼리티를 잘 구현했다. 제3기는 14-15세기로서 몰락기이다. 이 시기에 유명론이 널리 유행하고 신앙과 이성, 신학과 철학의 분리가 요구되었다. 대표적 스쿨맨은 오캄과 둔스 스코투스이다. 유명론은 개인의 경험, 즉 개인에게 나타난 신의 모습을 더 중시하는 사상이었다. 유명론은 후에 경험론으로 이어져 자연과학과 신학의 발달에 큰 도움을 주었다. 관념을 경험에 종속시키려는 이러한 태도 덕분에 물리학은 형이상학의 영역에서 해방되었다.

스타티우스 Statius 40-96 나폴리 태생의 로마의 시인. 문학 교사였던 아버지로부터 문학 수업을 받고서 시인이 되었다. 스타티우스는 그의 연작시 『숲』에서 아버지에 대한 고마움을 표시하고 있다. 돌아가신 아버지를 애도하며 아버지가 자신에게 계속 영감을 불어넣어 주기를 호소한다. 그는 나폴리를 떠나 로마로 가서 그곳에 94년까지 머물면서 『테바이의 노래 *Thebaid*』라는 장편 서사시를 썼다. 스타티우스는 결혼했으나 자녀가 없었고, 노예 소년을 양자로 들였으나, 곧 죽어버리자 『숲』에서 참척의 비통한 느낌을 읊조렸다. 스타티우스는 베르길리우스의 어조와 스타일을 연모하여 그것을 흉내내려 했으나, 그의 기량과 통찰은 멀리 베르길리우스에 미치지 못한다.

스토아주의 Stoicism 그리스어 스토아에서 나온 말로 견인주의로 번역된다. 스토아는 고대 그리스에서 철학자들이 모여 토론하는 회랑을 가리켰다. 스토아학파는 인생의 궁극적 목표를 지혜라고 가르친다. 지혜를 얻기 위해서는 자연을 따라 살아야 하는데, 곧 인간의 이성을 중시하는 것이다. 그들은 인간의 이성이 온 세상에 퍼져 있는 거룩한 이성과 접점을 갖고 있다고 믿었다. 따라서 스토아학파는 윤리를 철학의 핵심 과제로 삼았다. 그들의 윤리관은 운명적 인생관과 연결되어 있는데, 세상의 모든 일을 신성한 의지 혹은 섭리의 결과라고 여긴다. 인간의 인정 혹은 의지는 우주의 결정론을 벗어날 수 있는 유일한 힘이기 때문에 미덕은 곧 불가피한 사물의 구도를 있는 그대로 인정하는 태도에서 얻어진다. 스토아학파는 이성과 욕망(혹은 감정)을 맞세우면서 이성을 강조한다. 미덕은 우리의 욕망이나 감정을 제어하고 자기 단련을 실천하는 데서 함양된다. 따라서 덕성을 갖춘 사람은 무엇보다도 자신의 감정을 억제할 줄 알아야 한다. 그리하여 스토아학파는 외부의 환경이 어찌되었든 기쁨이나 슬픔을 표시하지 않는 아파티아

(apathia: 냉정함)를 유지하라고 가르쳤다. 견인주의라는 말은 바로 이 아파티아에서 나온 것이다.

시빌 Sibyl of Cumae 쿠마이는 나폴리에서 서쪽으로 12마일 떨어진 곳에 있는 고대 도시에 살았던 무녀. 시빌은 쿠마이의 동굴에서 신탁을 전했으며, 아폴론은 그녀에게 양손에 쥘 수 있는 모래알의 수만큼 수명을 허락하되 다시는 고향 에라트라이로 돌아가면 안 된다고 못박았다. 그래서 그녀는 쿠마이에 살게 되었다. 그런데 에리트라이 사람들이 실수로 그녀에게 그들 나라의 흙으로 된 봉인이 찍힌 편지를 보내는 바람에, 그녀는 그만큼이라도 고향 땅을 보았으므로 죽고 말았다. 시빌의 수명에 대해서는 또 다른 이런 얘기가 전해진다. 그녀는 자신을 사랑한 나머지 무슨 소원이든지 한 가지는 들어 주겠다는 아폴론에게 불사(不死)를 요구하기는 했으나 젊음을 함께 달라고 요구하는 것을 잊었다. 신은 만일 그녀가 처녀성을 자신에게 준다면 그 대신 변치 않는 젊음을 주겠다고 제안했으나 그녀는 거절했고, 그래서 그녀는 늙어갈수록 쭈그러들었다. 마침내 그녀는 매미와 비슷해져서 쿠마이에 있는 아폴론의 신전 안의 새장에 새처럼 달려 있었다. 아이들이 "시빌, 무엇을 원하나요?"라고 물으면 그녀는 삶에 지칠 대로 지쳐서 "죽고 싶어."라고 대답했다고 한다.

신비주의 mysticism 개인적인 종교적 체험을 통하여 현세에서 하느님에 대한 직접적 지식을 얻을 수 있다고 생각하는 사상. 신비주의 사상에는 두 가지 일반적인 경향이 있는데, 하나는 하느님이 인간의 영혼 바깥에 있기 때문에 영혼은 여러 단계를 거쳐서 하느님에게 도달하도록 노력해야 한다는 것이고, 다른 하나는 하느님이 인간의 영혼 내부에 이미 깃들어 있으므로 각 개인의 리얼리티를 깊숙이 파고들면 하느님에게 도달할 수 있다고 믿는 것이다. 고대의 신플라톤주의나 영지주의는 초월을 신비주의의 핵심 개념으로 파악했다. 특히 신플라톤주의는 신과 인간의 관계를 유출(emanation)이라는 개념으로 설명했는데, 이는 사상의 역사에서 획기적인 모멘트가 되었다. 하느님이 인간의 영혼 안에 들어 있다고 생각하는 사람들로는 퀘이커 교도와 인도의 베단타가 있다. 로마 가톨릭교회의 신비주의자들은 인간의 남녀 간 사랑으로부터 빌려온 용어를 가지고 신비주의를 설명하는데 보편적으로 다음 네 과정을 거친다. 1) 정화의 과정으로서 인간의 영혼은 먼저 정화되어야 한다. 2) 커다란 빛의 과정으로서 영혼은 환한 빛을 체험하면서 하느님에 대한 커다란 사랑을 느끼게 된다. 3) 하느님과 하나가 되는 과정으로서, 영혼은 이 단계에서 하느님과의 신비한 합일에 들어선다. 4) 영적인 결혼의 과정으로서, 하느님이 영혼 바로 곁에 계신다는 느낌을 갖게 된다. 그리하여 영혼은 조용하고 황홀한 상태의 시간을 경과하여 마침내 하느님과 완벽한 일치를 이루게 된다. 마지막 네 번째 과정에 이르기 직전에 영혼의 어두운 밤이라는 단계를 거치게 된다. 이 단계에서 명상하는 자는 자기 자신이 하느님으로부터 완전 버림을 받았고, 아무런 희망도 없으며, 심지어 기도의 힘도 통하지 않는다고 느낀다. 이 단계는 길게는 몇 년이 갈 수도 있다. 최종적 합일에 도달하기 전에 환시, 환청, 황홀감 등이 동반되기도 한다.

신비주의는 기독교 이외에 불교, 힌두교, 이슬람 등에서도 폭넓게 발견된다. 다른 종교에서 발견되지 않는 기독교 신비주의의 두 가지 특징은 이러하다. 1) 다른 종교에서는 신이 범우주적 실재라고 믿으나, 기독교 신비주의는 그것(신비주의)이 침투하여 다가가는 실재(신)는 영혼과 우주를 초월한다고 본다. 2) 다른 종교에서는 영혼과 신성이 하나로 합일된다고 본다. 가령 이집트의『사자의 서』에서는 "당신이 내 안에 있고 내가 당신 안에 있다."고 말하며, 신플라톤주의도 이런 입장을 취한다. 그러나 기독교 신비주의는, 신성과 개인의 합일은 사랑과 의지의 결합일 뿐, 창조주와 피조물의 구분은 영원히 유지된다고 본다.

꿈, 방언, 몽환, 환상, 황홀 등의 정신-신체적인 현상도 기독교 신비주의에 동반되나 본질적인 요소로 인정되지 않으며, 가장 높은 정신적 결혼의 상태에서는 이런 현상이 나타나지 않는다. 일부 기독교 사상가(특히 개신교)들은 신비주의를 반(反) 기독교적인 것으로 본다. 신비주의가 신플라톤주의와 너무 연계되어 있어서 복음의 구원 사상에 어긋난다는 것이다. 또한 범신론적 오류에 빠져들 수도 있다고 경계한다.

기독교의 수도원 운동은 신비주의를 크게 진작시켰는데, 이 때문에 중세 신비주의자들은 대부분 수도회와 관련이 있었다. 신비주의의 사상과 실천은 13세기 이전에는 서유럽에서 별로 큰 세력을 이루지 못했으나, 가짜 디오니소스(6세기)의 저작은 신비주의의 발달에 커다란 영향을 미쳤다. 중세 전성기의 신비주의는 프랑스 중심이었고 대표적 인물은 베르나르이다. 중세 말에는 독일 신비주의가 득세했으며, 14세기의 탁월한 신비주의 사상가 에크하르트가 대표적 인물이다. 그는 아퀴나스의 스콜라 철학을 바탕으로 신플라톤주의를 도입하고, 여기에 독일 사상을 가미하여 독특한 신비주의 사상을 발전시켰다. 그의 제자로는 타울러, 조이제 등이 있다. 에크하르트는 독일 철학의 근원으로 중요시되었고, 루터가 이 파의 영향을 받았으며, 유럽 근대화의 한 요인이 되었다.

신성로마 제국 Holy Roman Empire 962년부터 1806년까지 존속된 독일 국가의 명칭. 독일 왕 오토 1세가 962년 교황 요하네스 12세로부터 대관을 받으면서 시작되었다. 황제 선거권은 13세기 말 이래 일곱 선제후에 의해 고정되고 황제의 선출은 각 선제후의 이해에 따라 좌우되었다. 황제도 자기 왕가의 이해를 제국 전체의 이해보다 중시했다. 단테의 시대에는 룩셈베르크가의 하인리히가 신성 로마 제국 황제 자리에 올라 하인리히 7세라는 칭호를 사용했다. 단테는 이 신성 로마 제국 황제를 지상의 적법한 통치자라고 생각했기 때문에 그에게 많은 기대를 걸었으나 이 황제는 이탈리아 원정 중에 사망했다. 1437년 이후에는 황제 자리를 오스트리아의 합스부르크 왕가에서 계속 차지했다. 그러나 당시 독일은 여러 공국으로 분열되었기 때문에 신성 로마 제국은 형식적인 제국에 지나지 않았다. 1806년 나폴레옹 세력 하의 라인 동맹 16개 공국이 제국을 탈퇴하자 합스부르크가의 황제는 제위를 사퇴하여 신성 로마 제국은 완전히 소멸했다.

신플라톤주의 Neoplatonism 플로티노스와 그 후계자들이 정립한 철학. 플라톤으로부터 영감과 사상을 빌려왔으나 치밀한 사상 체계를 갖고 있고 종교적 목적과 깊이 연계되어 있다. 초창기에는 주로 알렉산드리아를 거점으로 하여 발전했으나 곧 로마로 전파되었고, 로마 제국 전역으로 퍼져나갔다. 플로티노스를 뒤이은 주요 인물로는 포르피리(232-303), 포르피리의 제자인 이암블리쿠스(250-330), 프로클루스(410-485) 등이 있다.

플로티노스는 자신이 암모니우스 사카스에게 크게 학문적 은혜를 입었다고 말했으나 정작 암모니우스에 대해서는 알려진 것이 별로 없다. 플라톤 철학은 알렉산드리아의 종교 사상가들(유대교와 기독교)에게 잘 알려져 있었으나, 플로티노스가 이런 사상가들에게서 어떤 영향을 받았는지는 불분명하다. 당시 알렉산드리아는 동방과 접촉이 있었으므로 신플라톤주의의 신지학적(神智學的) 요소는 페르시아에서 왔을 것으로 추정된다.

신플라톤주의의 주된 목적은 합리적 생활을 위하여 건전하고 만족스러운 지적 기반을 제공하려는 것이다. 신플라톤주의자들은 무척 진지하여 부정적 불가지론에 머무르지 않았다. 그리하여 플로티노스는 이런 주장을 폈다. "하느님은 이해 가능한 동그라미이다. 그 분의 중심은 어디에나 있지만 그 둘레는 어디에도 없다(Deus est sphaera intelligibilis cuius centrum ubique circumferentia nusquam)." 신플라톤주의의 핵심 개념은 궁극의 일자(一者)이다. 이 일자는 모든 체험의 배후에서 작용하고, 또 생각과 현실의 간극을 극복하게 해주는 힘이다. 인간은 오로지 추상 작용을 통하여 이 일자를 알 수 있을 뿐이다. 인간은 그의 경험으로부터 인간적인 모든 것을 서서히 제거해 나가면 마침내 그의 인간적 속성들은 모두 사라지고 신만이 남게 된다. 이 일자(하느님)의 자기 인식(self-knowledge)으로부터 최초의 지성(고로스 혹은 말씀)이 유출(流出)되는데, 이 로고스Logos는 모든 존재들의 추상적 아이디어들을 그 속에 가지고 있다. 그리고 이 로고스로부터 다시 두 번째 지성이 유출되는데, 그것이 세계의 영혼(World Soul)이다. 모든 존재의 개별적 지성은 이 세계의 영혼으로부터 유출된다.

열성적이고 철저한 신플라톤주의자들은 그 이론상 기독교에 적대적일 수밖에 없었다. 특히 고대 철학자들을 거부했으며, 역사 속의 성육신을 주장한 기독교 교리를 받아들이지 않았다. 포르피리는 맹렬한 기독교 반대자였고, 구약성경 중 「다니엘서」는 진정한 예언서가 아니라 사건의 경과를 모두 알고 있는 후대 사람이 마치 전대에 살면서 예언한 것처럼 꾸민 가짜 예언서라고 폭로했다. 그러나 신플라톤주의는 로마 제국 전역에 영향을 미쳤기 때문에 서서히 기독교 신학에 영향을 미치기 시작했다. 아주 전문적인 내용을 제외하고, 신플라톤주의는 플라톤주의와 별로 구분이 되지 않는다. 신플라톤주의는 아우구스티누스 사상을 거쳐, 가짜 디오니소스(이 사상가는 주로 프로클루스의 영향을 받았다)를 경유하여 중세의 사상가들에게 널리 영향을 미쳤다.

아르노 다니엘 Arnault Daniel 원숙한 시적 기법을 자랑하는 트루바두르. 그의 생애에 대해서는 알려진 것이 별로 많지 않다. 그는 자신이 쓴 시 속에서

1180년 필리프 오귀스트 왕의 대관식에 참석했다고 노래했다. 아르노의 노래들은 12세기 후반에 집필되었을 것으로 추측된다. 왜냐하면 1170년에 제작된, 트루바두르를 풍자한 유명한 시르방테스에서 아르노의 이름이 거명되지 않지만 1194년에 제작된 몽토동의 풍자시에서는 아르노의 이름이 나오기 때문이다. 아르노를 노래한 올드 프로방살 시에 의하면, 그는 페리귀외의 리베락 출신의 귀족이었다. 사제가 되기 위해 교육을 받았으나 음유시인이 되었다. 그의 시는 18편이 전해지는데 트로바르 릭trobar ric 스타일로 쓴 것이다. 이 스타일은 까다로운 두운과 복잡하면서도 진귀한 각운을 사용하며, 기벽한 어휘를 구사하여 뜻이 애매한 것이 특징이다. 그는 세스티나(sestina: 6행 6연체. 6행 6절과 3행의 결구로 된 시)의 창안자로 알려져 있다.

아리스토텔레스 Aristoteles 기원전 384-기원전 322 고대 그리스의 철학자. 마케도니아의 스타기라에서 태어났다. 열일곱에 아테네로 가서 플라톤의 제자가 되었다. 기원전 342년 마케도니아의 필립 왕의 부름을 받아 왕자인 알렉산드로스의 가정교사가 되었다. 335년 아테네로 돌아와 철학 학교인 리케움을 세웠다. 아리스토텔레스는 리케움에서 12년을 머물면서 과학, 문학, 철학 등에 대하여 강의하고 책을 썼다. 기원전 323년 알렉산드로스 대왕이 사망하자, 아테네의 반 마케도니아파가 아리스토텔레스를 불경죄로 고소하려 하자, 그는 아테네를 떠나 마케도니아의 칼키스로 피신했다가 그곳에서 사망했다.

아리스토텔레스는 방대한 저작을 남겼는데 대체로 자연과학, 철학, 문학에 관한 논저들이다. 자연과학을 다룬 책들 중에서 가장 중요한 것은 『물리학Physics』이다. 아리스토텔레스 저작의 초기 편집자들은 그가 『물리학』 뒤에 붙인 일련의 논문들을 가리켜 『형이상학Metaphysics』라는 제목을 붙였다. 이 책은 "제1철학", "신학", "지혜" 등을 논하고 있는데, 아리스토텔레스는 이것들을 궁극적 철학(혹은 지혜)이라고 생각했으며, 이것은 특정 과학들에 의해 드러난 제한적인 진리를 넘어선 곳에 존재하는 철학이라고 주장했다. 이 때문에, 아리스토텔레스 저작의 초기 편집자들은 이 부분에 대하여 "형이상학"이라고 이름 붙였다. 『형이상학』에서 아리스토텔레스는 플라톤의 이데아 이론을 반박한다. 아리스토텔레스는 이데아가 사물과 관계없이 초월적으로 존재하는 것이 아니라, 물질적 현실 속에서만 보편적이고 본질적인 성질(이데아)이 존재할 수 있다고 보았다. 이것을 아리스토텔레스는 형상(이데아)과 질료(물질적 현실)의 결합이라고 말했다.

아리스토텔레스의 『니코마코스 윤리학』은 인간의 윤리적 행동을 다룬 것이다. 윤리는 인간의 최고선인 행복을 추구하는 데에서 시작된다. 철학자가 말하는 행복은 심리적 상태라기보다 잘 살아가는 삶(즉 성공한 삶)을 의미한다. 이 행복은 이성에 입각하여 살아가는 도덕적 행동의 생활로부터 얻어질 수 있으며, 도덕성은 욕망을 합리적으로 절제하고 최고선(행복)을 성취하려는 노력에 의해 함양된다. 아리스토텔레스는 성격과 운명의 합일이라는 고대의 인생 철학을 거부하고, 인간의 이성으로써 얼마든지 인간의 운명을 개척해 나갈 수 있다고 보았다. 행복의 성취는 곧 그런 운명의 개척을 의미한다. 아리스토텔레스의 『정치학』은 인간을 정치적 동물로 정의하고 도시 국가를 가장 높은 형태의 인간 공동체로 규정했다. 『수사학』과 『시학』은 문학 관련 논문이다. 『수사학』은 독자를 납득시키기 위하여 로고스(논리), 에토스(관습), 파토스(감정)의 세 가지 수단을 동원해야 한다고 주장한다. 『시학』은 비극적 체험의 본질적(이데아적) 특질은 구체적 현실을 통해서만 얻어진다고 주장하여, 형상과 질료의 이론을 다시 한 번 확인했다. 플라톤은 이 세상(물리적 우주)을 그림자 세상이라고 보았으나, 아리스토텔레스는 구체적 현실에 이데아가 깃들어 있다는 사상에 입각하여 이 세상의 모든 사물에 대하여 관심이 많았고, 그래서 자연과학을 논평한 저서들이 많다. 서구의 중세에 모든 스쿨맨들이 아리스토텔레스를 존경했고, 이성(아리스토텔레스)과 계시(그리스도)라는 두 가지 대립적 명제는 토마스 아퀴나스에 이르러 완벽하게 융합되었고, 이러한 토미스트 철학을 아름다운 시로 구체화한 것이 단테의 『신곡』이다.

아리스토파네스 Aristophanes 기원전 445-기원전 380 고대 그리스의 희극 작가. 아테네에서 태어났으며 기원전 427년부터 희극을 쓴 것으로 알려져 있다. 대표작은 『새』(기원전 414)와 『개구리』(기원전 405)이다. 아리스토파네스는 드라마를 사회와 정치를 풍자하기 위한 수단으로 삼았다. 그는 작품 속에서 당대의 정치가들을 노골적으로 비판했으며, 펠레폰네소스 전쟁이 아테네를 파괴하고 있다고 맹공을 퍼부었다. 그는 정치가만 비판한 것이 아니라 그가 보기에 허세를 부리는 자들이라고 생각되었던 소크라테스와 에우리피데스에 대해서도 비난을 했다. 벤 존슨, 헨리 필딩, T. S. 엘리엇 등 영국의 희극 작가들은 아리스토파네스로부터 많은 영향을 받았다.

아베로에스 Averroes 1126-98 무슬림이 지배하던 스페인의 코르도바에서 태어나 세비야에서 재판관을 역임했고 나중에는 모로코 통치자의 주치의를 지냈다. 의사로 활동하는 이외의 자유 시간은 오로지 아리스토텔레스 철학의 탐구에 바쳤다. 무슬림 신학자들은 그의 합리주의적 태도를 무신앙이라고 비난했다. 그는 개인 영혼의 영생불멸과 우주의 천지 창조를 부정했다. 그는 하느님을 단지 제1원인으로만 생각했다. 그는 아리스토텔레스 철학을 광범위하게 논평하고 주석했으며, 이 때문에 서유럽에서 '논평가'라는 별명으로 널리 알려졌다. 그는 신학과 상관없이 철학을 추구할 수 있다고 보았고, 이러한 입장을 옹호하기 위하여 2중의 진리(duplex veritas) 설을 제시했다. 이것은 어떤 명제가 철학에서는 진리인데 신학에서는 거짓이라거나, 그의 역도 진리라는 뜻은 아니다. 이것은 어떤 진리가 철학에서는 이론적으로 명백히 이해되고, 신학에서는 비유적으로 표현된다는 의미이다. 그러나 이러한 이중진리설은 이슬람 정통 신학자들에게는 용납할 수 없는 것이고, 이 설은 결국 신학을 철학에 종속시키려는 무신론자의 음모라고 비난했다. 토마스 아퀴나스는 아베로니에스에 맞서서 철학과 신학의 진리가 동일하다는 주장을 펴기 위해 『신학대전』을 썼다.

아우구스티누스 Saint Augustine 354-430 교부 시대에서도 이미 가장 위대한 신학자라는 평가를 받았고 이후 1천 년 동안 서양의 신학사상 가장 중요한 영향을 끼친 대표적 기독교 사상. 독실한 기독교 신자인 어머니 모니카와 이교도 아버지 사이에서 아프리카에서 태어났다. 그의 저서 『고백록』에서 카르타고에서 보낸 방탕한 젊은 시절 사생아를 낳기도 했다고 고백했다. 젊은 시절에는 한때 마니교에 심취하기도 했으나, 376년 이후 로마로 가서 그곳에서 수사학을 가르쳤다. 384년에는 마니교 신자들의 권유에 따라 밀라노에 수사학을 가르치러 갔다. 밀라노 시절은 그의 생애에서 중요한 시기였다. 이미 마니교에 대해서 의문을 품고 있던 그는 신플라톤주의와 회의론을 깊이 연구한 끝에 마니교를 포기했다. 영혼에 큰 고통을 겪던 아우구스티누스는 밀라노 대주교 성 암브로시우스의 권유로 기독교에 입문했다. 그는 387년 부활절에 세례를 받았고, 그 후 사제가 되었으며, 395년에 히포의 주교로 서임되었다. 반달족이 히포를 침공하던 시기에 사망했다.

아우구스티누스는 많은 기독교 관련 서적과 편지를 집필했으며, 그가 기독교에 미친 영향은 성 바울 다음으로 평가될 정도로 엄청나다. 그의 주저 『하느님의 도시』는 이 세상이 하느님의 의지를 따르는 자들의 도시와 그렇지 않은 자들의 도시 사이에서 싸움이 벌어지는 장소인데 결국 하느님의 도시가 승리를 거두게 되어 있다는 내용이다. 단테의『신곡』은 두 도시의 대립, 즉 한쪽에는 키비타스 디아볼리(civitas diaboli: 악마의 도시)가 있고 다른 한쪽에는 키비타스 데이(civitas Dei: 신의 도시)가 있다는 대립 구조를 내세우는데, 이는 아우구스티누스의 사상으로부터 영향을 받은 것이다. 아우구스티누스는 모든 역사가 이 두 도시를 예비한 하느님의 섭리이고, 인류는 마침내 그 두 도시 중 어느 하나에 소속하게 된다고 보았다.

그는 여러 기독교 이단들과 대응하기 위하여 수시로 글을 썼다. 그의 신학을 간결하게 요약하면 이렇다. 모든 진리는 정신적인 특성을 갖고 있으며, 진리(신앙)의 획득은 하느님의 은총을 받아들이는 데 있다. 인간의 이성이 중요하기는 하지만 신앙을 완벽하게 이해하는 데는 부차적인 역할밖에 하지 못한다. 이것은 아우구스티누스의 유명한 말, credo ut intelligam(나는 먼저 믿기 때문에 이해하게 될 것이다)에 잘 드러난다. 인간은 이성으로 지각(知覺) 가능한 물질세계는 이해할 수 있지만, 자연계(이 세상)와 하느님 사이의 심연을 메우기 위해서는 신성한 (하느님의) 은총을 필요로 한다. 이 은총이 온전한 진리를 파악하려는 인간의 의지를 작동시키고, 진리의 획득과 영혼의 구원은 신성한 계시를 통해서 가능해진다.

아우구스티누스가 이렇게 주장한 것은 인간의 자유의지를 강조하는 펠라기우스와의 논쟁 때문이었다. 펠라기우스는 인간이 아담 때문에 원죄를 지고 있지만, 그래도 자유롭게 자유의지를 행사하여 선행을 할 수 있으며, 이 선행의 공로를 통하여 구원을 얻게 된다고 말했다. 펠라기우스의 주장을 그대로 받아들이면 하느님의 은총은 불필요한 것이 되므로 아우구스티누스는 그의 주장에 맞서기 위해 은총을 강조했다. 당초 아우구스티누스는 인간의 자유의지를 이처럼 무시하지는 않았고, 특히 마니파와의 논쟁에서는 자유의지를 상당 부분 인정하면서 옹호하기까지 했다. 그러나 펠라기우스가 자유 의지를 강조하면서 십자가 처형으로 얻어진 하느님의 은총의 가치를 무력화시키려 들자 자유의지의 역할을 크게 축소시킬 수밖에 없었다.

아우구스티누스는 하느님의 연구와 인간 영혼의 연구에 많은 시간을 바쳤다. 인간의 영혼이란 곧 신성의 반영이므로 그 영혼을 많이 연구할수록 하느님을 더 잘 알게 된다고 보았다. 이 때문에 아우구스티누스는 기독교 신비주의의 창시자로 여겨진다. 하느님을 두려워하는 인간은 그의 내부에서 진실을 발견하게 되는데, 이 진실은 그에게 신성한 진실의 불꽃을 가져다주고, 그리하여 그는 하느님과 직접 소통을 할 수 있게 되어, 평화와 행복을 얻는다.

아이네이스 Aeneid 로마의 운명을 장엄하게 칭송한 고대 로마의 최대 시인 베르길리우스의 장편 서사시. 영국 시인 테니슨은 베르길리우스를 가리켜 "인간의 입술에서 나온 것 중 가장 장엄한 가락으로 노래하는 사람"이라고 칭송했다. 이 대작을 쓰느라고 베르길리우스는 생애의 마지막 10년을 쏟아부었다. 그는 이 작품이 미완성이라고 느꼈고, 그래서 임종의 자리에서 원고를 불태워 버리라고 유언했다. 하지만 아우구스투스 황제의 만류로 원고는 보존되었다.

호메로스는 유럽 문학의 창시자이고 베르길리우스는 그 하부 단위인 민족 문학의 창시자이다. 『아이네이스』는 고대 그리스와 로마의 전설을 교묘하게 동원하여 로마의 영광과 운명을 극화하려는 목적을 가지고 있다. 베르길리우스가 살았던 아우구스투스 시대의 로마는 영광의 절정에 올라 있었다. 『아이네이스』의 정치적 무게 중심은 제6권의 유명한 대사에서 찾아볼 수 있다. 여기서 아버지 앙키세스의 영혼은 아들 아이네이아스에게 로마의 영광스러운 미래를 찬란하게 보여 준다. "로마인들이여, 다른 나라들을 지배하고, 평화를 부과하고, 정복당한 자들을 살려 주고, 거만한 자들을 제압하는 것, 이것이 당신들의 운명이다." 이런 민족주의는 베르길리우스 사상의 핵심이다. 또한 이 저승에서 아이네이아스는 로마를 건국하기 위해 불가피하게 헤어져야만 했던 애인이며 카르타고의 여왕이었던 디도를 만난다. 디도는 애인 아이네이아스가 자신을 버리고 떠나자 슬픔을 못 이겨 자살한 여인이다. 디도와 아이네이아스의 슬픈 사랑은 고대와 중세에 널리 알려진 연애담이었고, 성 아우구스티누스는 디도 스토리를 읽고서 눈물을 흘렸다고 한다.

『아이네이스』에 나오는 인물들, 특히 불운한 디도와 불같은 투르누스는 2천 년이 지난 지금도 여전히 신선한 인물이다. 이 작품의 예술성은 요약하기가 어렵고, 또 즉각적으로 파악되는 것도 아니다. 이 작품은 어휘를 교묘하게 조종하여 미묘한 가락이 울려 퍼지게 한다. 『일리아스』와 『오디세이아』가 베르길리우스에게 결정적인 영향을 주었다. 실제로 『아이네이스』의 첫 6권은 『오디세이아』와 비슷하고 뒤의 6권은 『일리아스』를 닮았다. 이 작품에는 호메로스를 언급한 부분이 아주 많다.

아퀴나스 Thomas Aquinas 1224-74 스콜라 철학의 대표적 학자. 교회의 박사 혹은 천사 같은 박사라는 별명으로 불린다. 1245년에 파리 대학으로 가서 알베르투스 마그누스 밑에서 공부했고 알베르투스의 수제자가 되었다. 1248년 알베르투스를 따라 쾰른 대학으로 갔고 이어 1252년에 파리 대학으로 가서 도미니크회 소속의 수도사로는 사상 처음 그 대학의 교수가 되었다. 1259년 이후에는 이탈리아로 돌아가 교수와 교황청의 고문으로 여러 해를 보냈다. 그는 1269년에 파리로 다시 돌아가서 아베로에스의 관점에서 아리스토텔레스를 해석하는 시거 드 브라반트와 논쟁을 벌여 완승을 거두었다. 교황 그레고리 10세의 부름을 받아 리옹 종교회의에 가던 중 사망했다. 1323년에 시성이 되었고 1567년에는 교회의 박사로 선언되었다. 아퀴나스의 철학은 1879년 교황 레오 13세에 의하여 가톨릭교회의 공식 철학 체계로 인정되었다. 대표작은 『신학대전』이다.

13세기는 기독교 사상사에서 중요한 시점인데, 이 시기에 아베로에스파와 아우구스티누스 파가 맹렬한 논쟁을 벌였다. 시거 드 브라반트가 이끄는 아베로에스파는 신앙과 진리를 완벽하게 분리시킬 수 있다고 주장한 반면, 아우구스티누스파는 진리는 신앙의 문제이고, 그 둘은 하나라고 주장했다. 아퀴나스는 이 두 파를 모두 비난하면서 이성과 신앙은 상호 보완관계라고 말했다. 신앙과 진리는 둘 다 하느님의 선물이기 때문에 신앙의 진리가 얼마든지 이성의 진리를 보충해 줄 수 있다고 보았다. 이렇게 해서 아퀴나스는 아리스토텔레스가 아베로에스와 이단 사상의 원천이라는 주장을 분쇄했다.

아퀴나스는 철학의 제1원칙은 존재의 확인이라고 주장했다. 이 전제로부터 그는 지성이 지식을 획득해 나가는 방식을 고찰한다. 인간에게 모든 지식은 감각을 통하여 획득된다. 따라서 감각은 인간이 가지적 세계, 즉 보편을 파악하는 매개가 된다. 또한 아퀴나스가 취하는 온건한 실재론에 의하면, 이데아(형상) 혹은 보편은 하느님, 사물, 정신의 세 가지 방식으로 존재한다. 아퀴나스는 우리가 사물에 대하여 온전한 지식을 갖추게 되면 하느님의 존재를 알게 된다고 주장한다. 그리고 자연계에서 신의 본질은 유비(analogy)와 부정(negation)에 의해서만 알 수 있다. 그는 이렇게 하여 하느님의 존재를 증명하는 다섯 가지 방식을 제시했다. 1) 물체의 움직임이 관찰된다는 것은 제1운동자가 존재함을 가리킨다. 2) 어떤 현상의 원인이 관찰된다는 것은 제1원인이 존재함을 가리킨다. 3) 사물의 존재를 발생시키는 원인이 곧 신이다. 4) 사물의 완전성이 사물에 따라 차이나는 것은, 그 차이를 구분하는 절대적인 완전성의 기준이 존재함을 가리키는 것인데 그 기준이 곧 신이다. 5) 자연의 질서정연한 인과관계는 신의 존재를 가리킨다. 그는 다섯 가지 방식 중 일부에는 감각이 작용한다고 말했으나, 다른 것들은 하느님의 도움이 없으면 이해하기 어렵다.

아퀴나스의 형이상학은 잠재능력과 행위, 질료와 형상, 존재와 본질이라는 아리스토텔레스 적인 대립 명제에 바탕을 두고 있다. 아퀴나스는 원초적 물질, 혹은 순수 잠재 능력(물질 없이 존재하는 능력)이라는 개념을 자기모순이라고 생각했다. 반면에 하느님은 순수 행위(actus purus)이다. 왜냐하면 그 분 안에서는 모든 완전함이 총체적으로 실현되어 있기 때문이다. 하느님의 광대무변한 존재의 중간 단계에서 잠재능력과 행위로 구성된 피조물들이 생겨난다. 이와 밀접하게 관계되는 아리스토텔레스의 대립 명제는 형상과 질료이다. 질료는 개별화의 원칙이다. 어떤 종에 속하는 모든 개체는 똑같은 형상을 갖지만, 질료는 각 개체마다 고유하다. 비(非) 물질적 존재이고 최고천인 제9천에 사는 천사들에게는 개체화의 보편적 원칙이 적용되지 않는다. 아퀴나스는 천사들이 독립된 종이라는 입장을 취한다. 아퀴나스의 도덕 철학은 이런 대립 명제의 구분으로부터 유래한다. 존재(being)의 반대는 있을 수 없기 때문에, 또 선(善)은 존재(하느님)와 동일한 것이기 때문에, 악은 선의 부재(不在)일 뿐, 악이 그 자체로 존재하는 것이 아니라고 보았다. 단테의 『신곡』에서 악은 사랑의 결핍이라고 말한 것이 이와 같은 뜻이다. 하느님은 진선미(眞善美) 일체이기 때문이다.

아퀴나스는 또 이 우주는 하느님의 의지의 표현이지만 동시에 하느님의 지성이 발현된 것이라고 보았다. 그는 인간의 타고난 선량함을 믿었고 그 선량함 덕분에 하느님 가까이 다가가게 된다고 생각했다. 이런 타고난 선량함에 초자연적 은총이 보태지면 인간은 축복과 행복을 얻게 된다. 『신학대전』에서 아퀴나스는 인간은 사회적 존재이기 때문에 국가가 반드시 필요하다는 주장을 폈다. 국가가 인간의 본성에서 기원했다는 그의 가르침은 뒷날 정치와 종교의 분리론과 입헌정부 이론 등 주요 정치학 이론의 토대가 되었다. 이외에 아퀴나스는 성육신과 7성사를 중시했다. 또한 도니미크 수도회의 교리를 확정하는데 크게 기여했다. 그는 프란체스코 수도회와 각을 세우면서 인류가 타락했기 때문에 성육신이 발생했고, 또 성모 마리아는 무염시태를 한 것이 아니라고 주장했다. 그는 7성사가 모두 그리스도가 제정한 것이고, 그 중에서도 성찬식이 가장 중요하다고 말했다.

알베르투스 마그누스 Albertus Magnus 1200-80 독일 라우잉겐에서 태어난 도미니크 수도회의 신학자. 파리 대학에서 수학한 후 파리와 쾰른에서 가르쳤는데, 이때 토마스 아퀴나스를 제자로 삼았다. 중세 전성기의 가장 뛰어난 스쿨맨이었으나 오늘날 토마스 아퀴나스의 스승으로 더 유명하다. 중세에 알베르투스는 스쿨맨들 사이에서 보편 박사(doctor universalis) 혹은 노련한 박사(doctor expertus)라고 불렸다. 1277년 알베르투스는 그 자신과 제자 아퀴나스가 갖고 있는 아리스토텔레스적 사상에 대한 비난에 대처하기 위하여 파리로 가서 적극 자신의 사상을 옹호했다. 성경, 신학, 철학, 자연과학의 여러 분야에서 방대한 저술을 남겼다. 그는 자신의 사상 체계에서 아우구스티누스 신학의 핵심을 그대로 유지했으나, 아리스토텔레스를 깊이 연구하여 이 그리스 철학자의 사상을 상당히 받아들였다. 중세 학문의 성장에 상당히 기여한 알베르투스의 과학적 연구는 정신의 독립성을 강조했으며, 실험과 관찰을 높이 평가했다. 아리스토텔레스의 사상을 가톨릭교회 당국이 수용하도록 만든 것이 그의 가장 큰 공로이다.

얀센주의 Jansenism 네덜란드의 신학자인 코르넬리우스 얀센(1585-1638)의 교리가 일으킨 17세기의 신앙운동. 얀센은 아우구스티누스의 신학 사상 중 은총을 강조한 점에 영향을 받아 이 은총을 강조했다. 가톨릭교회의 개혁에 관심이 많았던 얀센은 종교적 신념의 옹호에만 집중하는 논리적 변증법이 무의미하다고 생각했고 신자들도 일방적인 경건주의 혹은 자연철학으로 흘러간다고 비판했다. 얀센은 종교에서는 이성이 아니라 경험이 중요하며, 그것을 길잡이로 삼아야 한다고 보았다. 인간의 운명은 철저하게 하느님에게 의존한다고 주장했기 때문에 얀센의 교리는 강한 예정설의 측면을 가진다. 인간은 출생할 때부터 아담의 죄를 갖고 태어나기 때문에 반드시 악으로 기울어지게 된다고 보았다. 인간은 그리스도의 은총으로만 구원을 받을 수 있으며, 이 구원을 받는 사람은 미리 정해진 소수에 지나지 않는다고 주장했다. 구원을 받을 사람이 미리 정해져 있다면 지상의 교회는 아무 소용이 없다는 주장이 되므로 교황청은 당연히 이 사상을 이단시했다. 또 교황청의 공식 교리는 이성과 계시가 병존할 수 있다는 것인데, 얀센파는 낙원 추방 이후 인간은 타락하여 그의 이성만으로는 참다운 신앙에 도달할 수 없다고 주장했으므로 더욱 받아들일 수가 없었다. 얀센주의는 교황청의 근위대인 예수회와 갈등을 빚었다. 이 사상은 포르루아얄 수녀원의 수녀들로부터 지지를 받았고 그 후 포르루아얄은 예수회에 맞서는 사상적 거점이 되었다. 포르루아얄학파에 속한 신학자인 앙투안 아르노(1612-1694)와 블레즈 파스칼(1623-1662)은 얀센주의를 적극 지지했다. 이들의 입장은, 이성을 강조하다 보면 교조주의에 빠져들기 쉽고 자연 사상에 몰두하면 회의론에 빠져들게 된다는 것이다. 얀센 운동은 17세에 프랑스에서 퍼져나갔으나, 교황청에 의하여 그것은 얀센의 사상일 뿐, 아우구스티누스의 사상이 아니라고 판단되었다. 얀센파는 데카르트의 방법론을 지지하여 아리스토텔레스 논리학을 따르지 않았다.

양성론 dual nature 예수 그리스도가 신이면서 인간이라는 신학적 주장. 이에 반하여 예수는 인간인 적이 없으며 지상에서든 천상에서든 언제나 신이었다고 주장하는 것을 단성론(monophysim)이라고 한다. 가톨릭 정통파에 의해 기록된 칼케돈 회의록을 면밀히 검토해 보면, 2분의 1이 넘는 주교들이 그리스도의 단성론을 지지했다는 것을 알 수 있다. 그리스도가 두 개의 성질로 이루어진 하나의 인격이라는 애매한 설명은, 먼저 두 개의 성질이 사전에 존재했다는 것을 전제로 하는 것인데, 그로 인해 혼란을 야기하며, 또 인간으로의 탄생과 하느님의 성질 획득 사이에 뭔가 간극이 있는 느낌을 준다. 이런 반대에도 불구하고 로마 가톨릭 교회는 양성론을 기독교의 기본 교리로 밀어붙였고 이집트와 그리스의 동방 교회는 그에 대해서 이의를 제기했다. 이것은 가톨릭 주교들 사이에서도 거의 분열을 일으킬 뻔했다. 정통파 주교들은 니케아, 콘스탄티노플, 에페수스 종교회의에서 확정된 양성론을 또다시 걸고넘어지는 것은 편하지도 적법하지도 않다고 주장했다. 그리하여 제4차 보편 종교회의에 의거하여, 그리스도는 한 인격에 두 가지의 성질(양성론)을 가지고 있다는 교리가 가톨릭 세계에 선언되었다. 이후 그리스도의 양성론 교리가 교회법으로 부과되었고, 이것을 믿지 않을 경우 사형을 받을 수도 있었다.

에르의 신화 myth of Er 플라톤의 『국가』 제10권의 결론 부분에 해당하는 비유로서, 사망 후의 영혼의 운명과 그 영혼이 다시 사람의 몸으로 태어나기 전에 어떤 선택을 하게 되는지 보여 주는 신화이다. 전쟁 중에 사망하여 저승에 간 전사 에르는 저승에서 살아 돌아와 그 저승의 체험을 말해 준다. 저승에 가보니 이승에 살아 있을 경우 지혜와 정의를 추구하는 것이 이승에서의 어리석음과 저승에서의 추락을 막아 주는 가장 강력한 대비책이라는 것을 깨달았다는 내용이다. 플라톤은 『국가』와 다른 『대화편』에서 인간의 몸을 떠난 영혼이 본질적으로 신체의 형상을 취하지 않고, 또 사후 영혼의 행위나 고통에 대해서 말해 주는 법이 없다고 누누이 강조했는데, 『국가』의 끝부분에서 이런 신화를 도입한 것은 다소 기이한 일이다.

에피쿠로스 Epicuros 기원전 341-270 고대 그리스의 철학자. 그는 모든 지식이 감각으로부터 나온다고 보았고 윤리학의 연구가 인간의 최고 행위가 되어야 한다고 가르쳤다. 선배 그리스 철학자인 데모크리투스의 영향을 받은 에피쿠로스는 원자론으로 이 세상의 구성을 설명했고, 그 때문에 그의 세계관은 상당히 물질주의적이다. 그는 영원한 지식(신)에 대한 명상은 그만두고 차라리 정신의 평온함을 추구하라고 가르쳤다. 그는 쾌락을 최고선으로 보는 쾌락주의를 옹호했다. 그러나 쾌락은 곧 고통이 뒤따르는 경우가 많으므로, 에피쿠로스는 쾌락을 회피함으로써 고통을 줄이는 수단으로 삼으라고 가르쳤다. 그는 신중함과 우정을 고통 없는 평온한 생활의 핵심으로 여겼다. 에피쿠로스는 영혼과 정신을 미세하면서도 빠르게 움직이는 원자들의 집합으로 보았다. 영혼의 원자들은 온 몸에 퍼져 있고 몸속에서만 제 기능을 발휘한다. 그러나 사후에 개인의 영혼이 불멸한다는 생각은 있을수가 없다. 왜냐하면 영혼의 원자들은 제대로 작동하려면 몸(육체)이 있어야 하기 때문이다. 에피쿠로스주의자는 영혼의 불멸성을 믿지 않았으므로 단테 당시의 기독교 신자들에 의하여 무신론자 취급을 당했다.

연옥 Purgatory 연옥의 교리는 원시 교회 시대에 죽은 자를 위해 기도를 올린 관습에서 유래되었다. 사람이 죽은 후에 천국으로 갈 사람은 곧 바로 천국으로 들어가고 죄를 많이 지은 사람은 지옥으로 떨어진다. 그러나 지옥으로 갈 정도의 죄인은 아니지만 천국으로 들어가기에는 아직 죄를 속죄하지 못한 사람이 가는 곳이 연옥이다. 연옥 교리는 많은 신학자들을 사로잡았고, 기도와 참회의 효력을 증명하는 전승들이 많이 전해져 내려온다. 연옥의 존재를 뒷받침하는 신약성경의 근거는 「고린도전서」 3장 13절이다.("심판 날은 모든 것이 드러나기 때문에…… 그 날은 불로 나타날 것입니다.") 13세기 스콜라학파의 신학자들은 연옥 교리를 다음 세 가지 이유로 기독교 신앙 속으로 받아들였다. 1) 연옥은 원시 기독교 시절 이래 기독교 내의 전승이었고 교회의 권위 있는 가르침이었다. 2) 그 근거가 신약성경에서 발견된다. 3) 지옥에 떨어질 정도는 아니지만 그렇다고 천국에 들어갈 정도는 안 되는 영혼은 하느님 앞에 가기 전에 정화를 거치는 것이 마땅하다. 그리하여 연옥은 1336년 베네딕투스 교황에 의해 정식 교리로 선포되었다.

토마스 아퀴나스는 대도(지상에 있는 사람이 죽은 자를 위해 기도하는 것)의 효력을 인정했고 그것을 성인의 통공이라는 개념을 바탕으로 정당화했다. 성인의 통공이란 모든 크리스천이 그리스도의 몸 안에 일치단결되어 있는데, 교회는 그리스도의 몸이라는 믿음이다. 따라서 지상의 교회가 올린 기도는 "고통 받는 교회"(즉 연옥에 있는 영혼들)를 도와줄 수 있다는 것이다. 단테는 『신곡』 「연옥」편을 쓰면서 스콜라학파 특히 토마스 아퀴나스의 신학에 의존했다. 즉, 하느님의 사랑으로 죄를 용서받았지만 아직 죗값을 치르지 못한 영혼은 하느님이 내리신 징벌(즉, 연옥에서의 정화)을 기꺼이 받아들인다는 것이다. 이렇게 하여 「연옥」의 죄인들은 정화 과정을 거쳐 하느님 앞에 나아가려 한다. 이것을 강조하기 위하여 단테는 연옥을 땅속의 지옥 옆에 위치시킨 것이 아니라, 예루살렘에서 대척점에 있는 남쪽 바다에 우뚝 솟은 산에 위치시켰다. 이 연옥산의 꼭대기에 에덴동산이 있다. 이 최초의 지상 낙원에서 인간의 태초 순수함이 회복되고 그리하여 영혼은 천국을 향하여 올라가기 시작한다. 단테는 연옥에 있는 영혼들이 아직도 죄의 얼룩을 가지고 있다고 묘사했다. 연옥의 각자 영혼들은 전진을 가로막는 죄악의 태도를 제거함으로써 하느님의 비전(Visio dei)을 맞을 준비를 한다. 기독교적 사랑의 표현인, 망자를 위한 기도는 연옥에 있는 영혼들이 그들의 정화를 위하여 열렬히 고대하는 것이기도 하다. 정화 과정은 신성한 선언에 의해서 완료되는 것이 아니라 각자 영혼이 그 내부에 하느님 앞으로 나아가는데 장애가 되는 것이 아무것도 없다고 느낄 때 완료된다. 단테의 「연옥」

은 일관되게 이런 교리를 구체화한다.

영지주의 Gnoticism 기독교 교리에 이교도적 신비주의 사상을 가미한 종교 운동으로서 서기 1세기와 2세기에 번성했다가 그 후 세력이 소멸되었다. 이 운동은 진지한 철학적 탐구에서 타락한 마법적 의식에 이르기까지 다양한 형태로 모습을 드러냈다. 영지주의 운동의 주된 특징은 그노시스(gnosis: 신비한 지식: 여기서 영지주의라는 말이 나왔다)를 믿는 것으로서, 곧 신에 대한 지식을 가리키며, 이 지식은 영지주의 운동의 참여자에게만 계시되고, 또 그 참여자를 구원으로 인도한다. 영지주의는 선과 악의 2원론을 믿는 마니주의와 유사점이 많은데, 영지주의 또한 "선한" 정신세계와 "악한" 물질의 세계를 명확하게 구분한다. 지극히 선하신 하느님이 어떻게 악이 존재하는 물질세계를 창조할 수 있었는가 하는 의문을 해결하기 위해 영지주의자들은 이 세상이 하느님의 작품이 아니라 그보다 떨어지는 신인 데미우르게Demiurge의 작품이라고 주장한다. 데미우르게는 조물주를 가리키는 그리스어인데, 플라톤의 『티마에우스』에서 처음 등장한다. 즉, 데미우르게가 시공간이라는 틀 안에서 영원한 이데아에 따라 이 세상을 창조했다는 것이다. 그러나 플라톤은 데미우르게를 "있을 법한 이야기" 혹은 "동화"라고 부연함으로써 이 용어에 그리 진지한 의미를 부여하지는 않았다. 영지주의자들은 데미우르게가 창조한 이 세상에서 영혼의 입자들이 갇혀 있는데, 하느님은 그 해방되지 못한 영혼의 파편들을 자유롭게 하기 위해 그리스도를 지상에 파견했다고 주장한다. 영지주의는 비교적(秘敎的)이고 엘리트적인 측면 때문에 정통파 기독교로부터 맹렬한 비난을 받았다. 그러나 선악 이원론의 강력한 형이상학적 매력 때문에 영지주의는 3세기 이후에도 이런 저런 형태로 잔존했다. 가령 13세기 프랑스에서 발생한 알비파 이교주의는 영지주의에서 유래한 것이다.

오디세이아 Odysseia 호메로스가 장단단 6보격(dactyl hexameter)의 운율로 지은 총24권으로 된 장편 서사시. 기원전 9세기의 작품으로 추정된다. 트로이 전쟁 후 고국 이타카로 돌아오던 오디세우스가 해상에서 겪은 각종 모험을 기록하고 있으며, 온갖 어려움을 극복하고 이타카의 아내 페넬로페와 아들 텔레마쿠스와 재회한다는 내용이다. 『일리아스』가 전쟁의 장엄함을 노래했다면, 『오디세이아』는 개인의 파란만장한 모험담을 기록한 서사시이다. 『오디세이아』의 구조는 다소 복잡한데, 중심인물들이 복잡성을 갖고 있기 때문이 아니라 이 서사시가 3개의 주된 스토리로 구성되어 있기 때문이다. 1-4권은 고국 이타카에서 텔레마쿠스의 어려움과 어머니 페넬로페에게 구혼해 오는 자들을 다루고 있고, 5~13권은 오디세우스의 해상 모험담을 다루고 있으며, 14~24권은 오디세우스가 이타카로 돌아와 아들 텔레마쿠스와 재회하고, 아내의 구혼자들을 물리치는 내용이다. 이 3개의 플롯은 마지막 부분에 가서 교묘하게 결합된다. 오디세이아는 서구 문학에 결정적인 영향을 미쳤다. 먼저 베르길리우스의 『아이네이스』에 영향을 주었고, 베르길리우스는 단테의 『신곡』에 영향을 주었으며, 단테의 서사시는 14세기 이후, 자국어로 집필되는 서양 문학의 전통에 전범이 되었다.

오르카냐 Andrea Orcagna 1330-1368 피렌체 회화파의 대표적 인물. 화가, 조각가, 건축가. 그의 가장 잘 알려진 작품은 산타 마리아 노벨라 교회에 있는 제단 장식화, 〈구세주〉이다. 그는 조토 이후에 처음 나온 위대한 화가였으나, 그는 조토의 혁신적 화법을 거부하고, 고딕 화풍 나아가 비잔티움 화풍으로 회귀했다.

오비디우스 Ovidius 기원전 43년-기원 17년 아우구스투스 시대의 로마 시인. 베르길리우스 이후의 최대 시인으로 그리스 신화를 집대성한 『변신』이 대표작이다. 그 외에 『사랑의 기술』이 유명하다. 서양의 시인, 화가, 극작가, 조각가 등에 엄청난 영향을 끼쳤고, 르네상스 시대에 고전 문화에 대한 관심이 살아나면서 엄청난 인기를 누렸다. 베르길리우스의 『아이네이스』는 독창적인 서사시이지만, 오비디우스의 『변신』은 기존에 있던 에피소드들을 한데 묶은 것으로서, 독창성에서는 베르길리우스에 뒤떨어진다. 그러나 『변신』에 소개된 많은 소재들이 단테의 『신곡』에 변형된 모습으로 소개되는데 특히 지옥의 괴물들을 묘사하는 데 있어서 단테에게 많은 영감을 주었다.

요아킴 Joachim de Fiore 1145-1202 이탈리아의 신비주의 신학자. 칼라브리아의 켈리코에서 태어났다. 피오레에 있는 산조반니 수도원을 창설했고, 그곳의 수도원장을 지냈다. 요아킴은 인류의 시대에 3개 시대가 있다면서, 첫 번째가 율법(혹은 성부)의 시대, 두 번째가 복음(혹은 성자)의 시대, 그리고 세 번째가 영혼(혹은 성령)의 시대라고 말했다. 요아킴은 당시의 인류가 1260년부터 시작되는 영혼의 시대 문턱에 와 있다고 주장했다. 세 번째 시대가 되면 교회는 정화될 것이고, 수도원주의가 온 세상으로 펴져 나갈 것이고, 인류는 안식일을 맞게 될 것이다. 요아킴의 3시대 사상은 이탈리아와 프랑스의 프란체스코 종단 내에서 널리 퍼져나갔다. 사이비 요아킴 논문들이 무수히 등장했는데, 그 논문들은 프란체스코 종단이 제3시대의 전령자라고 말했다. 마침내 1260년 아리에스에서 종교회의가 열려서 요아킴의 저서와 추종자들을 이단으로 지정했다. 3시대 사상은 그 후 여러 세기에 걸쳐 많은 사람들에게 영감을 주었다. 단테는 『신곡』의 「천국」편에서 요아킴을 등장시키고 있다.

저급한 영성주의 Vulgar Spiritualism 신학, 문학, 철학 등에서 감각과 관념을 혼융하지 못하고 감각 혹은 관념 일변도로 내달리는 영성주의를 가리키는 에리히 아우어바흐의 조어. 아우어바흐는 야만인 부족들이 영성주의를 제대로 이해하지 못해 성화(聖畵), 성물(聖物), 성물 장식 등을 중시한 것이나 (p. 59 참조), 단테 이전의 신플라톤주의나 돌체 스틸 누오보가 관념의 측면을 너무 중시하여 결국 신비주의로 흘렀다고 지적하면서(p. 65 참조) 이것을 저급한 영성주의라고 진단한다. 저급한 영성주의가 있다면 고급한 영성주의도 있어야 할 텐데, 저자는 텍스트 내에서 이런 용어를 명시적으로 사용하지는 않는다. 단지 호메로스의 미메시스가 다양성을 지향하고, 그리스 비극이 운명 일변도의 미메시스를 지향했다고 하면, 신약성경의 미메시스는 성과 속, 고상함과 비천함이 잘 어우러진 전무후무한 미메시스라고 진단한다. 하느님(관념)이 사람(감각)이 되었다고 주장하는 것이 신약성경의 핵심이니, 이것이야말로 고급한 영성주의라는 것이다. 신약성경의 미메시스는 단테의 『신곡』에 이르러 토미스트 철학의 도움을 받아 다시 한 번 고급한 영성주의를 실현한다. 『신곡』은 관념적이면서도 감각적인 현존을 창조한다. 그것은 신체가 부여된 정신이며, 그 안에 들어 있는 것은 모두 필연적이고, 합일적이며, 본질적인 것으로 제시된다. 각 개인의 개성이 그의 운명과 웅혼한 일체를 이룬다. 이 개인들의 모든 외양은 저승의 진정한 질서 속에서 자리를 잡아들어 가고, 바로 이것이 『신곡』의 필연적 리얼리티의 원천이 된다. 이 리얼리티는 단테가 저승 3계를 통하여 독자들에게 제시하는 비전이다. 단테가 이 비전에서 본 것은 구체적 리얼리티를 갖춘 진실이고, 그 때문에 단테의 비전은 리얼하면서도 합리적이다. 바로 이것이 저급한 영성주의와 구분되는 고급한 영성주의이다.

조토 Giotto di Bondone 1267-1337 이탈리아의 화가 겸 조각가. 피렌체 회화파의 창시자로 높이 칭송되며 심지어 근대 미술의 아버지라는 극찬도 듣는다. 그는 피렌체, 아시시, 로마, 파도바, 나폴리, 밀라노 등의 이탈리아 도시들에서 일했다. 빛과 그림자, 색상의 사용 방법을 완벽하게 파악했기 때문에 동시대 화가들이 얻지 못한 질감, 표현, 깊이의 환상을 창조할 수 있었다. 또 이런 기술을 탁월하게 발휘하여 그 당시로서는 아주 독특한 자연주의 분위기를 인물들에게 부여했다. 인물의 얼굴과 동작은 살아 있는 것처럼 자연스러웠고 인물의 움직임은 자유롭고 거침이 없었다. 그의 프레스코화(畵) 중에 가장 잘 알려진 것은 아시시의 프란체스코를 그린 것이다. 그의 작품과 제자들의 작품은 후대의 여러 세기에 걸쳐 화가와 조각가들에게 엄청난 영향을 주었다.

존재 Being 대문자로 사용된 Being은 주로 하느님을 가리킨다. 이때의 존재는 진리 그 자체와 동일시되며 하느님은 변함없는 진리의 빛이라는 뜻이다. 따라서 '존재한다'는 것은 이 하느님의 질서에 참여하는 것을 말한다. "악(惡)은 곧 존재의 박탈"이라는 명제는 피조물이 하느님과 올바른 관계에 놓이지 못해서 그런 존재의 박탈을 당한다는 뜻이다. 마찬가지로 단테는 『신곡』에서 "악은 사랑의 박탈"이라고 말했다. 아우구스티누스는 출애굽기 3장 14절을 인용하면서 존재를 설명했다. 모세가 불타는 덤불에서 하느님의 이름을 물으면 무엇이라고 답해야 하느냐고 묻자 하느님은 "나는 곧 나다(I am that I am)."라고 대답했다. "나는 곧 나다."는 우리말 번역으로는 be 동사의 뜻이 잘 드러나지 않으나, be 동사는 '있다'와 '이다'를 동시에 표현한다. 이것은 실재(實在) 판단과 속성(屬性) 판단을 동시에 포함하는 것으로서 존재와 사유의 일치를 의미한다. '나무가 있다'와 '나무이다'의 표현에서 볼 수 있듯이 신은 곧 존재이며, 사유가 된다. 다시 말해 신이 나무를 생각하면 곧 나무가 존재한다는 것이다. 이런 논리의 연장선상에서 삼라만상은 곧 하느님의 사유로부터 나왔다고 말할 수 있다. 다시 말해 신은 총체적 존재(summa essenita), 이 세상 모든 사물의 원천이다.

종말론 eschatology 최후의 네 가지 것(죽음, 심판, 천국, 지옥)에 관한 기독교의 가르침. 종말론은 기독교 윤리학에 중요한 영향을 미쳤다. 예수의 윤리적 가르침은 곧 다가올 종말론적인 하느님의 나라를 이해하지 못하면 그 의미를 제대로 파악할 수 없다. 이러한 통찰은 현대(재림이 이루어지는 모든 시대)에도 예수의 윤리가 타당한 것이냐는 질문을 제기한다. 이에 대한 답변은 타당하다는 것이다. 기독교 윤리는 기독교 공동체의 종말론적인 비전과 관련된다는 얘기이다. 기독교 공동체가 이런 종말론적인 관점에 입각하여 현재를 살아나간다면 "네가 장차 있음을 위한 되어 감(become who you will be)"을 실천할 수 있다는 것이다. 따라서 종말론은 현재를 살아 나가는 데에 더욱 도덕적인 결정을 내리도록 유도한다. 단테의『신곡』에서 구현된 피구라 리얼리즘이나 윤리적 체계는 바로 이 종말론을 바탕으로 하는 것이다.

지옥 Hell 헬은 그리스어 hades를 영어로 번역한 것이다. 고대 그리스에서 하데스는 죽은 자들이 가는 땅을 가리킬 뿐 이승에서 죄를 많이 지은 자가 사후에 고문을 당하는 땅이라는 뜻을 반드시 내포하지는 않았다. 하데스는 지하 세계를 의미하는데 죽은 자들의 망령 혹은 영혼이 그림자 같은 존재로 거주하는 곳이다. 호메로스의『오디세이아』제11권에는 이 하데스가 등장하고, 베르길리우스의『아이네이스』제6권에서도 하데스가 등장하는데, 기독교에서 말하는 지옥의 개념은 아니다. 그러나 사악한 자는 영원한 징벌을 받는다는 개념은 이미 하데스에서부터 시작되었다. 가령 플라톤이『국가』에서 말하는 에르의 신화가 좋은 사례이다. 중세에 들어와서는 저승에 다녀온 사람들의 이야기가 지중해 연안에 널리 퍼져 있는데, 자크 르코프는 그의 저서『연옥의 탄생』에서 이런 저승 방문기를 집대성한 것이 단테의 『신곡』이라고 주장한다.

지옥의 개념은 기독교의 교부 시대에 들어오면서 특히 아우구스티누스에 의해 명확하게 정립되었다. 아우구스티누스는 성경, 전승, 이성의 3측면에서 지옥의 존재를 설명했다. 가령 신약성경(「마태복음」 25장 41절)에는 지옥이 있다고 명확하게 말하고 있다. 기독교 내의 전승은 이런 지옥관을 재확인하고 더욱 확대시켰다. 또 아우구스티누스는 이성의 측면에서 보아도 정의를 유지하려면 영원한 단죄가 필요하다는 주장을 폈다. 우리는 이 승에서 사악한 자들이 잘 살고 선량한 자들이 고통을 받는 것을 자주 목격한다. 정의는 이런 불공정이 저승에서나마 시정되기를 강력하게 요구한다는 것이다.

아우구스티누스는 지옥에 떨어지는 이유를 자유의지와 예정설의 두 가지 관점에서 설명한다. 인간은 그리스도에 의해 해방되어 하느님을 사랑하거나 사랑하지 않을 자유로운 선택이 주어졌다. 이 선택은 각 개인이 하느님과 함께 있는가, 혹은 아닌가를 결정한다. 그리고 하느님과 함께 있지 않는 것은 육체적 죽음보다 더 심각한 정신적 죽음이 된다. 그리스도에 의해 원죄로부터 해방된 인간은 죽음을 맞이할 때까지 자유 의지를 발휘하여 인격을 완성해 나아가야 할 의무가 있다. 예정설의 설명은 이러하다. 그리스도의 성육신과 수난은 우리를 죄악의 힘으로부터 해방시켰다. 그러나 은총의 선택을 받지 못하면 그 누구도 구제될 수 없다. 하느님이 은총을 내리기로 한 사람들은 그 분의 전능한 의지를 거부하지 못한다. 그러나 은총을 받지 못하는 사람은 타락하여 지옥으로 떨어질 수밖에 없다. 이처럼 구제받는 자와 단죄 받는 자가 구분이 되지만 아우구스티누스는 구제받는 자들 중에서도 비시오 데이(하느님의 비전) 앞으로 가기 위해서 정화를 거쳐야 하는 사람들이 있다고 말한다. 바로 이 주장에서 연옥의 개념이 생겨났다.

지옥을 말하면 연상되는 유황불은 지상의 불과는 다른 성질을 가졌지만 (가령 그 불은 꺼지지 않는다) 우리가 지상에서 체험하는 것보다 더 뜨거운 느낌을 주는 것으로 생각되었다. 단죄 받는 영혼은 최후의 심판 날에 자신의 육체와 재결합하기 전에 뜨거운 지옥불로 고통 받는다. 그 고통은 육체가 진짜 불로 고통을 당하는 것만큼 고통스럽다. 구제받은 자들 중에서도 천상에서 누리는 즐거움의 강도가 다르듯이, 지옥에서도 고통의 강도가 영혼에 따라 다르다. 아우구스티누스의 지옥관은 토마스 아퀴나스에 의해 계승되었고 단테의 『신곡』 「지옥」 편은 이런 지옥관에 입각하여 다양한 인물들을 묘사한다.

천국 Paradise 천국을 의미하는 영어 파라다이스는 그리스어 paradeisos에서 온 것인데, "즐거움의 땅"이라는 뜻이다. 구약성경 중 창세기를 그리스어로 옮길 때 에덴동산을 파라데이소스라고 번역했다. 그러나 신약성경 시대에 오면 천국은 하늘을 포함하는 것으로 의미가 확대되었고, 중세 내내 이런 식으로 인식되었다. 그러나 에덴동산, 즉 땅의 의미가 완전 사라진 것은 아니었다. 그 두 가지 의미는 상호보완적인 관계로 인식되었고, 인류를 대하는 하느님의 선하신 조치에 균형을 부여해 주었다. 하느님의 풍성하신 선하심이 밖으로 흘러넘쳐서 천지가 창조되었고 그 분은 아담을 최초의 에덴에 배치하였다. 그러나 그분이 아담의 후손들을 몸소 천국으로 데려오는 구원 조치를 취함으로써 더 큰 선하심이 표명되었다. 단테는 『신곡』에서 이런 사상을 받아들여 에덴동산을 연옥산의 꼭대기에 배치했다. 이것은 인류가 그리스도 속에서 아담의 원죄를 속죄 받음으로써 비로소 연옥산을 넘어 천상으로 들어간다는 믿음을 반영한 것이다.

원시 기독교는 예수 그리스도가 곧 재림하여 신자들을 천국으로 데려갈 것이라는 믿음을 널리 갖고 있었다. 그러나 재림을 대기하는 기간이 길어지면서 기독교 세계는 천상의 천사들과 성인들에 대해서 깊이 명상하기 시작했다. 특히 성 아우구스티누스는 『하느님의 도시』에서 천사와 성인들의 거처에 대해서 서술했다. 중세에 들어와 저승관은 이 천사들에 대한 개념을 더욱 구체화했다. 이승에서 정의롭게 살다가 돌아간 영혼들은 천사들의 호위를 받으며 곧장 천국으로 들어간다고 믿었다. 중세에 교회 건물을 열심히 지은 것은 천상의 리얼리티에 대한 믿음을 반영하는 것이다. 신약성경(「에베소서」2장 19절)은 하느님의 사람들을 건물에 비유하고 있기 때문에 하느님의 집을 짓고 장식하려는 욕망을 부추겼다. 성소에 대한 순례도 천상으로 가는 길의 예고편이었고, 수도원에서 올리는 신비한 기도는 천국을 미리 맛보는 행위였다.

천국은 이 세상(지구) 바깥에 있는 것으로 널리 믿어졌지만 그와 아예 무관한 것은 아니었다. 토마스 아퀴나스는 이런 전통적인 천국관을 받아들였지만 거기에 약간의 부연을 가했다. 그는 이런 천국관을 천지창조의 궁극적목적에 결부시켰다. 하느님이 인류를 위하여 정신적 영광과 육체적 영광 두가지를 결정했기 때문에, 그분이 인류를 위해 영광스럽고 특별한 장소를 마련해 두었다는 것이다. 또 정신적 창조와 물질적 창조가 단일한 우주를 이루기 때문에, 천사들이 물질세계를 감독하고, 또 온 세상을 지배하는 지고천에 거주하는 것이 마땅하다. 하느님에게 선택을 받은 사람들은 이 지고천으로 올라가 그리스도와 일치를 이루게 된다. 『신곡』「천국」편 제32곡에 나오는 새하얀 거대한 장미가 이들을 가리킨다. 이후 중세의 천국관은 토마스 아퀴나스의 사상을 따랐고, 단테의 『신곡』중 「천국」편도 이러한 신학을 바탕으로 기술되어 있다.

천국은 가장 은밀하고 밝은 원소인 불(火)로 이루어져 있다고 일반적으로 믿어졌다. 하지만 아퀴나스는 천국이 4원소(지수화풍) 중 하나의 원소만으로 이루어져 있다는 생각을 거부하고, "가장 밝고 가장 고상한 물질"인제5원소로 구성되어 있다고 말하면서, 그 원소를 가리켜 "형식이라기보다행위"라고 철학적으로 설명했다. 이런 물질의 완벽함으로부터 천국의 특징인 부동성(不動性), 불부패성(不腐敗性), 보편적 동질성, 균일한 발광성(發光性)이 생겨난다. 천국에 대하여 이처럼 물리적으로 묘사하는 것보다 더 중요한 것은 천국이 곧 하느님의 비전(Visio dei)이라는 사실이다. 토마스 아퀴나스는 이 개념을 좀 더 정밀하게 가다듬었다. 그는 아리스토텔레스의 인간 지복(행복) 철학을, 전통적인 기독교의 지복 비전(가령 성 아우구스티누스와 보에티우스가 말한 지복)에 결합시켰다. 아퀴나스는 아리스토텔레스로부터 지복(행복)이 인간 행위의 궁극적 원인이라는 주장을 받아들였다. 그러나 궁극적인 지복은 부분적이지도 않고 제한적이지도 않은 하느님만이 그 원인을 제공할 수 있다. 이러한 사상은 신약성경(「요한일서」 3장 2절)의 가르침과 인간의 지성을 두루 감안하여 나온 것이다. 인간은 그 본성상 어떤 결과를 보면 그 원인을 알고 싶어 한다. 또 인간은 창조된 사물들의 인과관계에만 만족하지 않고 그 너머를 보려는 초월의 의지를 갖고 있다. 이 초월의 의지가 하느님의 지복 비전을 찾아가려는 힘이다. 토마스 아퀴나스는 하느님의 본질을 지적(知的)으로 알아내는 것(하느님에 대한 지식)이 곧 지복이라고 주장한다. 하지만 그 지식은 사랑이 선행되어야만 한다. 아퀴나스는 지복의 정도가 사람마다 다르다는 것을 인정한다. 이것은 지복의 대상(즉 하느님)이 다양해서 그런 것이 아니라, 하느님의 존재 앞으로 나아가려는 영혼들의 기질에 차이가 있기 때문이다.

단테는 『신곡』의 「천국」편에서 아퀴나스의 이러한 천국관을 생생하게 형상화했다. 단테의 천국에서는 모든 피조물들의 영혼이 그들의 창조자이신 하느님 앞에서 왜 그들이 창조되었는지 그 원인을 명확하게 깨닫는다. 하느님은 끝없는 사랑의 원천으로 묘사된다. 그 끝없는 사랑을 비시오 데이(하느님의 비전)에 참여한 사람들이 공유하는 것이다. 그래서 단테는 「천국」 30곡 40절에서 "순수한 지적 빛이 사랑으로 가득 찼다."고 노래한다.

천상의 사닥다리 the divine ladder 구약성경 「창세기」 28장 10절에 나오는 천상의 사닥다리. 야곱은 브에르 세바를 떠나 하란으로 가다가, 밤이 되자, 그곳의 돌 하나를 가져다가 머리에 베고 누워 자다가 꿈을 꾸었다. 꿈속에서 땅에 사닥다리가 세워져 있고, 그 꼭대기는 하늘에 닿아 있는데, 하느님의 천사들이 그 사닥다리로 오르내리고 있었다. 하느님께서 그 사닥다리 꼭대기에서 야곱에게 네가 누워 있는 땅을 너와 네 후손에게 주겠다고 말했다. 야곱은 잠에서 깨어나 진정 하느님이 이곳에 계시는데도 자신은 그것을 몰랐다고 한탄하면서 정말 두려운 일이라고 탄식했다. 그러면 자신이 돌베개를 베고 누워 잤던 곳을 하늘의 문이라고 말한다. 단테의 『신곡』 「천국」편의 위계질서는 이 사닥다리의 이미지를 연상하면 쉽게 이해할 수 있다.

치마부에 Giovanni Cimabue 1240-1302 피렌체의 화가. 단테에 의하면 동시대의 가장 저명한 화가였으나, 치마부에의 명성은 나중에 조토에 의해서 빛이 바래게 되었다. 회화 이외에도 모자이크와 창문의 채색 유리 작업으로도 유명했다. 그와 조수들이 아시시에 있는 성 프란체스코 교회에 작업한 프레스코는 그 웅대한 스케일과 드라마틱한 힘으로 명성이 높다. 전래의 미술 규칙들을 존중했으나, 인물의 머리와 얼굴을 처리하는 데는 다소의 자연스러운 분위기를 도입했다. 그의 작품은 당시 형식화되어 있던 비잔티움 스타일에서 14세기의 자유로운 표현 방식으로 넘어가는 전환점이 되었다.

카발라 Cabala 유대교 내에서 발전해온 신비주의 교리를 통칭하는 용어. 모세가 시나이 산에서 받은 것이 카발라(즉 전통)이다. 이것은 하느님에게서 나온 신성한 전통으로서, 그 일부는 문서(성경)로 정착되었고, 나머지 일부는 세대에서 세대로 구두 전승되었다. 그러다가 13세기에 들어와 스페인, 프로방스, 후대의 이탈리아에 살았던 유대인 신비주의자 그룹이 색다른 비밀 전승을 주장하고 나섰다. 그 비밀 전승의 핵심 세 가지는 천지 창조, 천상의 수레, 천국이다. 인간이 가장 알고 싶어 하는 종교적 질문은 천지 창조와 천상 세계, 그리고 그 세계에 도달하는 방식이다. 이런 점에서 단테의 『신곡』도 카발라의 정신을 이어받고 있다. 대표적 카발라 저서인 『조하르』는 그 질문과 관련하여 이런 대답을 한다. 신성의 영역에서 10개의 세피로트(신성한 힘)가 유래하여 이 세상이 창조되었다는 것이다. 악의 문제와 관련해서는 10개의 세피로트 중 세키나라는 개념으로 설명한다. 세키나는 신성한 세계의 여성적인 힘이면서 가장 낮은 열 번째 힘이다. 세키나는 여성이기 때문에 신성한 열 개의 힘들 중에서 가장 약하고, 그래서 사탄의 힘들은 그녀에게 영향을 미칠 수 있다. 그 결과 신성한 세계의 조화를 어지럽히고 여기서 악이 생겨난다.

카발칸티 Guido Cavalcanti 1250-1300 단테의 친구이며 돌체 스틸 누오보의 진정한 창시자. 단테 이전의 이탈리아 시인들 중 최고의 시인으로 평가된다. 피렌체의 겔프(교황)당 중 백파에 속하는 가문에서 태어났다. 1260년 몬타페르티에서 기벨린(황제)당이 크게 승리하는 바람에 그의 가문은 영락했으나, 1266년의 베네벤토 전투 이후에 세력을 다시 회복했다. 젊은 나이에 피렌체 정치에 참여했으나 백파와 흑파의 치열한 권력 다툼에서 패배하여 1300년 6월 24일 사르차나라는 자그마한 변방 마을로 유배되었다. 그곳은 날씨가 너무 험악하여 유배 한 달 후에 유배령이 해제되었으나 카발칸티는 이미 말라리아에 걸려 고열에 시달리고 있었고, 유배 두 달 만에 현지에서 사망했다. 카발칸티의 사랑에 대한 사상은 아베로에스와 토마스 아퀴나스의 사상에서 영향을 받은 것으로 보인다. 그러나 그의 연애시 속에 사랑은 인간의 정신과 신체를 파괴하는 힘으로 묘사되어 있다. 사랑에 빠진 사람이 아무리 선을 추구하여도 완벽한 선에는 도달하지 못한다는 것이다.

이처럼 지상에서의 사랑이 영원한 구원을 가져다주지 못한다고 보았기 때문에 사상적으로는 단테와 틀어지게 되었다.

카토 Marcus Porcius Cato 기원전 95년-기원전 46년 기원전 200년대에 감찰관으로 활약하면서 카르타고에 대한 강경책을 폈던 감찰관 카토의 증손자. 증조부와 증손을 구분하기 위하여 대 카토와 소 카토로 부르기도 한다. 카토는 증조부와 마찬가지로 성실하고 엄격한 도덕성으로 명성이 높은 인물이었다. 카틸리네 모반 사건이 발생했을 때 그 사건을 탄핵한 키케로를 적극 지지했으며, 모반자들에 대한 극형 처분에 찬성표를 던졌다. 로마의 역사가 리비우스는 카토를 가리켜 "로마의 양심"이라고 불렀다. 카이사르가 갈리아 주둔 로마군을 이끌고 반란을 일으켜 루비콘 강을 넘어 로마로 진격해 오자, 카토는 원로원을 설득하여 폼페이우스를 공화정을 대신하여 카이사르를 토벌하는 군대의 사령관으로 임명하게 했다. 폼페이우스가 전사하자 카토는 스키피오의 군대에 합류했는데, 스키피오 역시 전투에서 패배했다. 카토는 카이사르가 결국 로마를 정복할 것임을 깨닫고 우티카로 달아나서 자살했다. 루카누스는 『내전』이라는 서사시에서 카토를 영웅적으로 묘사했다. 단테의 『신곡』에서 카토는 연옥의 문지기로 등장하는데, 그가 이승에 있을 때 로마 공화국의 문지기(수호자)였던 것처럼, 저승에서도 문지기 역할을 배정하여, 카토가 하나의 피구라임을 보여 주고 있다.

카펠라누스 Andreas Capellanus 1170-90년경 일부 필사본 원고에는 그를 가리켜 "프랑스 왕의 시종장"이라고 했으나, 그의 생애에 대해서 알려진 것은 별로 없다. 『사랑에 관한 3권의 책De amore libri tres』의 저자인데, 이 책은 『명예롭게 사랑하는 기술에 대하여De arte honeste amandi』라는 제목으로도 알려져 있다. 이 책에서 그는 잉글랜드의 엘리너 왕비, 그녀의 딸 샹파뉴 백작부인 마리, 기타 저명한 귀부인들을 언급하고 있다. 그래서 안드레아스 카펠라누스가 샹파뉴 궁정에서 종사했을 것이라고 추측되었다. 이 책은 3권으로 되어 있는데 1권은 가장 긴 부분으로서 사랑의 성격과 목표를 서술한다. 제2권은 사랑의 보존과 상실에 대해서 논한다. 사랑을 거부한 사람들의 얘기를 소개하고 샹파뉴 백작부인이 조직한 사랑의 궁정에서 애인들이 어떤 행동을 했는지 보여 준다. 제 3권은 중세에 유행한 여성 혐오증의 진부한 격언들을 나열하는데, 일부 평론가들은 이 3권이 이 책의 가장 중요한 부분이라고 평가한다. 이 책은 귀족의 궁정에서 벌어지는 사랑의 게임을 재치는 있지만, 짐짓 심각한 체하며 묘사한 논문인데, 12세기의 서정시와 로망스에서 발견되는 '궁정 연애'를 이해하게 해주는 핵심 문서이다.

칸그란데 Cangrande della Scala 1312년부터 1329년까지 베로나의 영주를 지낸 인물로 그의 환대를 받았던 단테는 「천국」을 그에게 헌정했다. 이 인물이 단테 연구에서 중요하게 떠오르는 이유는 단테가 이 사람에게 보낸 편지에서 『신곡』의 집필 의도를 설명하고, 또 그 작품의 제목을 코메디아로 붙인 이유를 설명했기 때문이다. 단테는 이 편지에서 『신곡』을 알레고리로 읽어야 한다고 하면서 「창세기」의 사례를 들어 설명했다. "우리가 「창세기」를 오직 글자 그대로 해석할 때 우리에게 주는 의미는, 모세 시대에 이집트로부터 이스라엘 사람들이 탈출해 나온 역사적 사실뿐입니다. 만약 알레고리로 생각한다면 이 작품은 그리스도를 통한 우리의 구원을 의미하고, 도덕적 의미로 생각해 보면 죄의 비참함과 슬픔으로부터 은총의 상태로 영혼이 구제되는 것을 의미합니다. 신비주의적인 해석 방법으로 보면 이 세상의 죄의 구렁텅이로부터 영원한 영광의 자유 속으로 영혼이 들어감으로써 거룩하게 되는 것을 의미합니다." 『신곡』도 이런 네 가지 의미로 읽어야 한다는 것이다.

코메디아 comedia 『신곡』의 당초 제목은 Commedia, 즉 희극(comedy)이었고 그 앞에 divine이라는 수식어는 후대의 학자들이 붙인 것이다. 단테는 칸 그란데 서한에서 『신곡』의 제목에 대하여 이렇게 설명하고 있다. "코메디아라는 단어는 '마을'을 가리키는 코무스comus와 '노래'를 의미하는 오다oda가 합쳐진 말이다. 따라서 코메디아는 '시골의 노래'라는 뜻이다. 코메디아(comedy)는 다른 시적 형식과 아주 다르다. 비극(tragedy)은 '염소'를 의미하는 트라구스tragus와 오다가 합쳐져서 생긴 말이다. 비극은 평온하게 시작하여 아주 끔찍하게 끝나기 때문에 염소 같이 악취가 나는 얘기라는 뜻이다. 반면에 코메디는 복잡하고 갈등 많은 상황에서 시작하여 결국에는 평화롭게 끝나는 시 형식이다. 이 작품은 지옥에서 시작하여 천국으로 끝나므로 코메디아이다."

콘스탄티누스 기증서 Donation of Constantine 로마 황제인 콘스탄티누스 대제가 교황 실베스터 1세(314-335)에게 기독교 세계의 정신적 통수권과 로마 및 제국의 서부 속주들에 대한 세속적 권한을 기증했다고 증명하는 허구적인 문서. 이 문서는 8세기 중반에 교황청 고위 관리에 의해서 날조된 것으로 보인다. 당시 비잔틴 황제가 로마에 동로마 제국의 권위를 수립하려고 하는 데 맞서서 교황청은 이런 문서를 날조하여 그것을 막아 보려 한 듯하다. 8세기 이후 줄기차게 이 문서의 신빙성에 대한 의문이 제기되어 왔으나 15세기에 들어와 로렌초 발라와 쿠사의 니콜라스가 이 문서가 날조임을 결정적으로 증명했다. 여러 명의 교황이 이 문서를 근거로 신성로마제국 황제의 선출에 교황도 일정한 발언권이 있다고 주장했었다.

테르차 리마 terza rima 『신곡』의 시행에서 구현된 운율의 방식. 3행 1연(이런 연을 가리켜 테르셋tercet이라고 한다)의 각운이 a-b-a 로 되어 있으면 그 다음 연의 각운은 앞 연의 가운데 각운을 활용하여 b-c-b가 되고, 또 그 다음 연의 각운은 c-d-c 가 되는 방식이다. 『신곡』의 「지옥」 제1곡의 시작 부분에 해당하는 세 개의 테르셋tercet을 구체적 사례로 들어 설명하면 다음과 같다.

Nel mezzo del cammin di nostra vita
mi ritrovai per una selva oscura,
chè la diritta via era smarrita
(우리 인생의 한 중간에서
나는 올바른 길을 잃어버렸기에
어두운 숲속에서 헤매고 있었다.)
Ahi quanto a dir qual era è cosa dura
esta selva selvaggia e aspra e forte
che nel pensier rinova la paura!
(아, 얼마나 거칠고 황량하고 험한
숲이었는지 말하기 힘든 일이니,
생각만 해도 두려움이 되살아난다!)
Tant' è amara che poco è più morte;
ma per trattar del ben ch' io vi trovai,
dirò de l'altre cose ch' io v'ho scorte.
(죽음 못지않게 쓰라린 일이지만
거기에서 찾은 선을 이야기하기 위해
내가 거기서 본 다른 것들을 말하련다.)

제1테르셋에서 각운은 a-a-a이다. 따라서 가운데 것인 a를 써서 두 번째 테르셋의 각운은 a-e-a가 되었다. 그리고 세 번째 연은 두 번째의 가운데 것인 e를 써서 e-i-e 가 되었다. 이런 식으로 3행 테르셋의 가운데 행의 각운을 취해 와서 다음 테르셋의 제1행과 제3행의 각운으로 구사해 나가는 시작법을 '테르자 리마'라고 한다.

트루바두르 Troubadour 프로방살어로 알려진 언어로 서정시를 쓰는 프로방스의 시인을 가리킨다. 보통 음유시인으로 번역된다. 그는 사랑을 주제로 한 시를 쓰며, 시의 소재는 기사가 여주인(혹은 봉건 영주의 아내)을 위해 부르는 노래에서, 성취되기를 바라는 육체적 욕망의 노래에 이르기까지 다양하다. 최초의 음유시인으로 알려진 아퀴텐 공작 귀욤 9세(1127년 사망)는 여자에 대한 사랑이 남자에게 미치는 고상한 영향에 대하여 노래했다. 음유시인들은 여러 가지 시적 분위기에 맞추어서 다른 시 형태를 사용했다. 가령 공식적인 연애시는 칸초네canzone 혹은 샹소chanso라 했고, 사랑에 관하여 질문을 던지는 시는 텐소tenso, 기사와 목녀를 노래한 것은 파스투렐pastourelle, 사랑하는 사람들에게 다가오는 새벽을 알려주는 노래는 알바alba라고 했다. 시르방테스는 암호화한 언어에 의한 고백, 열정적인 역설 등을 특징으로 하는 시 스타일이다. 음유시인들과 그들의 시는 12세기와 13세기에 커다란 인기를 누렸다. 베르타르 드 방타두르, 베르트랑 드 본, 페이르 비달 등이 대표적인 음유시인이다. 독일의 음유 시인은 민네징어 minnesinger라고 했다. 그러나 음유시인들을 사랑에 관한 노래를 지을 때에는 국적과 관계없이 프로방살 어를 사용했다.

파노프스키 Erwin Panofsky 1892-1968 독일 태생의 미국 예술사가. 1914년 프라이부르크 대학에서 박사 학위를 받았고 1921년부터 1933년까지 함부르크 대학의 교수로 있었고, 그 후에는 뉴욕 대학의 회화과 교수로 있다가

1935년에 프린스턴 대학의 고등학문연구소 교수로 옮겨갔다. 그는 20세기의 예술사에서 아주 중요한 저서들을 많이 썼다. 파노프스키는 중세, 르네상스, 매너리즘, 바로크 시대의 도상학을 주로 연구했다. 그는 엄청난 학식, 예리한 발견, 심오한 통찰, 뛰어난 유머 감각 등으로 널리 존경을 받았다. 대표작으로는 『도상학 연구Studies in Iconology』(1939)가 있다.

파르치팔 Parzival 12세기에 활약한 독일 시인 볼프람 폰 에셴바흐(Wolfram von Eschenbach, 1170-1217)가 쓴 장편 서사시. 볼프람의 생애에 대해서는 알려진 것이 없고, 기사 계급이었으며 바바리아 출신이라는 것 정도만 그의 작품 『파르치팔』을 통해서 추정하고 있다. 아서 왕 로맨스와 성배(聖杯) 로맨스를 종합하여 이루어진 『파르치팔』은 13세기 초에 나온 독일 문학의 고전으로서 세계 문학의 걸작들과 어깨를 나란히 한다. 전투, 마상 경기, 파르치팔의 성배 추구 등을 통하여 인간 체험의 모든 중요한 측면들이 자세히 서술되어 있다. 기사들의 세계, 사랑과 의리의 세계, 가혹한 운명과 인생의 시련에도 불구하고 성스러운 목표(성배의 획득)를 향해 끈질기게 도전하는 정신 등이 신비한 성배의 세계와 잘 혼용되어 있다. 이 작품은 인간의 덧없는 생존 조건과 그 유한함을 넘어서려는 인간의 영원한 동경 사이에는 어떤 합치점이 있다는 것을 보여 준다. 성배는 종교적 구원의 상징이고, 성배 왕국은 천상, 즉 천국을 의미한다.

페트라르카 Petrarcha Francesco 1304-74 이탈리아의 위대한 서정시인. 기독교의 사상과 고전 고대의 사상을 융합하려 한 최초의 문인으로 평가된다. 르네상스 초창기에 고대 그리스와 로마의 고전 작가들에 대한 새로운 관심이 크게 생겨났다. 페트라르카의 저작에서 이런 관심이 강하게 표출되었는데, 그의 시는 휴머니즘의 사상적 특징을 잘 보여 준다. 즉, 고전 문학은 그 자체를 하나의 연구 목적으로 삼아서는 안 되고 인간과 자연에 대한 사랑의 표현으로 보아야 한다는 것이다. 그는 자신의 생애를 회고한 글에서 언제나 고전 고대를 동경했다고 고백했고 고전에서 얻은 지식이 참된 지식이라고 생각했다. 그는 이런 말을 했다. "유년 시대는 나를 속였고 청년시대는 나를 오도했다. 그러나 노년 시대는 나를 올바른 길로 올려놓았고, 과거의 경험으로부터 내가 오래 전에 읽었던 고전의 충고가 옳다는 것을 확신시켜 주었다. 즉, 청년기의 쾌락은 헛되다는 것이다." 몽펠리에 대학과 볼로냐 대학에서 공부했다. 법률가가 될 생각이었으나 피렌체 출신의 망명객이었던 아버지가 사망하자 그 꿈을 접었다. 시작에 정진하여 유부녀인 라우라를 노래한 소네트로 커다란 명성을 얻었다. 고전 고대를 무척 숭상하여 서기 5세기에서 15세기에 이르는 중세 시대를 "암흑시대"라고 불렀으나, 이것은 잘못된 견해라는 것이 최근의 중세학자들에 의해서 제기되고 있다.

프랑스 Anatole France 1844-1924 프랑스의 소설가. 그가 활약하던 당시에는 프랑스의 가장 유명한 문인이었다. 그의 대표작은 프랑스의 역사를 풍자한 『펭귄 섬』(1908)이다. 그의 소설들은 대부분 정기 간행물이나 신문에 연재되었던 것들이다. 『무희 타이스』(1890), 『신들은 목마르다』(1912) 등의 장편소설이 있다. 드레퓌스 사건 때 에밀 졸라의 편에 서서 프랑스 육군을 공격한 이후, 그의 소설은 점점 더 정치적 풍자의 색깔을 띠게 되었다. 마담 드 카야베와 27년간 관계를 지속하면서 그녀로부터 많은 영향을 받았다. 마담은 프랑스에게 작가적 야망을 불어넣었고, 또 그의 금전적 애로사항을 해결해 주었다. 1896년 프랑스 한림원에 선출되었으며 1921년 노벨 문학상을 수상했다.

프로방살 시 Provencal poem 프로방살 어로 쓴 12세기와 13세기의 연애시.

프로방살 시에는 트로바르 클뤼, 트로바르 뤼크, 시르방테스 등 여러 형식이 있었다.(→**트루바두르**)

프리드리히 2세 Friedrich II 1215-50 신성로마제국의 황제(1220) 시칠리아 왕(1198). 중세의 가장 현명한 군주들 중 하나. 그의 아버지인 독일 왕 하인리히 4세가 1197년에 사망했을 때 그는 세 살이었으나, 교황 인노켄티우스 3세의 도움으로 시칠리아의 왕권을 유지할 수 있었다. 그러나 성장해서는 교황과 철천지원수 사이가 되었다. 1237년 프리드리히 2세는 코레누오바에서 롬바르디 군대를 패퇴시킴으로써 이탈리아 전역에 대하여 통치권을 확보한다는 야심을 거의 달성할 뻔했다. 그러나 그 후의 전투에서 성공하지 못했고, 전투 중이던 1250년에 심한 이질에 걸려서 목숨을 잃었다. 그는 재위 내내 이탈리아 정복에 몰두했기 때문에 독일 내에 남아 있던 제국의 권위를 대부분 상실했다. 그는 시칠리아에 절대 왕정을 수립했고, 친구인 이집트의 술탄과 협상을 통하여 예루살렘을 손에 넣었다. 프리드리히는 시인이자 언어학자, 정치가, 과학자였으며 매[鷹] 기르기의 전문가였다. 12기 초 이탈리아 서정시의 대표적 집단인 시칠리아 시파(詩派)가 프리드리히 2세의 궁정에서 나왔다.

플라톤 Platon 기원전 427-347 고대 그리스의 철학자로서 서양 철학사에 가장 큰 영향을 준 사상가이다. 그는 아테네의 귀족 가문에서 태어났으며, 그의 숙부인 크리티아스와 카르미데스는 30인 참주제를 확립한 과두제의 지도자였다. 플라톤은 기원전 407년경에 소크라테스를 만났다. 소크라테스는 플라톤의 대화편에서 주인공으로 등장하면서 플라톤 철학의 대변인 역할을 한다. 그는 소크라테스 사후에 아카데미아 학원을 설립하여 이곳에서 철학을 가르쳤다. 플라톤의 저작은 대략 3그룹으로 나누어지는데 1번 그룹은 『변명』, 『크리토』, 『카르미데스』 등으로서 이 저서에서 소크라테스가 가장 중요한 인물로 등장한다. 2번 그룹은 『국가』, 『파에도』, 『파에드루스』, 『메노』, 『파르메니데스』 등으로 여기서는 소크라테스가 등장하기는 하지만 주로 플라톤의 철학을 대변하는 인물로 나온다. 3번 그룹은 『소피스트』, 『티마에우스』, 『필레부스』, 『법률』 등으로 소크라테스가 단역으로 나오거나 아예 등장하지 않는다.

플라톤 철학 중 가장 유명한 것이 이데아 설인데, 간단히 설명하면 이러하다. 인간이 감각을 통하여 알게 된 리얼리티는 리얼리티의 본질적 형상(이데아)에 대한 복사본 혹은 근사치에 지나지 않는다는 것이다. 왜냐하면 이데아는 시간과 공간 혹은 변화 가능성 등으로 제약받지 않기 때문이다. 이데아가 실제로 존재하지만, 대부분의 사람들은 그것을 추상 개념으로만 이해한다.

『국가』 제7권에서 동굴의 비유로 그것을 설명하고 있다. 인간은 동굴에 살면서 반대편 벽에 비치는 실재(즉 이데아)의 그림자만 보면서 그것을 실재인 양 착각하면서 살아간다는 것이다. 그러면서 영혼의 선량함, 즉 진선미를 함양하는 것이 인생의 목적이라고 가르쳤다. 영혼은 이런 가치(진선미)를 원래 알고 있었는데 망각했으며, 그것을 교육에 의해 '회상'시켜야 한다고 주장했다. 이 영원한 이데아를 획득해야만 되어 감(becoming)의 유동적 상태를 극복하고 진정한 있음(being)의 상태로 나아간다고 보았다.

현상과 실재라는 플라톤의 이원론은 삶의 모든 국면에 스며들어가 있다. 사물의 이데아야말로 인간의 본질적 리얼리티인 것이다. 이러한 이데아를 이해하기 위해서 인간은 '순수 지성' 혹은 '순수 이성'을 발휘해야 한다. 이와 관련하여 플라톤은 『국가』 제7권에서 "있음은 되어 감의 목표인데, 순수 지성이 있어야만 그 있음을 알 수 있다."고 말했다. 그리고 가장 근본적인 이데아는 선(善)이다. 인간은 이 선의 이데아를 이해하기 전에는 결코 리얼리티(하느님)의 본 모습을 이해하지 못한다. 따라서 이 선을 이해하는 것이 모든 지식을 얻는 수단이다. 이렇게 하여 이데아의 이론에서는 도덕과 형이상학이 하나가 된다.

플라톤은 『티마에우스』와 『법률』에서 신에 대해서도 논했는데 간략히 설명하면 이러하다. 플라톤은 자신의 명상과 이집트 사제들의 전통적 지식을 종합하면서 신성(神性)의 신비한 성질을 탐구했다. 그는 어떻게 본질적으로 단일한 존재인 신성이 이 세상을 구성하는 뚜렷이 다른 다양한 아이디어를 허용할 수 있는지 의아했다. 또 실체가 없는 신성이 어떻게 거칠고 제멋대로인 물질세계의 모델이 되었는지 잘 이해가 되지 않았다. 어떻게 해서 비(非) 물질인 신이 물질을 허용할 수 있느냐는 것이었다. 그는 신성을 제1원인, 로고스(이성), 우주의 혼령, 이렇게 셋으로 나눔으로써 그 문제를 해결했다. 그리하여 플라톤 철학에서 신이라는 형이상학적 개념은 3개의 신으로 정립되었다.

그 후 플라톤의 신학 사상은 알렉산드리아의 저명한 철학 학파 내에서 자유롭게 토론되었다.(기원전 300년) 이때 소수의 히브리인 철학자들은 플라톤 신학을 아주 정밀하게 연구했다. 기원전 1백 년 전, 유대인 철학자 필로는 모세 신앙과 플라톤 철학을 융합했다. 그는 로고스의 특징을 모세와 족장들의 야훼에 적용시켰다. 이어 하느님의 아들(로고스)이 구체적 인간의 모습으로 이 지상에 등장하여 제1원인(하느님)의 성질과 속성을 대변하는 각종 신적인 기능(가령 기적)을 수행할 수 있다는 쪽으로 신학이 발전했다.

플라톤의 웅변, 솔로몬의 이름, 알렉산드리아학파의 권위, 유대인과 그리스인들의 동의에 더 하여 가장 숭고한 복음서 기자인 요한이 「요한복음」 속에서 로고스의 이름과 신성한 속성을 나사렛 예수에게 적용시켰고, 그리하여 플라톤의 로고스는 이제 아카데미(플라톤), 포치(견인주의), 리시움

(아리스토텔레스) 등 그리스 철학의 울타리를 뛰어넘는 세계적인 것이 되었다.(서기 97년)「요한복음」은 놀라운 비밀이라면서 그리스도교의 계시를 이렇게 설명한다. "태초에 로고스가 하느님과 함께 있었으며, 그 로고스는 하느님이었다(In principio erat Verbum et Verbum erat apud Deum et Deus erat Verbum)." 그 로고스가 나사렛 예수로 성육신하였고, 처녀의 몸에서 태어났으며, 십자가 위에서 죽임을 당했다.

요한 사도가 이처럼 플라톤 철학의 근본 원칙을 빌려 로고스를 설명했으므로, 2세기와 3세기의 그리스도교 신자들은 그리스도교 계시의 놀라운 발견 사항을 미리 예고한 플라톤을 깊이 연구했다. 그 후 플라톤 철학, 아리스토텔레스, 동방의 신비주의 등을 결합한 신플라톤주의가 나왔다. 신플라톤주의는 기독교가 막 발흥하던 시기에 인기가 높았기 때문에, 기독교의 교부들에게 많은 영향을 미쳤는데, 특히 동방의 바실리우스와 니사의 그레고리우스, 그리고 서방의 암브로시우스와 아우구스티누스가 영향을 받았다. 신플라톤주의는 아우구스티누스의 저서들을 통하여 초기 스콜라 철학자들에게 전수되었다. 또한 가짜 디오니시우스의 저서를 통하여 신플라톤주의는 서유럽의 신비주의에 상당한 영향력을 행사했다. 이렇게 볼 때, "서양 철학은 플라톤 철학의 각주에 불과하다."는 화이트헤드의 말은 과장이 아님을 알 수 있다.

플로티노스 Plotinus c. 205-270 신플라톤주의의 창시자. 이집트에서 태어나 알렉산드리아에서 수학했다. 245년부터 268년까지 로마에서 가르쳤다. 제자인 포르피리가 스승의 구두(口頭) 가르침을 글로 펴내『엔네아즈 Enneads』로 펴냈는데 엔네아즈는 "아홉의 묶음"이라는 뜻이다. 플로티노스의 핵심 가르침은 3개의 히포스타시스(hypostasis: 원질 혹은 실재로 번역됨)이다. 그것은 일자(One), 지성(Nous 혹은 Mind), 영혼(Soul)을 가리킨다.

일자는 가장 높은 수준의 신비한 의식으로서 곧 하느님을 가리키며, 지성
은 직관적 생각(의식), 영혼은 논리적 생각(의식)을 가리킨다. 지성과 영혼
을 포함하여 모든 것은 일자로부터 유출되며, 따라서 선량하다. 그리고 모
든 것은 그 원천을 반영하고 명상한다. 지성에서 흘러나온 영혼은 준(準) 히
포스타시스인 자연, 혹은 생명과 성장의 내재 원칙을 생성한다. 자연 또한
명상을 하지만 그 명상은 꿈같은 것으로서 위(원천)로부터 활력을 별로 받
지 못한다. 게다가 자연의 생산물은 너무 취약하여 물질의 완전한 부정성
(정신이 깃들어 있지 않음)에 대하여 더 이상 반성을 하지 못한다. 개개 영혼
은 세계 영혼의 발현체로서 물질적 세상의 특정 부분에만 집중되어 있다.
인간은 소우주로서, 자연, 영혼, 초월적 지성의 모든 수준에서 활동적일 수
있다. 우리 인간이 의식(생각)을 어느 수준까지 높이느냐에 따라 우리의 존
재가 결정된다. 우리 인간의 목표는 명상을 통하여 우리 자신을 초월하여
마침내 일자에게 되돌아가는 것이다. 플로티노스가 이처럼 정신을 강조했
기 때문에 그의 수제자인 포르피리는 자신이 밥을 먹고 잠을 자야 하는 육
체를 가지고 있다는 사실을 증오했다고 한다.

피렌체 Firenze 이탈리아 북동부에 있는 도시로서 15세기에 금융업과 인문
주의의 중심지가 되었다. 이 도시는 고트족, 비잔티움 황제, 랑고바르드족
등이 이탈리아를 침략해 오면서 상당한 피해를 입었으나 샤를마뉴 황제의
시대에 이르러 도시의 기운을 회복했다. 토스카나의 여자 백작 마틸다가 피
렌체를 다스리던 1082년, 이 도시는 독일 황제 하인리히 4세의 침략을 물
리쳤다. 토스카나 지역의 다른 도시들과 마찬가지로 피렌체는 마틸다의 사
후 자율권을 점점 확대해 나갔고 12세기 초에 이르러서는 인근 도시인 프
라토를 포함하여 토스카나 일대에 권위를 확립하게 되었다. 13세기와 14
세기 동안 피렌체는 겔프당과 기벨린당의 싸움, 귀족 가문들의 변덕스러운

동맹관계, 외교 정책에 대한 의견 불일치, 길드, 금융 가문, 노동자 계급 등의 서로 다른 이해관계 등으로 인해 상당한 혼란에 빠졌다. 1434년에 이르러 코시모 데 메디치가 비공식적 독재자의 지위를 확고히 하면서 도시는 안정을 되찾게 되었다. 코시모는 피렌체를 금융업의 중심지로 만들었고, 동시에 예술가, 학자, 인문주의를 후원하고 격려했다. 코시모의 손자인 장엄자 로렌초가 사망하면서(1492), 도미니크 수도회의 수도사이며 개혁가요 동시에 대중선동가인 사보나롤라가 도시의 정권을 잡았다가 1498년 처형당했고, 그 이후 메디치 가문이 다시 정권을 잡았다. 1252년 피렌체에서 주조한 황금 플로린이 나왔고, 이것은 유럽 내에서 가장 가치 있고 믿을 만한 통화로 유통되었다. 피렌체 대성당은 아르놀포 디 캄비오의 설계 도면에 따라 1294년에 착공되었다. 브루넬레스키는 1421년 대성당의 돔을 설계했다.

하인리히 7세 Heinrich VII 1274-1313 룩셈부르크 가문의 백작. 1308년 이후 독일 왕이었고 1312년부터 신성 로마 제국의 황제를 지냈다. 아들 요한을 보헤미아의 공주와 결혼시켜 보헤미아 땅을 획득했고, 이 아들을 보헤미아의 왕좌에 오르게 했다. 이탈리아 정복에 나서 1311년 1월 밀라노에서 롬바르디아 왕관을 받았다. 그는 자신이 선포한 평화와 정의의 프로그램에 따라 이탈리아 내부의 서로 싸우는 파당들을 화해시켰고, 유배자들을 고향으로 돌아가게 했다. 그러나 돌아온 유배자들의 대부분이 황제에 우호적인 기벨린당이었기 때문에 피렌체의 겔프당(반 황제당)은 의심과 불만을 품었다. 1311년 2월 불만이 표출되어 5월에 브레스키아의 반란으로 이어졌다. 하인리히 7세는 9월에 가서야 이 반란을 진압했다. 1312년 6월 29일 하인리히는 로마에 들어가 황제로서 대관했고, 8월에는 토스카나의 겔프당을 진압하려는 캠페인에 나섰다. 하지만 토스카나 지방의 주요 겔프당 도시인 피렌체는 탈환하지 못했다. 그는 피사에 잠시 머문 후 나폴리 점령에 나섰다.

1313년 8월 시에나를 점령하려 했으나 실패하고 그 직후 열병에 걸려 사망했다. 단테는 이 황제가 이탈리아를 통일시켜 주기를 간절히 바랐다.

호라티우스 Horatius 기원전 65년-기원전 8년 로마의 시인. 그의 아버지는 노예였다가 양민이 된 인물로 아들을 로마로 보내 귀족과 똑같은 교육을 받게 했다. 그는 자신의 『서정시』에서 아버지에 대한 고마움을 표시하고 있다. 호라티우스는 브루투스 군대에 들어가 기원전 42년에 안토니우스에 맞서서 싸웠으나, 브루투스와 카시우스는 전사했다. 호라티우스는 다시 로마로 돌아가 재무관 밑에 말단 서기로 취직했다. 이때부터 시를 쓰기 시작했다. 이때 베르길리우스를 만나 평생의 친구가 되었고, 기원전 38년경에 베르길리우스가 그를 메세나(예술을 후원한 로마의 정치가)에게 소개했다. 메세나의 도움으로 시작에 정진했으며, 대표작으로 『서정시』, 『풍자시』가 있다. "시는 그림과 같아야 한다(ut pictura poesis)."는 말을 남겼고, 뛰어난 시 이론을 주장하여 후대 시인들에게 많은 영향을 끼쳤다.

호메로스 Homeros 기원전 9세기 그리스의 시인. 『일리아스』와 『오디세이아』의 저자로 추정되는 인물. 눈이 먼 음유시인이었다는 전승이 전해지고 있다. 19세기까지만 하더라도 학자들은 호메로스를 과거의 전설과 민담을 종합해 내려온 여러 명의 시인들을 통칭하여 부르는 대표적 이름으로 생각했을 뿐, 이런 인물이 실존한다고 보지 않았다. 그러다가 20세기에 들어와 학자들은 작품의 내적 통일성, 주제, 등장인물 등에 비추어 볼 때 한 사람의 손으로 집필된 작품이라고 주장하고 나섰다. 그러나 한 사람의 시인이 『일리아스』와 『오디세이아』를 둘 다 썼는지, 아니면 두 명의 시인이 각자 한 작품씩 썼는지에 대해서는 의견이 엇갈리고 있다. 현대의 학자들 중에는 『오디세이아』가 『일리아스』보다 훨씬 후대의 작품이며, 그 저자는 『일리아스』

의 저자와는 다른 사람일 것이라고 보는 견해가 더 많다.

호엔슈타우펜 Hohenstauffen 1138년부터 1254년까지 독일의 왕좌를 차지한 슈바비아의 귀족 가문. 가문의 시조는 프리드리히 폰 뷔렌 백작(1105년 사망)인데, 그가 슈바비아의 주라 산중에 슈타우펜 성을 세웠으므로 가문은 이런 이름을 얻게 되었다. 프리드리히 백작은 하인리히 4세의 딸 아그네스와 결혼하여 슈바비아를 영지로 하사받았다. 1125년 하인리히 5세가 후사 없이 사망하자 살리아 부족의 영지들은 호엔슈타우펜 가문으로 넘어왔다. 하지만 선제후들은 작센의 공작인 로타이르 2세를 하인리히 5세의 후계자로 선출했다. 1137년 로타이르가 사망하자 호엔슈타우펜 가문의 콘라트 3세가 황제로 선출되었다. 이어 조카인 프리드리히 1세 바바로사(1152-90)가 제위에 올랐고, 그 다음에는 바바로사의 아들인 하인리히 6세(1190-97)가 등극했다. 오토 4세가 1214년 부빈에서 프리드리히 2세에게 패배한 후, 왕위에 오른 프리드리히 2세는 1250년 사망 시까지 재위했고, 왕의 자리는 1254년 그의 아들인 콘라트 4세에게 넘어갔다. 콘라트 4세의 아들인 콘라딘이 1268년 탈리아코초 전투에서 샤를 드 앙주에게 패배함으로써 왕조는 소멸했다.

황금시대 The Golden Age 인류가 더 없는 평화와 행복을 누렸다고 믿어지는 전설상의 시대. 세상이 황금시대-순은시대-청동시대-강철시대로 이어지면서 점점 타락해 왔다는 사상은 근동에서 나와서 서양으로 흘러들어왔다. 구약성경 「다니엘서」 2장 31절은 이 사상이 반영되어 있다. 2장 31절은 느부갓네살 왕의 꿈을 다니엘이 해석한 부분인데, 그 내용은 이러하다. "임금님께서는 꿈에 큰 상을 보았습니다. 그 상의 머리는 순금이고, 가슴과 팔은 은이고, 배와 넓적다리는 청동이며, 아래 다리는 쇠입니다. 이 꿈의 뜻을 말씀드리겠습니다. 임금님께서 바로 그 금으로 된 머리이십니다. 임금님 다음에는 임금님보다 못한 다른 나라가 일어나겠습니다. 그 다음으로는 청동으로 된 셋째 나라가 온 세상을 다스리게 됩니다. 그리고 나서 쇠처럼 강건한 넷째 나라가 생겨날 것입니다."

아우구스투스 시대의 로마 시인 오비디우스는 그의 저서 『변신』의 첫머리에서 금은동철의 4시대를 노래했는데 그 4시대를 간단히 살펴보면 이렇다. 황금시대는 법률 없어도 사람들이 자발적으로 신의와 권리를 숭상했다. 힘들게 농사짓지 않아도 땅은 저절로 모든 것을 생산했다. 사람들은 천연으로 생겨난 식량에 만족했고, 소유라는 개념은 아예 없었다. 봄날은 영원히 계속되었다. 순은 시대는 영원한 봄날이 단축되어 1년이 긴 겨울, 무더운 여름, 불안정한 가을, 짧은 봄의 네 계절로 나누어지게 되었다. 인간은 들판이 아니라 집에 살면서 농사를 지어야 했다. 자신이 거둔 곡식을 자신이 가질 수 있다는 생각을 하게 되었다. 청동시대는 사람들의 성격이 사나워졌고 끔찍한 무기를 집어들 준비가 되었다. 그렇지만 아직 죄악에 깊숙이 빠져들지는 않았다. 그러나 자신의 소유를 문서로 등기하고 이것을 지켜 주는 기관이 생겨났다. 강철시대는 모든 죄악이 밖으로 튀어나왔다. 염치와 진실과 신의는 사라져버리고, 그 자리에 사기와 기만과 폭력이 들어섰다. 각자의 소유였던 땅이 힘센 개인들의 소유지로 돌아갔다. 해롭기 짝이 없는 쇠(권력)가 등장했고, 그 쇠보다 더 해로운 황금이 나타났다. 사람들은 이것들을 얻기 위해 필사적인 싸움을 벌인다. 바로 우리가 살고 있는 현대이다.

다음은 이 주석에서 자주 인용된 책들의 약어 리스트이다. 단테의 저작에 대한 언급은 아래에 제시된 판본을 가리키는 것이다.

Ed. Anglade Anglade, Joseph (ed). *Les Poésies de Peire Vidal*. Paris: Champion, 1913.

Ed. Appel Appel, Carl (ed.). *Bernart von Ventadorn: Seine Lieder*. Halle: Niemeyer, 1915.

Ed. Canello Canello, U. A. (ed.). *Arnaldo Daniello*. Halle: Niemeyer, 1883.

Ed. Kolsen Kolsen, Adolf (ed.). *Giraut de Bornelh*. Halle: Niemeyer, 1910.

Ed. Rivalta Rivalta, Ercole (ed.). *Le Rime di Guido Cavalcanti*, Bologna, 1922

Monaci Monaci, Ernesto. *Crestomazia italiana dei primi secoli*. Castello, 1912.

Opere Barbi, M., et al. (eds.). *Le Opere di Dante, Testo critico della Societa Dantesca Italiana*. Firenze: Bemporad, 1921.

제1장 미메시스의 인간관

1. For example, Περί ὕψους, ix, 13.

2. *Republic* x. 602.

3. *Athenaeus* xi. 505b.

4. *Republic* x. 617 f.

5. Gorgias 523–24.

6. *Idea* ("Studien der Bibliothek Warburg," No. 5 [Leipzig, 1924]), pp.1–16.

7. Cf. George Finsler, *Platon und die aristotelische Poetik* (Leipzig, 1900).

8. Cf. Eduard Norden, *Die Geburt des Kindes* ("Studien der Bibliothek Warburg," No. 3 [Leipzig, 1924]).

9. Recently adduced by Eduard Meyer, *Ursprung und Anfang des Christentums* (Stuttgart and Berlin, 1921-23), III, 219.

10. "Die Verklärungsgeschichte Jesu, der Bericht des Paulus (I Cor. 15: 3 ff) und die beiden Christusvisionen des Petrus" (*Sitzungsbericht der Preussischen Akademie der Wissenschaften, Phil.-Hist. Klasse*, 1922).

11. St. Augustine, "Vorwort," *Reflexionen und Maximen* (Tübingen, 1922), p.v.

12. *Kunstgeschichte als Geistesgeschichte* (Munich, 1924), pp. 41 ff. (first appeared in *Historische Zeitschrift*, CXIX [1918]).

13. Cf. F. Neumann, "Wolfram von Eschenbachs Ritterideal," *Deutsche Vierteljahrsschrift für Litteraturwissenschaft und Geistesgeschichte*, V (1927), 9 ff.

14. *Die grossen Trobudors* (Munich, 1924), p. 48.

제2장 단테의 초기 시

1. Cf. Karl Vossler, *Die Göttliche Komödie* (Heidelberg, 1925), II, 395-432.

2. *Deutsche Vierteljahrsshrift für Litteraturwissenschaft und Geistesgeschichte*, v. 1. (1927), 65 ff.

3. Cf. Monaci, No. 104, p. 303.

4. 최근에 Luigi Valli의 책『단테의 비밀 언어와 영원한 사랑』(로마, 1928)에서 아주 교묘하면서 논리적인 시도가 이루어졌다. 하지만 나는 그의 책이 나의 논점을 부정하지는 않는다고 생각한다. 다음 자료 참조할 것. *Critica*(1928년 9월)에 실린 Mauclair의 책에 대한 Benedetto Croce의 평론과, *Deutsche Literaturzeitung*(1928), pp. 1357 ff에 실린 모클레어 책에 대한 나의 논의.

5. *Opere*, p. 64.

6. *Vita nuova* xx.

7. *Opere*, p. 152.

8. *Inf.* iv. 97 ff.

9. *Purg.* xi. 98 ff

10. *Purg.* ii.

11. *Par.* viii.

12. *Purg.* xxiv. 49 ff.

13. *Vita nuova* xxvi.

14. Translation by Dante G. Rossetti.

15. Monaci, No. 103.

16. Ed. Rivalta, p. 108.

17. Translation by Dante G. Rossetti.

18. 다음 자료 참조할 것. G. Lisio의 책, 『단테 알리기에리가 속어로 글을 쓴 시절의 문예』(볼로냐, 1902) p. 54에 나오는 귀니첼리의 첫 번째 시에 대한 비평. 위에서 인용된 Vosler의 책 II, 561에 나오는 단테와 카발칸티 소네트의 비교. 보슬러는 두 시를 독일어로 번역했다.

19. Monaci, p. 301.

20. Vita nuova xxi.

21. Guinizelli: *ancor ve dico c'ha mazor vertute:*

   nul hom po mal pensar fin che la vede.

   Dante: *encor l'ha Dio per maggior grazia dato*

   che non po mal finir chi l'ha parlato.

   그리고 하느님은 그녀에게 이보다 더 큰 은총을
   주었는데 그녀와 말을 나눈 사람은 죄악의 상태
   에서 죽을 수가 없다는 것이다.

22. *Vita nuova* xxiii.

23. *Opere*, p. 169.

24. *Ibid.*, p. 95.

25. *Ibid.*, p. 71.

26. *Ibid.*, p. 103.

27. 나는 피아 데 톨로메이(「연옥」5, 130행)를 생각하고 있다. 돈호법과 밀접한 관계에 있는 것이 마법적 불러내기이다(Se mai continga…). 불러내기는 어떤 특정한 사람에게 말을 거는 것이 아니라 욕망이나 공포 속에서 존재하지 않는 조건의 이미지를 불러내는 것이다. 나는 이와 관련하여 호메로스의『오디세이아』1권 47행 혹은 같은 책 8권 229행과 기타 고대시의 격렬한 시행들이 생각난다. 이런 수사적 형식은 단테에게서 재창조되었다. 단테보다 앞선 중세 문학에서는 이런 불러내기가 가끔 벌어진다.(왜냐하면 모든 소원을 비는 형식은 이것과 관련이 있고 약간의 정도 차이만 있을 뿐이기 때문이다.) 이런 불러내기에 암시적인 힘과 구체적 조형성을 부여한 것은 단테가 처음이었다. 프로방살 시인들도 이 형식을 가끔 구사했다. 나는 Bernard de Ventadour의 *Ja Deus nom don aquel poder* (ed. Appel, p. 85) 혹은 *Ai Deus! car se fasson trian* (ed. Appel, p. 186) 혹은 Peire d'Alvernhe의 몇몇 사례에서 그것을 발견했다. 그러나 귀니첼리나 기타 초기 스틸 누오보 시인들에게서는 발견되지 않는다. 단테 자신도『신생』에서는 이 형식을 거의 사용하지 않았다. 오직 필그림 소네트(xi)만이 이것과 희미하게 닮은 형식을 구사하고 있다. 그리고 칸초네 등의 몇몇 시행이 언급될 수 있을 것이다. 하지만 이 형식은『신곡』에 가서야 완전하게 개발되었다.

28. Ed. Appel, p. 249.

29. Ed. Kolsen, No. 54, p. 342.

30. Ed. Anglade, p. 60.

31. *De vulgari eloquentia* ii. v.

32. Ed. Langfors, *Annales du Midi*, XXVI, 45; Lommatzsch, *Provenzalisches Liederbuch* (Berlin, 1917), p. 159.

33. Monaci, No. 104, p. 303.

34. Ed. Kolsen, No. 58, p. 374; Appel, *Provenzalische Chrestomathie*, No. 87.

35. Monaci, No. 103, p. 299.

36. *Vita nuova* xx.

37. Monaci, pp. 298 and 300.

38. · · · *non perch'io creda sua laude finire, ma regionar per isfogar la*

mente,

39. From the canzone *Li occhi dolenti* (Vita nuova xxxi).

40. *Vita nuova* xxi.

41. Vossler uses it (*op. cit.*, II, 433).

42. Wilamowitz의 의견.

43. 단테의 원문은 다음과 같다. *Est, ut videtur, congrua (constructio) quam sectamur. Sed non minoris difficultatis accedit discretio prius quam, quam querimus, attingamus, videlicet urbanitate plenissimam. Sunt etenim gradus constructionum quam plures: videlicet insipidus, qui est rudium; ut, Petrus amat multum dominam Bertam, Est et pure sapidus, qui est rigidorum scolarium vel magistrorum, ut, piget me, cunctis pietate maiorem, quicunque in exilio tabescentes patriam tantum sompniando revisunt. Est et sapidus et venustus, qui est quorumdam superficietenus rhetoricam aurientium, ut, Laudabilis discretio marchinois Estensis et sua magnificentia preparata cunctis illum facit esse dilectum. Est et sapidus et venustus etiam et excelsus, qui est dictatatorum illustrium, ut, Eiecta maxima parte florum de sinu tuo, Florentia, nequicquam Trinacriam Totila secundus adivit. Hunc gradum constructionis excellentissimum nominamus, et hic est quem querimus, cum suprema venemur, ut dictum est. Hoc solum illustres contiones inveniuntur contexte; ut Gerardus, Si per mon Sobretots non fos . . . . Nec mireris lector, de tot reductis autoribus ad memoriam: non enim hanc quam suppremam vocamus constructionem nisi per huiusmodi exampla possumus indicare. Et fortasis utilissimum foret ad illam habituandam regulatos vidisse poetas, Virgilium videlicet, Ovidium Metamorfoseos, Statium atque Lucanum, nec non alios qui usi sunt altissimas prosas, ut titum, Livium, Plinium, Frontinum, Paulum Orosium, et multos alios, quos amica solitudo nos visitare invitat. Subsistant igitur ignorantie sectatores Guittonem Aretinum et quosdam alios extollentes, nunquam in vocabulis atque constructione*

plebescere desuetos.

44. *Die Antike Kunstprosa* (Leipzig: Teubner, 1898), II, 753.

45. Vossler, *op. cit.*, II, 437 f.

46. *Ibid.*, p. 436.

47. 이러한 분류는 근사치임을 지적해둔다. Bernard de Ventadour는 다음과 같은 시행을 썼을 때 느낌의 변증법에 가장 가까이 다가갔다. *Tout m´a mo cor e tout m´a me, e se mezeis e tot lo mon; e can se•m tolc, no•m laisset re, mas dezirer e cor volon* (ed. Appel, p. 249).

48. *Purg.* xxvi. 117.

49. Ed. Canello, p. 102.

50. Ed. Kolsen, No. 53, p. 334.

51. Ed. Canello, p. 16.

52. *Ibid.*, p. 115.

53. Monaci, p. 301.

54. *Opere*, p. 202.

55. Ed. Rivalta, p. 130.

56. *Inf.* x. 52 ff.

57. *Opere*, p. 85.

58. *Par.* xvii. 69.

제3장 『신곡』의 주제

1. *Convivio* iv. xxvi.

2. Alois Dempf, *Die Hauptform mittelalterlicher Weltanschauung* (Munich and Berlin, 1925).

3. *Opere*, p. 192.

4. End of the canzone *Voi che ´ntendendo* (Opere, p. 171)

5. 나는 돈네 피에트라를 위한 이 시들이 후기의 작품이라고 본다. 그러나 *Canzoniere*의 편집자인 Michele Barbi는 이 의견에 동의하지 않는다(*Opere*,

p.xii). 이런 의견 차이를 제외하고 나는 바르비 판본의 *Rime*에 주어진 순서를 따랐다. 내가 보기에 이 순서는 잘 선정된 듯하다.

6. 에티엔 질송은 『토미즘』("중세 철학 연구", No. 1)(파리, 1922), p. 230에서 이것을 잘 규정해 놓았다. "보편적 인간은 천부적 혹은 후천적 특성의 우발적 요소를 가진 존재로서 정신적 개념과 실체의 위계질서에 대면하게 된다. 자연히 그의 내부에서 자아-실현과 자아-완성이라는 강렬한 동경이 솟구친다. 그런 동경을 감각적 이미지들로 재현하는 것은 적절하다. 왜냐하면 그런 이미지들을 통해야만 개인의 드라마가 분명하게 드러나기 때문이다."

7. I. ii. (*Opere*, p. 151)

8. Cf. Wolfgang Seiferth's fine article, "Zur Kunstlehre Dantes," *Archiv für Kulturgeschichte*, XVII (1927).

9. *Che la bontà de l'animo, la quale questo servigio attende, è in coloro che per malvagia discusanza del mondo hanno lasciata la litteratura a coloro che l'hanno fatta di donna meretrice; e questi nobili sono principi, baroni, cavalieri, a molt' altra nobil gente, non solamente maschi ma femmine; che sono molti a molte in questa lingua, volgari,, e non litterati. Convivio i. ix* (Opere, p. 161).

10. iv. xx (*Opere*, p. 290).

11. *Convivio* iv. xxvi. 이러한 해석들의 원천은 아마도 Fulgentius의 *Continetia Virgiliana*일 것이다.

12. *La Escatologia musulmana en la Divina Comedia* (Madrid, 1919); cf. the remarks of D. Scheludko in *Neuphilosophische Mitteilungen*, vol. XXVII(1927).

13. *Convivio* ii. x (XL) after Boethius, *De consolatione philosophiae* i. II. pr. 1.

14. 다음 자료에 언급되어 있는 에피소드들을 참고하면 충분할 것이다.

Robert Davidsohn in *Forschungen zur Geschichte von Florenz* (Berlin, 1896-1908), III, 66 f., 69, 72, 89.

15. 단테의 토미즘에 대하여 최근에 제기된 반대 의견에 대해서는 다음 자료 참조. cf. Giovanni Busnelli, S.J., *Cosmogonia e antropogenesi secondo Dante*

Alighieri e le sue fonti (Rome, 1922).

16. *Unde dicendum est, quod distinctio rerum et multitudo est ex intentione primi agentis, quod est Deus. Produxit emim res in esse proper suam bonitatem communicandam creaturis et per eas repraesentandam: et quia per unam creaturam sufficienter repraesentari non potest, produxit multas creaturas et diversas, ut quod dest uni ad reprasentandam divinam bonitatem, suppleatur ex alia. Nam bonitas quae in Deo est simpliciter et uniformiter, in creaturis est multipliciter et divisim: unde perfectius participat divinam bonitatem et repraesentat eam totum universum quam alia quaecumquae creatura. Summa theologica* i. 47. 1. The translation givin in the text is by the Fathers of the English Dominican Province (New York: Benziger, 1947), I, 246. 이하 토마스 아퀴나스의 『신학대전』 인용은 Domincan Fathers 번역본을 따름. Cf. also *Summa contra gentiles* ii. 45. A characteristic variant of the idea is found in St. Bonaventure, II *Sent.* 18. 2. ad. 3[m] and in II Sent. 3. 1. 2. 1 ad 2[m], quoted by Gilson, *La philosophie de Saint Bonaventure* (Paris, 1924), p. 308. St. Bonaventure speaks here only of the *multiplicatio numeralis.*

17. *Convivio* iv. XII. 14 ff.

18. Cf. also *Monarchia* i. XII(XIV). 1-5 (*Opere*, pp. 364 f.).

19. *Summa theologica* iii. suppl. 69. 2 *ad resp.* and *ad* 4. Cf. also *ibid.* I. IIae 4. 5 *ad resp.* (sed circa) and *ad* 5.

20. Line 103 ff.

21. *Summa theologica* i. IIae 4. 5 *ad* 2 (Dominican Fathers Translation, I, 606).

22. *Purg.* iii. 31 ff. and xxxv. 79 ff.; cf. Busnelli, op. cit., pp. 204 ff. and 275 ff.

23. *Summa theologica* iii. *suppl.* 69 1.

24. 아우구스티누스와 성 토마스에 대해서는 다음 자료 참조. cf. Busnelli, *op. cit.*, pp. 288 ff. particularly p. 292, n. 1.

25. 673행. 이와 관련하여 "단테답지 않다"는 것은 『신곡』에 묘사되어 있는 저승의 비전과 일치하지 않는다는 뜻이다. 소르델로가 "우리에게는 일정한 장소

가 배정되어 있지 않다"(Purg. vii, 40)고 한 말은 림보에서 대기하는 사람들에게만 해당한다.

26. 743행. Eduard Norden 은 우리의 해석에 동의하면서 suos manes를 his daemon(그의 다이몬)으로 번역했다.

27. Lines 463-4:

> . . . nec credere quivi
>
> ec hunc tantum biti me discessu ferre dolorem.

28. *Summa theologica* i. 118. 2 *ad* 2 *et ideo dicendum: Quando perfectior forma advenit, fit corruptio prioris; ita tamen, quod sequens forma habet, quicquid habebat prima, et adhuc amplius* (Dominican Fathers Translation, I, 575)

29. See pp. 2 ff. above.

30. Fromulated, for example, by Vincent of Beauvais, *Speculum doctrinale*, I, 575).

31. Letter to Can Grande (*Opere*, p. 439)

32. *Inf*. xx. 113.

33. *Ibid*.

34. *Par*. xxv. 1: xxiii, 62: xvii. 128.

35. Horace, *Epistles* ii. 3. 127 (*De barte poetica*).

36. Cf. Friendrich Rintelen, *Giotto* (Basle, 1923); E. Rosenthal, *Giotto in der mittelalterlichen Geistensentwicklung* (Augsburg, 1924); M. Dvôràk, *Geschichte der Italienschen Malerei* (1927), pp. 13 ff.; A. Schmarsow, *Italienische Kunst im Zeitalter Dantes* (1928).

37. Cf. Alois Dempf, *op. cit.*, pp. 159 ff.

38. Cf. Friendrich Gundolf, *Caesar, Geschichte seines Ruhms* (Berlin, 1925), pp. 99 ff.

39. See p. 77, n. 9 above.

40. Eclogue 1 of Giovanni del Virgilio (Opere, p. 455).

41. Inf. ii. 96.

제4장 『신곡』의 구조: 물리적 · 윤리적 · 역사-정치적 체계

1. *Inf. xxxiv.* 106 ff.; Edward Moore, *Studies in Dante*, Series III, p. 119.

2. *In nobilissimo loco totius terrae* (*Summa thelogica.* i. 102: i, *ad resp.*) Cf. Moore, *op. cit.*, III, 136.

3. 천체의 움직임에 대한 자세한 서술을 위해서는 다음 자료 참조. Moore, "The Astronomy of Dante," *op. cit.*, III.

4. *Par.* ii. 112 ff.

5. *Par.* xiii. 53.

6. *Par.* vii. 124 ff.

7. *Par.* vii. 109.

8. *Purg.* xvii. 91 ff. Cf. also Convivio ii. XIV. 14 ff., where the effect of the motion of the primum mobile on nature is described.

9. *Par.* xiii. 58 ff.

10. *Par.* i. 103 ff. Cf. *Summa theologica.* i. 59. I *ad resp.; Monarchia* i. 3.

11. *Purg.* xxx. 109 f.

12. *Par.* v. 19 ff.

13. *Corpora caelestia, says St. Thomas, non possunt esse per se causa operationum liberi arbitrii; possunt tamen ad hoc dispositive inclinare in quantum imprimunt in corpus humanum, et per consequens in vires sensitivas quae sunt actus corporalium organorum, quae inclinant ad humanos actus* (*Summa theologica* ii. IIae. 95.5 [Dominican Fathers Translation]).

14. *Corpora caelestia non sunt voluntatum neque electionum causa. Voluntas enim in parte intellectiva animae est. . . .Corpora caeletia non possunt imprimere directe in intellectum nostrum. . . .* (*Summa contra gentiles* iii. 85 [*Basic Writings of St. Thomas Aquinas*, ed. Anton C. Pegis (New York, 1945), II, 159]).

15. *Monarchia* i. III.

16. *Purg.* xvii, 94. 물리적 시스템의 설명을 위해서는 Edward Moore의 저서

를 참조. 위에 언급된 자료들 이외에 다음 자료도 참조. "The Geography of Dante," *op. cit.*, III, and "Dante's Theory of Creation," *op. cit.*, IV.

17. *Inf.* xv. 85

18. Nevertheless, cf. Inf. iv. 76 ff. and particularly *Inf.* xiv. 63 ff.

19. *Amor propriae excellentiae in quantum ex amore causatur inordinata praesumptio alios superandi* (*Summa theologica* ii. 162, 3 ad 4).

20. *Purg.* xvii, 91 ff.

21. 이 책에서는 단테의 윤리 체계 중 가장 기본적인 것만 다루게 될 것이다. 우리는 그 교리적 바탕을 깊게 파고들지 않을 것이며, 복잡한 상징적 언급을 풀어 헤치려 하지 않을 것이고, 또 그와 관련된 문제들을 길게 다루지도 않을 것이다. 나는 많은 문헌들 중에서 통설만 가려내려고 애썼다. 하지만 취하고 버리는 데는 논쟁적인 진술이나 임의적인 판단을 완전히 피할 수는 없었다. 나와는 다른 입장을 취하는 저서들 중에서 특히 Luigi Pietrobo의 책 *Dal Centro al cerchio*(토리노, 1923)에 대해서 언급해 두고 싶다. 그는 루키페르와 코키투스로부터 시작하면서 그 시와 나아가 「지옥」편 전체에 대하여 일관된 윤리 체계를 구축했다. 그의 저서는 단테에 대하여 놀라운 지식을 갖추고 있음을 보여준다. 이 책이 파헤치는 인물들의 관계와 조응은 『신곡』의 풍성한 지적 내용을 새롭게 이해하게 해준다.

22. *Inf.* iii. 36

23. *Inf.* xxviii. 142.

24. *Scienza nuova.*, ed. Nicollini, pp, 727, 733, 750; also Vico, *Opere*, ed. Ferrari (2d ed.), IV, 198 ff, and *ibid.*, VI, 34 ff. and 41 ff.

25. 그는 단테가 스콜라 철학과 라틴어를 아예 몰랐더라면 더 위대한 시인이 되었을 거라고 믿는다(Vico, *op. cit.*, IV, 200).

26. *Inf.* ix, 34 ff. 이 시행을 설명하지 않으려 하는 것은 정당한 태도가 아니라고 본다. 그러나 많은 평론가들이 논평하지 않았는데 그 이유는 이러하다. 단테는 이 시행에 특정한 의미를 부여하지 않았다. 그의 의미는 중요하지도 않고 시적이지도 않다. 베르길리우스가 엄명하는 말은 다음 내용을 유도하기 위한 장치에 불과하다. 그 말들은 다음 시행을 가리킬 뿐이다 등등. 단테는 의미가

있는 말만 발언했다. 『신곡』에 때때로 해석하기 어려운 부분이 나오지만 그 부분은 결코 의도적인 신비화가 아니다. 따라서 평론가는 이런 문장을 설명하거나 아니면 그 문장의 뜻을 모른다고 시인해야 한다. 고차원적 시적 통찰 운운하면서 텍스트의 분명한 단어들을 무시하려 든다면 그것은 해석하는 사람의 올바른 태도가 아니다. Fulgentius로 소급되는 신화예술의 전통이 이 문장의 뜻을 설명하는 데 도움이 된다고 생각한다. 풀젠시우스의 책에서 고르곤은 공포의 세 가지 계급을 의미한다. 메두사는 가장 높은 단계의 공포를 의미하는데 사람의 마음을 흔들어놓을 뿐만 아니라 시력도 흐릿하게 만든다. 이것은 메두사(보지 않는)의 이름을 설명해 준다. 페르세우스는 미네르바의 도움으로 메두사를 죽인다. 왜냐하면 지혜의 도움을 받는 용기는 공포를 극복하기 때문이다. Mythographus vaticanus secundus는 이런 식으로 해석을 하고 있다 (ed. Bode, *Scriptores rerum mythicarum* [1834], p. 113. 보데 또한 풀젠시우스의 말을 그대로 전사하면서 메두사를 "망각"(극도의 공포가 유도한 심리적 맹목 혹은 망각)이라고 설명한다.

27. *Purg.* ix. 73 ff.

28. *Paradisus terrestris pertinet magis ad statum viatoris quam ad statum recipientis pro meritis; et ideo inter receptacula. . . (animarum) non computatur (Summa theologica iii. suppl. 69. 7 ad 5).*

29. *Purg.* xxi. 34 ff.

30. *Par.* vii. 130.

31. See Parodi, *Bulletin of the Society of Dante*, New Series, XXIII(1916), 150 ff.

32. *Par.* iv. 28 ff.

33. *Par.* xxx. 113.

34. See the plan in the edition of L. Olschki (Heidelberg, 1918), p. 523.

35. Cf. *Purg.* xix. 1–3.

36. *Par.* xxx. 129

37. *Par.* vii. 19 ff; also *Purg.* xxix. 24 ff. and *Par.* xxvi. 115 ff.

38. *Purg.* xxxii. 102.

39. *Par.* vi; *Inf.* xxxiv, 61 ff; *Purg* xxi, 82 ff. 그 외 여러 시행들. 여기서 파스콜 리로부터 영감을 받은 루이기 발리의 『신곡』 해석을 논해 보기로 하자. 그 의 해석은 깊은 통찰과 구체적인 설명으로 높은 명성을 얻었다. 발리에 의하 면, 『신곡』의 구조는 십자가와 독수리의 병렬 시스템에 바탕을 두고 있다는 것이다. 각 개인의 구제와 관련해서도 발리는 독수리가 십자가 못지않은 의 미를 갖고 있다고 주장한다. 다음 자료 참조. Cf. Valli's two main works on the Comedy: *Il Segreto della croce e dell' aquila nella Divina commedia* (Bologna, 1922) and *La Chiave della Divina commedia* (Bologna, 1925) ; and also, L. Pietrobono in *Giornale Dantesco*, XXX (1927), 89 ff.

40. *Purg.* xxxii.

41. *Proemio of the Istorie fiorentine*.

42. Guittone d'Arezzo in his Canzone *Ahi lasso! or   stagion di doler tanto* (Rime, ed. Pellegrini [Bologna, 1901], p. 316)

43. *Par.* v. 76 ff.

44. *Par.* xxx. 133 ff.

45. *Inf.* i. 94 ff.

46. *Purg.* xxxiii, 31 ff.

47. Cf. also *Par.* xxvii. 14 ff.

48. Alfred Bassermann, "Veltro, Gross-Chan und Kaisersage," *Neue Heidelberger Jahrbücher*, XI (1902); Franz Kampers, *Dante und die Wiedergeburt* (Mainz, 1921); Franz Kampers, *Vom Werdegang der abendländischern Kaisermystik* (Leipzig and Berlin, 1924), particularly pp. 141 f; Konrad Burdach, *Reformation, Renaissance, Humanismus* (2d ed; Berlin and Leipzig, 1926), especially pp. 57 ff; and Konard Burdach, "Dante und das Problem der Renaissance," *Deutsche Rundschau*, February-March, 1924.

49. *Mittelalterliche Studien*, Bd. I, Hft, I (Leipzig, 1913).

50. *Inf.* xiv. 76 ff.

51. Cf. Kern, *op. cit.*, pp. 88 ff.

52. Cf. *Par.* viii. 115 ff.

53. *Purg.* xxvii. 142.

제5장 『신곡』의 인물들이 재현되는 방식

1. *Inf.* xv.

2. *Purg.* xxi.

3. *Par.* viii.

4. *Inf.* x.

5. *Inf.* x. 22 ff.

6. *Inf.* xxvii. 19 ff.

7. *Purg.* vi.

8. *Inf.* xxxii.

9. 나도 모르게 당신에게 말했구려. 하지만 당신의 분명한 말씀은 내게 예전 세상을 생각나게 하면서 감동을 줍니다.(*Inf.* xviii. 52 ff).

10. *Inf.* xxvii. 67.

11. *Purg.* v. 130 ff.

12. *Inf.* xviii. 55 ff.

13. *Scienza nuova*, ed. Nicollini, pp. 750 ff.

14. *Par.* xvii. 136 ff.

15. Friedrich Gundolf, *Caesar, Geschichte seines Ruhms*, pp. 99 ff.

16. *Inf.* iv. 86.

17. *Inf.* xxvi.

18. Manfredi Porena, *Delle manifestazioni plastiche del sentimento nei personaggi della Divina commedia* (Milan, 1902).

19. *Purg.* xxxi. 68.

20. *Inf.* xxxii. 12.

21. *Inf.* xiii.

22. *Inf.* xxiv. 25.

23. See pp. 110-11 above.

24. *Par.* xxiii. 25.

25. *Par.* xxvii. 92.

26. *Inf.* vi. 19.

27. *Par.* xvii. 131.

28. *Par.* xvii. 120.

29. *L'Ile des Pingouins* (Paris, 1925), pp. 152 ff.

30. *Purg.* xvii. 13 ff.

31. *Bertram de Born*, ed. Albert Stimmung (2d ed; Halle; Niemeyer, 1913), p. 54.

32. *Inf.* i. 17.

33. *Inf.* x. 124.

34. *Purg.* xxi. 113

35. *Purg.* xxv. 17.

36. *Par.* xxxiii. 1-10.

37. *Par.* xvii. 34.

38. *Par.* xvii. 58.

39. *Par.* xxxii. 139.

40. *Inf.* ii. 59 f.

41. *Purg.* viii. 3.

42. *Inf.* xiii 42.

43. *Inf.* ii. 13.

44. *Inf.* ii, 8.

45. *Par.* xxv. 1 ff.

46. *Inf.* iv. 1 ff.

47. Lisio, *op. cit.*, p. 163.

48. *Purg.* iii. 107.

49. *Inf.* xxxiii. 150.

50. *Purg.* xv. 109.

51. *Purg.* iii. 103.

52. *Inf.* xxvii. 110.

53. *Inf.* v. 103.

54. *Par.* xx. 98.

55. *Par.* xxix. 26.

56. *Inf.* ii. 3.

57. *Purg.* v. 100.

58. Vandelli's critical text has a semicolon after *parola. See Opere*, p. 617.

59. *Inf.* ii. 5.

60. *Inf.* iii. 31.

제6장 리얼리티에 대한 단테의 비전: 그 존속과 변모

1. Preface to the *Dante Uebertragungen*.

미메시스와
피구라 리얼리즘

에리히 아우어바흐의 『단테: 세속을 노래한 시인』의 핵심 용어는 미메시스, 알레고리, 피구라, 리얼리즘인데 미메시스와 관련해서는 단테 이전의 전사를 개괄적으로 요약한 다음 단테의 기독교적 미메시스를 설명한다. 알레고리는 『신곡』을 읽는 네 가지 방법과 관련되는데 아우어바흐는 이것을 신곡의 주제와 구조에 연결시키고 있다. 또한 『단테: 세속을 노래한 시인』 속의 리얼리즘은 피구라 리얼리즘을 말하는데 피구라는 현세의 삶이 저승의 예표라는 개념이다. 아우어바흐는 바로 이것 때문에 저승을 묘사한 단테가 실은 세속을 노래한 시인이 된다고 주장한다.

미메시스의 기능과 발전

미메시스는 플라톤의 『국가』 제10권에 나오는 말로서 "모방"이라는 뜻의 그리스어이다. 플라톤이 시인을 경멸하면서 쓴 말인데, 그 내용은 이러하다. 먼저 이데아가 있고, 그 이데아를 구현한 대상이 있고, 다시 그 대상을 노래한 시가 있다. 그런데 시(구체적으로 고대 그리스의 비극)는 미메시스의 관점에서 보자면 이데아로부터 두 단계나 떨어진 열등한 물건이다. 이러한 플라톤의 주장을 좀 더 구체적으로 말해 보면, 아름다움이라는 추상개념이 있고, 아름다운 여인이 있고, 아름다운 여자를 그린 초상화가 있는데, 시는 이 초상화에 해당한다. 그러나 역설적이게도 초상화가 실물보다 더 아름다운 경우도 있다. 가령 레오나르도 다빈치의 〈모나리자〉의 모델이 되었다고 추정되는 여자를 찾아가서 만나본다면, 그 실물이 그림보다 더 아름다울까? 일반적으로 그렇지 않으리라고 추정된다. 이것은 왜 그런가 하면, 미메시스의 과정에서 예술가는 그 자신의 감정을 표현할 뿐만 아니라 대상을 자신과 동일시하여 거기에 자신의 일부를 투입하여 그 대상을 자신 속으로 동화하기 때문에 그러하다. 다시 말해, 모나리자는 실물이 바로 그 여자가 아니라 다빈치의 해석이 들어간 여자이다.

그런데 미메시스는 플라톤의 이데아 이론과 직접적으로 관련이 된다. 이데아 이론은 인간이 감각을 통하여 알게 된 리얼리티는 본질적 형상(이데아)에 대한 복사본 혹은 근사치에 지나지 않는다는 것이다. 이데아는 변화무쌍한 시간과 공간의 제약을 받지 않으면서, 저절로 독립적으로 존재한다. 이것은 중세에 들어와 실재론의 배경이 되었다. 개개인의 생각과는 무관하게 아름다움이라는 보편 개념이 실질적으로 존재한다고 보는 것이다. 가령 세상에는 아름다운 여성, 아름다운 풍경, 아름다운 집, 아름다운 물건 등 수많은 구체적 아름다움이 있지만, 먼저 아름다움이라는 보편 개념이 있고 난 다음에 그런 것들이 생겼으며, 이 보편 개념은 세상에 존재하는 구체적 아름다움과는 무관하게 존재한다는 것이다. 따라서 아름다운 여자나 풍경은 아름다움의 '이데아'를 반영할 뿐 이데아 그 자체가 되지는 못한다.

그러나 아리스토텔레스는 『형이상학』에서 플라톤의 이데아 이론을 수정한다. 그는 이데아가 사물과 무관하게 초월적으로 존재하는 것이 아니라, 물질적 현실 속에서만 존재할 수 있다고 보았다. 이것을 아리스토텔레스는 형상(이데아)과 질료(물질적 현실)의 결합이라고 말했다. 중세에 들어와서 이것을 가리켜 온건한 실재론이라고 하였다. 아리스토텔레스의 철학을 이어받은 토마스 아퀴나스는 온건한 실재론의 신봉자였고 이 사상을 단테의 『신곡』이 계승하고 있다. 그리하여 단테의 베아트리체는 지상에서 살았던 여자이면서 동시에 천상의 아름다움을 형상화하는 여자가 된다.

또한 미메시스에 대하여 아우어바흐는 고대 그리스와 로마를 거치는 동안 그 스타일이 분리를 겪게 되었다고 말한다. 그러니까 인간의 진지한 운명을 다루는 비극은 높은 스타일을 지향하고, 풍자시나 논쟁시는 중간 높이의 스타일을 지향하며 인간의 우스꽝스러운 운명을 다루는 희극은 낮은 스타일을 지향한다는 것이다. 하지만 신약성경에 이르러 그 스타일은 혼합이 되었다. 다시 말해 저급한 민중의 언어(seromo humilis)를 가지고서도 얼마든지 비극적인 서사를 담당할 수 있다는 것이다. 아우어바흐는 또 다른 대표작 『미메시스』에서 이 저급한 민중의 언어를 사용한 것은 19세기 리얼리즘의 결정적 바탕이 되었다고 주장한다.

　아우어바흐는 『단테: 세속을 노래한 시인』에서 『신곡』의 미메시스에 대하여 이렇게 말한다. "『신곡』은 진리와 관련하여 세 번째 등급에 불과한 모방이 아니다. 여기에서는 계시된 진리와 그 시적 형식이 완전 혼용되어 하나가 된다." 위에서 아름다움 — 아름다운 여인 — 아름다운 초상화를 말했는데, 이 세 번째 등급을 『신곡』에 적용해 보면 하느님의 리얼리티 — 그 리얼리티가 구현된 지옥, 연옥, 천국의 3계 — 『신곡』이라는 작품의 순서가 된다. 하지만 『신곡』의 탁월한 미메시스 기능으로 인하여, 다빈치의 〈모나리자〉가 실물과 아름다움을 겨루듯이, 『신곡』의 서사적 리얼리티가 저승 3계의 리얼리티에 근접하고 있다는 것이다. "진리와 시가 완전 혼용되어 하나가 되었다."는 것은 바로 이런 뜻이다.

단테의『신곡』은 당초 슬픈 일로 시작하여 행복한 일로 끝난다는 고대의 미메시스 스타일 이론에 입각하여 코메디아라는 제목을 달고 있었으나 후대의 조반니 보카치오가 이 작품의 장엄하고도 웅장한 스케일을 감안하여 디비나(divina: 신성한)라는 형용사를 추가했다고 한다. 그리하여 오늘날 '디비나 코메디아'라는 이름을 갖게 되었는데, 이것이『신곡』으로 번역되었고, 그 후 번역서의 제목으로 고정되었다.

『신곡』의 네 가지 의미

단테는 칸그란데에게 보낸 편지에서『신곡』을 문자, 비유, 도덕, 신비의 네 가지 의미로 읽을 수 있다면서 구약성경에 나오는 이스라엘 민족이 이집트에서 탈출한 사건을 예로 들고 있다. 가령 구약성경의 「출애굽기」는 문자적 의미만으로 읽으면 이스라엘의 자녀들이 모세 시대에 이집트를 탈출했다는 것이다. 그러나 비유적인 의미를 살펴본다면 우리 인류가 그리스도에 의해 구원을 받았다는 것을 뜻한다. 만약 도덕적 의미를 적용한다면 죄악으로 인해 슬픔과 비탄에 빠진 영혼이 개과천선하여 은총의 상태로 바뀐 것이 된다. 신비적 의미로는, 거룩한 영혼이 타락의 노예 상태에서 벗어나 영원한 영광의 자유를 향해 나아간다는 뜻이다. 단테는 비유, 도덕, 신비의 세 가지 의미를 통칭하여 알레고리라고 할 수도 있으나, 이 세 가지 의미를 따로 구분하는 것이 『신곡』을 이해하는 데 더 편리하다고 말한다.(칸그란데의 편지는 후대의 위작이라는 설도 있고, 아우어바흐 자신도 이 설을 지지하는 것 같으나, 단테의 작품을 이해하는 데는 더 없이 좋은 자료이므로 여기서는 진품이라고 판단했다.)

이러한 알레고리 해석은 예표론과 함께 1세기~6세기에 인기를 끈 성경 해석 방법이었다. 그 당시에는 그리스도가 오래 전 구약시대에 이미 예언된 메시아라는 것을 증명해야 할 필요가 간절했기 때문이다. 그리하여 초대 교부인 4세기의 아우구스티누스도 알레고리와 피구라에 관심이 많았고, 특히 6세기의 그레고리우스 성인은 구약성경과 신약성경을 서로 연결시켜 해석하는 알레고리의 방식을 그의 저서 『모랄리아*Moralia*』에서 상세하게 설명했다. 가령 그레고리우스는 「욥기」의 상징적 의미를 다음과 같이 해석한다. 욥에게는 일곱 명의 아들이 있는데, 그레고리우스는 이 7의 상징적 의미를 파헤친다. 7은 신성한 숫자인 3과 4가 합쳐져서 만들어진 숫자이다. 하느님은 7일째 되는 날에 쉬셨기 때문에 7은 완벽한 일치의 숫자이다. 이것과 쌍벽을 이루는 사건은, 그리스도의 12사도가 온 세상의 네 구석(숫자 4)에서 삼위일체(숫자 3)를 가르칠 때 찾아온 성령의 7은총을 들 수 있다. 7은 3과 4를 합친 것이고 12는 3과 4를 곱해서 나온다. 그래서 7과 12는 동일한 상징적 가치를 지니며, 욥의 일곱 아들은 12사도의 예표이다.

단테가 자신의 작품을 네 가지 방식으로 읽으라고 요청한 것은 이런 오래된 전통에 바탕을 둔 것이다. 그러나 네 가지 의미 중 뒤의 세 가지 의미를 이해하려면 무엇보다도 첫 번째 문자적 의미, 즉『신곡』에서 벌어진 사건들, 다시 말해 스토리를 정확하게 이해하는 것이 중요하다.

『신곡』은「지옥」,「연옥」,「천국」의 세 편으로 나뉘어져 있고, 각 편에는 33개의 곡(칸토)이 들어있는데,「지옥」편에 들어 있는 서곡을 합쳐서 총 100곡이다. 이 세 편은 죽음 이후의 영혼이 맞이하게 되는 세 가지 상태 — 지옥(단죄), 연옥(정화), 천국(지복) — 를 묘사한다. 단테는 이 3계에 대하여 아주 생생한 미메시스를 시도한다. 1300년 부활절 저녁에 단테는 지옥의 아홉 원을 베르길리우스와 돌아보고, 이어 남쪽 바다 위에 솟아 있는 연옥산도 함께 올라가서 그 산의 아홉 둘레를 돌아다본다. 스승 베르길리우스는 여기까지만 단테를 안내하고 천국에 오르는 길에는 베아트리체가 나와서 맞이한다. 단테는 천국의 아홉 천을 올라가 성 베르나르의 인도로 하느님 앞에 나아가 비시오 데이(visio dei: 하느님의 모습)를 직접 본다. 여기서 단테는 모든 시간과 공간이 완벽하게 충족되면서 동시에 존재하는 것을 본다. 이것이『신곡』의 문자적 의미, 즉 스토리이다.

두 번째 비유적 의미는『신곡』속에 다루어진 스토리가 인류의 역사와 비유 관계를 이룬다는 것이다. 다시 말해 인간 사회의 타락상과 관련된다. 이런 현세적 의미로 읽는다면 「지옥」편은 우리에게 타락한 사회의 그림을 보여 주는 것이고, 「연옥」편은 그 타락을 정화하여 당초 하느님이 인간을 사회적 동물로 창조하셨을 때의 이상적 사회로 돌아가는 모습을, 「천국」은 이상적으로 잘 돌아가는 사회 질서, 즉 키비타스 데이(civitas dei: 하느님의 도시)를 보여 주는 것이다.

세 번째 도덕적 의미는 타락에서 은총으로 나아가기 위한 노력의 차원이다. 이것은 종교적 알레고리에서 자연스럽게 나오는 주제이기도 하다. 그러니까 죄악의 상태에서 은총의 상태로 나아가는 '보통 크리스천'의 체험을 의미한다. 이것을 간단히 "영혼이 나아가는 길"이라고 한다.

네 번째 신비적 의미는 모든 사람에게 알려져 있는 것은 아니지만, 종교적 체험을 중시하는 사람들에게는 잘 알려진 것이다. 영혼은 환한 빛을 체험하면서 하느님에 대한 커다란 사랑을 느끼게 된다. 영혼은 이 단계에서 하느님과의 신비한 합일에 들어서서 하느님이 바로 곁에 있다는 느낌을 갖게 된다. 이것은 일반적으로 명상의 길로 알려져 있다.

우리는 이런 문자 이외의 세 가지 의미 중에서도 비유적 의미는 「지옥」편에, 도덕적 의미는 「연옥」편에, 그리고 신비적 의미는 「천국」편에 따로 따로 적용되는 것이라고 생각하기가 쉽다.

그러나 단테 연구가 도로시 세이어즈는 이 세 가지 의미가『신곡』전편에 일관되게 적용된다면서 이런 비유로 설명하고 있다.

"태평양은 세 가지 수단으로 건너갈 수 있다. 하나는 잠수함, 또 하나는 증기선, 마지막 하나는 비행기이다. 그러나 중간에 다른 수단으로 갈아탈 수는 없다. 가령 하와이까지는 배를 타고 가다가 하와이에서 잠수함을 타고 갈 수는 없다. 뭐가 되었든 일단 한 번 탔으면 끝까지 가야 하는 것이다."

그러면서『신곡』의 문자적 의미는 저승 세계를 다루지만 알레고리가 적용되는 세 가지 의미는 이승에 살고 있는 우리들의 현재 이야기, 즉 죄악 — 정화 — 지복에 관련된 것이라고 말한다. 이것은 우리가「지옥」편을 읽을 때의 서늘하고 오싹한 기분을 생각하면 금방 이해가 된다. 그 지옥은 단테 시대에는 피렌체였지만, 오늘날에는 독자들이 살고 있는 도시가 된다. 오늘날 지옥이 땅속에 나사처럼 깊게 파고 들어간 곳에 있고, 연옥은 남태평양 상에 우뚝 솟은 연옥산에 있다는 문자적 의미만으로『신곡』을 읽는 독자는 없을 것이다. 알레고리의 세 가지 의미와 관련시켜야만 비로소『신곡』의 텍스트가 종합적인 의미를 획득하게 되는 것이다.

피구라 리얼리즘

피구라는 이승과 저승의 개념을 좀 더 명확하게 보여 주기 위한 비유의 개념이다. 구약성서에서 성령에 의하여 미래를 예시하는 인물, 물건, 사건을 가리킨다. 표상表象, 전형典型, 예표豫表 등으로 번역된다. 구약성경의 「요나서」는 요나가 니네베로 가라는 하느님의 말씀을 거역하고 배를 타고 타르시스로 가려다가 바다에 빠져 고래에게 삼켜져 고래 뱃속에 사흘 동안 있다가 다시 소생하는 얘기인데, 이 요나는 죽음에 빠졌다가 사흘 후에 다시 부활하는 그리스도의 예표이다. 구약성서에 나오는 창녀 라합은 여호수아의 정찰대를 도와준 인물이다. 그녀는 이스라엘 사람들이 여리고 성을 함락시킬 때 자신의 집을 보라색 띠로 장식하여 그 집을 안전하게 지킨다. 그녀의 집과 그 안에 사는 사람들만이 파멸로부터 안전하게 보호받는 것은, 최후의 심판 때 그리스도가 재림하여 구원받는 자는 교회와 그 신자들뿐이라는 다가올 사건의 예표가 된다. 라합이 집에다 두른 보라색 띠는 그리스도의 보혈寶血을 미리 보여 주는 예표이다. 단테는 『신곡』에서 이 피구라 개념을 적극 원용하여 3계의 인물과 사건에 적용시킨다.

그 중에서 대표적인 것이 오디세우스의 피구라이다. 『신곡』 속에서 오디세우스는 그의 마지막 여행에 대해서 말한다. 집에서는 평온을 얻지 못했고 지식과 모험에 대한 욕구가 무척 간절하여 다시 한 번 여행에 나서게 되었다. 늙고 피곤한 채로 헤라클레스의 기둥(지브롤터 해협)까지 나아간다. 다섯 달 동안 오디세우스와 그의 동료들은 바다를 항해한다. 그들은 커다란 산을 발견하고 기뻐하지만 그 기쁨은 단명한 것이었다. 그 산은 연옥산이었는데, 거기서 불어온 회오리바람이 그들의 배를 난파시킨다. 그리하여 용감한 오디세우스는 그 무모한 모험 때문에 지옥으로 떨어진다.

인간의 성격(캐릭터)은 운명으로부터 그 기준을 획득한다. 그러나 현세의 오디세우스는 성격의 자율성을 유지하면서 용감한 모험가라는 구체적 존재감을 획득한다. 지옥에 떨어진 오디세우스는 예전(세속적) 감각적 존재의 아주 극단적인 세부사항에 이르기까지, 개성적 인간으로서 존재한다. 궁극적 운명을 맞이했는데도 그 개성은 변하지 않는다. 즉 지상에서의 삶이 곧 저승에서의 삶을 예고하는 것이다.

이처럼 『단테: 세속을 노래한 시인』에서는 오디세우스를 통하여 피구라 개념이 개략적으로 설명된다. 그러나 후속작인 『미메시스』 제8장 "단테"편에서는 아주 상세하게 서술되어 있다. 우티카의 카토, 베르길리우스, 베아트리체가 저승에서 등장하는 것은 이승에서 그들이 살았던 삶의 완성이며, 그 삶이 곧 다가올 저승의 피구라라는 것이다. 가령 현세에서 독재자 카이사르에 맞서서 정치적 자유를 수호했던 우티카의 카토는 저승에서 그 삶이 현세의 모습 그대로 완성된다. 카토는 연옥산 아래서 선택된 자들의 영원한 자유를 수호하는 자가 되는데, 이러한 배치는 피구라 개념을 적용해야 비로소 이해할 수 있다.

이렇게 볼 때 단테의 『신곡』을 지배하는 미메시스는 피구라 리얼리즘이다. 다시 말해, 이승의 모든 현상은 피구라이며, 잠재적이며, 완성을 필요로 하는 것이며, 이것은 죽어서 지옥으로 간 자들의 개별 영혼에도 그대로 해당한다. 아우어바흐가 『단테: 세속을 노래한 시인』의 서사로 "에토스 안트로포 다이몬(인간의 성격은 그의 운명이다)"을 적어 놓은 것은 이러한 배경에서 나온 것이다. 신적 질서 안에서 사람의 성격과 기능은 이승에서 예시되고 저승에서도 그대로 이루어지게 되어 있다. 이것은 카토, 베르길리우스, 베아트리체 같은 유명한 캐릭터뿐만 아니라 파리나타와 카발칸테 같은 평범한 인물들에게도 적용된다. 이 두 죄인은 저승에 가서도 이승에 살았을 때의 성격과 기능을 그대로 유지한다. 파리나타는 전과 마찬가지로 과시하기 좋아하고 오만하며, 카발칸테는 세상의 광명과 아들 구이도를 여전히 그리워한다. 이것이 기독교 전통의 피구라 리얼리즘인데, 단테는 그 리얼리즘을 최고 수준으로 끌어올렸다. 단테는 놀라운 기교와 표현 능력을 구사하여 인간 생존의 현세적 외양을 지옥과 연옥에서 아주 생생하게 재창조한다. 『단테』의 부제, "세속을 노래한 시인"은 바로 이런 배경에서 나온 것이다.

단테의 위대함과 후대의 리얼리즘

『단테: 세속을 노래한 시인』은 이 위대한 시인의 생애를 간략히 설명하고, 그의 문학 세계 전반을 조망한 후『신곡』의 주제와 구조, 그리고 미메시스를 살펴본다. 그러면서 대략 다음 네 가지를 단테의 위대한 문학적 공로로 제시한다.

첫째,『신곡』을 구어체로 집필하여 유럽 근대문학의 초석을 놓았고,

둘째, 피구라 리얼리즘을 완성시켜 후대의 리얼리즘의 길을 닦았으며,

셋째, 이성과 계시를 종합한 스콜라 철학을 구체적인 이야기로 형상화했고,

넷째, 전에는 일찍이 없었던 시적 아름다움을 구현했다.

이 중 후대의 리얼리즘과의 관련하여 저자는『단테』의 결론 부분에서 이런 말을 했다. "페트라르카와 보카치오에 이르러 역사적 세계는 완전히 지상에 내재된 자율성을 획득했고 이러한 지상 생활의 자기충족성은 도도한 강물처럼 유럽의 나머지 지역으로 퍼져나가 열매를 맺었다…… 신화적, 종교적 주제들은…… 우리가 방금 묘사한 역사적 비전 속으로 편입되었다…… 근대 유럽에서 가장 유의미한, 문학의 또 다른 형식이 있다. 그것은 페트라르카가 창시한 서정적 자기 초상화로서 예술의 다른 분야에도 널리 파급되었다. 이런 형식 또한 역사적 세계의 발견에 의

해 비로소 가능해졌다…… 그리하여 경험적 개인, 자신의 내면적 생활을 갖춘 개인이 미메시스의 대상으로 등장한다. 이러한 흐름은 미메시스에 새로운 가능성을 열었는가 하면 중대한 위험을 제기한다. 그것을 논의하는 것은 이 연구서의 목적이 아니다. 나는 이 책에서 하나의 통합된 단위로서의 단테 저작을 보여주려 했다."

단테 리얼리즘은 요약하여 말하면 전형과 전망이다. 전형은 지옥 같은 이 세상을 살아가야 하는 것은 인간의 보편적 전형이고, 그 지옥을 견디면서 앞으로 나아가는 것은 천국에 대한 간절한 전망이 있기 때문이다. 그러나 단테 이후 르네상스를 거치면서 저승 세계에 대한 관심은 옅어지고 이승 세계에 더 집중하면서 인간의 전망은 사후에 천국으로 가서 성취되는 것이 아니라 지금 여기 이승에서 결판을 내야 한다고 생각하게 되었다. 위의 인용문에서 "페트라르카와 보카치오에 이르러 역사적 세계는 완전히 지상에 내재된 자율성을 획득했다."는 것은 바로 이런 뜻이다.

그리고 이런 현세적 리얼리즘이 19세기에 이르러 부르주아 계급이 서구 사회의 중심 세력으로 부상하면서 돈과 출세를 중심축으로 하여 등장인물들이 서로 얽혀 있는 발자크의 부르주아 리얼리즘으로 발전한다. 위에서 "경험적 개인, 자신의 내면적 생활을 갖춘 개인이 미메시스의 대상으로 등장했다."는 것은 바로 이것을 가리킨다. 저자는 위의 인용문에서 "그것(후대의 리얼리즘)을 논의하는 것은 이 연구서의 목적이 아니다."라고 했는데, 그는 이때 이미 『미메시스』에 대한 구상을 했다고 볼 수 있다. 그리하여 후대의 리얼리즘에 대한 논의는 또 다른 대표작 『미메시스』 9-20장에서 전개된다.

단테 연보

1265년(출생)

피렌체의 구 시가지인 상 피에트로에서 두란테(단테) 알리기에리로 태어남. 단테는 12 궁도 중 제미니 궁 아래에서 태어남.(5월 중순에서 6월 중순 사이) 중세에는 인간의 운명이 태어난 궁의 영향을 많이 받는다고 믿었음. 아버지는 겔피파에 속한 알리기에로 디 벨린초네이고, 어머니는 아바티 가문의 돈나 벨리임. 알리기에리라는 성은 증조부의 이름에서 따온 것인데, 이 증조부는 독일 황제 콘라트 2세의 제2차 십자군 원정(1249)에서 전공을 세웠음.

1270년(5세)

어머니 돈나 벨리 사망.

1274년(9세)

포르티나리 가문의 딸 베아트리체를 처음 만남. 당시 베아트리체의 나이는 8세.

1277년(12세)

단테의 결혼 상대자로 귀족 가문의 처녀 젬마 도나티가 결정됨.

1283년(18세)

9년만에 길거리에서 우연히 17세의 베아트리체를 만남. 그녀의 상냥한 인사에 단테는 베아트리체를 사랑하게 되고, 그녀를 지상의 천사라고 생각함. 이 해에 단테의 아버지 알리기에로 디 벨린초네 사망. 단테의 아버지에 대해서는 그 성격이나 출신 집안, 사회적 지위에 대해서 자세하게 알려진 것이 없으며, 부동산 수입이나 기타 약간의 상업 및 금융업으로 생계를 유지했으리라고 추정됨.

1284년(19세)

어릴 때 정혼한 처녀인 젬마 도나티와 결혼함. 야코포, 피에트로, 안토니아의 3자녀를 둠. 네 번째 아이 조반니를 두었다는 설도 있음.

1287년(22세)

구이도 카발칸티, 구이토네 다레초 등의 시인들과 알고 지내면서 시작에 몰두함. 훗날 이들은 돌체 스틸 누오보의 주요 시인들로 알려짐. 이 해 초에 단테는 볼로냐를 여행하여 그곳 대학에서 「웅변론」 강의를 들었다. 또한 인문학자 브루네토 라티니에게서 철학을 배웠다.

1289년(24세)

6월 11일 아레초의 기벨린당과 피렌체의 겔프당 사이에 캄팔디노 전투가 벌어짐. 단테는 이 전투에 겔프당으로 참가하여 기벨린당을 패배시켰음. 베아트리체의 아버지 폴코 포르티나리 사망.

1290년(25세)

7월 8일, 1287년에 은행가인 시모네 데 바르디에게 시집갔던 베아트리체가 결혼 3년 만에 사망. 단테는 큰 충격을 받고서 보에티우스의 『철학의 위안』, 키케로의 『의무론』, 베르길리우스의 『아이네이스』, 호라티우스의 『시론』, 오비디우스의 『변신』 등을 읽으면서 철학과 문학을 연구함.

1292년(27세)

베아트리체를 노래한 작품인 『신생』을 집필함.

1294년(29세)

이 해 봄 피렌체에서 샤를 마르텔을 만남.

1295년(30세)

7월 6일 '의약조합'에 가입하면서 정계에 입문함. 11월 1일 카피타오 델 포로로 선출위원회의 위원에 뽑힘.

1300년(35세)

이 해가 교황 보니파키우스 8세에 의해 희년으로 선포됨. 1300년의 부활절이 『신곡』의 저승 여행 출발일로 되어 있음. 『신곡』의 첫머리에 "인생길의 반 고비"라는 말이 나오는데 단테의 나이 35세를 가리킴. 구약성경 「시편」 90편에는 "사람의 수명은 길어야 70년, 근력이 좋으면 80년"이라는 말이 나오는데 단테는 70을 사람의 한평생으로 보았음. 단테는 이해 6월 15일에서 8월 15일까지 피렌체 정부의 장관을 지냈음.

1301년(36세)

교황 보니파키우스 8세는 피렌체 겔프당의 갈등을 기화로 피렌체의 정권을 장악하려는 음모를 꾸몄다. 1301년 백파(단테가 소속된 당파)는 피렌체의 정권을 잡았다. 교황 보니파키우스 8세는 피렌체의 혼란을 진정시키려고 프랑스 왕자 샤를 드 발루아가 지휘하는 군대를 피렌체에 보냈다. 교황이나 샤를은 흑파 지지자였으므로 유배 중이던 흑파 지도자 코르소 도나티를 도시로 소환했다.(1301년 11월 5일) 이 사태를 교황과 협의하기 위해 단테가 보니파키우스 8세에게 파견되었다. 별 성과를 거두지 못하고 로마에서 피렌체로 돌아오던 단테는 공금 횡령과 부정 혐의로 기소되어 법정 출두를 명령받았으나 출두를 거부했다.

1302년(37세)

1월 27일 당시 시에나에 가 있던 단테에게 첫 번째 유배령이 떨어짐. 3월 피렌체 법정은 결석 재판에서 단테에게 영구 추방령과 함께 만약 잡힐 경우 화형에 처한다고 선고를 내림. 단테는 아레초로 도피함으로써 평생 유배의 길을 떠남. 이 해에 르네상스 휴머니즘의 선구자인 프란체스코 페트라르카가 태어남.

1304년(39세)

『향연』과 『구어로 글쓰기』의 집필을 시작함. 『향연』은 일종의 백과사전 같은 저서인데 미완성임.

1305년(40세)

클레멘스 5세가 새 교황으로 선출됨. 교황청을 아비뇽으로 옮김.

1306년(41세)

루이자나의 영주 말라스피타의 식객으로 루이자나에 머묾.

1307년(42세)

집필 중이던 『향연』을 중도 포기하고 평생의 대작 『신곡』의 집필을 시작함. 이후 13년간에 걸쳐 이 대작에 매달림.

1308년(43세)

룩셈부르크 가의 하인리히가 신성 로마 제국 황제로 대관되어 하인리히 7세가 됨.

1310년(45세)

이탈리아 정복에 나서 1311년 1월 밀라노에서 롬바르디아 왕관을 받았다. 그는 자신이 선포한 평화와 정의의 프로그램에 따라 이탈리아 내부의 서로 싸우는 파당들을 화해시켰고, 유배자들을 고향으로 돌아가게 했다. 그러나 돌아온 유배자들의 대부분이 황제에 우호적인 기벨린당이었기 때문에 피렌체의 겔프당(반 황제당)은 의심과 불만을 품었다. 1311년 2월 불만이 표출되어 5월에 브레스키아의 반란으로 이어졌다. 하인리히 7세는 9월에 가서야 이 반란을 진압했다. 1312년 6월 29일 하인리히는 로마에 들어가 황제로서 대관했고, 8월에는 토스카나의 겔프당을 진압하려는 캠페인에 나섰다. 하지만 토스카나 지방의 주요 겔프당 도시인 피렌체는 탈환하지 못했다. 그는 피사에 잠시 머문 후 나폴리 점령에 나섰다. 단테는 이 황제가 이탈리아를 통일시켜 주기를 간절히 바랐다. 이 해에 단테는 『제정론』을 집필.

1312년(47세)
베로나의 영주인 칸그란데 델라 스칼라의 식객이 됨. 이후 1318년까지 6년 동안 칸그란데의 식객으로 머묾.

1313년(48세)
8월 하인리히 7세가 시에나를 점령하려 했으나 실패하고, 그 직후 열병에 걸려 사망함. 이 해에 이탈리아 르네상스 문학의 태동을 이끈 조반니 보카치오가 태어남.

1314년(49세)
『신곡』 중 「지옥」편이 완성됨.

1315년(50세)
피렌체 정부는 단테가 자신의 과오를 인정하는 조건으로 그에 대한 선고를 취소하겠다고 제안함. 단테는 그런 굴욕적인 조건을 받아들일 수 없다면서 그 제안을 거부함. 11월 6일 피렌체 정부는 망명중인 단테와 두 아들에게 사형을 선고함.

1319년(54세)
단테는 베로나를 떠나 라벤나로 가서 구이도 노벨로 다 폴렌타의 식객이 됨. 이 해에 『신곡』의 「연옥」편이 완성됨.

1320년(55세)

단테는 라벤나에서 "물과 땅에 대한 질문"이라는 제목으로 강연함.

1321년(56세)

『신곡』의 「천국」편이 완성됨. 9월 13일 영주 구이도 노벨로의 사절로 베네치아를 다녀오던 중 말라리아성 질병에 걸려 라벤나에서 사망.

찾아보기